落红春深

明宪宗宠妃万贞儿传奇

渐行渐远 著

中国国际广播出版社

目录

相怜相念倍相亲，一生一代一双人。

——唐·骆宾王

引子

万贞儿没有想到，正统十四年九月十五那日，仁寿宫沈姑姑的出现，让她的后半生不得不和两岁的太子朱见濬紧密地联系在一起。此后的四十年，惊心动魄，风雨同舟。

多年以后，万贞儿还能回想起沈姑姑那天出现在她面前的情景。

第一章

初会太子一见如故

深秋晌午的阳光透过窗棂洒向锦绣坊的正殿，殿内流淌着一股温暖和煦的气息。锦绣坊里的执事宫女万贞儿和乔韵儿一起整理着孙太后的衣饰。

锦绣坊位于孙太后所居仁寿宫的后殿，小小三间房舍专门用来放置太后的四季衣物，万贞儿和乔韵儿都是负责掌管孙太后服装衣饰的宫女。

如今节气是一日冷似一日了，孙太后向来畏寒，趁着冬天还没来，得把太后过冬的绒衣、棉袄、斗篷、毛皮大氅等厚衣服都得开始洗刷翻晒和整理预备着了。这些厚重衣服经过今夏几个猛日头的晾晒，此刻都散发着一股阳光和皂角所特有的清香味儿。

“贞儿姐姐，如今可热闹了。我们太后是太后，现又出了个太后。不仅是多了一个太后，连当今皇上也多了一个，哦，是多了一个太上皇了。现在太子是只有一个，不晓得日后会不会多出一个太子来。”十五岁的乔韵儿叽叽喳喳地说。

看上去年长一点儿的万贞儿连忙对她摇头摆手，竖指“嘘”了一声。万贞儿朝殿门外仔细打探了几眼，还好，没有其他人。她笑着轻声对乔韵儿说：“韵儿，你这话说得忒大胆，被旁人听了去告密就是割舌头掉脑袋的死罪。”

乔韵儿吐吐舌头，扮个鬼脸，说：“贞儿姐姐，我也只在你面前说说。你比我大几岁，又比我早入宫，在这宫里，你是我最亲的人，我也只有和你才说说知心话儿而已。”

“我也是。我虽然入宫十五年了，但是在宫里，也只有你和针工局的梅林姑姑是我最亲的人。”万贞儿认真地说。

两人正说笑着，却见孙太后宫里的掌事女官沈姑姑进了殿门。沈姑姑笑眯眯地看着万贞儿说：“你们两个在做啥活计呢？”

沈姑姑是孙太后身边的老人和贴身侍女，深得孙太后的信赖，万贞儿当初就是被沈姑姑从针工局挑选进太后的仁寿宫的。因此万贞儿恭恭敬敬地回答：“奴婢万贞儿回姑姑话，不是要入冬了嘛，就想着早点儿把太后过冬的大衣服和毛衣服给整理出来晒一下，早点儿准备到时也就不用那么急了。”

沈姑姑越发笑得慈眉善目，抚了抚万贞儿发髻上的碧玉簪，说：“真是个细心的丫头，办事就做得倚靠，也没枉费老身在太后面前一直夸你、举荐你。贞儿，太后懿旨要老身来传你，跟老身去仁寿宫正殿的西暖阁走一趟吧。”

“沈姑姑，太后是传唤奴婢吗？”万贞儿有些惊疑和不确定。

“是啊，太后指派老身亲自来传你。”沈姑姑笑眯眯地说，“你这就跟老身去吧，太后还等着呢。”

通往太后居住的仁寿宫正殿的路上，万贞儿再次忍不住问沈姑姑：“姑姑，太后传奴婢有什么事啊？”

“不用担心，总不会是坏事。”沈姑姑依旧是笑眯眯的。

沈姑姑是孙太后自小带进宫的心腹丫鬟，是太后身边第一信赖得意的人。沈姑姑平时对宫女太监们比较严苛，但今天她对万贞儿一直是笑容可掬的，这让万贞儿有点儿摸不着头绪。万贞儿心里也把太后喊她去的意图猜了十几遍，但终究是猜不着。

转眼间就到了仁寿宫正殿，穿着朝服戴着朝冠的孙太后在西暖阁里端坐着。万贞儿恭恭敬敬地给太后行了跪拜大礼：“奴婢锦绣坊执事宫女万贞儿拜见上圣皇太后，恭祝太后福寿安康。”

当今景泰帝即位后，给嫡母孙太后上尊号为“上圣皇太后”，尊自己的生母吴贤太妃为“皇太后”，所以宫人们平日里给两位皇太后见礼时，称号上是有区别的。

孙太后慢悠悠地说："起来吧，走近点儿，让哀家好生瞧瞧。"

万贞儿福了一福，向太后坐的方向前移了几步，微微抬起头，正好碰上了太后凤冠下一双威严的凤目定定地打量着她。万贞儿怔了一下，和太后精悍的目光对视了片刻，就不由垂下了头。孙太后一向就是一个精明强势的人，万贞儿不想和她对视太久。

"说说你自己的情况吧，叫什么名字，哪里人，多大了，什么时候进的宫？"孙太后依旧是不紧不慢地说。

万贞儿依然是福了福，口齿清晰地说："奴婢万氏，小名贞儿，青州诸城人氏。奴婢今年十九岁，四岁时入宫，先后在针工局和锦绣坊当过差，入宫至今已经十五载了。"

"哀家素日冷眼旁观，这么多宫女里，也觉得你是一个行事稳重、嘴紧手勤的人，沈姑姑也在哀家面前力荐你。今日一见，也果然是个清爽、伶俐的丫头。"孙太后把玩着手指上金镶玉的长护指，不疾不徐地说。

万贞儿垂头伺立，大气也不敢出，平心静气地等待着太后后面要说出的话。

"如今新帝既立，太子之位亦不能空悬。当今景泰皇帝已册立了太上皇两岁的长子见濬为太子。太子年幼，哀家寻思着得找几个能干又信得过的心腹之人去东宫伺候太子。哀家冷眼考察了许久，也有沈姑姑的推荐，准备让哀家身边的从七品女官叶菊心和你一起去东宫伺候太子。万贞儿，你可愿意？"

万贞儿浑身一激灵，怎么也没想到太后会把伺候太子这样重大的责任交给她，去东宫伺候太子自然比在锦绣坊管理衣饰责任重大多了。来不及多想，她叩头谢恩说："谢太后恩典！奴婢惶恐，当尽心竭力伺奉好太子殿下！"

"那好，从明日起，你就和菊心搬去端本宫伺候太子的饮食起居吧。太子年幼，你们当要好生照看。照看得好，有赏！若有半分差池，可仔细你们的皮！"孙太后威严地说。

万贞儿全身一凛，只得叩头如捣蒜，嘴里连呼："奴婢当尽心竭力，拼死也会护得太子殿下周全！"

"沈姑姑，赏万贞儿玛瑙串珠一对。若日后伺候太子有功，还会重重有赏！"孙太后说。

万贞儿再一次叩头谢恩。

回到锦绣坊，万贞儿把在锦绣坊的一切事宜都交接给乔韵儿。

乔韵儿颇有些不舍，一直嘟嘟囔囔地说：“贞儿姐姐，你去伺候太子，这个差事可比在锦绣坊对着一堆不会说话的衣物有趣多了！姐姐，以后有机会的话，在太后面前美言几句，让韵儿也可以去伺候太子，韵儿不想和贞儿姐姐分开。在宫里，只有贞儿姐姐对韵儿最好，韵儿想一辈子跟着贞儿姐姐。”

万贞儿被她聒噪不过，只得答应说：“日后有机会的话，我就去求太后让你也去端本宫伺候太子，我们两个在一起。”听到万贞儿的许诺，乔韵儿这才心满意足地笑了，也不啰唆了。

万贞儿心想，韵儿还真是个不懂事的小孩子，她以为伺候太子是件好玩轻松又荣光的事，其实根本不是这样。这其中的缘由都绕不开两个月前发生的“土木之变”，当时震惊朝野。

正统十四年七月，漠北的蒙古瓦剌部在首领也先的率领下以明朝减少赏赐为借口，分四路大举侵犯明境。二十二岁的正统皇帝朱祁镇偏听亲信大太监王振的煽惑，御驾亲征漠北的蒙古瓦剌部落。

由于王振指挥严重失误，明军在土木堡被瓦剌围困，死伤十余万，英国公张辅、兵部尚书邝埜和大学士曹鼐等数十名文武官员战死，正统皇帝朱祁镇被蒙古瓦剌也先部生俘。这就是史书记载的“土木之变”。

皇帝被俘的消息传到京城，以兵部侍郎于谦为首的廷臣为应急，联合奏请皇太后孙氏立郕王朱祁钰即皇帝位。郕王是正统皇帝唯一的皇弟，正统帝亲征前命郕王留守京师监国。

时年二十一岁的郕王在孙太后与朝廷重臣的拥立下，于正统十四年九月初六登基，是为明景帝，年号景泰，以第二年为景泰元年。景泰帝奉北狩亲征被俘的皇兄朱祁镇为太上皇，立两岁的皇侄正统皇帝的长子朱见濬为皇太子。

听说小太子朱见濬只是一个还在吃奶尿床的两岁奶娃娃，除了原先有奶娘保姆宫女太监们伺候着，叶菊心和万贞儿是孙太后另派过去的贴身教引姑姑，可见上圣皇太后对他这个嫡亲孙儿是很看重的。

从宫外郕王府迁居寿昌宫的皇太后吴氏可也是有着自己的嫡亲孙儿的，

吴太后的孙儿就是当今皇上景泰帝的长子朱见济，由杭贵妃所生，刚过了周岁生日。

所以这个关口，万贞儿自然明白孙太后特意指派叶菊心和她去往太子东宫的用意。她和叶菊心肩上的担子不轻啊，若小太子稍有差池，她和叶菊心的人头不保。

此刻的她万万也没有想到，翌日初次去端本宫面见太子，就惹出了麻烦和不快。

一早盥洗罢，仁寿宫的沈姑姑就领着叶菊心和万贞儿去小太子居住的端本宫报到。

远远地，万贞儿就看到了端敬殿、端本宫、文华殿这几处宫殿屋顶上那明晃晃、青幽幽的绿色琉璃瓦。

明朝祖制规定，这几处宫殿为太子的居住、摄事之所。因为这一处所位于紫禁城东部，东方在五行中对应“木”，木在五色中主“青”，是木叶萌芽之色，代表温和之春，象征着日出东方，主生长。对于年幼的皇子皇孙来说，顺利生长是最重要的，因此明朝祖制规定太子皇子们的居所便以绿瓦覆顶。

到了端本宫，沈姑姑口宣：“奉上圣皇太后懿旨，着仁寿宫原女官叶菊心、锦绣坊原主事宫女万贞儿即日起拨往端本宫伺候太子的饮食起居。叶菊心任端本宫的内府侍卫总管，万贞儿任太子的贴身教引姑姑。叶菊心和万贞儿自当尽心竭力，和端本宫原有的奶娘、保姆、姑姑、宫女、太监一起尽心侍奉太子，确保太子平安康健无虞。若有懈怠者，定予追究不赦！”

叶菊心、万贞儿和端本宫原有的宫人太监们黑压压跪了一地，领旨谢恩。沈姑姑带着叶菊心和万贞儿正式拜见了端本宫的首领太监覃包、太子自小的乳母李姑姑以及太子宫里的主事宫女春早。

覃公公和李姑姑都是约莫三十岁左右，和叶菊心差不多的年纪，他俩对叶菊心和万贞儿也显得很谦恭、很客气。至于春早，应该和万贞儿年纪相仿，在沈姑姑给两人互相引见后，春早只是“哼”了一声，就不再言语。万贞儿感觉到春早对叶菊心和她的到来显得有些敌意和戒备。

沈姑姑走后，叶菊心提出要去见太子。李姑姑带着叶菊心和万贞儿来到后殿，她边走边说：“太子殿下这几日胃口不怎么好，夜里哭闹，太医给开了些开胃健脾的方子，现正吃着。那药有些苦味，尽管搁了冰糖在里头，太子爷也不爱吃，哄也哄不好呢。”

“哦，那倒更要瞧瞧了。”叶菊心说着加快了脚步。刚来到纱幔低垂的寝殿，就听到了小儿口齿不清的哭闹声：“不、不要。”还有宫女的哄劝声：“太子爷，不喝药，身上就没力气啊。”

转过纱幔，万贞儿看到一个穿着小黄袍、戴着长命金锁的小人儿被一个粗壮的乳母搂抱着，一个约莫十五六岁的宫女正端着金边小碗，举着小银汤匙给那小人儿喂药。

那孩子在乳母怀里扭来扭去，张嘴闭眼干号，看都不看药碗一眼。万贞儿仔细看那小人儿，虽然穿戴金气富贵，但肌肤偏瘦，没有两岁奶娃娃通常该有的肉实和墩胖。

万贞儿不由想起了入宫前自己那也只有两岁的弟弟万通。万贞儿的父亲万贵当年因连坐之罪被流放到蛮荒之地霸州，一家人流离失所缺衣少食。万贵把年仅四岁的万贞儿托人送进宫中掖庭为小宫女，除了混一口饭吃不致饿死，也期望女儿有朝一日混出名堂让家里人也跟着沾点儿光。

万贞儿记得入宫时，她的小弟万通刚会走路，也刚学会说话，小弟喜欢举着胖胖的小手奶声奶气地唤她：“阿姐，抱抱。阿姐，抱抱。”

万贞儿那时虚岁五岁，要抱动有些肉墩墩的小弟实在是勉为其难，但她还是喜欢去抱小弟。她进宫那天出门时，小弟哭着要“阿姐”的声音一直回响在她耳边。万贞儿进宫时最舍不得的亲人就是小弟，再就是娘亲。

今天看到眼前这个小人儿，万贞儿不禁又想起了她的小弟。她离家时，小弟也是眼前小人儿这般年纪，如今光阴荏苒十五载，小弟应该也是英俊少年了。但她对小弟的记忆，还停留在他两岁那年扎着小鬏挥舞着小胖手的场景里。眼前这个也是两岁的尊贵小太子，让她想起了自己那远在穷乡僻壤、吃着粗茶淡饭的小弟。

眼见小太子的哭闹样，万贞儿想起了小时入宫前逗弄小弟的情景。她对李姑姑说：“有没有能发出声响的铃铛？”

李姑姑对另一个小宫女说：“秋水，去找个摇铃来。”秋水把一个银晃晃的摇铃拿来了。

万贞儿取过摇铃，走到那个闭眼干号的小人儿面前，试着轻轻摇动铃铛，铃铛发出了清脆悦耳的声音。小人儿听到铃声，睁开了眼睛。

她小心翼翼地带着笑容对着小人儿说："好听不？"又试着继续摇动铃铛。这下铃铛的声音愈加清脆，像雨点打在屋檐上，又像秋风刮过庭院黄叶的簌簌之声。

小人儿笑了，嘴角露出了一个浅浅的笑涡和几颗尖尖的白乳牙。他伸出了手，想抓住铃铛。万贞儿继续摇动着铃铛，趁机说："先喝口药，贞儿姑姑就把这个给你玩。"小人儿扁了扁小嘴，欲哭。

万贞儿赶忙把铃铛塞到他的小手里，他一只手拿不住，就两只手来拿。万贞儿接过那个叫夏露的宫女手里的药碗，趁机给小人儿嘴里喂了一勺汤药。小人儿正玩着铃铛，两只手摇晃着铃铛，发出"丁零零"的声音，他注意力都在铃铛上，也没表示反对。

万贞儿趁机把汤碗里并不多的药汤都喂了进去，只剩下了药渣。她吩咐夏露再倒点儿温热的白水来，又喂这小人儿喝了几口白水。小人儿一边玩着铃铛，一边咂吧着小嘴，似乎对喝下去的白水挺满意似的。

殿里的人都松了口气。李姑姑笑着说："还是太后身边的人有办法。这个法子其实也简单，咱们怎么都没想到呢？贞儿姑娘，以后给太子喂药这个差使，就交给你来吧。"

万贞儿刚想推辞客气几句，却听到春早嘟哝着说："不过是瞎猫碰上死老鼠——凑巧罢了。"万贞儿便不做声了，客气的话也没说出口。她已经看出这个和她年龄相仿的春早，颇不待见她。春早是东宫宫女里资历排第一的，是太子身边的老人，万贞儿并不想与她为敌。

在端本宫的第一个晚上，是叶菊心、李姑姑、夏露在太子寝宫的外殿当值。万贞儿和春早、秋水、冬雪住在偏殿里。半夜里，一直睡得迷迷糊糊的万贞儿似乎听到了太子寝殿传来哭闹声。

万贞儿被惊醒了，欲起床，和她住一屋的冬雪说："贞儿姐姐，不碍事，是太子梦魇了，在哭闹。一个月里太子夜里总要梦魇几回，太医们也开了安神压惊的方子，但收效不大。太子平时也没什么大毛病，只是隔几日会夜里哭闹一下，白日里都好好的。我们也都习惯了。据傅太医说，太子年龄小体弱娇怯，夜里该挨着生母或者奶娘乳母睡。太子的生母贤妃娘娘身子一向不太好，自己也是三天两头喝药看太医的。太后叫不要劳烦周娘娘，就叫乳母、姑姑并几个贴身宫女陪着太子过夜。自小服侍我们太子爷的奶娘也有好几个，李姑姑、崔姑姑是为主的两个。好像就只有李姑姑陪的夜里，太子睡得安稳些，但李姑姑也不能每晚都陪夜的。你和菊心姑姑都是太后身边派来的人，李姑姑说，还指望着你们把太后宫里的福气也带点儿给太子呢。”冬雪年龄尚小，一派天真稚气，她是这些宫女里最愿意和万贞儿说话的人。那夏露、秋水似乎和春早是一派的，也不爱搭理万贞儿。

万贞儿对冬雪说：“好妹子，谢谢你肯把这些告诉我。我和菊心姑姑既然是太后派过来的人，心里一样都是为太子着想的。”

第二日晚上，安排的是万贞儿和春早以及太子的另一个乳母崔姑姑当值守夜。万贞儿是心里有事睡觉就比较警醒的人，所以当半夜里小太子在寝榻上翻身时，她就醒了过来。而崔姑姑依旧鼾声隆隆，离太子寝榻最近的春早也没醒，鼻息均匀。

太子寝殿里的烛火是长夜不熄的。透过微红的烛光，万贞儿看到小太子的双手伸出了锦被，在空中胡乱挥舞，嘴里还发出“哦哦呀呀”的自言自语。

深秋夜里已经有极深的寒意了，万贞儿担心只穿着薄丝棉褂睡觉的小太子把手伸出被外会受凉。她看看陪寝的另两人，崔姑姑许是白日里辛苦劳碌了，依旧在打鼾；春早翻了个身，又睡着了，响起了均匀的鼻息。

没办法，万贞儿只得穿上夹袄夹裤，蹑手蹑脚地走到太子寝榻前，轻轻地把太子在外挥舞的双手放回锦被里。再摸了摸太子身下，果然裆下的棉片已经浸湿了，她给换了一块干净的棉片。

换了干净舒适的棉片，小太子身上舒服了，黑黑的眼仁凝视着她，嘴角浮现出了笑意。这是到太子宫两天来，万贞儿第一次看到小太子的笑意。她不禁伸出手指刮了刮他柔嫩的脸颊，不料他的嘴却一下咬住了她的手指，那几颗长出的尖尖的小门牙竟然把她的手指咬得隐隐作痛。

万贞儿忽然醒悟了：小太子莫非是饿了？李姑姑交代过，太子夜里有时是要加餐的，有时是乳母的人奶，有时是滚水即冲的桂花藕粉羹或者玫瑰粳米粥什么的。

万贞儿看看睡得正香的崔姑姑，不想喊醒她，于是，轻手轻脚地用寝殿放着的暖瓶里时时温着的滚水给太子冲调了一碗桂花藕粉羹。现在正是深秋桂花飘香的季节，桂花香能够宁神安眠。

万贞儿把太子的头放在她的手臂上枕着，喂他吃了小半碗桂花藕粉羹。一边吃，他黑黑的杏仁般的眼眸一边打量着她，有时嘴角还浮出一个带着笑意的梨涡。这不由让她又想起了自己的小弟，小弟从前也是这般瞧着她的，在她抱他、喂他吃食、逗他玩耍时。

渐渐地，小人儿的眼神迷离了，似睁非睁了，万贞儿晓得他应该是瞌睡来了。果然，一会儿，他头一歪，就睡着了。万贞儿用丝帕擦了擦他的嘴脸，扶起他的背，小心地、轻轻地拍了一会儿，让他消会儿食，不至于噎着。过了一会儿，她才轻轻扶着他躺下，盖好锦被。小人儿很快就睡熟了，响起了均匀的呼吸声。

当万贞儿轻手轻脚地走回自己的寝榻时，却看到了昏暗中一双亮闪闪的眼睛紧盯着她，像黑夜荒野上闪着绿光的狼眼。万贞儿被吓了一跳，再一细看，却是春早披衣坐在寝榻上，一直盯着她，也不晓得春早是什么时候醒的。

“不错嘛，才来第一个晚上，就把太子殿下伺候得周周到到、熨熨帖帖的。很熟练嘛，倒比我们这些东宫的老人还熟练了。”春早一说话就是阴阳怪气的。

万贞儿没理她，只是淡淡地说：“我睡觉比较警醒，太子饿了，也尿了，我见姑姑和姐姐辛苦了，睡得熟，就替太子换了尿片，喂了藕粉羹。这些都是小事，我入宫前，在家给吃奶的小弟也做过的，确实做起来也不算生疏。做得不好，让春早姐姐见笑了，还请原谅贞儿则个。”

一直鼾声如雷的崔姑姑被她们的谈话惊醒了，她披衣起来迷迷糊糊地说：“是太子饿了？要吃奶了吗？”说着，她就解自己的衣襟。

万贞儿说：“姑姑安心睡吧。太子刚刚才吃了半碗藕粉睡了，棉片也换了，就不用劳烦姑姑了。”

“哦！那就有劳贞儿姑娘了。我夜里瞌睡大，以后太子要吃奶的话，还烦请贞儿姑娘提醒我。”崔姑姑打着哈欠说。

“好的，到时贞儿会提醒姑姑您的。”万贞儿说。崔姑姑千恩万谢地去睡了。春早“哼”了一声，也扭头去睡了。

万贞儿心想，自己只是初到端本宫，无意中就惹下了一个对头。这以后的日子，如何与春早相处下去？她还来不及细想，睡意就袭了上来，于是钻进已没有热气的被子，也很快睡了过去。

第二章

后宫拜会暗伏杀机

一早醒来，已是鸟鸣啁啾的清晨了。万贞儿对镜梳妆，见眼睑下面浮现出了淡淡的青黑色，这是睡眠不足的标志。

菊心姑姑问她："昨晚第一次在太子殿上夜，还习惯么？"万贞儿说："还好。所幸还没出什么差池。"

李姑姑走过来说："崔姑姑都告诉我了，太子昨儿夜里竟然没哭没闹没梦魇呢，奴才们也都落了个安心和好睡。只是辛苦贞儿姑娘了。贞儿姑娘年纪也不大吧，伺候小孩子和奶娃娃倒是一点儿也不见生疏。到底是仁寿宫出来的人，太后调教得好，能干得很。太后把你和叶侍长拨来，倒是我们东宫阖府人的福气了。"

万贞儿忙施礼说："姑姑言重了。贞儿只是一介宫女而已，尽守本分罢了。以后还请您和菊心姑姑并众姐妹多多指教和担待，贞儿今后有做得不周之处，还请多多谅解和指正。"

李姑姑也还礼说："折杀妾身了。叶侍长和姑娘您都是太后身边拔尖儿被太后信任的人呢，以后还请多多包涵和担待啊。"

菊心姑姑微笑着看着万贞儿说："以前倒还看不出啊，万贞儿你是既能干又会说，果然太后的眼力没错。既然我们都是太子身边的人，以后就要同舟共济，共同护佑太子平安健康长大，不负太后的重托。太子安好顺遂，我们做奴才的也有一份荣光。好多人想来端本宫还来不了呢！既然我们有幸侍候太子，也就是提着脑袋把身家性命都押上了。从此以后，大家伙儿团结一心，共同护佑小太子，不得出现扯皮推诿的事。”

叶菊心这番话说得很郑重，她如今受上圣皇太后任命，已是端本宫的内府侍卫总管了，和端本宫的首领太监覃公公是一个级别。

在早班训话的时候，菊心姑姑把这番话又说了一遍，太子宫里的姑姑、嬷嬷、宫女、太监齐声遵是。

早饭后，万贞儿正抱着小太子在端本宫后院里摘花逗鸟玩，小太监小安子禀报：“清宁宫贤妃娘娘来看望太子殿下了。”正说着，就看见穿戴着浅紫色妃位服饰的周贤妃扶着宫女青鸾的手臂进来了。

周贤妃是京师昌平人，周能之女，被选入宫后被封为贵人，正统十一年诞下正统皇帝的皇次女重庆公主，被册封为贤嫔；正统十二年十二月诞下皇长子朱见濬，被册封为贤妃，位次仅在正统皇帝的原配嫡妻钱皇后之下。

万贞儿忙放下小太子，给周贤妃施礼说：“奴婢万贞儿见过贤妃娘娘，娘娘万福金安。”

周贤妃抬手示意万贞儿起身，笑容满面地说：“起来吧。本宫都听说了，说上圣太后指派了身边可靠的人来服侍太子，今后就有劳菊心姑姑和贞儿姑娘了。本宫的身子一向不太好，前一阵患了风寒，老也不见好，受不得过多的劳累。加上太子年幼，容易感染疾病，所以太后懿旨要本宫先调养好身子，太子暂且先育居别宫，派得力小心的人伺候着。待本宫完全康健了，太子再移居清宁宫母子同处。这些日子，就要辛苦你们了。本宫听姑姑和宫女们说起，说贞儿姑娘伺候太子既细心又周到，太子竟然连着几日没有闹梦魇呢。还是太后老祖宗会调教人，派来的人都是伶俐能干的。今后太子就仰仗你们了。”周贤妃说着拍了拍万贞儿的肩膀，扭头对随身的清宁宫大太监夏时说：“夏公公，宣赏。”

夏公公口宣：“清宁宫贤妃娘娘赏端本宫宫人叶菊心、万贞儿库缎各两匹、白玉戒指各一对、金步摇各一枚。其余端本宫所有乳母、姑姑、宫女、太监皆赏例银一份。”说着，已有小太监奉上礼盒。万贞儿忙磕头谢恩，一旁的小安子替她接过礼盒。

周贤妃扶起万贞儿，白腻的瓜子脸上堆着温柔的笑容，说："你们是太后身边的人呢，也是见过世面的，本宫的这一点儿小意思，不值什么。你们伺候太子辛苦了，闲暇了也裁身新衣裳，打扮打扮。"

万贞儿恭恭敬敬地回答："尽心伺候主子是奴才分内的事。娘娘这么贵重的赏赐，让奴婢诚惶诚恐，奴婢今后定当拼死护得太子周全。"

周贤妃再次温柔地笑了。万贞儿发现，贤妃娘娘笑起来真是好看极了，难怪正统皇帝会喜欢她、宠幸她。她自己也很争气，只不过入宫数年，接连就诞下了皇次女和皇长子。

中宫钱皇后一直未有生育，如果将来小太子得以顺利登基，贤妃娘娘很有可能就会登上太后的宝座。但一切都只是可能，前提是小太子不能发生任何差错。如果小太子稍有差池，那当今皇上景泰帝也有自己的亲生皇子等着呢。

孙太后和周贤妃心里都明白得很，小太子朱见濬身系满门安危。所以此时孙太后派自己宫里信得过的叶菊心和万贞儿来到端本宫小太子身边贴身侍候，也是以示重视之意。

周贤妃又对被乳母抱着的小太子说："来，濬儿，让母妃抱抱。"朱见濬看了看装束华贵的贤妃，没有反应。

乳母说："太子殿下这几日也见沉了，娘娘仔细别闪了腰。"周贤妃笑道："他现今还小，本宫还抱得动。日后他越长越沉，本宫还真怕抱不动了。"说着就真的接过乳母手里的小儿来搂抱着。

朱见濬毕竟还是小孩子心性，刚开始还对母妃有点儿认生。周贤妃从青鸾带来的锦盒里拿了精致点心和时兴小玩意儿着意逗弄他。不一会儿，朱见濬就和生母玩到一块儿了，口里也愿意称呼"母妃"了，周贤妃也显得很高兴。

周贤妃抱了太子有半盏茶的时辰，额上出了微微的汗，脂粉和妆容也有些花了。青鸾用丝帕给她拭去汗珠，说："娘娘，要不要把小皇子放下来一会儿？抱久了仔细手疼。太医说了，娘娘大病初愈，不宜用力盗汗的。现在也到了该吃药的时辰了。"

周贤妃依依不舍地把小太子交还给乳母，再跟端本宫里的乳母、姑姑、宫女、太监叮嘱了一番好好照顾太子的话语，才依旧扶着青鸾的手臂施施然出了端本宫，夏公公跟在后面。

此前叶菊心去了仁寿宫给孙太后禀报事宜，一直未见回宫。青鸾嘱咐万贞儿说："等菊心姑姑回宫了，让她去清宁宫一趟，贤妃娘娘有话要吩咐。"

此次见面，周贤妃给万贞儿留下了亲切温柔、平易近人的好印象。这时的万贞儿怎么也不会想到，多年以后，周贤妃成为周太后，她万贞儿竟然会被周太后视作暗中的对头，让周太后觉得如鲠在喉，欲除之而后快。当然这都是后话了。

叶菊心和万贞儿到了端本宫的第四日一早，端本宫的大太监覃公公宣旨："长宁宫皇后娘娘来看望太子殿下。"

居住在长宁宫的汪皇后是现今景泰帝的原配发妻。景泰帝为郕王时，汪氏是郕王正妃。郕王贵为皇帝后，郕王正妃也就成了位居中宫的皇后，应该移居皇后所住的坤宁宫。

坤宁宫以前居住的皇后是正统皇帝的中宫皇后钱皇后。正统皇帝御驾亲征被蒙古瓦剌部落俘获，钱皇后的兄长和小弟在土木之役中也双双蒙难。消息传来，钱皇后在宫中啼哭不止，整日整夜在坤宁宫里供奉的佛像前跪拜祈祷，祈求上天保佑正统帝平安归来。每到夜深人静，坤宁宫里都会传来钱皇后为夫君祷告的声音，让听到的人心里既害怕又感动。

新皇景泰帝登基后，尊正统帝为太上皇，钱皇后也该搬出坤宁宫，让给新皇后汪氏的。汪皇后见皇嫂钱氏陷于痛苦之中不能自拔，倒不忍心催促其移宫了，自己就择住了东六宫之一的长宁宫，还是让钱皇后住在坤宁宫。

万贞儿曾听到宫女太监们私下嘀咕，说汪皇后是个仁善之人，她没诞下皇子，只生育了两位公主，对非自己所生的小太子朱见濬蛮慈爱的，定期来探视，视若亲生。

说话间，穿戴着凤冠霞帔明黄色皇后服饰的汪皇后就扶着宫女白梅的手进来了。叶菊心、万贞儿以及一帮嬷嬷宫女太监都给汪皇后行跪拜大礼："奴婢（奴才）恭祝皇后娘娘吉祥如意，娘娘千岁千千岁！"

"都起来吧，不用行如此大礼。"汪皇后和蔼地说，"听说上圣太后给东宫新添了几个身边得力的人，本宫特来瞧瞧。"

话音未落，叶菊心已经跪倒说：“奴婢叶菊心拜见皇后娘娘！”万贞儿也跟着在叶菊心身后跪倒说：“奴婢万贞儿拜见皇后娘娘！”

汪皇后示意白梅扶起她们两个，仔细瞧了瞧，笑着说：“果然都是伶俐仔细的人。”说罢，也赏了她们俩各两套时新衣裳，众人也皆有赏银，虽不如周贤妃赏赐得那么阔气，但也难得了。汪皇后又叮嘱了一番好生伺候太子的话后，方才离去。

不知不觉，叶菊心和万贞儿到端本宫当差已经有十来日了。这十数日间，孙太后来过几次端本宫探视皇孙，吴太后也来过一次，周贤妃是隔日来，汪皇后是隔三日来一次。

太后、皇后、嫔妃们不来的日子，覃公公、李姑姑、春早就带领着叶菊心和万贞儿并小太子去太后、皇后和贤妃娘娘宫里去请安。这期间，还去杭贵妃宫里请安了一次。

杭贵妃从来没来过端本宫，但叶菊心和李姑姑商议说，该带着太子殿下去给杭贵妃请安。在这偌大的后宫，地位最尊贵的除了孙、吴两宫太后和汪皇后，目前最炙手可热的就是小皇子朱见济的生母杭贵妃了。

景泰帝唯一的皇子就是由杭贵妃所生，现今也有周岁了。母以子贵，杭贵妃地位之尊崇，就连孙太后、汪皇后也要让着几分。

其实这后宫里，现在真正得意的女人有两个：住在寿昌宫的吴太后和住在万安宫的杭贵妃。杭贵妃自然是母以子贵，而那吴太后又何尝不是？宫里像梅林姑姑这样的老宫人都晓得一段公案，梅林姑姑私下曾对万贞儿说起过。

现在的吴太后原本是宣德朝汉王朱高煦府邸的一名侍女。大明洪熙元年五月，登基不足一年的洪熙帝朱高炽薨逝，太子朱瞻基继位，是为宣德帝。洪熙帝的皇弟汉王朱高煦起兵反叛欲夺取皇侄的天下。宣德帝御驾亲征，生擒了汉王父子，汉王府的女眷依大明律法被押解入宫充入掖庭为奴。

在押解女犯返回京师途中，年轻的宣德帝因缘巧合和青春貌美、聪明伶俐的汉王府侍女吴氏邂逅并被她深深吸引。回到京师后，宣德帝“金屋藏娇”，将她安排在一个紧贴宫墙的大宅院中，并时常临幸。

宣德三年，吴氏生下一子，就是宣德帝的二皇子朱祁钰，吴氏也因此被册封为贤妃，位次仅在孙皇后之下。为了掩人耳目杜绝闲言碎语，也是为了保护母子二人，吴贤妃母子依然住在宫外。

宣德九年年末，宣德皇帝病重，派人将朱祁钰母子召进宫，并托付自己的母后张太后善待朱祁钰母子，托孤之后，宣德帝薨逝。由于时逢皇帝的大丧，无人顾及吴氏母子的身世，母子二人就这样被皇宫内外接受了。张太后也并没有食言，不久就册封六岁的次皇孙朱祁钰为郕王，并修建了王府，吴贤妃被张太后允准随儿子在郕王府邸居住。

正统十四年八月，正统帝朱祁镇北上御驾亲征被俘，太子年幼，作为正统皇帝唯一的皇弟和监国，时年二十一岁的郕王朱祁钰被孙太后和以于谦为首的文武大臣推举登基，是为景泰帝。

母以子贵，吴贤妃也一举由贤太妃被尊为皇太后，和孙太后并尊为两宫皇太后。孙太后只是太上皇的母亲，而吴太后是当朝皇帝的母亲，气势上自是吴太后更胜一筹。谁能想到当年的王府侍女，罪臣女眷，竟然有朝一日会贵为皇太后，自己的儿子是大权在握的当今皇上？

叶菊心和万贞儿来到端本宫的第五日，端本宫一行人领着小太子朱见濬去寿昌宫给吴太后请安。

吴太后正在寿昌宫的小花圃里指点着宫女太监给菊花修枝剪叶。覃公公、李姑姑、春早领着小太子先拜见吴太后，随后叶菊心和万贞儿再单独拜见吴太后，行叩拜大礼。

吴太后家常打扮，头饰也是家常的，四十来岁的样子，白净的脸上现着温和的笑容，显得很亲切。她示意叶菊心和万贞儿起身，说：“这是上圣太后从仁寿宫特意拨给端本宫伺候太子的叶菊心和万贞儿吧？哀家都听说了，很好。竹影，看赏。”

寿昌宫里的主事姑姑竹影给端本宫来的宫人赏了一锭元宝，叶菊心和万贞儿还另外得了一匹绸缎。如果说孙太后显得威严精明、不苟言笑的话，吴太后就显得和蔼亲切低调。这大概和她出身侍女，曾经是罪臣女眷，又长期住在宫外有关吧。

给吴太后请安后，他们又一径去了东六宫之一的长宁宫给汪皇后请安。汪皇后居住的长宁宫肃穆庄重，如汪皇后本人一样大方得体。

给汪皇后请安后，再去位于西六宫之一的万安宫给杭贵妃请安。不同于寿昌宫的素雅和长宁宫的肃穆，万安宫里布置得金碧辉煌，甚是华丽。因为不久前刚庆祝过景泰帝皇长子朱见济的周岁生辰，万安宫里的喜庆气氛还未散去，张灯结彩、依红偎绿、流金溢彩，一派喜气洋洋、富贵逼人。

杭贵妃身着富贵牡丹团花织锦的大红礼服，梳着珠钗环绕的如意高髻，额上勒着凤凰于飞的金抹额，斜靠在贵妃榻上，逗弄着被乳母抱在怀里的小皇子朱见济。杭贵妃比未产皇子前要丰润了些，唇红齿白，颊飞红霞，显得气色极佳。

万贞儿不由暗暗心惊，这作为正色的大红色和富贵牡丹、凤凰于飞的图案通常都只是中宫皇后可择用的。贵妃只可用紫色、浅红、玫红等偏色，衣饰图案也只能用芍药、玫瑰、孔雀、锦鸡等次一等图案的。杭贵妃穿戴如此尊贵，难免有僭越之嫌。不过若是皇上赏赐如此，那也就不算逾礼了。

杭贵妃今日的装扮给万贞儿留下了很深的印象。几年以后，万贞儿闻听杭皇后薨逝的消息时，眼前就浮现出今日初次拜见杭贵妃时的华丽场景。

那小皇子朱见济也被打扮得花团锦簇、金镶玉琢的。他牙牙学语，显得天真活泼，虽比太子朱见濬小了近一岁，但养得肥肥白白、玉雪可爱。

再看小太子朱见濬，虽比堂弟朱见济年长一岁，却显得有些面黄肌瘦，不如堂弟肥白可爱。相比堂弟的天真活泼，神情也显得怯弱认生。万贞儿暗想，跟在母妃身边的皇子，毕竟还是保养得好些。

他们一行六人连带小太子都跪在锦垫上给杭贵妃请安问好，但贵妃娘娘并没有立即让他们起身。他们伏在锦垫上不敢抬头，大气也不敢出。

足有半截香的工夫，才听到杭贵妃懒洋洋的声音："都起来吧。"他们这才起身。万贞儿心想，贵妃娘娘果然名不虚传，架子大。他们带着太子去各宫请安时，只有在杭贵妃的万安宫，才会让他们跪这么久的时辰。

"见濬也有好些日子没见了吧？"杭贵妃取下金镶玉的长护指，从点心盘里拈了一块核桃杏仁糕，一点点掰着喂给小皇子朱见济，一边漫不经心地说着闲话，"本宫自从生了济儿，就有些身子虚。皇上特地准许本宫不用晨昏定省，给太后请安也不用常去。太后和皇上都不会怪罪的，说是济儿和本宫的身子将养是最要紧的。所以呢，皇后那儿、其他嫔妃那儿、皇子公主那儿，本宫都没有走动，还望包涵。"

覃包恭敬地回答：“贵妃娘娘乃千金之躯，自是将养保重要紧。贵妃娘娘和小皇子可是皇上、太后心尖上的宝贝，岂是一般庸碌人能比的。”

“呵呵，你这个奴才倒还会说话。”覃包的奉承话让杭贵妃眉开眼笑，“你说本宫和济儿是皇上、太后心上的宝贝，那你们的小太子呢，你们的小太子朱见濬那又是什么呢？是宝贝中的宝贝？”

万贞儿不由为覃公公捏了把汗，杭贵妃这话有点儿咄咄逼人呢。却听覃公公肃穆地回答：“太子和小皇子都是金枝玉叶，都是大明皇室的尊贵血脉，也是休戚与共的兄弟。太子为长兄，小皇子为幼弟。长兄当爱护幼弟，幼弟当倚赖长兄，富贵同享，祸福相依。”这话说得不卑不亢、柔中带刚，连杭贵妃也不好再寻什么瑕疵。

杭贵妃愣了一下，恹恹地说：“这会子本宫也乏了，跪安吧。紫云，送客。”

万安宫的主事宫女紫云让小太监把他们送出宫。他们刚出殿门，就听到身后传来杭贵妃的声音：“上圣太后多拨几个心腹那又怎样？瞧那猴崽子，一副丧气样，一看就不是个有福有寿的。”

紫云也在旁边帮着说：“就是，那个来路不明的猴崽子哪能和我们小皇子比！我们小皇子才是正宗的大明龙裔，贵妃娘娘您才是千金尊贵之躯。皇后也不过是生了两个公主，哪及娘娘您洪福齐天哪！”

覃公公、李姑姑、叶菊心和万贞儿对望一眼，不做声地匆匆走出万安宫。只有春早“啐”了一声，小声嘀咕：“神气什么？谁才是正宗的龙裔这宫里哪个心里没数？”

给吴太后、汪皇后和杭贵妃请安后，他们一行最后去给住在坤宁宫的钱皇后请安。钱皇后是正统皇帝的中宫皇后，也是小太子朱见濬的嫡母母后，按理说，他们是不能失了礼数忽视的。

只是自从正统皇帝北狩被俘后，钱皇后就时哭时笑，神智不太清楚了。孙太后就吩咐下来，太子年幼，怕被吓着，就不用常去坤宁宫给钱皇后请安了，一个月里去一次也就行了。叶菊心和万贞儿被拨到端本宫当差后还从来没有拜见过钱皇后，因此也就趁着这次机会和太子一起去坤宁宫给钱皇后请安。

坤宁宫是紫禁城皇宫的后三殿之一，是大明历朝皇后的寝宫，自是装潢得豪华富丽，气宇轩昂。但眼前的坤宁宫就显得有些冷清和败落，自从正统皇帝北狩不归后，这里就从车水马龙变成了门前冷落鞍马稀。

正统皇帝北狩被俘后，前廷后宫里有些趋炎附势的大臣和小人明里暗里就有些轻慢孙太后、钱皇后以及太子朱见濬，而对吴太后、汪皇后、杭贵妃以及小皇子朱见济就拼命巴结。连万贞儿这些宫人都能感受到，何况是孙太后这样精明的人。

孙太后和追随正统皇帝的旧人都明白，要想保住眼前的富贵甚至性命，首先还是得保住被瓦剌俘获的正统皇帝的性命，不仅要保命，还得把正统皇帝给迎接回来。

万幸的是，瓦剌国师也先俘获正统皇帝后并没有害他性命，而是想以正统皇帝的性命相要挟，迫使明朝答应他的条件。也先的弟弟伯颜帖木儿认为正统皇帝奇货可居，劝也先留下正统皇帝，也先也认同，正统皇帝遂得以保全了性命。

正统皇帝被俘的最初一段时间，也先总是带着他到处招摇撞骗，但都遭到了明朝边将的回绝。景泰帝明发诏谕，不许朝廷大臣私自与也先联系。而孙太后周围的一帮老臣却筹谋着与瓦剌私下接触，想以金银玉帛换回正统皇帝。毕竟堂堂大明王朝一代天子被蛮夷部落俘虏扣留是件不光彩的事，事关大明王朝的脸面，朝廷上下都得努力。

钱皇后为了能赎回正统皇帝，把坤宁宫里的一切财物都捐献了出来，并日夜在坤宁宫里祈祷，希望太上皇能早日平安归来。

宫门前守候的小太监通报后，坤宁宫的主事宫女蓝雀把他们迎进去，轻声说：“皇后娘娘祷告了一夜，太累了，刚刚才睡着了。”

只见坤宁宫正殿里供着足有两个真人高的如来佛祖、观音菩萨的巨幅鎏金铜像，铜像前的棉质蒲团上，蜷缩着一位长发披散的女子，身上覆盖着明黄色的锦被。她鬓钗蓬乱、衣衫不整、脂粉未施，面容晦暗憔悴，依稀还能分辨出是钱皇后的面容。这和万贞儿在正统七年皇上大婚那年看到的钱皇后简直是云泥之别。

十七岁大婚时的钱皇后明眸皓齿，俊眼秀眉，意气风发，落落大方。七年之后的现在，只有二十四岁的钱皇后却憔悴晦暗如中年村妇，难道正统皇帝的被俘对她的打击如此之大？

万贞儿心想，同样都是正统皇帝的后妃，为正统皇帝生育了一子一女的周贤妃却是处变不惊、泰然自若、保养得宜，依旧青春貌美。钱皇后虽然位居中宫，但并未生育，如今容颜又大损，将来若是正统皇帝有回宫的那一天，钱皇后的皇后之位还能稳固吗？自古哪个男人会不爱青春貌美的姬妾而钟情于红颜已逝的糟糠之妻呢？

万贞儿不由在心底叹息了一声：钱皇后和正统皇帝伉俪情深，她如此不爱惜自己的身体和容颜，还能不能熬到正统皇帝回来的时候呢？

由于钱皇后熟睡未醒，他们也不便惊扰，遂退了出来。

此时的万贞儿和钱皇后并没有任何交集，但后来两人竟然成了莫逆之交。

第三章

卫京师迎上皇回宫

万贞儿到端本宫半个月后，收到了窦如海托梅林姑姑捎来的信笺："贞儿，我要随神机营出征守城了，今日午后能否随姑姑出宫一叙？"莫非如海哥要随大军上前线打仗了？万贞儿的心顿时乱了。

三年前的春天，万贞儿随梅林姑姑出宫，在小客栈里第一次见到了窦如海。窦如海是梅林的娘家侄儿，从家乡的瘟疫中逃出来投奔在宫里当差的亲姑姑。

那时的窦如海衣衫褴褛，神态拘谨忸怩，万贞儿问他话，他看了她一眼就脸红了，赶紧低下头去，好像万贞儿是一个吃人的老虎让他感到害怕似的。其实他比万贞儿还大三岁。万贞儿觉着他有趣，也觉得他可怜，后来把太后过年过节时赏的一些名贵布料赶着给他做了一身像样的衣裤让他穿上了。

一年后，万贞儿又见到了窦如海。他已经靠着梅林姑姑的周旋到了京师禁卫军的神机营里当差。他穿着神机营的军服，人比一年前高大壮实了不少，看上去不再是那个怯弱的乡下小子，而是一个英气勃勃的青年军士了。他见到了万贞儿还是有些脸红，但也会主动找她说些话了。

后宫的宫女嫔妃除了太监，是很少能见到正常的男人的，尤其是青年男人。窦如海是万贞儿长大成人后第一个面对面亲眼见到的青年男子，他唇上软软的髭须、英气的浓眉、黑亮的眼睛、腼腆的笑容以及低沉温和的嗓音对万贞儿来说都很新鲜，有一种特别的吸引力。而二八芳龄的万贞儿虽然只是一个宫女，但在窦如海看来，她的明艳大方和温柔体贴都是远远超过以往村里那些村姑的。他在心里也很想见到她。

自从窦如海出现以后，万贞儿就格外盼望着每一年的清明、中秋、元旦早点儿到来。因为这些节日一到来，梅林姑姑就会带着她出宫，就能看到窦如海英俊挺拔的仪容、温柔亲切的笑脸了。

万贞儿也看出，窦如海也希望早点儿见到她。他每次见面的第一句话就是："贞儿妹妹，终于又可以见到你了，我都盼了好久了。"

万贞儿其实也想说："如海哥，我也一直盼着想早点儿见到你。"但女儿家的娇羞和矜持让她把这句话硬生生咽进了肚子，她只是用柔媚的眼风瞟了一眼窦如海，嫣然一笑，一切尽在不言中。

万贞儿给窦如海送了亲手缝制的香囊、鞋袜和内衣。窦如海把母亲留给他的墨玉手镯送给她，她推辞不受，说："这么贵重的祖传宝贝，贞儿承受不起。"

窦如海说："这玉手镯就适合女儿家戴，贞儿你给我好好保管着。"

万贞儿说："那好，海哥，贞儿暂且替你收着。等你日后娶了媳妇，这玉镯你就送给你媳妇。"

"嗯，我要是没有媳妇，你就一直替我收着。其实，贞儿妹妹，我倒想你是我的媳妇呢，只怕是我的痴心妄想，我晓得我配不上你的。"窦如海红了脸，声音也变低了。

万贞儿也红了脸，小声说："不是配不配得上的问题。我现在是宫里的人，是不自由的。除非我将来有机会出了宫，才有这个可能。听说前朝的宫女一般到了二十多岁是有机会被放出宫的，但也说不准，得看皇上皇后太后恩不恩准。"

"贞儿妹妹，我会一直等你，等你被恩准出宫的那一天。"窦如海一脸认真地说。

"不用一直等。若是我二十五岁以后还出不了宫，你就不用等我了，等别的女子去吧。"万贞儿含娇带嗔、似真似假地说。

"不会，我会一直等你，等贞儿你。"窦如海却是认真而执拗地说。

梅林姑姑也看出了他们两个之间的意思，就叮嘱说："现在你们两个都是皇上和太后身边的人，可不能造次。要小心谨慎，一个不小心，被人察觉上告了，那就是死罪。如果贞儿今后真有机会出宫，你们两个的事情那就出宫以后再说吧。在宫里的这些日子，可不能闹出什么乱子来。”

万贞儿和窦如海都点头称是。他们都明白梅林姑姑的苦心，也不会让她为难。牛郎织女一年也只有一次七夕相会，两人两情相悦，一年中能够晤面两三次也算是甜蜜幸福的了。

和窦如海私下结交这件事，万贞儿并没有告诉好姐妹乔韵儿。她担心韵儿心直口快，要是把这事漏了风声，不仅是她和窦如海，连梅林姑姑也要被牵连进去。

此刻接到窦如海托梅林姑姑捎来的信笺，万贞儿也顾不得多想，匆匆向菊心姑姑告了假，就跟随梅林姑姑出了紫禁城的坤宁门，来到了宫外的小树林里，窦如海已经在那儿等着了。

窦如海穿戴着上阵打仗的铠甲和盔甲，全副武装的样子，一见到万贞儿，就惊喜地说：“贞儿妹妹，我还以为你不会来了，都超过约好的时辰了。”

万贞儿说：“我现在从锦绣坊调到端本宫了，专门伺候小太子，事情比以前多多了，出来一趟也不容易。”

“我也听姑母说了，你被太后调到端本宫了，我们想要见面也没以前那么容易了。我本来也不想叨扰你的，但我已经接到命令，马上就要入列出征守城了。出征之前，我想见见姑母和你，说说话，不然以后怕再也见不到了。”窦如海有些忧戚地说。

万贞儿忙给他打气说：“海哥，不要说这些丧气话，我相信你一定会得胜回来的！姑姑和我会等到你的好消息的！”

“贞儿，有你这句话，我一定会得胜回来见姑母和你的。”窦如海的情绪也高兴些了。

三人闲聊了会儿，万贞儿把在宫里做好的鞋袜交给他，梅林姑姑也给他缝制了两件中衣。

相聚了半个时辰，窦如海要赶着入队出征了，万贞儿和梅林姑姑也得回宫了。万贞儿把自己亲手缝绣并在佛前供奉许了愿的平安符塞到窦如海的手里，说：“这个，我在佛祖面前许了愿的，希望保佑你平安报捷。”

窦如海悄声说："我一定会贴身带着，就戴在我颈项上、胸前。我一定会平安归来的！不让姑母和你担心，我也想早点儿见到你们！"

临分别前，梅林姑姑走在前面，窦如海和万贞儿落在后面。窦如海偷偷把她的右手捂在自己的左手里，万贞儿怕被人看见，被捂了一会儿后，还是抽了出来。

窦如海掌心的温热一直伴随着她，在端本宫清冷的夜里回想起来，那种灼烫和温暖还让她全身发热，心情如沐春风。

听公公们说，前方已经开战了，战事还很激烈。窦如海所在的神机营是以火枪、火铳、火炮等火器为武器，枪炮不长眼，伤亡尤其巨大。窦如海能平安归来吗？在焦灼不安中，万贞儿渴盼着前方能传来好消息。

万贞儿曾听端本宫里的首领太监覃包公公说起过，瓦剌带着俘获的正统皇帝在大明的边境到处招摇撞骗，但都被守城将领识破，不加理睬。

景泰帝也下令各地驻守将领、大臣不要私下与瓦剌接触，违令者斩。瓦剌国师也先大怒，遂挟持着正统皇帝朱祁镇率领几十万瓦剌大军兵分三路大举进攻明朝京师。京师军民和紫禁城都处于大兵压城的危险中。

朝廷大臣分成了两派，以翰林院侍讲徐珵为首的一派主张迁都金陵，以兵部侍郎于谦为首的主战派主张正面迎敌，发动京师所有军民御敌于城外。

景泰帝支持于谦的主张，孙太后也觉得大明历代祖宗的家业、陵寝都在京师，仓促迁都是弃祖宗家业于不顾，将来愧对先皇先帝于地下，于是，也支持于谦的主张。于谦被景泰帝提升为兵部尚书，提督各营兵马，将士皆受其节制，各地诸王也被召入京带兵拱卫京师。

由于土木之役让大明军队损失精锐，兵员不足，京城里发出了征兵令，凡适龄男丁皆征召入伍，连守护皇宫大内的御林军、锦衣卫都被正式入了军队编制，即日出征守城迎敌。

身为京师禁卫军三大营之一的神机营有火枪、火铳、火炮等火器装备，是明朝"内卫京师，外备征战"的精锐之师，在此危难之际，即刻出发守城也是在情理之中。

大战一触即发，万贞儿心里自然是很担心的，两军对峙，杀敌于前，不是你死，就是我亡，她又怎能不担心窦如海的性命安危呢？

大明正统十四年十月十一日，瓦剌大军抵京师城下，列阵西直门外。也先把正统皇帝以及一众土木之役的明军俘虏放置在德胜门外空房内，将瓦剌大军布置在西直门以西。

大明兵部尚书于谦派兵迎击瓦剌军于彰义门，打败也先部队先锋，夺回土木之役被俘明军一千多人。同时于谦又派人率兵夜袭，以疲惫敌军。

十月十三日，瓦剌军趁风雨大作，进攻德胜门。于谦命大将石亨在城外民房内埋伏好军队，然后派遣小股骑兵佯败诱敌。也先果然中计，亲率大批部队穷追不舍。等也先军进入埋伏圈后，于谦一声令下，明军开始反击，神机营火器齐发，火箭弓弩多如飞蝗般地射向敌军，明军前后夹击，也先部队大败而归。也先的弟弟孛罗、平章卯那孩等将领中炮身亡，瓦剌军受到很大打击。

也先发觉明军主力在德胜门，便集中力量转攻西直门。大明都督孙镗率军迎战，打败也先的先头部队。由于也先不断增兵围攻孙镗，孙镗力战不支，退至城下。此时，把守城头的给事中程信，严令不准开城。同时，命城上守军发射火炮、火箭轰击瓦剌军。大明军队又从彰义门、德胜门抽兵增援，终于打退了瓦剌军的进攻。

十月十四日，瓦剌军又改攻彰义门。于谦命守军将城外的街巷堵塞，在重要的地带埋伏好火铳手、短枪手，又派兵在彰义门外迎战。明军前队用火器轰击敌军，后队由弓弩压阵跟入，击退了瓦剌军的进攻。

窦如海所在的神机营右哨军就负责把守彰义门。在发射火器击败瓦剌军一波接一波的进攻后，窦如海下意识地摸摸胸前，那里安放着万贞儿送给他的平安符。

彰义门守住后，景泰帝所派监军太监率数百骑兵冲击敌阵去抢功，使明军阵势陷入混乱。瓦剌军乘势反击，追到德胜门外。在万分危急关头，当地百姓纷纷登上房顶，以砖石迎战瓦剌军。于谦派出的援军也及时赶到，打退了瓦剌军的反扑。

随后瓦剌军又转战至西直门进攻明军，也被明军击退。瓦剌军不甘失败，又在彰义门组织进攻。明军佯装失利，瓦剌军追到土城，被潜伏在民居内的明军火枪手阻击，死伤无数，进退不得。

也先在进攻京师的过程中，到处遭到大明军民的抵抗和不断袭击。各地的百姓自发组织起来，抗击瓦剌军的掠夺。北方边陲重镇的守兵，也抱着与城共存亡的决心，誓死保卫国土。

也先进攻京师各门屡次遭到失败，中路军在居庸关的进攻也受挫，并获悉大明各路援军即将到达。也先唯恐后路被切断，便于十五日夜率一部人马，挟持正统皇帝由京师良乡向紫荆关撤退。

兵部尚书于谦发现也先军队正在撤退，即命右都督石亨等集中火炮轰击也先军营，炸死瓦剌军一万余人。瓦剌军在撤退的路上，一路烧杀抢掠，掠夺了许多物资和人口。而明军分路追击，石亨大破瓦剌军于清风店，范广在固安打败瓦剌军。也先一路狂逃，十月十七日，撤出紫荆关，不久退往关外。

东路的瓦剌脱脱不花军，闻得中路、西路已败，亦立即撤退，并于十月二十日单独遣使进贡，来北京议和。

此时关内塞北皆是天寒地冻，不利于瓦剌军队挥师行动，加上京师外围大明守军的奋力抵抗，到十一月八日，瓦剌军完全退出塞外，京师解严。至此，大明军队取得了京师保卫战的胜利。

万贞儿听前廷随景泰帝上朝的太监们说，这一段日子前方战事吃紧，皇上和两宫太后、皇后都夜不成寐，时刻关注着前线战事的瞬息变化。万贞儿关心这些战况最根本的一个原因是：她心里很担心窦如海的安危，所以注意打听每一次战役的胜败情况和细节，希望从中可以窥探出窦如海所在神机营的准确消息。

乾清宫的首领太监成敬取笑她说："想不到贞儿姑娘一介女流，也对军队和战事这么感兴趣啊，可以和花木兰、梁红玉、红拂女相比了。"

万贞儿一听，显得很羞赧，说："成公公见笑了。贞儿就是一个卑微的宫女而已，虽不懂得国家大事，但也晓得，京师是我们的栖身之本，京师一旦有不测，倾巢之下安有完卵？所以贞儿自然是盼着我们大明的军队打胜仗的，也免得我们普通百姓流离失所，饱受战乱之苦了。"

成敬却正色说："贞儿虽是宫女，却也有男子的见识呢。"

万贞儿福了一福，依旧谦顺地说："成公公谬赞了，贞儿心下惶恐。贞儿就是一个弱女子，哪里懂得什么国家大事呢？"她不愿多说，成公公哪里又知晓她的儿女私心呢？

一有机会，万贞儿就问梅林姑姑："如海哥有消息了吗？"

梅林姑姑说："我也一直在打探他的消息呢。吉人自有天相，我这侄儿当年在瘟疫中逃得一命，这次也一定会平安无事胜利归来的。"

十一月二十八日，梅林姑姑带来了确切的好消息，窦如海平安报捷，不仅打了胜仗立了功还升了职，从神机营右哨军三司之一的把牌官升到了神机营中军四司之一的监枪内臣了。

窦如海托人捎信说，现在军队在休整整编，待一切安定下来后，他会抽时间来看望姑姑和贞儿妹妹的，嘱咐二人不要担心。

万贞儿大舒了一口气，心里直念"阿弥陀佛"，心想佛祖保佑，日夜在佛祖面前烧香祈祷没有白费，如海哥终于平安回来了！他升不升官无所谓，只要平安就好！

万贞儿现在终于彻底地理解正统皇帝北狩被俘后，钱皇后为何如此日夜悲号不爱惜自己的身体了。就如同她对窦如海上前线打仗的心情一样，心里真正地牵挂想念一个人，才会日夜为其操心忧思，辗转难眠。

窦如海终于平安回来了，而钱皇后日夜挂念的正统皇帝却依旧被也先掳去了大漠，他还能平安回到中原故土吗？

京师保卫战大捷，景泰帝终于坐稳了龙椅，两宫太后、皇后也大松了一口气，大明王朝终于免除了一场劫难。万贞儿身边的宫女太监们和全国的普通百姓一样也都暗自庆幸，终于免除了一场战乱的颠沛流离之苦。

连万贞儿这些后宫的普通宫人都知道，捍卫京师大捷的最大功臣就是兵部尚书于谦大人。如今景泰帝和两宫太后都很倚重他，他也成了景泰朝的重臣，说话很有分量。

蒙古瓦剌部这次大败，依旧掳着正统帝去了北方。听说瓦剌内部已经开始派人求和，上圣太后也和一帮大臣开始操劳迎太上皇回朝的事。这事，据万贞儿自己的观察，景泰帝和吴太后并不很情愿、积极，积极的是孙太后和一帮旧大臣。景泰帝和吴太后自然是担心正统帝回朝后，他们母子俩的帝位和后位不保。

但要迎太上皇回朝的那一派大臣也言之凿凿："如今朝廷打了大胜仗，一雪前耻，怎能让堂堂一朝之尊的太上皇还继续忍受流落北疆蛮夷荒地之苦？这也无法告慰大明列祖列宗啊！”

所以孙太后这一派和景泰帝那一派就保持着拉锯战，不相上下。关键时候，朝廷的功臣、重臣兵部尚书于谦发话了，他主张还是要迎回太上皇朱祁镇，朱祁镇被迎回后，依然当“太上皇”，并不会危及景泰帝的皇位。

这是一个双方都能接受的法子，加上于谦是孙太后和景泰帝都器重、倚重的大臣，因此，迎太上皇回朝的事情也终于开始露出眉目了。

从万贞儿自己内心来说，她肯定是希望迎太上皇回朝的。她现在是端本宫的人，服侍的主人小太子毕竟是太上皇的亲生长子。有太上皇在，小太子将来登基继承大统的希望和机会就多些。否则夜长梦多，要是让杭贵妃那样嚣张跋扈的人当了皇后，她的儿子当了太子，他们端本宫的人都不会有好日子过的。

瓦剌打了败仗，既失去了明朝历年赏赐的大量物品，又失去了与明朝做生意的机会，真是得不偿失。也先就想以手里俘获的朱祁镇为筹码和明朝谈判，想尽量得一些好处。

在孙太后的干预和于谦的建议下，当今皇上景泰帝派出右都御史杨善、工部侍郎赵荣率随行人员出使瓦剌。

杨善是个能说会道的文臣，他出使瓦剌，孙太后托他带去了不少金银珠宝。钱皇后不仅捎去了不少自己和宫人亲手缝制的给朱祁镇御寒的皮袄棉被，更是几乎把皇后居住的坤宁宫搜刮了遍，筹措了大量礼金以把太上皇给“赎迎”回来。

但当今皇上要迎回太上皇的意思并不那么强烈。万贞儿听乾清宫的公公们私下议论，使臣带去的皇上敕书里并没有逢迎太上皇回朝的言语和意思，朝臣们进言给太上皇带去过冬的衣物也没被皇上允准，皇上只赏赐了带给瓦剌国师也先的礼物，并没有赏赐迎太上皇回朝的礼物。

景泰元年的八月，端本宫里那几株桂花树散发着馥郁的清香，万贞儿和叶菊心分到端本宫快一年的时候，北狩被俘近一年的太上皇朱祁镇竟然被出使瓦剌的使臣杨善和赵荣给迎回来了。

消息传到后宫，宫人们无不惊疑惊喜兼具。孙太后居住的仁寿宫里变得喜气洋洋的，一向门前冷落鞍马稀的坤宁宫竟也破例挂上了红灯笼，钱皇后喜极而泣地谢天地谢菩萨，她不分日夜的祷告终于见到了成效，皇天算是有眼啊！

只是如今的钱皇后为此已经摔瘸了一条腿哭瞎了一只眼，已是一个憔悴不堪的中年妇人了，和一直注意保养白白嫩嫩的周贤妃相比，容颜和健康都是大损啊！

万贞儿心里却想，这世上最是真心对待太上皇的首先是他的结发之妻钱皇后，再就是太上皇的母后孙太后，周贤妃等都是次之。但钱皇后无子无嗣，娘家也无背景，现在又大损了容颜和身体，今后拿什么来抗衡有子嗣有美貌又有青春的周贤妃和其他嫔妃呢？就以自己对待太上皇的一片赤诚真心？万贞儿还真的有点儿不信和担忧。

这偌大的华贵富丽的后宫，拥有青春美貌、权势背景和智慧计谋，才是赖以生存之道。最不值钱最不需要的，也许就是一片无私的真心。不仅后宫，前廷亦是如此。

从随景泰帝上朝的公公们那里，万贞儿和宫人们已经大致得知了太上皇被迎回大明的神奇经历，说起来，右都御史杨善是这次出使的首要功臣。

景泰帝并没允准为迎回太上皇准备任何物品，杨善只得自己拿出家财在集市上购买一些生活必需品，一同带在路上。

抵达瓦剌的驿馆后，负责接待的瓦剌大臣陪同大明来的使臣饮酒，并问之："当时土木堡之变时，你们大明的军队为何战败？"

杨善不慌不忙地回答："当时我们大明军队的主力都在南征，而王振王司礼邀我们太上皇到其故里，不是为战备而出，所以被你们战胜。现在南征的将士都回来了，有二十万之众。我们大明正在募集官员及有将才者，有三十万，并悉数教导神枪火器药弩，都能在百步外射穿人和马腹。又采用策士进言，在边界等要害地点，藏三尺铁锥，只要马蹄越过均被刺穿。同时派遣大量刺客，深夜潜入你们营寨中见机行事。"瓦剌大臣听后脸色大变，惊疑不定。

杨善接着说："可惜了，以后这些都用不上了。"

瓦剌大臣奇怪地问："为什么？"

杨善回答：“我们大明和你们瓦剌和议议定后，我们就相好若兄弟了，还需要这些做什么？”

杨善说完，就给这个瓦剌大臣送了不少贵重礼品。这个瓦剌大臣大喜，把这些话都传给瓦剌国师也先听了。次日大明使臣拜见也先，亦大赠礼物，都是大明孙太后和钱皇后贡献出的稀世珍宝，也先很高兴。

杨善趁机诘问道：“我们太上皇当朝的时候，太师您遣贡使每次都是三千人，每一次我们太上皇都是大加赏赐，每一年给你们都有封赏，你们每次都是满载而归。为什么你们突然背弃盟约要攻打我们大明呢？”

也先答道：“因为你们削减我方马价，给予的丝帛多剪裂，此前我们瓦剌派遣的人都回不来了，你们还减少岁赐。”

杨善说：“并没有削减。太师您的马年龄老大，价格已经贬值，但我们不忍拒绝，只好稍微降低收价。而丝帛剪裂的事情，是双方通事所为，我们发现此事后，他们都被诛杀了。这就跟太师贡马有劣弱，肯定是手下人所为，怎么会是太师您的意思呢？况且太师您遣使者每次来朝多至三四千人，其中有一些做强盗或者做出违法事情，难免因此获罪，所以都自己逃亡了。而贡使受宴赐的，上面报的人数都有虚数，朝廷核实后均给予，减去的只是虚数。如果有真人在，那肯定不会减去的。”

也先听后连连称是。

杨善再说：“太师您再次攻打我们，屠杀数十万人，太师您的部下也死伤不少。上天好生，太师好杀，所以现在数有雷警。现在请归还我们太上皇，和好如故，中国金币日至，两国俱乐，不亦美乎？”

也先说：“那你们大明皇帝颁发的敕书里为何没有奉迎太上皇回朝的言辞？”

杨善说：“这是为了成全您的美名，让您自己去做啊。如果我们都写到敕书里，那会被视为太师您迫于大明朝命，非太师诚心啊。”

也先听后大喜，问：“太上皇若回归大明的话，能够再次当上皇帝吗？”

杨善答：“天位已定，难再移。”

也先说：“效法尧、舜，禅让如何？”

杨善答：“尧让舜，今兄让弟，正相同也。”

此时，瓦剌部的大臣平章昂克问杨善："为何不用重宝来购换你们太上皇？"

杨善说："如果拿物品来交换，人们都说太师您太图利了。这次故意不带来，是想证明太师您仁义，将来会名垂青史，颂扬万世。"

也先听后笑着连声说："好！好！"

随后，瓦剌知院伯颜帖木儿劝也先留下大明使臣，遣使去大明要求太上皇复位。也先则害怕失信，认为不可。

在杨善的礼物攻势、巧语周旋和不断游说下，也先最后竟然答应杨善带着太上皇一起返回中原。

如此，杨善最后竟然在没有圣旨的情况下迎回了太上皇。

当时举朝上下均称赞杨善立下奇功，但景泰帝当时并未重赏他。直到太上皇被迎回并软禁南宫两年后，景泰帝见大局已稳，杨善才被升迁为左都御史。

太上皇被迎回京城那天，万贞儿听公公们说，景泰帝只派人在紫禁城城门外举行了一个简单的迎接仪式，然后太上皇就被安排到紫禁城里的洪庆宫居住。洪庆宫周围都遍布了军士侍卫，一般人难以接近。

洪庆宫地处紫禁城东南角，因此宫内人俗称"南宫"，是一处荒凉冷僻的宫殿，人迹罕至，就如冷宫一般。现在还增添了数量不少的军士，守卫森严，真比冷宫还令人难以接近了。除了一般的大内侍卫，皇上还加派了锦衣卫校尉和东厂的番役层层看守，南宫的大门被上锁还被灌铅，外人禁止与太上皇接触。

太上皇皇后钱氏不断哭喊着哀求要去南宫陪伴太上皇，汪皇后动了恻隐之心，终于说动景泰帝允许钱皇后搬去南宫陪伴太上皇。

除了钱皇后，太上皇的其他嫔妃，如周贤妃、万宸妃、刘敬妃、王惠妃、樊顺妃等后来也被获准定期去南宫侍寝。但这些嫔妃不被获准居住在南宫，依然住在后妃寝殿里，但是从华丽气派的东六宫、西六宫等大宫殿搬了出来，只是住在一些偏殿里。

现在那些华丽的主宫殿都被分配给景泰帝的嫔妃住了。坤宁宫腾出给汪皇后住了，钱皇后搬去了南宫。

南宫周围原是一片茂密的松柏，后来这些树相继被砍光了，南宫只剩下一座孤零零、光秃秃的孤殿，独自矗立在紫禁城的东南角落里，就像一座被人遗忘的死城。有什么人想进南宫，也是一清二楚，因为四周没有任何遮掩。万贞儿后来听说，那片树林是景泰帝命人砍掉的，原因就是不准人未经批准借树林的掩护去接近南宫。

景泰帝防范太上皇的心思连万贞儿这个普通宫女都觉得心寒，他们两个是彼此仅有的兄弟手足啊！皇兄因为战事被俘，皇弟继承了皇兄的皇位，得到天下，如今皇兄被皇弟勉强迎回，皇弟却提防着皇兄再来复辟夺自己的皇位。景泰帝的这层心思，前廷后宫的人也大多心里清楚。

以前在太后宫里时，万贞儿还不觉得有什么，如今被派到小太子的端本宫当差一年了，她心里却渐渐有了顾虑。小太子并非现今皇上亲生，说不定就会有被废的一天。太子被废，那他们这些东宫宫人的命运又会好到哪里去?

万贞儿曾经把这个疑虑对梅林姑姑和窦如海说起过。窦如海说："贞妹勿忧，我这几年会努力升官晋职，到时就请求太后恩准你出宫，届时我会明媒正娶贞儿你为妻。"

梅林姑姑说："贞儿，你和海儿都还年轻，世事难料，你们也许还有美好的前途也说不准。不像我，姑姑已经老了，没有指望了，就在这个深宫里熬下去吧，熬到灯枯油尽的那一天。"

万贞儿和窦如海连忙打气安慰她说："姑姑，如果我们有出宫的那一天，一定也要把你带出去。就是待在宫里，也不会让你受到欺负。贞儿和海儿都会努力的，希望我们三个今后都能过上平安幸福的生活。"

他们三个都没有想到，端本宫宁静和安逸的日子不久以后就被打破了。

第四章

废为沂王太子出宫

转眼间，万贞儿来端本宫一年了，小太子朱见濬也从一个有些瘦弱、爱哭爱闹的黄皮小儿日渐养成了一个白白胖胖、有说有笑的三岁小童。

万贞儿把这个小人儿当做亲生弟弟般看待，而不仅仅是地位高贵的小太子。她一直记得四岁离家进宫前，比她小两岁的小弟万通那可爱的样貌。因此第一次见到还不到两岁的小太子朱见濬时，她就想起了自己离家时两岁的小弟。小弟如今也该有十八岁了，但他留给她的记忆，还是两岁时的样子。

这个小人儿也似乎和她有缘，从她来端本宫的第一天起，他在她面前就很少哭闹。若是她当值守夜的日子，这个小人儿吃也吃得多些，睡也睡得沉些，也很少梦魇哭闹。

李姑姑说："贞儿姑娘虽是新来的，但太子殿下和你不见外呢，在你手里格外乖。太子爷和妾身也不见外，因为太子一生下来就吃妾身的奶，可以说是妾身一手带大的，他在妾身面前，也还算乖。如今贞儿姑娘来了，太子这么服你，你是一个得力的帮手，这样我也就清闲些了。"

菊心姑姑也说："贞儿，没想到你年纪轻轻还蛮会带奶娃娃的，比我们这些人都强呢。"

万贞儿有些羞赧地说："两位姑姑谬赞了。因为贞儿当年离家入宫时，我家的小弟也才两岁大，所以看到小太子，心里也觉得很亲切，就把太子殿下当做自己的弟弟一般。”

她的话还未说完，一旁的春早“嗤嗤”冷笑着打断了她的话：“万贞儿你好大胆！太子殿下是什么身份？是皇室龙脉、金枝玉叶，大明将来的皇上和天子！你那弟弟算什么？你和你弟弟都是罪犯眷属，下贱小民！你竟然敢把太子爷比作你弟弟，难不成你还想当公主皇后来着？”

万贞儿自知说错了话，连忙跪倒在李姑姑和菊心姑姑面前，说：“奴婢该死！奴婢一时失言，怎么能拿自己的弟弟和太子殿下尊贵之躯作比呢？真是该死！还望两位姑姑看在贞儿一向小心勤谨的分儿上，饶恕奴婢！”说完，她连连叩头。

菊心姑姑望了李姑姑一眼，说：“贞儿也只是无心之失，想来她不会对太子大不敬的。她对太子殿下的勤谨服侍之心，这一年来，大家伙儿都看在眼里，我们大家就原谅她这次的失言之罪吧。”

一旁的冬雪也帮她说话：“菊心姑姑说得没错，贞儿姐姐只是失言而已，她对太子的忠心是不比我们任何人差的。”

“忠心？只怕是野心吧？”春早依旧不依不饶地说，“瞧她那狐媚样，仗着是太后宫里来的，拈尖抢功，不把我们端本宫太子爷身边的这些老人放在眼里！好像服侍好太子爷都是她一个人的功劳似的！你这么用心思，是不是想让太后将来封你个端本宫的总管当当？”

万贞儿气结，只得叩头，说：“两位姑姑在上，莫须有的罪名，贞儿也不想辩解，有嘴也辩不清。贞儿的忠主之心，苍天可鉴！”

李姑姑终于开口说话了：“好了，春早。有贞儿的用心服侍，你和我这些端本宫的老人不是也落得轻松些？菊心和贞儿本就是太后特意差来更好地服侍太子殿下的。我们都是太子身边的人，太子好，我们也就好。主子好，我们做奴才的才有安稳饭吃。都不要争了，我们宫里的人首先就要团结，不能内斗出内乱。如今太上皇虽然回来了，但在南宫里出不来。我们端本宫的人也自是要小心，不然隔墙有耳，被别有用心的人抓住了把柄告刁状，那就麻烦了，到时只怕一个也走不脱！”李姑姑的话，端本宫的太监宫女们都听得明白，于是都不做声了。

要说视端本宫为劲敌的，除了万安宫的杭贵妃母子，还能有谁？最近已经传出了风声，前廷中有大臣已经奏本启奏皇上，要求废掉如今的太子朱见濬，改立景泰帝的皇长子朱见济为太子。

景泰帝让群臣讨论，被京师保卫战的大功臣于谦给驳斥了，说皇上当初登基时允诺立太上皇的皇长子为太子，如今出尔反尔的话，恐令天下人耻笑。

景泰帝的嫡妻汪皇后也极力反对，说皇上若废太上皇子立己子的话，是陷自己于不孝不义，将来无颜去见先帝和列祖列宗。

用脚趾头也想得出，对废太子这件事最积极的自然是杭贵妃一党。景泰帝自己也有这个心思，不然不会让群臣予以讨论这件事。

太上皇虽然是迎回来了，但现在软禁在南宫，如果不老实守规矩的话，恐怕还会有性命之虞。

端本宫的人，自然也得夹着尾巴做人，否则太子真会有被废的危险。所以现在这个时节，闹内讧是最不明智的。

经过这一次春早的抢白，万贞儿又明白了一件事，在后宫里，不能说真话和心里话，只能层层包裹、隐藏和武装自己，否则就会被人落井下石，有性命之忧。这个春早对她一直存有敌意，今后得多加防备。

秋去冬来。景泰二年的初冬，一个薄雾弥漫的清晨，端本宫的太监总管覃包跌跌撞撞地从外面进来，慌慌张张地说："大事不好了！奴才刚碰到皇上身边的成公公，成公公说，这几天有不少大臣启奏皇上，要求废掉现在的太子，立杭贵妃的皇子为太子。由于联名启奏的大臣太多，这回连于谦大人也阻止不了了！汪皇后因为反对废太子，听说还被皇上当面训斥了。成公公说，我们太子殿下，这次只怕是凶多吉少，保不住了啊！"此言一出，端本宫里顿时乱成了一锅粥。

成敬公公是现今皇上身边最得重用的太监，他平时为人稳重谦逊，对端本宫也很友善，他都说了这话，可见这次是真的大事不妙了。以前也有空穴来风、杯弓蛇影的传言，让端本宫的人战战兢兢，但哪次都没有这次这么凶险。

自从太上皇被禁足南宫后，连周贤妃到端本宫也来得少了，有时来了，也是急急看一眼小太子，就匆匆走了。

周贤妃曾对李姑姑、覃公公、菊心姑姑和万贞儿说："太上皇那边被看得很紧，太上皇的嫔妃、皇子、公主们的行动都有人监视。所以本宫也不敢在太子处久留，怕给太子带来什么麻烦。小太子的饮食起居，就让你们多费心了！”也确实，太上皇被迎回后，要废侄子立嫡子的传言就一直不绝于耳，弄得端本宫都人心惶惶的。

李姑姑、菊心姑姑和万贞儿带着小太子去仁寿宫给孙太后请安的时候，有一次，李姑姑忍不住说起废立太子的传言，表示很忧心。

孙太后默然半晌后，说："此一时彼一时了。如今的皇上毕竟不是哀家亲生的，现在连太上皇的性命能不能保全都是个问题。那些传言，姑且听之吧。我们仁寿宫、端本宫还有周贤妃住的清宁宫，我们自己宫里的人只能做到小心谨慎，不被别有用心的人抓住把柄，以便让那些传言坐实。”孙太后是太上皇和太子这一党在后宫里最大的保护伞和荫庇，她都这么说，端本宫的宫人们也只能人人自危了。

景泰三年春末，一直在前廷后宫纷纷扰扰达两年之久的传言终于变成了现实，景泰帝采纳多数朝臣的奏议，废五岁的太子朱见濬为沂王，立杭贵妃的儿子、景泰帝唯一的皇子四岁的朱见济为太子。

汪皇后因为极力反对皇上废太子，还被景泰帝废去皇后之位。坤宁宫的太监宫女们转述景泰帝怒斥汪皇后时的言语："你这个贱人这么反对废太子，是因为朕的皇长子不是你生的，是杭贵妃生的，你怕杭贵妃将来当上皇后超过你吧？朕偏要立济儿为太子，立杭氏为皇后！来人！从即日起，废去贱人汪氏皇后之位，着立贵妃杭氏为皇后，杭氏之子为太子！”

消息传来，前廷后宫原本反对废太子的人都噤若寒蝉了。反对者汪皇后的下场就是明鉴。

皇命难抗，景泰帝是铁了心要扶持自己的亲生儿子朱见济当太子，以继承大统。

景泰三年初夏，新任太子朱见济成了端本宫的新主人。端本宫的一帮旧仆一个不剩地搬出了华丽富贵的太子东宫，跟随新封的沂王朱见濬搬出了皇宫，住进了紫禁城外的沂王府。

沂王府离皇宫倒是不远，在皇宫附近的一条偏僻胡同里，是元朝一个蒙古郡王遗留下的府邸，因为久没人住，已经变得衰败破旧。府邸里还保留着一些在元朝蒙古王公贵族中流行的装修和装饰风格，皇上也没派人来维修打理。

因为端本宫那边催着出宫，沂王府的所有太监宫女们花了半天时间匆匆把这座蒙古王府大致打扫了一遍，就搬进去住了。菊心姑姑说，先大致打扫一下，把沂王爷安顿好，个人自己住的屋子大致收拾一下，以后再仔细打扫吧，以后在这里住的日子还长着呢。

菊心姑姑曾入宫向上圣太后禀报，说这个沂王府又破又旧，让太后是不是跟皇上说一声，让皇上派人来维修翻新一下，也好住得稍微舒服一点儿。

孙太后默然了半晌，还是长叹了一口气，说："连汪皇后因为替我们说话都被废了，现在这个局面，哀家能保住太后的位置，濬儿能保住沂王的身份，太上皇能保住性命就算是万事大吉了。能将就着住先将就着住吧，有的是人等着挑我们的刺儿，把我们再整下来呢。这个时候，哀家也不想给当今皇上留下不好的印象。等以后时机合适了，哀家再找个机会跟皇上说说吧。"

孙太后都这么说了，沂王府的人还能挑剔什么呢？只能将就着住，夹起尾巴做人了。

除了居住条件恶劣，膳食方面也比从前在端本宫时差了太多。每餐都只是简单的饭菜，每样菜蔬里只见得到一点儿荤腥。气得春早拍了桌子说："这就是王爷府的膳食？比普通百姓家里都好不了多少！拿去喂狗，狗也会嫌弃！"

沂王府里新来的内府总管，人称"管家婆"的范姑姑也反唇相讥："春早姑娘，你就将就着点儿吧，现在可比不得在宫里的时候了。你们沂王府还有的吃呢，还能让你们吃饱呢。你们晓不晓得南宫那边，饭菜都是从一个洞眼里送进去的，根本就不够吃！钱皇后还得带着贴身宫女日夜赶做针线，托人带出去换钱贴补零用呢！你们这么大的王府给住着，有的吃有的穿，已经不错了！要不是皇后娘娘宽宏大量，不和你们计较，你们能不能住在王府里还真说不定呢！"

这个范姑姑是新册封的杭皇后指派来作为沂王府的内府总管，四十多岁年纪，身材粗壮、满脸横肉、粗门大嗓，据说是杭皇后娘家的内亲。她在王府里颐指气使，克扣阖府人的膳食、例银和府里的一切用度。

她一来，就宣布奉杭皇后懿旨，把沂王府里的乳母、保姆、姑姑、宫女、太监等仆从都裁减了不少。因为没住在宫里了，跟随的太监几乎被裁了个精光，只留下三个小太监和覃包公公。

范姑姑说，沂王已经五岁了，可以断奶了，因此在端本宫时的四个乳母都被辞退，只留下了李姑姑。宫女也只留了春早、夏露、秋水、冬雪四个。叶菊心和万贞儿依然还是奉孙太后之命出宫跟随服侍沂王朱见濬。

出宫那日，孙太后把李姑姑、覃公公、春早、叶菊心和万贞儿叫到仁寿宫，对他们说："出宫后，哀家的孙儿就全靠你们照应了。你们都是服侍沂王的老人，哀家心里也放心。如今是多事之秋，哀家就是想照应你们，也是有心无力。在宫外，你们自己多小心点儿。如果天可怜见，沂王能够平安长大成人的话，哀家和沂王将来自然也不会亏待你们的。"

万贞儿平素看到的孙太后都是一副很精明很威严的样子，太后此时说这番话时却是颤颤巍巍的，显出一种疲态和力不从心。万贞儿忽然发现，孙太后漆黑如鸦的鬓边竟然有了几根银丝，一向保养得宜的孙太后竟然也显出了老态。

孙太后随后给他们这几个人发放了赏赐，给跟随沂王出宫的宫女太监们按品级都发放了赏银。

没想到出宫才几日，沂王府的仆从婢女就被杭皇后下令减少到只剩几个了，而且还撤换了李姑姑和叶菊心的管事职位，换上了杭皇后派来的范姑姑当王府总管。覃包的总管太监之职也被撤了，王府里新添了一个杭皇后派来的熊公公。他们心里都明白，这个范姑姑和熊公公都是杭皇后派来监视沂王府的一举一动的。

沂王府里、府前、府后都有锦衣卫军士守卫和东厂差役的巡查监视，府里的人不能轻易出大门。覃公公出去想给小沂王弄点儿羊奶，都被锦衣卫的军士阻止了，说是没有皇上的上谕和皇后的懿旨，沂王府的人不能随便出入。这等于是把他们软禁了。

从生下来一直到五岁，朱见濬每天都是要吃几顿人乳的。这下没了乳母，小沂王不爱吃米粥，喊着要乳母，要吃奶，日日哭闹，整个人很快就瘦了下去，原本养肥实了的小脸和身子骨上的小肉一下就没了。

万贞儿和李姑姑、菊心姑姑都看着心疼，想尽了各种办法为他熬菜粥、肉粥，勉强哄得这小人儿吃个小半碗，不至于把小命给丢掉。

初夏的一夜，这夜轮到万贞儿在沂王朱见濬的寝殿里当值。因为沂王府人手剧减，现在伺候沂王过夜的姑姑和婢女每晚都只有一人了。春早、夏露、秋水、冬雪、李姑姑、菊心姑姑和万贞儿每晚一人在沂王寝殿里值夜。覃公公带领小太监以及锦衣卫军士在寝殿外巡值。

半夜里，万贞儿在寝殿内的偏榻上正睡得香，却被沂王的哭闹声给惊醒了。她急忙起身，只披了一件长衫，就匆匆去抚慰在寝榻上滚来滚去的沂王。只见他把蚕丝薄被都踢开了，小而瘦弱的身子弯曲着，眉头紧锁，小脸紧皱，显得很是痛苦，嘴里呻吟着："疼、疼……"万贞儿首先摸摸他的额头，还好，没感觉发烫。再摸摸身子，也没感觉发热。

她问："小王爷，有哪里不舒服吗？"

"贞儿姑姑，濬儿的肚子疼。"朱见濬的小手紧紧地捂住左侧小腹，呻吟着说。她知道，又是沂王的疝气之疾发作了。朱见濬在三岁的时候，被太医发现罹患了疝疾，过度啼哭或用力咳嗽时，就容易发作，小肠在腹部隆起，要按压抚摩才能回入腹腔。

万贞儿轻轻抚摸朱见濬的小腹处，果然有轻微的突起。她轻轻地抚摩，试图把那个突起慢慢地按下去。她轻轻地问："好些了吗？"

"好多了。贞儿姑姑，你的手又轻又软，摸得真舒服。李姑姑她们的手太粗，春早她们的手太重，就只有贞儿姑姑的手最舒服，不轻不重，不硬不软。贞儿姑姑一摸，濬儿的疼痛就好了大半了。"朱见濬眯着眼睛说，表情显得很舒适。

万贞儿不由笑起来，说："小王爷怎么也学得嘴这么甜？这话不要叫李姑姑、春早她们听到了，不然，你以后疝疾再发作的话，她们都不管你，只等奴婢来，就会把奴婢累死的。"

"贞儿姑姑，不要叫我小王爷，就叫我濬儿吧，就像皇祖母、父皇和母妃那样，他们都是叫我濬儿的。现在出宫了，父皇、母妃、皇祖母他们都不容易见着了，濬儿就把你当做母妃一般，李姑姑就是皇祖母，菊心姑姑就是汪母后，覃公公就像父皇一般。我把你们当做父皇、母后、母妃、皇祖母一样来疼我。以后就叫我濬儿吧，不要叫我小王爷了。”朱见濬撒娇地说。

“小王爷，我们都是卑贱之人，怎么能和太上皇、太后、贤妃娘娘他们相比呢？折杀奴婢们了！您就是我们的小王爷、主子啊，奴才们怎么能称您为濬儿呢？”万贞儿颤声说。

“姑姑，以后你就私下称呼我为濬儿吧，濬儿喜欢这个称呼。”朱见濬坚持着说。

“那好吧，奴婢以后只在私下叫您濬儿，有人在的时候，还是该叫小王爷的。”万贞儿也退让一步说。

“嗯，贞儿姑姑，抱抱濬儿吧。”这个五岁的小人儿恳求着。

万贞儿脱了鞋坐在寝榻上，搂起他瘦瘦的小身子，把他的头靠在自己的怀里，再盖上蚕丝薄被。她轻轻揉搓着他的腹部，问：“肚子还疼吗？”

“不疼了，姑姑给我一摸，我就不疼了。”朱见濬眯着眼睛说，似乎很享受很惬意的样子。

朱见濬把头往她怀里钻，喃喃地说：“姑姑，我想吃奶。”说着，他的手竟然撩开她的纱衣，揭开她胸前的红肚兜，嘴巴一下咬住了她右侧的乳头，他的右手还握住了她左侧的乳房，就如同他以前对待那些乳母一样。

但他还是第一次这样对待万贞儿。她的乳头被他长齐了的牙齿咬得生疼，她不由疼得深吸了一口气，说：“小王爷，我不是那些乳母姑姑，贞儿姑姑没成亲没生娃娃，没有奶水啊。”

“我晓得。姑姑，你就让濬儿吮吮、摸摸吧，总比没有强。”他含着她的乳头不肯放开，嘴里含含糊糊地说。

这个小冤家，真是前世的孽障！她在心里叹了一声，说：“那你轻一点儿，别把姑姑弄疼了。”他的口齿果然松开了一点儿，但唇舌仍然不断地吮吸她的乳头，弄得她全身都觉得痒痒的。

直到朱见濬睡熟了，松开了嘴，万贞儿才脱身，把他的小身子用锦被盖好。在火烛下，她仔细查看自己那侧被他咬过的乳头，都有一圈发红的痕迹。她轻轻掩上衣衫，睡在自己的偏榻上，却半天也没睡着。

看着窗棂里透进来的朦胧月色，她不由想到了窦如海，想起那个春日融融的午后，那个杨柳枝头春衫薄的下午。

那是一个暖意浓浓的春日，一个晴朗的清明节，她头插新绿的柳枝和梅林姑姑、窦如海在宫外的山林里祭拜死去的亲人们。

因为新做的缎鞋有点儿紧，不合脚，在上山的途中，她落在了后面。梅林姑姑要窦如海过来搀扶她。窦如海伸手拉她时，她正好一脚踩偏，一个趔趄，差点儿摔倒。窦如海冲过来扶住她，一只手扶住她的腰，一只手慌乱之中从她的胸前滑过，她的胸部立时感到一阵异样，有一种麻酥酥、热辣辣的感觉。她不由羞红了脸，再看窦如海，他也是脸涨得通红，有点儿慌张。他们俩的目光一对视，都慌乱地避开了。

后来窦如海扶着她时，手指握住了她的手指。她迟疑了一下，半天都没有缩回自己的手指，就那么一直让他握着。窦如海受到了鼓励，一只手紧紧地握住她的一只手。她悄悄地让他握了会儿，后来还是怕被梅林姑姑看见，悄悄挣脱了他的手。

窦如海也没有强求，只是继续跟在她旁边，见她不好走，就扶持她一下。他们偶尔对视一下，脸上、眼里都流淌着甜蜜、羞涩的笑意……

出宫搬进沂王府后，梅林姑姑和窦如海结伴来探望过她一次。后来窦如海又单独来看过她一次，他说是给了当时守门的锦衣卫兵士银子，所以他俩得以在王府外边小茶馆的单间里聊了一个时辰。

窦如海说，现在出了宫在王府里，不比在宫内宫禁森严，他会和锦衣卫的兄弟们搞好关系，疏通他们，以后有机会了就会来看望她，他们以后见面的机会应该会比在宫里时要多的。

她告诉窦如海，现在沂王府的生活，吃的穿的住的用的，都比在宫里时差了许多，别说小沂王已经瘦了不少，连春早她们都抱怨过不习惯。

窦如海安慰她说："贞儿，你且忍耐着，待我升了职，积攒了更多的银钱，就请求太后放你走，恩准我们做夫妻。要是沂王府的生活实在过不下去，我现在就带你走，我们逃到一个没人认识我们的地方去过日子，男耕女织，做小生意都行。想必到那时，太后他们无暇自顾，也不会在意和追究你我的死活的。"

她说："现在我们还没到那一步呢。贞儿是罪属出身，从小也过着粗茶淡饭的日子。进宫多年，也干过不少粗使活。只是进了端本宫这两年，才过了几天丰衣足食、相对舒心的日子。我们现在积攒的银钱并不多，也跑不远。要是真的不禀告太后就跑的话，只怕就会连累梅林姑姑，还要连累我远在霸州的父母兄弟也说不定。沂王府现在是多事之秋，走了不少人，现在正是需要人手的时候。我得在沂王府继续服侍小沂王，你在神机营继续好好当你的差。咱们走一步看一步，视情形而定吧。”

窦如海说：“贞儿，我都听你的。村里那年闹瘟疫，我父母双亡，兄弟姐妹都失散了，这世上只剩下梅林姑姑和你是我的亲人了。你们好，我也才会好。你们不好，我活着也没什么意思了。”

她忙掩住他的嘴，说：“不要胡说。我们都要好好地活着。你、梅林姑姑、我自己，还有我在霸州的父母兄弟，都要好好地活着。”

“嗯，好好地活着。”窦如海把她掩住他嘴的那只手握住贴在他的嘴上。她脸一红，轻轻抽了出来，说：“外面人杂，不要让别人看见了。”

这一夜，在万贞儿对窦如海的想念和回忆中，窗棂上的窗纸不知不觉间就泛白了。

接下来，沂王府就发生了一件事，闹得鸡飞狗跳，阖府不安，还差点儿出了人命。

第五章

滴水观音投毒沂王

万贞儿他们出宫搬进沂王府转眼间就有半年光景了，这半年里，发生了一些事情。

首先是春早嚷嚷着府里的生活太差，她要离开王府。春早最终托杭皇后宫里主事宫女紫云的关系，进了坤宁宫伺候杭皇后。进了坤宁宫几个月后，听说杭皇后喜欢春早办事伶俐，又把她派往端本宫伺候新晋太子朱见济去了，杭皇后说她是端本宫的老人，熟悉端本宫，做事可靠。

春早搬出沂王府时，颇有些洋洋自得。她的同党夏露和秋水也有些羡慕，夏露说："春早姐，将来在宫里混出头了，可别忘了咱们姐妹啊！"

春早说："夏露和秋水你们放心，将来有机会的话，我会把你们都带进宫去的。窝在这里，肯定是混不出什么名堂的，要死不活的，能捡条命就不错了。你们俩就等着吧，我将来混好了，肯定不会忘记你们！"

春早是被坤宁宫的主事宫女紫云派来的马车接进宫的，反正是喜气洋洋、气气派派地走的。

走了春早，王府里的人手益发地局促了，不过，也落得个安静。春早在时，每天吵吵嚷嚷、怨东怨西的，闹得府里不安生。她如今走了，夏露、秋水虽也有小抱怨，但缺了春早这个领头的，这两个丫头也闹腾不起来。

乳母走了也半年了。这半年里，小王爷朱见濬总算适应了没有人乳的饮食，多少也吃些白粥和米饭了。府里的膳食远不如在宫里时那么精细，算是粗茶淡饭，朱见濬吃得不多，加上有疝气之疾，时时发作，影响了胃口和食欲，小人儿的整个身子都瘦了下去。

王府里新来的内府管家婆范姑姑总是对朱见濬恶声恶气的。轮到她当值的夜里，朱见濬总是不安静，不是梦魇就是哭闹，饿了冷了，她都不管，还对朱见濬粗声大气的，说是吵着她睡觉了。

据叶菊心暗里观察，这个范姑姑还有虐待、殴打小王爷的嫌疑。有几次她值夜过后，朱见濬身上都有些许青紫的伤痕，不仔细看是看不到的。

朱见濬看到她也显得很害怕，连话都说不完整，显得口吃的样子。朱见濬曾私下对万贞儿说过："贞儿姑姑，那个范婆婆对濬儿太凶，濬儿不喜欢，濬儿不想和她待在一起。濬儿看到她就害怕。"堂堂一个王爷竟然会害怕一个仆妇管家婆，这话传出去会叫人难以置信。

朱见濬只是一个五岁的孩子，万贞儿相信他说的是实情。定是范氏这个蛇蝎心肠的恶妇暗地里虐待了他，让一个五岁的小孩子看到她就如此害怕，害怕得说话都不利索变得口吃了。

万贞儿将朱见濬的话悄悄转述给李姑姑和菊心姑姑听，她们俩也说，小王爷也跟她们说过类似的话。"这个恶妇如此大胆，只怕是有人指派来暗害小王爷的也说不定，咱们得防着她点儿！"李姑姑说，叶菊心也点头称是。

后来，她们三个人想出一个法子，由叶菊心出面对范姑姑说："您老人家是王府总管事的，平日里辛苦了，夜里值夜的事就不用劳驾您了，只需再添一个小丫头顶春早的空缺就是了。"

范姑姑一想也对，她自己正想偷懒呢，就没反对，把自己的外甥女喜红从乡下叫来顶了春早的缺。

这喜红是个蠢笨的乡下丫头，虽然有点儿好吃懒做，但嘴巴不像春早那么刻薄，态度不像范姑姑那么凶狠，纵使有点儿偷懒好吃贪睡，也就由着她去了。现在王府里有宫里的耳报神，一举一动、一言一行都得小心谨慎。孙太后也要叶菊心叮嘱阖府人等都要小心，宫里杭皇后一派紧盯着沂王府，巴不得有人出错，好置沂王府于死地呢。

偶尔叶菊心他们带着小王爷朱见濬进宫给孙太后和周贤妃请安，太后和贤妃都心疼小王爷瘦了。

叶菊心回应说：“沂王府里的下人被裁减了不少，乳母都被辞退了，膳食也比以前在宫里时差了许多。小王爷又有疝气之疾，时时发作，夜里也睡不好，时常梦魇。婢女春早托坤宁宫紫云的关系进宫了，接替她的喜红是范姑姑的亲戚，做不得用。这个范姑姑是杭皇后派来的，对小王爷很凶，小王爷很怕她。我们也不敢拿她怎样，还请太后、贤妃娘娘示下。”

周贤妃不做声，只拿眼瞟着孙太后。孙太后默然半晌，说：“现在正是坤宁宫和寿昌宫那边鼎盛得意的时候，哀家和太上皇都是无可奈何呀。眼下大家保命要紧，留得青山在，不怕没柴烧。既然是坤宁宫那边派去的人，不看僧面看佛面，先由着她们吧。人在屋檐下，不得不低头。眼下最要紧的是活命，往后的日子还长着呢。哀家在这宫里也混了三十多年了，什么阵仗没见过？蹦跶得最欢的不见得是蹦跶得最久的。究竟鹿死谁手，现在可还说不好。”孙太后说这些话时，一脸肃穆。万贞儿也感觉到了这些话里似乎透露出一股隐隐的杀气。

万贞儿曾听梅林姑姑说起过，孙太后其实是个很有手腕、心机和计谋的人。孙太后年少时因美貌被当时的太子妃张氏的母亲彭城伯夫人看中推荐入宫，养在太子妃张氏宫里。后来被成祖皇帝朱棣册封为皇太孙嫔，宣德帝朱瞻基登基后被册封为贵妃。

孙贵妃和宣德帝算是青梅竹马，宣德帝很是宠爱她。明朝祖制，只有皇后行册封礼仪时配有金宝金册，贵妃以下的嫔妃，被册封时有册无宝。宣德元年五月，孙贵妃被册封为贵妃时，宣德帝向张太后请求，特制金宝赐给她。大明贵妃自孙贵妃开始被册封时也有宝有册了，可见孙贵妃的受宠之甚。

孙贵妃后来和宣德帝的元配胡皇后争宠，孙贵妃施展计谋大获全胜，胡皇后被废，她被立为皇后。她生的皇长子朱祁镇刚满百日就被册立为太子，九岁继位当上皇帝，她自己不到三十岁就当上了太后。时至今日，孙太后能说出这样一番话，证明她也并不是坐以待毙的人。

“只是要辛苦你们几个了，保全了沂王，也就是保全了哀家和太上皇的希望。沂王若有出头之日，你们也定然会前程锦绣，全家富贵。哀家在此起誓，那些趋炎附势、朝秦暮楚的势利小人是得不到好下场的。皇天保佑，若太上皇、沂王有拨开乌云见晴的那一天，李姑姑、叶菊心、万贞儿你们几个还有其他服侍、帮助过太上皇和沂王的人，哀家都会许给你们荣华富贵，让你们实现自己的心愿。”孙太后对他们几个说，周贤妃也在旁边频频点头。

听太后如此说，万贞儿在心里祈祷：“太后，若真有那么一天，贞儿不求荣华富贵，只求父母兄弟和梅林姑姑安稳，太后能恩准我平安出宫，让我和如海哥结为夫妇，男耕女织，过着平安幸福的日子。”当然这个只是藏在她心里的小心愿，不到关键时刻，她是不会轻易说出口的。

春早是景泰三年的秋天离开沂王府入宫的。

入冬的一天早晨，王府里的仆从还在偏房里吃早饭，在东暖阁里负责小王爷饭食的冬雪惊慌失措地跑过来，声音里带着哭腔说：“不好了，小王爷饭菜都还只吃了几口，就口吐白沫，晕了过去！”大伙儿一听，大惊失色，一径都向正殿奔去。

东暖阁里的八仙桌上，还摆放着小王爷早膳用的白粥、糖糕、小菜、羹汤等几样菜肴，基本都还未动。小王爷的人已经仰躺在暖炕上，双目紧闭，脸色苍白，身子时不时地抽搐，嘴角泛着白沫，脸上、身上、地下都有食物呕吐的痕迹。

李姑姑一看，呼天抢地扑过去，叫道：“小王爷，你可别吓我啊！你要有事，妾身也不活了！”一旁的秋水也哭起来，今早是冬雪和她二人负责服侍小王爷用早膳的。

“覃公公，快传太医！赶快备马进宫禀报上圣太后！十万火急，不得有误！”叶菊心果断地命令道。

“你是总管还是我是总管？”范姑姑横着眼道，“什么时候轮到你发号施令了？来人！先把秋水和冬雪这两个丫头绑起来拷问！”

“先救人要紧！今日小王爷若是有个三长两短，你、我，在场的各位，沂王府的每只猫狗都脱不了干系！都得给小王爷陪葬！”叶菊心逼视着范姑姑，眼睛里几乎要喷出火来。

万贞儿还是第一次看到菊心姑姑发如此大的脾气，那股威慑力逼人，不愧是从太后宫里出来的从七品女官。范姑姑不由也畏缩了，不再坚持自己的意见。

覃公公说:“我已经安排小安子和小夏子快马加鞭去请太医了！太后那儿，也安排小魏子先去禀报了。菊心姑姑还不放心的话，我这就亲自进宫禀报！”

“覃公公快去！事不宜迟，不得延误！如今这个样子，能救小王爷、能救阖府人等的就只有太医和太后了！”叶菊心语气坚定地说。

不到半个时辰，小夏子、小安子请的太医以及孙太后派来的两名太医前后脚赶到。三位太医一同会诊后，当即开了药方命人煎服了给小王爷灌了下去。

为首的太医是孙太后派来的太医院右院判傅太医，他拈着山羊胡神情冷峻，思索着说:“小王爷的确是中毒的症状。所幸中毒尚浅，毒性还没深入五脏六腑，我们三位共同拟定了一个方子，照此方子连服几剂药的话，性命应该是无碍的。”众人听了，皆松了口气。

傅太医扫视了众人一眼，继续说下去:“只是小王爷中的是观音莲根茎内的汁液之毒。这种汁液比较少见，无色无味，小儿误碰了轻则皮肤瘙痒溃烂、恶心疼痛、双眼发炎，重则双眼失明甚至心脏麻痹直至死亡。现在小王爷主要是误喝了掺有观音莲汁水的藕汤，口腔和咽喉有烧灼感，胃部不适。下官已经开了内服外洗的方子，性命是不碍事的。只是看将来对小王爷的说话和口齿发音有没有影响。总之，下官会竭尽全力的。现在应该追查这观音莲之毒是如何得来的？”

“观音莲？也叫滴水观音？就是开的花像观音，叶子往下会滴水的那种植物吗？”叶菊心思索着说，“我听说这种观音莲主要生长在云贵、两广、四川、湖南等炎热潮湿之地，咱们北方寒冷之地并不能生长，我们本地也并不见种植，这观音莲之毒又是何人从何途径带进王府的呢？”

“菊心姑姑并各位太医大人明鉴！”这时，一直跪在一边的冬雪叩头直起身体哭诉，“小王爷吃的喝的所有饭食，奴婢事先和秋水姐姐都用银筷银勺一一验过，秋水姐姐和奴婢也一一试吃过，连那藕汤，我们也喝过几口，并没有发现任何问题。奴婢和秋水姐姐委实不知这观音莲的毒是如何下到藕汤里面去的。还请御医大人和姑姑为我们做主！”

“事实在此！小王爷的早膳就是你们两个服侍的，出了问题，就得由你们两个负责！难不成还要赖上别人？来人，把这两个贱蹄子绑起来送官会审！”范姑姑呵斥道。

“姑姑，奴婢是冤枉的！”秋水也叩头哭诉。

傅太医说：“且慢。这观音莲的汁液无色无味如清水，它本身并没有毒，银筷、银碗、银勺都是验不出它的毒性的。只有这种汁液与人的器官、皮肤、肢体接触的时候，才会发生反应，产生毒性。既然两位姑娘事先都尝过藕汤，感觉无碍，那么这个观音水定是在两位姑娘尝过羹汤之后被放进去的。那么这个放毒的人必定是熟悉王府环境和王府用膳秩序和规矩的人。”

“傅大人的意思是,放毒的人就是我们王府内部的人？”叶菊心紧追着问。

“那可不就是这两个丫头！她们两个贼喊捉贼，明明就是她们两个最有机会下毒，旁人如何能有机会靠近？”范姑姑冷笑着说。

“我们两个布菜的时候，还有旁人来过的。”冬雪挣扎着说，“喜红端水来给小王爷净过手。”

“还有小安子和小魏子也进来抬过炕桌的。”秋水也忙补充说。

“死到临头还想反咬别人？熊公公，把这两个丫头绑起来，交给太后发落！”范姑姑厉声说。

万贞儿再也忍不住了，朗声说道：“范姑姑，若真是秋水、冬雪想下毒的话，那她们又何必挑自己当值的时候下手呢？那样她们自己不是跳进黄河也洗不清、死路一条吗？真正下手的人，定是要挑一个再也疑不到自己的机会下手，才好得逞又能保全自己。”

“嗯，贞儿姑娘说得在理。”傅太医点头称是。

“既然是这样，那这几位就都有嫌疑！来人！把秋水、冬雪、小安子、小魏子都绑起来！好好审问！”范姑姑下令说。

“范总管，还有一个喜红呢，您老忘记了？可别因为喜红是您的亲戚，您就有偏袒之心哪！”叶菊心不紧不慢地说。

范姑姑不由涨紫了脸，一咬牙说：“那就都给我绑起来，一个也不许放过！让太后来审！出了这事，老身不好给太后交差，也不好给皇后娘娘交差！”

“姨母，可不干外甥女的事啊！”别人还没怎样，喜红就先惊慌失措地大叫起来，“姨母，您答应过娘亲，无论出了什么事都要保住外甥女的啊！”

“奴才冤枉！请姑姑明鉴！”小安子和小魏子也大声喊冤。

“都给我拉下去！关在偏殿里！禀报太后和皇后！”范姑姑阴沉着脸厉声说。

太医们还没走，孙太后和周贤妃的凤驾就降临在沂王府前，这是太后和贤妃首次出宫来看望沂王。一府的人黑压压地跪了一地。

小王爷朱见濬已经被移回寝殿，喝过汤药，面色已经如常，呼吸也已经平稳，盖着锦被在寝榻上合目安然入睡。

听了太医们的陈述，看着小王爷转危为安，周贤妃长舒了口气，双手合十闭眼念了一句：“阿弥陀佛！若濬儿有什么差池，本宫如何向他父皇交代？本宫也活不成了！”

“若沂王有什么好歹，你们都活不成！我们孤儿寡母的已经够退缩、够忍耐的了，不要欺人太甚！什么事都不要做过头，不要赶尽杀绝，否则会遭报应的！皇天不佑贼子！”孙太后扫了一眼跪着的众人，厉声说。这近一年来，万贞儿还是第一次看到孙太后如此声色俱厉。

孙太后又向太医详细追问了滴水观音之毒、沂王的伤势、太医开的处方以及沂王何时才能痊愈等具体事宜，安排一位太医留下值夜，又把自己身边的宫女小萝留在王府协助叶菊心他们照顾小王爷。至于秋水、冬雪、喜红、小安子和小魏子，太后吩咐，先捆在偏殿里，派锦衣卫的军士严加看守，待明日小王爷醒转后，再当面对质，严加审讯。

这一夜，是太医、叶菊心和小萝负责在寝殿陪侍小王爷。

这一夜，万贞儿在自己的寝室里睡得并不安稳，同房的冬雪和秋水被关押在偏殿。似梦非梦、似醒非醒中，她似乎听到寝殿那边传来小王爷的哭闹声，再仔细一听，只是风声和窗外树叶的扑簌声。这一夜，就在似睡非睡、似梦非梦中过去了。

第二天，朱见濬的精神好转了大半，但他清醒后的第一句话就是：“以后不要再看到喜红！喜红给我喝的藕汤里掺了毒药，我喝了全身不舒服，喉咙都说不出话来了！”在旁服侍的菊心姑姑大骇，不敢耽搁，立刻就要覃包公公飞马进宫禀报孙太后。

孙太后和周贤妃顷刻间就摆驾来到王府。在正殿里，太后亲自提审被关押了一夜的喜红、秋水、冬雪以及小安子和小魏子。

病体未愈的小王爷盖着小棉被睡在躺椅上被覃公公和小夏子抬进了正殿。太后慈爱地抚摸着朱见濬有些苍白的小脸，问道："乖皇孙，让你受苦了！你可还记得昨日发生的事么？说给皇祖母听听，不要怕，有皇祖母给你做主！"

"皇祖母，孙儿还记得一些。当时小安子、小魏子摆好桌子，秋水和冬雪布好菜，我就开始吃了。后来秋水去厨房给我换热一点儿的米饭，冬雪去厨房给我端刚蒸好的鸡蛋羹。他们都不在的时候，喜红端着水盆进来了，说是给我净手。我说，吃饭前已经净过手了。喜红就倒了一杯姜茶要我喝，说是喝了暖胃。我喝茶的时候，看见喜红还往一个菜碗里倒了点儿水。我还问，喜红，你倒的是什么？喜红说，汤都冷了，加点儿热热的姜茶，会吃得舒服些。后来秋水她们来了，喜红就走了。冬雪喂我最爱喝的藕汤，喝了半碗，我就觉得不对劲，喉咙不舒服起来了，话也说不出来了，后来就晕过去什么也不知道了。昨天夜里听到太医说，我是喝了有毒的藕汤所致，我就想起喜红曾往我喝的汤里倒过姜茶来着。"平日里说话不怎么利索的小王爷这番话却说得口齿很是清晰，不像一个年仅六岁的孩童所言，让人由不得不信。

"太后明鉴！奴婢的确让小王爷喝的是姜茶啊！小王爷喝了姜茶也没事的啊！那藕汤里的观音毒不关奴婢的事，不是奴婢倒的啊！奴婢的确倒的是姜茶啊！奴婢冤枉啊！"小王爷话音未落，被捆绑的喜红就连声申辩。

太后凝神盯住她，半晌冷冷地说："你给小王爷喝的的确是姜茶，但倒在藕汤里的就不一定是姜茶了！说，是谁主使的？"

"太后，奴婢冤枉啊！奴婢没有下毒啊！奴婢给小王爷喝的的确都是姜茶啊！"喜红依旧喊冤。

"不说出幕后主使是不是？那就拖下去，大刑伺候！你一个小小丫头，吃了熊心豹子胆，竟然胆敢谋害堂堂的王爷！"太后厉声喝道。

太后身边的太监立刻动手把喜红往正殿外拖。"奴婢不敢谋害王爷啊！奴婢是冤枉的啊！范总管，姨母，救救我啊！你说过，会保外甥女没事的啊！"看太监动真格的了，喜红益发不管不顾地大叫起来。

太后冷峻的目光扫向站在人群前面的范姑姑，问："范总管，这是怎么回事？喜红是你的外甥女？"万贞儿他们都听出太后这话里有讥讽范姑姑之意。

范姑姑不由涨紫了脸皮，跪下叩头说：“启禀太后，喜红是老奴的外甥女，但她既然犯下了不可饶恕的罪孽，老奴也保她不得！”

“那就好！覃包，去对喜红说，她若肯招出幕后主使，哀家就饶她不死，还可给一笔银子让她回家和家人团聚。若不肯招认，那就是死罪不免，活罪也难逃！”孙太后厉声说。覃公公领命而去。万贞儿看见范姑姑跪在地下簌簌发抖。

不一会儿，殿外就传来竹板的抽打声和喜红的惨叫声。太后皱起眉头，说：“快把殿门掩上，哀家的皇孙濬儿还是个小孩子，别吓着他了。”

小太监刚刚把殿门掩上，就只见孙太后身边的总管太监蒋冕推门进来，躬身禀报太后说：“启禀太后，喜红牙齿里藏有剧毒，刚一用刑，她就咬牙服毒自尽了。”

孙太后愣了一下，思忖着，凌厉的目光一一扫过殿内众人，扬声说：“看来这幕后主使是有备而来啊！来个畏罪自尽，死无对证，让哀家无从查起！也罢，哀家的皇孙见濬蒙皇天先祖保佑今朝大难不死，日后必有后福！哀家今日暂且罢手，为子孙积德祈福。不过哀家警告那些奸佞小人，若还想加害于小王爷，喜红的今日就是他们的明日！蒋公公，传哀家懿旨，沂王府婢女喜红妄图加害沂王，还死不认罪。今畏罪自尽，连坐家属，其父母流放西南烟瘴蛮荒之地，兄弟姐妹入宫为奴罚做苦役。王府内管范氏作为喜红的姨母，让喜红进入王府为婢女，用人不察，难辞其咎！着革去沂王府总管之职，罚俸三月，面壁思过！”

“谢太后宽宥之德！”范姑姑瘫软在青砖上，叩头半天不起。

范姑姑被革去王府总管之职后，孙太后任命叶菊心为王府总管。秋水、冬雪、小安子、小魏子无罪释放，太后还让仁寿宫的宫女小萝留在王府顶了喜红的空缺。

一个月后，小王爷朱见濬的毒伤基本痊愈，只是喉咙始终有些不舒服，说话也有些含糊不清，以前就有的口吃症状显得更严重了些。

傅太医说，那种滴水观音毒水伤了小王爷的咽喉和食道，需要日后服药慢慢调理，也许有彻底治愈的希望。至于说话结巴，那是小王爷年幼时就受了惊吓所致，主要是心理的阴影，需要旁人特别是身边亲近之人多加抚慰。

太后嘱咐叶菊心、万贞儿和小萝这些仁寿宫出去的宫人多加用心。

“万贞儿，本宫听说濬儿特别依赖你，听你的话，那就请你多加用心照顾濬儿，代本宫尽未尽之责。本宫将来必不会亏待你！”周贤妃私下也这样对万贞儿说。

万贞儿慌忙跪下说：“娘娘言重了！这都是奴婢分内应尽之责。奴婢愿尽全力以护得沂王爷周全！”

“起来说话吧。皇天有眼，必佑忠良！天网恢恢，疏而不漏，奸佞之人必会食下恶果！濬儿大难不死，必是有福之人！我们且走着看吧！”一向以温婉亲切示人的贤妃娘娘说这番话时却是咬牙切齿，目光坚定。

沂王被投毒谋害的消息传遍前廷后宫，众人皆惊，有大臣奏请皇上彻查幕后主使。景泰帝也不得不批奏提请宗人府会同刑部来王府装模作样地调查一番，毕竟沂王朱见濬是他的皇侄，真要有什么好歹，他也不好向一直被软禁在南宫的皇兄交差。

只是喜红畏罪自尽，死无对证，难以再查下去。上圣太后也晓谕皇上，说凶手既然已经畏罪自尽，也就到此为止，不要再株连其他无辜之人，这次彻查也就起个敲山震虎之意，警告一些奸佞小人包藏的祸心。

这次投毒之事闹得满城风雨。凶手是范姑姑的外甥女，范姑姑又是宫里的杭皇后指派进王府当总管之职的，真要追究起来，杭皇后也难辞其咎。杭皇后大概也明白这一点，所以范姑姑被孙太后剥夺总管职位，杭皇后也自知理亏不敢计较，没有吱声。

就连寿昌宫的吴太后也派人来王府看望抚慰沂王，赏赐了一些东西，吴太后倒不像她的儿媳杭皇后对沂王府那么刻薄，但也不像另一个儿媳汪皇后那么护着沂王，以至于把自己的皇后宝座都丢掉了。当然最主要的是汪皇后没生皇子，只生了两个公主，所以让有皇子的杭贵妃谗言坐上了皇后之位。后宫嫔妃的争斗，归根结底都是皇子之争。

趁着这次机会，孙太后也大肆赏赐沂王府，吃的用的住的条件也改善了不少。叶菊心接替王府总管之位后，府里的日常管理也开始有条有理了。

这场滴水观音投毒事件，算是有惊无险，置之死地而后生。除了让小沂王在鬼门关走了一遭外，最后的结局却也不算最坏，改善了整个王府的生存条件，也削弱了敌对势力的力量，让他们再也不敢轻举妄动。

唯一遗憾的是，中毒还是给小王爷带来了后遗症，他口齿不清，口吃的症状更严重了些，而且再也不敢喝藕汤了。经过此事，朱见濬夜里也更怕黑，胆子变得更小了，夜里梦魇的时候，非要万贞儿搂着才能入睡。

万贞儿也觉得小王爷似乎更加依恋她。朱见濬夜里最喜欢万贞儿在他寝殿里值夜陪睡，连把从小给他喂奶看着他长大的李姑姑也放在万贞儿后面了，经常叫着“贞儿姑姑”，四处寻她。

李姑姑说：“贞儿姑娘，以前王府里只有我和春早是从小王爷出生起就一直跟着的。现如今春早跟着别的主子去了，阖府来看，小王爷就只有跟你最亲了，我倒可以放心了。小王爷有你这么贴心照顾，他也跟你最亲，也是你们俩的缘分。太后把你从仁寿宫调过来，也算是调对人了。我先还以为你一个年轻姑娘，既没成亲又没生养过，带尿炕的奶娃娃是没有经验的，哪知道竟比我们这些养过孩子奶过孩子的带得还好。我也算是放心了，就是如今阎王爷派小鬼来抓我，我也心无所憾，无所牵挂了。”

万贞儿忙给李姑姑福了一福，说：“姑姑，有您坐镇王府，我们这些小辈才能心安。贞儿诚愿姑姑您长命百岁，看到小王爷平安长大的那一天，那时您就可以享清福了。”

“呵呵，借姑娘您的吉言，我也希望会有那么一天。”李姑姑也乐呵呵地说。

沂王府的滴水观音投毒事件算是有惊无险，但接下来紫禁城里发生的一件大案却让人觉得有点儿匪夷所思。

第六章

花粉糕引母子双亡

不知不觉间就到了景泰四年的初春二月，宫里这时传出来一个惊人的消息：当今太子朱见济急病夭亡了！

当消息传到沂王府时，阖府人等都不敢相信，都以为是造谣的假消息。等到确认是真消息时，万贞儿和李姑姑、菊心姑姑对望了一眼，眼里心里都有抑制不住的喜悦，但她们面容上都表现得不动声色，若无其事。

冬雪、小萝、小安子、小魏子等毕竟年龄小，忍不住就在言语里表露了出来："哎呀，皇上就只有这么一个皇子，那太子之位不是空悬了吗？太上皇倒是有好几个皇子呢，我们沂王也还有兄弟啊。"

覃公公望一眼在大门外守卫巡视的锦衣卫军士，呵斥道："小兔崽子们，在此妄议国事，不要命了！"吓得那几个丫头、小子都吐着舌头不再做声了。

万贞儿看到覃公公虽然是呵斥的语气，但脸上的表情却是和蔼的，眼睛深处甚至是喜悦的神色。的确，对大明王朝来说，太子早夭是大悲大痛之事，但对他们沂王府来说，无论如何算不上是一件坏事。

前不久发生的滴水观音投毒事件还让沂王府的人记忆犹新，不仅是他们的小主人沂王差点儿丧命，还差点儿让全府的大小奴才都去陪葬。喜红虽然畏罪自尽，但她幕后的主使，他们也想象得到大概是谁。连一向以温柔示人的贤妃娘娘也忍无可忍地放出狠话，可见是天怒人怨啊！朱见济被册封为太子还不足一年，就急病早夭了，可见也不是福泽深厚之人。

大门外的小夏子禀报：“仁寿宫的红芍姑娘来了。”

话音未落，仁寿宫的掌事宫女红芍迈着轻盈的步子进来了，她脸色平和，轻轻福了一福，说：“传上圣太后口谕，近日宫里出了举国同悲的大事。沂王府的人当谨慎行事，不要妄自议论国事，以免被人学舌抓了把柄，滋生不必要的事端，切记！”

菊心姑姑上前施礼说：“谢太后！奴婢谨记，当训导沂王府上下仆从谨慎行事，避免祸从口出。”

红芍走后，菊心姑姑就集合起全府仆从，传达了孙太后的口谕，吩咐他们都要谨言慎行，不得再议论太子早夭这件事。

几日以后，事情的真相慢慢还是传了出来。

太子朱见济生下来就有轻微的咳喘之症，平时保养得当的话，是没事的，但这次在正月十五上元节过后先是感染了一点儿风寒，有点儿发烧腹泻，太医开了药方，吃了几剂也就见好了。

日子慢慢接近春分了，天气一天天也晴朗暖和起来。

那一日风和日丽，端本宫的宫女太监带着小太子在御花园里放风筝。也不知怎的，太子竟失足落进了御花园的水塘里。虽然当时就被救了起来，但太子呛了水，受了惊吓，已经接近痊愈的病势却又加重了。偶尔发作的咳喘也复发了，而且缠绵病榻近半月一直不见好。

杭皇后把太医院最好的太医都请了来，太医说，太子在娘胎里就有不足，有体虚之症，原本有故疾，今又受了惊吓，需要好好调理。

一个晌午，太子吃了两口吴太后宫里送来的百合绿豆糕，就咳得不行。这百合绿豆糕是太子素爱吃的，平时吃了也无事，但这次吃了却引起大咳，止也止不住。小小的人儿竟然咳得闭过气去，宫内所有的太医都没有抢救过来。

朱见济于景泰四年二月己亥日申时夭亡，年仅五岁，距被册立为太子尚不足一年，谥号怀献太子。

得知太子急咳夭亡，杭皇后第一个就晕了过去。得知太子因吃了自己宫里送来的百合绿豆糕引起剧咳而亡，吴太后在悲恸之余下令彻查此事。

后来宗人府、刑部、锦衣卫、东厂会同太医院彻查的结果是，那一日吴太后宫里送来的百合绿豆糕被人调包成了掺入了浓烈花粉的百合绿豆糕。

花粉是敏感之物，是会引起小太子的咳喘之症复发的，太子宫里平时是严禁一切花粉之物的。其实太子平时对花粉也并不如此忌讳，只是当时病势沉重未愈，加上年纪幼小，一旦引发痼疾，竟然止不住，一命呜呼。

景泰帝、杭皇后和吴太后大怒，把端本宫的宫人严加审讯拷问了一番，竟然也查不出究竟是谁把百合绿豆糕给调包成了掺了花粉的百合绿豆糕。

杭皇后怀疑是后宫和她争宠的唐贵妃所为，因为唐贵妃已经有孕在身了。新近入宫的娼女出身的丽妃李惜儿也很有可能。这两个人这两年最得皇上的宠，在杭皇后眼里都是妖媚惑上的狐媚子，想挤掉她杭氏大明皇后的位置自己取而代之。

但毕竟只是怀疑，并没有抓到确凿的证据，景泰帝从心眼里也不想祸及这两位宠妃。所以皇上下令，端本宫里伺候太子饮食起居的所有乳母保姆姑姑宫女太监，吴太后宫里送绿豆糕的两个宫女以及两名医治太子的主治御医都被砍了头为怀献太子陪葬，就连托关系再次入宫的春早也未能逃脱这次大范围的杀戮。

听到春早受花粉绿豆糕事件连累被砍了头，沂王府的夏露、秋水、冬雪等一众她从前的姐妹都为她烧了纸钱。

冬雪对万贞儿说："当年小王爷出生后，我们姐妹四个先后被太后选中服侍小王爷。春早年龄居长、口齿伶俐、好强能干，是我们几个姐妹里的头儿，当时发誓说过有福同享、有难同当的。她聪明好胜，一直不甘居于人后。她后来托人再次入宫也是想混得出人头地，不想却遭遇了这场祸事！看来还真是人算不如天算啊！如今春早走了，我们姐妹三个都同在沂王府，也只能一心为沂王祈福了。贞儿姐姐，你刚来时，春早有些针对和为难你，也是她好强的表现，请你原谅她。"

万贞儿说："我早就不记得那些事了。今后我们几个姐妹加上小萝、李姑姑、菊心姑姑还有覃公公、小夏子、小安子、小魏子，我们一起服侍陪伴沂王平安长大吧！"

"我们沂王是大难不死，必有后福的。风水轮流转，明年到我家。我就不信我们会在这破王府里永远憋屈下去。”和春早关系最铁的夏露倔犟地说。

怀献太子的事牵连、屠杀了一批人后，算是平息了。因为景泰帝最宠爱的唐贵妃有了五个月的身孕，李贤妃也有了三个月的身孕，后宫不宜再生杀戮之事。

景泰帝还把钟鼓司内官陈义、教坊司左司乐晋荣进献的娼女李惜儿册封为丽妃加以宠幸。虽然独子早夭，但景泰帝还不到三十岁，年华正盛，绵延皇嗣、延续龙脉原也是很容易的事。

杭皇后害怕失宠，也不得不收拾起丧子的悲恸好好调养身子以期再为皇上怀上皇子。怀献太子已亡不能复生，杭皇后要想坐稳皇后的位置，就必须再次为大明王朝生下皇子。

景泰帝朱祁钰的独子夭亡，而被软禁于南宫的太上皇朱祁镇此时却拥有了好几位皇子和公主。

沂王朱见濬是朱祁镇的皇长子，是周贤妃所生。周贤妃还育有皇次女重庆公主，是朱见濬的同母姐姐。

太上皇的皇次子朱见潾只比沂王小半岁，是万宸妃所生。皇三子朱见湜和皇四子朱见淳早夭。皇五子朱见澍还不到两岁，是太上皇在南宫与高淑妃所生。皇三女嘉善公主由王惠妃所生，敏贵人所生的淳安公主和杨安妃所生的崇德公主也都是在南宫孕育的。

太上皇朱祁镇虽然被软禁在南宫，生活也清苦，但景泰帝朱祁钰默许皇兄的嫔妃可以侍寝，这样也就没耽误朱祁镇继续绵延子嗣。

太上皇现有三子，景泰帝虽然现在无子，但他也不以为意，他还年轻，子嗣的机会还有的是。虽然太子之位现在是空悬着，但转眼间唐贵妃和李贤妃就待产了，皇子公主的机会大把的。失去独子的杭皇后现在主要是和唐贵妃争宠，对沂王府的盯视也就松懈些了，沂王府里的日子也就好过些了。

“要是唐贵妃这次生了个皇子，那杭皇后恐怕就得把皇后的位子让出来了。”万贞儿听到小萝私下对冬雪说。

万贞儿连忙阻止她们二人继续说下去：“太后不是传了口谕吗？咱们沂王府不要议论宫里的事，我们安安静静过我们的日子，其他的事情就静观其变吧。”

唐贵妃的龙胎恐怕是很多人暗中盯着的，不久就传来了消息：唐贵妃有孕八个月的时候，不小心滑了一跤，小产了，是个公主，还是个死胎。

景泰帝本来是很震怒要大肆追究责任的，但看到小产的只是一个公主，也就没那么张扬了。因为朝廷内外已经有传言，说怀献太子的早夭是因为上苍惩罚他占据太子之位名不正言不顺。

本来也是，景泰帝即位之初就答应立皇兄的儿子为太子的，后来笼络撺掇朝臣改立自己的儿子已经是违背誓约了，他还能堵住天下人的悠悠之口？焉知有些反对他的大臣不会在背后以此做文章？

好在李贤妃也快要临盆了，这次说不好会是一位皇子。景泰帝严命手下人等加倍小心服侍，不得再出差错。他自己也加紧临幸其他嫔妃，特别是钟鼓司和教坊司进献的几位歌妓娼女既新鲜又妖媚，比宫里那些一本正经的嫔妃有趣多了。他整日宿在这些歌舞娼妓的宫里，也算是乐不思蜀了。

日子很快过去，李贤妃倒是足月生产了，生下来的倒是个皇子。但小皇子先天不足在娘胎里发育不良，生下不足半日就夭折了，连名字都来不及取。一连两个子嗣都没有存活，景泰帝也不得不亲往奉先殿祭拜先祖列宗以保佑他子嗣兴旺了。

吴太后在寿昌宫，杭皇后在坤宁宫，也各自供奉起了如来佛祖、观音娘娘以保佑皇上龙脉顺畅。

宫里景泰帝为求子嗣忙得不亦乐乎。景泰六年初夏，周贤妃在南宫悄无声息地为太上皇生下了皇六子朱见泽，这也是沂王爷的同母兄弟。这一年沂王朱见濬八岁，已经到万贞儿胸口这么高了。

八岁的孩子已经明白父皇和母妃为他增添了一位亲弟弟的意思，但他并不显得很高兴。

朱见濬拉着万贞儿的手说："贞儿姑姑，皇弟在南宫有父皇和母妃照看，而我身边就只有婢女小厮和姑姑，连父皇母妃的面也难得见到，皇弟倒是比我有福气呢。"

万贞儿把他搂在怀里，说："濬儿，父皇和母妃其实也想照看你的，只是他们现在出不了宫，没有自由，连南宫的门也出不了呢。濬儿，住在宫外也有宫外的好处，有自由啊，想到哪儿去只需要给大门外的侍卫说一声就能出去啊。在宫里，可是不能随便出去的哦。这样想来，你也比你父皇母妃皇弟都要幸福呢。”

朱见濬握住万贞儿的手，仰起小脸，一双黑葡萄似的眼睛望着她，问：“贞儿姑姑，你以后会离开濬儿，离开王府吗？”

“你怎么这么问？”万贞儿有些奇怪八岁的孩子怎么会问这个问题。

“你上次出王府去河边见那个神机营的军士，显得很高兴的样子。你一直和他不停地说话，把濬儿都忘在一边了，脸上也一直笑着，笑得很开心。我在王府里从来没有看到你那么开心过，所以我想，你以后是不是会离开王府，离开濬儿，跟着那个能让你笑、能让你开心的人走呢？”朱见濬沉思着说。这段话他说得很流利，竟然见不到他平时的口吃。

万贞儿有些吃惊，她没想到这个八岁孩子的观察力竟然这么仔细，记忆力竟然这么好。

前不久万贞儿带着他出王府在河边和窦如海约见了一次。这是她第一次带着朱见濬去见窦如海，也是朱见濬第一次见到窦如海。想不到小小年纪的孩童竟然观察到她和窦如海在一起时是那么快乐，这一点连万贞儿自己都没有想到，没有感觉到。

是的，她和窦如海在一起时的确很快乐，她不能否认。他们曾经相约，她满二十五岁的时候，请求太后恩准她出宫和他结为夫妻。

如今万贞儿奉命服侍朱见濬已经有六年了，朱见濬从两岁的奶娃娃长成八岁的幼童，万贞儿也从十九岁的丫头长成二十五岁的成熟姑娘了。要不要去请求太后和贤妃娘娘呢？这的确也是万贞儿和窦如海最近在考虑、讨论的一个问题。

想不到朱见濬这个八岁的小孩子竟然也感受到了这种意思。万贞儿也不知道自己和窦如海那次在河边的谈话，八岁的沂王朱见濬到底听懂了多少。

“姑姑，你还没回答我呢，你真的会离开王府，离开濬儿，跟着那个人走吗？”朱见濬依旧不依不饶地问。

万贞儿回过神，只得回答他：“濬儿，以后的事，谁也说不好。姑姑也不知道将来会发生什么。姑姑只能答应濬儿，姑姑在王府里一天，就会尽心尽力照顾濬儿一天。将来濬儿长大了，成了真正的王爷了，不需要姑姑了，姑姑再去追求自己想要的生活。好不好？”

“贞儿姑姑，你不要离开濬儿，濬儿舍不得你。”朱见濬嘟起嘴撒娇地说，“濬儿从记事起就一直跟着姑姑，濬儿最早的记忆就是姑姑的笑脸和声音。这么多丫鬟小厮公公姑姑，濬儿觉得最亲近的就是贞儿姑姑了，最舍不得贞儿姑姑了。濬儿把姑姑当成了母妃、皇祖母、父皇，不，你比他们都要重要。他们一年也难得见一次，姑姑您天天陪着我，我喜欢挨着姑姑睡，我疝气发作肚子疼了，只有姑姑的手才抚摩得好。我还喜欢吃姑姑的奶……”

“嘘！”万贞儿涨红了脸，竖起食指急忙打断他的话，“不害臊！快别说了！这么大的人了，还说吃奶的事！都是姑姑以前惯坏你了！姑姑又不是奶娘，怎么会有奶让你吃呢？都是姑姑心软，心疼你，让你养成坏习惯了！以后再也不许说吃奶的事了！听到没有？你要不听话，姑姑就走了，再也不理你了！”

“姑姑，濬儿听……听话，濬儿再……再也不……不说了，不……不摸了。”朱见濬一急，脸涨得通红，说话也变得结结巴巴了。

“好！乖！濬儿，你今天和姑姑说的这些话，不要再对其他人说起。别人要是知道了，就会把姑姑赶出王府了，濬儿以后就见不到姑姑了！濬儿，你听到没有？”万贞儿急急地嘱咐说。

“濬儿知道了！濬儿不会再对别人说的。濬儿只希望姑姑不要离开濬儿。”朱见濬眼泪巴巴地说。

“不会的。姑姑不会离开濬儿的。”万贞儿匆匆地说，她自己也听出了这话里的言不由衷、敷衍塞责之意。

几个月后，一件更让人震惊的大事打破了沂王府谨慎而沉闷的日子。

景泰七年二月，春寒料峭，宫内传来令人震惊的消息：杭皇后崩逝了！杭皇后正值青春，身体也无恙，不知为什么会突然崩逝？

据传，太医的说法是：皇后娘娘自从怀献太子夭亡后，内心无比悲戚，抑闷长期郁结于心，不得散解。后来为求早日怀上皇嗣，又服用了一些大补坐胎之药，以致心火虚旺，肝气郁结。加之今春阴冷萧瑟，皇后娘娘思子伤春，愁绪集结，因此思念成疾抑郁而终。这样说来，竟是杭皇后思子心切抑郁而终了。

但据仁寿宫孙太后身边的红芍偷偷告诉沂王府的人，景泰帝整日流连于唐贵妃和歌妓娼女出身的嫔妃之间，对杭皇后多有冷落。一日，杭皇后气愤不过，在寿昌宫吴太后面前诉苦，指桑骂槐地讥讽了唐贵妃和丽妃李惜儿几句，说唐贵妃是妖狐转世，李丽妃是下贱娼女，生生把皇上的神志给迷惑了。

这话传到了唐贵妃和李丽妃耳朵里，贵妃和丽妃两个人联合起来在吴太后面前告状，在皇上面前吹枕头风，说杭皇后善妒，杭皇后说什么皇上宠幸娼女妖狐是自甘下贱，是污了大明先祖列宗的清誉，扬言要行使正宫皇后的职权把得宠的贵妃和丽妃赶出宫去，以正宫闱。

“宠幸娼女”的确是景泰帝理亏之处，是景泰帝的软肋，朝臣们也多有微词，但景泰帝就是执迷不悟。景泰帝见自己的皇后竟然在自己的母后面前也如此指责自己，不由大怒，亲自赶到坤宁宫，把杭皇后一顿斥责，说她是妒妇，不配位居中宫。若以后还是乱言惑众，定要褫夺她皇后封号，打入冷宫，永不再见，和废后汪氏一样的下场。

杭皇后何时受过如此羞辱？想她为皇上生了唯一的皇子，为了让独子当上太子，自己当上皇后，她耗费了无数心机谋害了不少人，辛苦数载，却不料只是白费心机。

太子殁了，还查不出是谁谋害的；自己的前程也没了，皇上的恩宠也随太子的殒命而消逝了。皇上心头已有新人，哪还闻得旧人哭？费尽心机，害人不少，自己的儿子却也被人害了，到头来也不过落得像宿敌汪废后同样的下场。

难道后半生就像冷宫里的废后汪氏那样苟且偷生地活下去？在景泰七年二月寒夜冷风的呜咽声中，在坤宁宫富丽却又冷寂的寝宫里，已失子又失宠的大明皇后杭氏孤枕难眠，整夜思考着这个问题。冷床孤灯，青丝横陈，苍白的脸上淌着清冷的泪。

想想白日里皇上当着宫女太监斥责她这个堂堂皇后的话语，竟全无一点儿往日夫妻恩爱的情分。自己年仅十七就被选入郕王府为侧妃，还为郕王诞下了世子。这个郕王唯一的儿子后来还贵为太子，虽然年仅五岁就夭折了，但说起来夫妻也有近十年的恩爱，却不料一朝说翻脸就翻脸，一点儿情面也不讲。叫她这个皇后今后如何有脸面对众人，执掌中宫？倒还不如索性随了皇儿魂魄而去，这人世间也没什么可留恋的了。

那一夜，坤宁宫的宫女紫云瞧见皇后娘娘流了一夜的泪，说了一堆不明不白的呓语。

第二天，紫云惊恐地发现，皇后娘娘的身子僵硬了，眼睑微睁，腮上泪痕犹自未干。

太医验过尸后禀报：皇后娘娘身上未见伤痕，也没有中毒症状，但肝气郁结，忧伤思虑过多，还当真是抑郁而终了。

得知杭皇后的死讯，万贞儿不由感叹造化弄人。她想起初到端本宫时和菊心姑姑去万安宫拜见当时的杭贵妃，那时的杭氏虽只是贵妃，却是何等的意气风发、丰润明艳、傲气不可一世，穿戴用度都是比照中宫皇后的份例和气派。她怀里的皇子朱见济也是何等的金贵肥白可爱。

如今不过短短六载，朱见济当上太子不到一年就一命呜呼，杭贵妃由贵妃晋封为六宫之尊的皇后也不过四载，那时何等的鲜花着锦、烈火烹油，转眼间也不过是一个子夭圣恩绝、垂泪抑郁而终的结局罢了。

想来沂王朱见濬也曾以两岁之龄就贵为太子，但后来被废为王爷，出宫后又遭遇投毒之害，差点儿丢掉小命，但六载过去，倒还平平安安地长到了八岁。

所以荣华富贵又能怎样？倒还不如平平淡淡、安安顺顺地过完一生罢了。万贞儿倒真想离开侯门王府这个是非之地了，梦想着以后就和窦如海过着普通夫妻那样男耕女织的平淡日子。

杭皇后年纪轻轻就不明不白地抑郁薨逝，景泰帝终于也感到过意不去，后悔那天对她说了绝情的话，于是将杭皇后谥为“肃孝皇后”，又为她修建陵墓，号曰“寿陵”，任命杭皇后的哥哥杭敬、弟弟杭敏为锦衣卫百户。景泰帝这么做总算挽回了些数年夫妻的情面，但这些也不过是死后的哀荣罢了。

杭皇后薨后数月，唐贵妃就被册封为“皇贵妃”，这可是大明王朝的第一位皇贵妃啊！其父唐兴也由锦衣卫百户升为千户，由千户而至指挥佥事。杭皇后薨逝后，其兄弟也不过只被封百户而已，可见唐氏是宠冠后宫了。

杭皇后是沂王府最大的对头，她的突然薨逝差点儿让阖府人等乐开了花。如果说，那年怀献太子夭亡他们还只能偷偷地乐的话，那杭皇后薨逝的消息在沂王府里简直就是大快人心了。

“可出了一口恶气！我们府里的噩运该到头了！”万贞儿听到夏露、小萝、小安子、小夏子他们在院子里议论说，也不避讳门外守护的锦衣卫军士。

万贞儿还看到范姑姑悄悄出府去河边给杭皇后烧了纸钱。万贞儿并没有告诉别人，她想，各为其主，如今杭皇后已逝，也用不着赶尽杀绝，给人留条活路吧。范姑姑如今也在府里夹着尾巴做人，远不如从前那么嚣张了。

仁寿宫的掌事宫女红芍坐着宫里的马车又出现在沂王府。红芍对着黑压压跪了一地的王府仆从说：“传上圣太后口谕，如今杭皇后虽已薨逝，但尚有贵妃娘娘、丽妃娘娘宠冠后宫。沂王府人等当继续谨慎行事，不要妄议后宫之事，以免遭人嫉恨，再遇不测。”阖府仆从都叩头称是。虽然前路是见到了一丝曙光，但孙太后教导他们的韬光养晦之策还是明智的。

杭皇后薨逝两个月后，菊心姑姑找了一个借口把范姑姑逐出了沂王府。

菊心姑姑私下告诉万贞儿，把范姑姑逐出王府是红芍转达的孙太后的意思。红芍曾对菊心说：“这范氏毕竟是杭皇后派来的人，和咱们不是一条心的。如今杭皇后非善终，范氏的外甥女喜红也是间接因我们而死，今后保不准范氏会为旧主和亲戚滋事。防人之心不可无，斩草还要除根。”

斩草除根？杭皇后和怀献太子年纪轻轻、无病无痛却不得善终，万贞儿总觉得这里面有蹊跷，不会那么简单。前廷后宫忌惮嫉恨杭皇后母子的人很多，沂王府、废后汪氏、唐贵妃、李丽妃还有那些不知道的都算是杭皇后的对头。万贞儿也猜不出他们母子究竟是死于自然疾患还是死于人为原因。人已死，一切也就既往不咎了。

范姑姑那天被逐出王府时虽然神态谦卑拘谨，但眼睛深处射出的怨毒之光却让万贞儿打了个寒战，久久不能忘记。几年以后，在行刑的西市，万贞儿又看到了一双神情类似的眼睛。

“景泰”这个年号注定不是预示着否极泰来的，太子夭皇后薨之后，紫禁城又发生了一件足以载入史册的变天大事。

第七章

南宫政变于谦蒙冤

景泰七年八月，万宸妃在南宫为太上皇朱祁镇诞下了皇七子朱见浚。

皇兄不断添丁，自己却没有任何动静，景泰帝也急了，除了从民间选良女充掖后宫，纳朝廷官吏之女为嫔妃，还挑选了数名酒肆歌坊的绝色歌舞伎充实后宫。杭皇后已逝，汪皇后已废，吴太后也只是整日吃斋念佛，不问世事。后宫无人管束，景泰帝乐得眠花宿柳、夜夜春宵。

虽是美人充斥后宫，却没有一位嫔妃能为皇上诞下一位皇子或者公主。宠冠后宫的皇贵妃唐氏离皇后宝座只有一步之遥，若生下皇子，后位必是非她莫属。因此皇贵妃也着意笼络皇上，命太医遍寻助力男女欢爱之药和早日坐胎之方，好一举得子。李丽妃也不甘示弱，也在暗中使劲，也想抢在唐皇贵妃之前怀上龙子。

景泰八年的春天来得特别迟。正月里，就传来了皇上病重困在宫外行宫不能临朝的消息。

新年元旦，皇帝依照祖例要祭祀天地，祭天祀地前的斋戒需在宫外进行。因此景泰帝出巡郊外，住在斋宫，以备祭祀天地。不想他疾病发作，还很严重，一时困在斋宫动弹不得。景泰帝朱祁钰还不到三十岁，平时并没听说有什么大病，何至于一旦病重就临不了朝？

万贞儿他们听红芍私下转述太医的话说，皇上本就不是强壮的体质，因为太子早夭，膝下至今空悬未有皇嗣，皇上精神焦虑加之日夜耽于房中之事，不知节制和保重，以致腰膝酸软滑精严重。近来更是耳鸣眼花、头晕目眩，去郊外斋戒也是勉强而行。不想郊外天寒地冻，行宫设施不及宫内齐备引发重症发作，以致脚不能走，步不能移，不能行祭祀仪式，只得命随行的太子太师石亨代祭。皇上回宫后也上不了朝，只得卧床调养将息。

听说皇上这次病势沉重，朝中大臣奏请早立太子建储，早固国本以备不测。有大臣主张复立沂王朱见濬，也有大臣主张册立襄王世子为太子。皇上皆不准奏，因为沂王、襄王世子都不是他亲生的皇子。他想着自己还年轻呢，后宫嫔妃诞下皇嗣是早晚的事。

正月里听说皇上已经有十来天没上朝了，朝臣就是有要事禀奏也只得压着。后来又听说经过数日的调养休息，皇上已经能上朝了，预定正月十六日升堂早朝，处理耽搁了十来天的政事。

正月十六这日清晨，大臣们齐聚朝堂，却没有等来皇上。皇上身边的首领太监曹吉祥对大臣们说，皇上因为病体尚未痊愈，早上起床后又睡着了，让大臣们先回去，明日再上朝面圣。

景泰帝身边以前的首领太监成敬两年前已病故，接替成敬的曹吉祥以前是司礼监掌印太监王振的门下，在西南边境前线带兵和南蛮外族打过仗，颇有军功和谋略。

正月十七日早晨，一个惊人的消息传来，让沂王府阖府人等目瞪口呆，半天不敢相信自己的耳朵，怀疑是不是自己听错了。这个消息对沂王府来说，是一个天大的喜讯，但发生得太突然，让人半天都不敢相信。

宫中红芍来报：手握提督兵权的武清侯加太子太师石亨联合都督张軏、左副都御史徐有贞，以宫内太监总管曹吉祥做内应，在正月十六日夜里，带领精勇军士千余人悄悄潜入长安门，急奔南宫，毁墙破门而入，扶持太上皇登上辇车，自东华门入宫，杀入奉天殿，打开宫门告知正在等待上朝的文武百官："太上皇已复位！"大病初愈的景泰帝被废为郕王，迁往紫禁城里的西苑严加看守。

也就是说，沂王朱见濬的父皇已经不再是被软禁的太上皇，而是拥有无上皇权的皇上了！这实在是一个想也不敢想的大喜讯啊！

看着红芍姑娘拍着胸脯保证消息“千真万确”的样子，菊心姑姑第一个反应过来，几乎是喜极而泣，说：“老天保佑，可让我们沂王府熬出了头！从此以后再也不用提心吊胆，防范这个、防范那个了！”

王府里的姑姑公公婢女小厮皆是奔走相告，喜笑颜开。万贞儿也自是高兴，心里松了一口气，心想：沂王今后的前程可是顺畅了，至少没有性命之忧了。

转眼间万贞儿已服侍朱见濬八年。八年时间，朱见濬已从两岁的奶娃娃长成面有英气的十岁俊秀少年，日后自是前程似锦。

如今万贞儿也成了一个二十七岁的老闺女了，再不出宫嫁人的话，就真的要老死在宫里当老姑婆了。

窦如海也耐心地等了她八年。这八年里，万贞儿也好几次想请求孙太后让她出宫跟随窦如海去民间做一对平民夫妻，去过平淡安稳的生活，但她终究还是担心朱见濬的安危，心里放不下，觉得自己没尽到完全的责任，没完成太后和贤妃娘娘的嘱托，让濬儿平安成人。毕竟太后和贤妃娘娘还是待她不薄的。

如今太上皇复辟，濬儿前程一片光明，万贞儿觉得此时是真的可以请求太后让她出宫了，不能让窦如海再等下去了。他都是三十出头的人了，一直未娶妻，苦苦熬着等她，她不能太自私了。

只是宫里接二连三传来的消息打乱了她的想法和安排。

宫内的消息不断传来，太上皇朱祁镇复辟，号称是“顺应天时”，因此年号天顺，改元天顺元年。朱祁钰被废为郕王，囚居西苑；吴太后被降为宣庙贤太妃，迁出寿昌宫，居于偏宫别院。

石亨居太上皇复辟的首功被晋封为忠国公，特加恩宠。徐有贞被擢升为兵部尚书，封武功伯兼华盖殿大学士，身居宰相之职，掌文渊阁事。曹吉祥被提升为司礼监掌印太监，总督京师京营三大营。其余拥立南宫复辟的大小官员皆按功行赏，拥立郕王称帝的于谦、王文等大臣被缉捕下狱。

皇长子朱见濬被天顺帝复立，册封为皇太子，并被改名为朱见深，预示一个崭新的开始。

天顺帝很感念生母孙太后在夺门之变中为自己复位暗中出了大力，遂给孙太后上徽号，曰“圣烈慈寿皇太后”。大明自此首开在生前就给太后上徽号的先例。

天顺帝也很感念元配钱皇后的情意，她在他北狩被俘后日夜号哭不爱惜身体以致残疾，因此正室钱氏虽身体残疾也依旧被复位册封为中宫皇后。太子生母周贤妃晋升为周贵妃，其余皇子皆被封王，嫔妃皆各有册封。

朱见濬现在改名叫朱见深了。被复立为太子后，原沂王府全府人等迅速搬出破旧的沂王府，搬进已经修缮装饰一新的太子寝宫端本宫。自从怀献太子朱见济于景泰四年辞世后，端本宫也已经空寂四年了，如今又迎回了原来的主人。

他们是景泰三年被驱逐出宫的，那时朱见深不足五岁，如今回宫时，朱见深已然十岁。宫外五年的恐惧光阴让人不堪回首，这五年的光阴让朱见深成长为一个内向忧郁、喜欢沉思、不爱说话的少年。

在沂王府那些暗淡的日子里，那时的朱见濬时常握着本书坐在万贞儿旁边，看着她不停地做着针线活，间或问一句话：“贞儿姑姑，你绣的花怎么这么好看呢？活鲜鲜的，我好像都闻到香气了。”朱见濬有口吃的毛病，平时很少说话，怕别人笑话他，但他偶尔说出的一句话却很是生动活泼，显示出他这个年龄该有的天真和孩子气。

万贞儿时时拿濬儿和留在霸州的小弟通儿相比，她对小弟的印象还停留在他两岁时的记忆里。看着身边的濬儿一天天长大，她也仿佛亲眼见着自己的小弟通儿在她眼前一天天长大一般。

濬儿四五岁前叫她“贞儿姑姑”，到了八九岁上，开始叫她“贞儿姐姐”，她也由着他乱叫。在她的心里，她也越来越不把他只当做王爷和主子，也把他当做一个弟弟，一个亲亲的小弟，虽然没有血脉之亲，却胜似亲人。

如果可以，她的私心真的是想带着这个濬儿小弟和如海哥哥，还有梅林姑姑，还有她在霸州的父母兄弟一起归隐山林，过着一家人团聚快乐、与世无争的普通百姓生活。但这是不可能的，濬儿有着尊贵的皇室血脉，他命中注定是要与宫廷、与争斗为伍的，躲也躲不掉。这不，辗转几年后，又回到了端本宫，开始过起锦衣玉食、勾心斗角的生活。

回到端本宫几天后，万贞儿看到夏露、秋水、冬雪几个在桂花树下的雪地里祭奠春早。

夏露举着点燃的香烛遥对着半空说："春早姐姐，我们姐妹几个又回到端本宫了。你比我们回来得早，但是却被冤杀了。我们姐妹几个今天祭拜你，愿你的冤魂早日安息。我们姐妹几个如今又团聚在端本宫了，团聚在太子殿下周围，就像你从来不曾离去一样。"

万贞儿悄悄地离开了，没有打扰她们。虽然春早一直对她不友善，让她心里不快，但她们几个的姐妹情深却也让她羡慕。除了窦如海，在这个宫里只有梅林姑姑和乔韵儿跟她最亲，菊心姑姑和李姑姑次之。

回到端本宫一安顿下来，万贞儿就去针工局拜见了梅林姑姑，去锦绣坊会见了乔韵儿。自从出宫后，她就再没见过韵儿，梅林姑姑也见得少。

梅林姑姑见到她，笑着说："可是平安回来了，我的心也放下来了。既进了宫，我们今后见面的机会也就多着了。"

万贞儿也笑着说："姑姑，贞儿在宫外可想念你了！"

乔韵儿见到她，简直是喜出望外，一口气说了大半天的话，那爱叽叽喳喳的毛病却是一点儿也没改。她比万贞儿小四岁，今年也是二十三岁的大姑娘了，却还是像个小丫头，并不沉稳。

"贞儿姐姐，有机会的话，也让我去端本宫服侍太子吧，就是当一个粗使洒扫的宫女，我也愿意啊，韵儿想和姐姐天天在一起！"乔韵儿哀求她说。

万贞儿说："今后有机会的话，我给菊心姑姑说说，让她禀告太后恩准你进端本宫服侍太子殿下。"乔韵儿欢天喜地地答应了。

万贞儿辞别乔韵儿出了锦绣坊刚回到端本宫，菊心姑姑就说："红芍姑娘刚来过了，奉太后懿旨给太子送冰糖燕窝粥。红芍说，太后这几天心里很不舒服，因为于谦大人前几天被腰斩于市了。太后刚刚才晓得，心里很是悲伤呢。太后说，于少保大人有功于社稷，不应该被杀的。"

万贞儿心里也不由一震。她和菊心姑姑等女流之辈长期待在深宫内闱，本不大晓得朝堂外廷的国家大事，但于谦大人的英名和事迹却是大明朝无人不晓、妇孺皆知的啊！万贞儿后来前前后后地打听，于谦被冤杀的前因后果也晓得了一个八九不离十。

在宫外沂王府时，教导师傅辅导沂王朱见濬学习于谦的诗作《入京》和《石灰吟》时，万贞儿就听到教导师傅大赞于谦大人是我朝大大的功臣，教导师傅讲述了不少关于于谦的趣闻轶事。

于谦是永乐十九年的进士，在宣德元年以御史之职跟随宣德帝朱瞻基讨伐起兵反叛的汉王朱高煦。他在阵前言辞凿凿、声色俱厉地数落朱高煦的罪行。在这位御史的凌厉攻势下，曾经威风凛凛的汉王被骂得抬不起头，趴在地上不停地发抖，自称罪该万死。自此，于谦得到了宣德帝的赏识和重用。

正统年间，大太监王振得势专权，进京奏事者大多到王振门下献金示好。但是于谦从不带任何礼品，有人劝他说："您不肯奉送金银财宝，难道不能带点儿土产去？"

于谦轻松一笑，甩了甩他的两只袖子，说："只有清风。"还特意写诗《入京》以明志：绢帕蘑菇及线香，本资民用反为殃。清风两袖朝天去，免得闾阎话短长！此诗表明的意思是不想进贡，免得被人说长道短。此诗写成后远近传诵，为一时佳话，后来"两袖清风"的成语就是这样来的。

土木之变后，郕王朱祁钰监国，命令群臣讨论作战和防守的方略。侍讲徐珵说星象有变化，应当迁都南京。兵部侍郎于谦厉声说："主张南迁的，该杀！京师是天下的根本，一动摇，国家大计就完了。难道诸位忘了北宋南渡的事吗？"孙太后和郕王支持肯定了他的说法，防守京师的决策就这样定下来了。

郕王暂代皇帝上朝，廷臣们请求将怂恿正统帝亲征的司礼监太监王振灭门九族，王振的党羽马顺跳出来斥责言官。给事中王竑冲上前揪打马顺，廷臣们都跟着他行动，同时还殴打其他的王振同党。朝上一时秩序大乱，两派的侍卫都气势汹汹。郕王害怕得要起身逃跑，害怕和王振一党的锦衣卫报复。

于谦推开众人，走上前去扶住郕王示意不要起身，告诉郕王宣谕说："马顺等有罪该死，百官不予追究。"大家这才安定下来。

于谦的袍袖在纷争中也被撕裂，吏部尚书王直握着于谦的手叹道："国家正在倚赖你呢！今天这个情况，就是有一百个王直又有什么用？"

正统帝朱祁镇在土木堡被俘后，朝臣们担忧国家没有君主，太子年幼，敌寇将至，奏请皇太后立郕王为皇帝。郕王一再害怕地推辞，于谦大声说："我们完全是为国家考虑，不是为个人打算。"于是郕王受命登基称帝。

正统十四年九月，郕王即帝位为景泰帝。于谦进宫回答景泰帝的问话，情绪激昂地哭着说："敌寇得意，留住了太上皇，必然轻视中原，长驱南下，奏请皇上命令各边境的守臣竭力防守遏制。京营士兵的器械快要用完了，需要马上分道招募民兵，命工部制造器械盔甲。派遣都督孙镗、卫颖、张軏、张仪、雷通分兵据守九门重要的地方，军队驻扎在外城的外面。都御史杨善、给事中王竑亦参与这些事，迁徙外城附近的居民进入城内。储存在通州的粮食，令官军自己去支领，不把粮食留给敌人。文臣像轩倪这样的人，应该用为巡抚。武臣像石亨、杨洪、柳博这样的，应该用为将帅。至于军队里面的事情，微臣愿意一力承担，若是管理得没有成效就请皇上治微臣的罪！"对他的意见，景泰帝全都认真地予以采纳。

于谦被景泰帝擢升为兵部尚书，领导京师保卫战。当时京师最有战斗力的部队、精锐的骑兵都已在土木堡失陷，剩下疲惫的士卒不到十万。人心惶惶，朝廷上下都没有坚定的信心。

于谦请景泰帝调南北两京和河南的备操军、山东和南京沿海的备倭军、江北和北京所属各府的运粮军马上开赴京师，积极策划部署，人心稍为安定。于谦妥善安排和调度，坚决主战，率领大明军民取得了京师保卫战的胜利，打破了瓦剌也先想挟持太上皇以突破中原的目的。

到了景泰元年八月，太上皇朱祁镇被留在北方已经一年。也先想讲和，使者接连前来，提出把太上皇送回。大臣王直等商议派使者前往漠北迎接太上皇回朝，景泰帝见状不高兴地说："朕本来不想登大位，当时是被你们硬推上来的，如今把太上皇迎回，是想把朕赶下位？"

于谦从容地说："帝位已经定了，不会再有更改。只是朝廷于情于理都应该尽快把太上皇接回来，以防也先再有什么图谋。"

景泰帝看看他，便改变了脸色说："朕听爱卿的，朕听爱卿的。"景泰帝先后派遣了李实、杨善前往，终于把太上皇接了回来。太上皇最终被迎回，也有于谦的功劳。

于谦的性格很刚强，遇到不痛快的事，总是拍着胸脯感叹说："这一腔热血，不知会洒在哪里！"他看不起那些懦怯无能的大臣、勋臣、皇亲国戚，因此憎恶、嫉恨他的人也很多。

于谦始终不赞成讲和，虽然太上皇因他建言能够回来，但太上皇对他并不满意。徐珵因为提出迁都南京，受到于谦斥责，他自己也名声大坏，不被景泰帝重用。徐珵后来把名字改为徐有贞，希望得到提升进用，但景泰帝一朝始终未重用他。徐有贞因此经常咬牙切齿地痛恨于谦。

石亨本来因为违犯了军法被削职，是于谦请求景泰帝宽恕了他，让他总理十营兵，但他也并不喜欢于谦，因为害怕于谦才不敢放肆。德胜门一仗的胜利，石亨的功劳并不比于谦大，而得到世袭侯爵，他内心有愧，于是上书推荐于谦的儿子于冕。

景泰帝下诏让于冕到京师，于谦推辞，景泰帝不准。于谦回禀景泰帝说："国家多事的时候，臣子在道义上不应该顾及个人的恩德。而且石亨身为大将，没有听说他举荐一位隐士，提拔一个兵卒，以补益军队国家，而只是推荐了微臣的儿子，这能得到公众的认可吗？微臣对于军功，极力杜绝侥幸，绝对不敢用儿子来滥领功劳。"景泰帝因而同意了于谦的意见。石亨闻知自是又愧又恨。

都督张軏因为征苗时不守律令，被于谦弹劾，和内侍曹吉祥等都一向嫉恨于谦。

这些事情为他们后来谗言谋害于谦埋下了伏笔。

景泰八年正月十七日，石亨和曹吉祥、徐有贞迎接太上皇恢复了帝位。石亨宣谕朝臣以后，立即把于谦和大学士王文等逮捕入狱，诬陷于谦、王文等和太监王诚、舒良、张永、王勤策划迎接册立襄王世子为太子。石亨、徐有贞拿定这个说法，唆使科道官上奏。都御史萧维祯审判定罪，坐以谋反，判处于谦、王文等拥立郕王称帝的大臣死刑。

王文忍受不了这种诬陷，急于争辩。于谦笑着说："这是石亨他们的意思罢了，分辩有什么用处？"奏疏上呈后，天顺帝还有些犹豫，说："于谦对朝廷是有功劳的。"徐有贞进言说："不杀于谦，复辟这件事就成了出师无名。"朱祁镇的主意便拿定了。

正月二十三日，于谦被押往崇文门外，就在这座他曾拼死保卫的城池前，得到了他最后的结局：斩决！

于谦被杀之后，按例应该抄家。于谦的家被查抄时，其家中之清贫令查抄官员惊愕，于谦家里除了衣食住行的必需品外，根本就没有多余的钱财。查抄人员发现有一扇锁得紧紧的小门，打开一看，都是于谦珍藏的皇帝历次赐予的蟒服和宝剑，并没有什么金银珠宝。真可谓是两袖清风！

于谦被斩杀的那天，阴云密布，天下百姓都认为他是冤枉的！有一个叫朵儿的指挥使，本来出自曹吉祥的部下，他把酒泼在于谦被斩杀的地方，恸哭。曹吉祥发怒，鞭打他。第二天，他还是照样泼酒在地表示祭奠。

孙太后开始并不知道于谦被杀，后来听说以后，也很是叹息哀悼了几天。后来听说天顺帝朱祁镇对于斩杀于谦也颇有悔意。

谗言"不杀于谦，复辟这件事就成了出师无名"的徐有贞纵然一时春风得意，但最终的结局也并不好。他后来被石亨、曹吉祥排挤，被朱祁镇贬斥为民，寄希望于新皇朱见深继位后能重用于他。但朱见深和万贞儿对这位谗言杀害于谦的小人没有一丝好感，永不召用。徐有贞只得浪迹于山水之间，放荡抑郁而终。

于谦被冤杀后的一个春寒袭人的午后，万贞儿在整理太子的书房时，特意找出于谦的诗篇来读。当年在宫外沂王府时，万贞儿也曾在闲暇之余跟着教导小沂王的先生和师傅识字读书的。于谦的《入京》和《石灰吟》她都读过，她还特别喜欢于谦为亡妻写的一些悼亡诗，觉得情真意切，让人感动。

万贞儿正在书房里独自读诗时，太子朱见深进来了。他穿着杏黄色的丝锦棉袍，戴着用白狐毛围就的裘皮棉帽，衬得面如白玉，显出了皇家子弟的富贵气派。

"贞儿姐姐，你在看书啊？看的什么书？"朱见深说着就凑了过来，并念出了声，"千锤万凿出深山，烈火焚烧若等闲。粉身碎骨全不怕，要留清白在人间。哎呀，这是于谦大人的《石灰吟》啊，师傅以前就给我讲过的。濬儿还会背呢。"

万贞儿怜惜地正正他的裘皮棉帽，问："冷不冷？"

朱见深说："不冷，皇宫里可比宫外的沂王府暖和多了。宫里有熏笼，烧的都是上等的银炭和红箩炭，屋子里好暖和。沂王府烧的都是黑炭，烟大又不暖和。"

万贞儿不由笑起来，说："在宫外住了几年，太子殿下连银炭、红箩炭、黑炭的区别都晓得了，也真是没有白住呢。也只有经历过苦处的人才懂得珍惜。”

“贞儿姐姐，宫外的那几年我还真的忘不了，所以还是自称濬儿。”朱见深颇认真地说，“那天父皇叫我深儿，我都没想到是在叫我。”

“以后在私下，我就叫你深儿吧，加深你对这个新名字的印象，以后你父皇、母妃、皇祖母叫你深儿，你就晓得是叫你了。”万贞儿说。

“贞儿姐姐，你也在读于少保的诗吗？我听宫里的公公和宫女们说，于谦大人被杀那天阴云密布，是被冤杀的。于谦大人是我大明的功臣，连皇祖母也这样说呢。我这两天给皇祖母请安，见到皇祖母都给于谦大人上香，愿他魂魄早日安息呢。贞儿姐姐，既然于大人是功臣，父皇为什么要下令杀他呢？不是冤枉好人了吗？”已经十岁的太子提出自己的疑问。

万贞儿连忙掩住他的嘴，说：“太子殿下，这话可不要在外面乱说。和我说可以，可不要和其他人说你父皇冤杀了好人，这样会损害你父皇在百姓中的威信的。”万贞儿看了看门外，见没有人，轻声说。

“深儿记住了，深儿以后不会在别人面前乱说的。深儿要乱说，也只在贞儿姐姐面前，贞儿姐姐是不会告密的，贞儿姐姐是对我最好的人，深儿也只相信贞儿姐姐。”个头已经长得齐到万贞儿下颌的太子郑重其事地说。

万贞儿心里有些感动，这些年来，她也感觉到这个孩子心里头对自己越来越深的依恋。她也何尝不是如此？有多少次她想请求太后放她出宫跟随窦如海浪迹天涯，但心里多少还是放不下这个孩子。毕竟他们在一起也有八年的光阴啊，眼看着这个孩子长大成人，万贞儿感觉自己也老了，红颜和青春在一点点地消逝。

“深儿，你以前不是一直叫我贞儿姑姑的吗？现在干吗叫贞儿姐姐了呢？”万贞儿觉得不解，一直想问他这个问题。

“深儿那时候小，喊你姑姑。现在深儿长大了啊，在我眼里，你就跟姐姐一样亲切温柔、年轻美丽。喊你姑姑，像喊老太婆一样，是把你喊老了啊。所以我不想再喊你姑姑，宁愿喊姐姐。”朱见深显得一本正经地说。

万贞儿格格地笑了，差点儿笑出了眼泪。她擦拭着眼角，笑着说：“小鬼头，嘴巴倒蛮甜的，晓得哄人开心呢。你长大了，姑姑也就老了，怎么反倒成了姐姐呢？”

“深儿是长大了，但姑姑还是像以前一样没变。在深儿眼里，你就跟姐姐一样年轻、美丽。所以我愿意喊你姐姐，不想喊你姑姑。喊你姑姑，倒像深儿还像一个小孩子似的，但深儿真的长大了，长得快赶上你高了。”朱见深依旧是一本正经地说。

“是的，深儿是长大了，也许再长两年就会超过姑姑了。姑姑如今年纪一步步老大了，以后还不知会飘向哪里。”万贞儿有些伤感地说。

“姑姑，不，贞儿姐姐，你以后会出宫离开深儿吗？你以前在沂王府时和那个神机营军士说起过要离开王府的。”朱见深也感觉到了什么，有些敏感地看着她。

深儿现在是太子了，这里是皇宫，万贞儿不想因为她的原因而影响到窦如海，于是她岔开话题说：“深儿，贞儿姑姑还特别喜欢于谦大人一首怀念他死去夫人的悼亡诗。”

她翻开诗稿，吟诵道：“世缘情爱总成空，二十余年一梦中。疏广未能辞汉主，孟光先已弃梁鸿。灯昏罗幔通宵雨，花谢雕阑蓦地风。欲觅音容在何处？九原无路辨西东。”

万贞儿说：“董氏夫人当年病危时，于谦大人忙于在豫晋赈灾安民，治理水患赶不回来。董氏夫人去世后，于大人很是悲痛，写了十一首《悼内》诗，情真意切。董氏生前，于大人没有纳妾；董氏死后，于大人亦终生没再娶一妻一妾！于谦大人不但是国家栋梁、朝廷忠臣，也是痴情男儿、伟岸丈夫！养儿若养于少保，嫁夫若嫁于节庵，此生又有何憾乎！”说到最后，她的情绪和语气都变得激昂了。

“贞儿姐姐，于大人是你心目中的英雄啊！其实，于大人也是深儿心目中的大英雄。有朝一日，深儿能够坐上朝堂的话，一定会为于大人平反昭雪的！”朱见深郑重地说。

“深儿，你将来若成为一代明君的话，也不枉我们付出的努力和你自小就受到的苦楚了！贞儿只是一个弱女子，只是想将来红颜老去、韶华已逝、白发苍颜的时候，能够有一个像于大人那样的真情男子对我真心如一、白首不离，贞儿此生也就无憾了！”想到如今和窦如海宫墙两隔，万贞儿不由叹息了一声。

“贞儿姐姐，世上一定会有那样的男子的。姐姐此刻想的是当年在沂王府外小河边一起说笑的那个神机营军士？其实如果姐姐愿意的话，深儿愿意陪伴贞儿姐姐一辈子。希望姐姐不要离开深儿。”朱见深深邃的眼睛有些忧郁地看着她。

万贞儿不由笑了，说：“深儿，你是太子，是储君，将来荣登大宝后，你会大婚，会有皇后，会有三宫六院、众多嫔妃的。怎么还会需要姐姐来陪呢？何况姐姐那时也老了，丑了，是一个鸡皮鹤发的丑老太婆了，深儿看都不想看到了。”

“不会的。在深儿的心里，贞儿姐姐是比父皇、母妃更亲近的人。有姐姐在身边，深儿心里才会感到安宁。如果哪天姐姐真的走了，不在了，那深儿也就觉得活着无甚趣味了，魂魄也就跟着姐姐走了。”十岁的朱见深说这番话时竟是显得很老成。

万贞儿心里很是感动，但还是掩住他的嘴，轻轻说：“深儿，你的心意贞儿姐姐都知道了。这些话以后不要再说了，不然要是让你父皇、母妃、皇祖母听到了，那贞儿姐姐就会惹来蛊惑幼主的死罪啊！姐姐就会因你而死了！你难道忍心让姐姐去死吗？”

“姐姐，我再也不说了。我只是不想让你离开我。只要姐姐不离开深儿，深儿一切听姐姐的话，做什么都愿意。”朱见深显得很乖巧地说。

“好孩子！姐姐这么多年的辛苦和忍耐也值了。”万贞儿叹了口气，把朱见深的头搂在怀里，拍着他的背说，就像他幼年的时候那样。

倒霉的不只是于谦，注定还有其他人要为这场宫廷政变殉葬。

第八章

郕王暴薨太妃哀恸

跟随太子入宫一个多月后，二月底的一天，一早，叶菊心从仁寿宫回来后凑在万贞儿耳边说："听仁寿宫的红芍说，昨儿夜里，迁居西苑的郕王爷薨了！"

万贞儿吃了一惊，她也没想到郕王年纪轻轻就薨了，郕王只比天顺帝小一岁，应该三十岁不到吧。先前听说他的病体已经初愈，可以上朝了的，如果不是武清侯他们发动夺门之变，现在坐在朝堂龙椅上的应该还是他吧？

因为景泰帝废了朱见濬的太子之位，并把太子殿的人赶出宫外受了一段时间的苦，朱见濬身边的人自然是对景泰帝颇有微词。但万贞儿想，郕王朱祁钰在大明朝危难之际即位为帝，坚决支持于谦狙击瓦剌捍卫京师，反对南迁，避免大明落到南宋当年分裂的局面，对国家社稷是有功的。纵使他后来软禁皇兄废掉皇侄改立自己儿子为太子，但也罪不至死吧！

想到这里，万贞儿不由问叶菊心："郕王是怎么薨的？太医有说法吗？"

叶菊心摇了摇头说："现在还不晓得。"

万贞儿出宫前在御花园里远远见过景泰帝的銮驾几次。在万贞儿的印象中，景泰帝是个面色白皙清秀、身材偏瘦的高个青年男人，很斯文很和蔼的样子，是那种温文尔雅的温润君子，让人一见之下就有好感。

郕王的面相和身型倒不太像先帝宣德帝朱瞻基，更肖似生母吴贤妃，但神态中还是能窥见有宣德帝的威武英气。所以一直在宫外住了多年的吴贤妃母子在宣德帝临终前奉命进宫与张太后、孙皇后相见时，张太后还是从这个孩童的神态里得以认定这是儿子朱瞻基遗留下的又一血脉，因此没有食言，依照大行皇帝之意封赏了他们母子。

郕王已薨，万贞儿还不忘挂念郕王的生母吴贤太妃。她曾经当过八年的皇太后，现在被降为宣庙贤太妃，幽居在位于紫禁城冷僻之处的露凝殿。

几日后就有消息传来，据装殓郕王尸身的小太监说，郕王所居之地甚是简陋，郕王薨后面色青紫，眼圈发黑，眼珠暴出，口唇张裂，舌头都吐出了口外。有传言说，是太监蒋安夜里潜进西苑用丝帛勒死了郕王，但这种说法很快就遭到了司礼监掌印太监曹吉祥的呵斥，说再传谣言惑众者，立斩不赦，所以宫女太监们也都噤言了。

万贞儿也猜不出除掉郕王是皇上、太后的意思，还是石亨、徐有贞、曹吉祥那帮策划夺门之变的大臣的意思。他们这些宫女太监现在也都听说了，内侍曹吉祥事先是和孙太后、太上皇串通好后，再联合石亨、徐有贞发动的夺门之变。

所以滴水观音投毒事件后，孙太后和周贤妃的有些话算是有弦外之音的。万贞儿现在也确定怀献太子和杭皇后应该不是死于意外了，只是不知晓是死于哪路仇家布下的局，毕竟杭皇后母子的仇家不止一家。杭皇后飞扬跋扈固然是招人嫉恨，但吴贤太妃却是低调、亲切、友善的，万贞儿对吴贤太妃的印象不坏，她想哪天得闲了悄悄去探望太妃一下。

郕王薨后，朝廷赐谥号为“戾”，称“郕戾王”。这是一个恶谥，表示郕王终身为恶，死不悔改。朝廷还下令拆毁景泰帝生前为自己所营造的寿陵，以亲王礼下葬西山，拨给武成中卫军二百户守护。

明朝自洪武帝朱元璋以来就有皇帝驾崩后以后宫嫔妃殉葬的传统。所以景泰帝薨后，虽然被剥夺了帝号，但朝廷还是讨论以其后宫嫔妃殉葬。

毫无疑问，宠冠后宫的皇贵妃唐氏首先被列为殉葬人选。杭皇后虽已病逝，也被废去皇后谥号，毁其陵墓。李贤妃已病逝，丽妃李惜儿因为出身低贱，被认为不够资格殉葬以免污辱列祖列宗，下令被乱棍打死。景泰帝后期纳入宫中的那些淑女选侍被发配到浣衣局做苦役。

景泰帝后宫还有生了两位公主的废后汪氏，汪氏被废后一直居住在冷宫。有大臣提出，废后汪氏也应该殉葬，但遭到了钱皇后和孙太后的强烈反对。钱皇后说当年幸亏皇弟妹的多加照拂，才不至于更加狼狈。孙太后也说，汪氏当年反对废掉朱见深的太子之位改立杭氏之子，为此还丢掉了自己的皇后之位，被幽禁冷宫数年，因此不应该被殉葬。

太子朱见深听说皇婶汪氏要被殉葬，也特地在父皇和皇祖母面前求情。他被废去太子之位那年已经五岁，也知晓了汪皇后因帮他说话而被废的事情，心里也很是感恩的。

吏部尚书李贤也上奏为汪氏请言，以汪氏已废且幽禁深宫，况两女年幼，应不予殉葬。

天顺帝朱祁镇最后应该是采纳了他们的意见，以汪氏“早已被废幽居冷宫，且还有两位年幼郡主需要抚育”为由而被免于殉葬。汪氏也被恢复郕王妃的封号，出宫迁往郕王府得以和自己亲生的两个女儿住在一起。

汪氏性格十分刚烈，她既可以为废太子之事见罪于当年的景泰帝，却也并不惧怕得罪当今的皇上天顺帝。一日，天顺帝问太监刘桓：“朕记得内库里曾经有一条玉玲珑的腰带，怎么找不到了？”刘桓说：“回皇上，奴才去内库查阅过，内库总管说，是郕王妃带出宫了。”皇上命刘桓要回来。

郕王妃得知当今皇帝索要这条玉玲珑的腰带，就把腰带扔到井里，对来索要的使臣说，腰带没有了，找不到了。使臣走后，郕王妃对旁人说：“妾身夫君好歹也当了七年天子，难道就不能拥有这区区几片玉么？”

后来宫内有人举报说，郕王妃迁出宫的时候携带了大量银钱珠宝。皇上派人去郕王府搜查确认，如果真有这么多钱，就予以罚没入官。郕王妃知晓后就把银钱分发给众人，一点儿也不剩。

身为皇族女子，为人处世能够如此果敢有魄力有担当，无一点儿贵戚女子常有的柔软纤弱之态，万贞儿是从心眼里赞赏汪氏的。她有时也扪心自问：我万贞儿若是处在汪氏当时今日的处境，能有勇气冒犯景泰帝和天顺帝的龙颜与权威吗?

郕王妃汪氏年八十而卒。她的长女固安郡主于成化五年十一月下嫁王宪，婚庆礼仪视同公主。次女稍长斋素，矢不下嫁。固安郡主以公主礼仪下嫁，这也是太子朱见深即位为成化帝后，感念皇婶当年的照顾和仗义执言而报恩吧。这也算是善有善终，好人有好报了。

朝廷最后议定为景泰帝殉葬的主要嫔妃就是唐氏，时年仅二十许。景泰帝生前最宠爱她，她曾陪同景泰帝一起骑马游玩，不慎从马背上跌了下来。景泰帝见惊吓了美人，特意下令挑选御厩中最好的马，日日训练以待唐氏下次游玩时再骑，可见她受宠之甚。

景泰帝还册封唐氏为明朝第一位“皇贵妃”，景泰帝还连续两次升了唐贵妃父亲唐兴的官，从锦衣卫百户至千户，又从千户至指挥佥事。

现在天顺帝敕命唐氏为景泰帝殉葬，也没枉费了景泰帝对她的宠爱。所谓极盛之后是哀戚，繁华落尽，她自己也不会想到曾经宠冠后宫的她，年纪轻轻就落个殉葬的下场吧？

几家欢喜几家愁，真可谓是翻手为云覆手为雨，荣华富贵与贫穷落寞刹那间转换不过是寻常事。

一朝君主一朝臣，被废黜的景泰帝和他的宠臣、宠妃均逃不过一死，接下来不知有谁能幸免于难，侥幸逃脱一命？

郕王暴薨数月后的一日，叶菊心奉孙太后懿旨去露凝殿，也叫上梅林和万贞儿同行。因为梅林和万贞儿都曾对菊心说过，想趁合适的时机去看望吴贤太妃和竹影。

叶菊心是奉孙太后之命给吴贤太妃送补血安神汤，此汤药用当归、阿胶、红枣、龙胆、柴胡等药材熬制而成。孙太后听太医说，吴贤太妃近来有血虚不寐之症，需要进补安神。孙太后早年也有此症，服用太医对症配置的补血安神汤后，大为好转。孙太后听闻吴贤太妃罹患此症后，也推荐她服用此汤药，看看是否见效。

梅林姑姑曾告诉万贞儿，梅林、兰若、竹影、菊心她们四个年幼时是侍候张太后的宫女，姐妹四个年龄相仿，也差不多是同时入宫，又同在张太后当年所住的清宁宫当差，姐妹四个也很要好。

后来奉张太后之命，梅林去伺候宣德帝的胡皇后，兰若去伺候宣德帝的孙贵妃，竹影和菊心依旧在张太后的清宁宫当差。胡皇后被废去皇后之位后裁减宫女太监，针线女红功夫最好的梅林奉张太后之命去了针工局当主事宫女。在孙贵妃宫里当差的兰若后来患了时疫重症被紧急送出宫，医治无效去世。

宣德帝薨逝，吴贤妃母子奉大行皇帝遗命入宫，皇次子朱祁钰被封郕王，张太皇太后把自己宫里的宫女竹影拨给吴贤妃使唤，出宫随郕王母子入住郕王府。菊心也被张太皇太后拨给孙太后宫里以接替急病而死的兰若。

姐妹四人，兰若早死，竹影出宫，梅林和菊心虽在宫里但不在一处，平时见面的机会也不多。后来竹影随吴太后再次入宫，姐妹三个在兰若每年的忌日都会聚在一起，给兰若烧烧纸钱，互相说说体己话。

吴太后被降为太妃迁到偏僻的露凝殿后，前去探望的人几乎绝迹。梅林和菊心就是有心想去看望竹影，也得避人耳目。孙太后也素知菊心和梅林、竹影是交好的姐妹，因此她不吩咐仁寿宫的人送药，而是特意吩咐菊心送药也算是有心成全她们姐妹几个的晤面。

她们三个来到露凝殿前叩门，素裳出来把她们迎到正殿，竹影出来迎接。菊心说明了来意，竹影道了谢，吩咐素裳接过装着补血安神汤的药罐，去小厨房加热。

竹影姑姑和梅林姑姑、菊心姑姑都是差不多的年纪，五十岁出头的样子，穿着青黑色的棉袍，头发挽成一个道姑髻盘在头顶，倒像是带发修行的样子。菊心说："怎么穿得这么素？打扮得像个姑子？"

竹影"嘘"了一声，轻声说："太妃在旁边的小佛堂里念经呢。自从郕王薨后，太妃的精神就差多了，整夜整夜地睡不着。血亏气虚，身体一下子就垮了。一点儿鲜色衣服也不穿，整日素服素食，拜佛念经，说是为郕王求佛，希望他脱去往日罪孽早日超生。我看太妃那意思，倒像是带发修行的样子。主子这样，我们底下人自然也不好华服美食，也就跟着穿素吃斋念佛了。不过我们是心甘情愿的，太妃平素待我们下人不薄的。"

"辛苦姐姐了。"菊心握着竹影的手说，"要不我和太后说说，把你调离这里。宫里多是些拜高踩低的势利小人，这里如今失了势，只怕吃的穿的用的，那些势利眼的奴才会故意克扣，你们岂不是吃了亏？"

"倒还好。孙太后打过招呼的，说太妃是为先帝生过皇子的嫔妃，一切用度都要按照太妃的份例来，不得擅自克扣。我们这里的吃穿用度都是按例分发的，并没克扣多少。虽然地方是偏僻了点儿，倒也清静，不招人耳目，安安静静地过日子也不错。”竹影淡淡地说。

“那就好。”菊心点点头。

竹影继续说下去：“只是太妃自己倒好像有求死之心，吃得少，穿得薄，睡得少，说是为郕王赎罪。其实当年那个情势，郕王也并不是自己想当皇上，是被太后朝臣们推举的。他重用于谦等贤臣保卫了京师算是对朝廷有功的，而且也下令把太上皇给迎了回来。虽说是后来废了侄儿立杭妃的儿子为太子，这点招人诟病，但后来太子早夭杭氏病死，他自己再也没有子嗣降生，也算是遭了报应了，终身囚禁在西苑也算是得了应得的下场了。但蒋安之辈却还要斩草除根，非要把人弄死了才安心！当年太上皇虽说是被禁锢在南宫，但也没有被索取性命吧？还允许太上皇有嫔妃相陪，要不然太上皇会接连有皇子出生？都说做人有时候不要太绝了。但现在想来，如果郕王当年把事做绝一点儿，也不至于有日后的杀身之祸！”说到最后，竹影的情绪激昂起来。

“我的个祖宗！”梅林吓得去捂竹影的嘴，“你这话也只能当着我们说说罢了！可不要再被别人听去了！只怕会给你自己引来杀身之祸！”

“不碍事。我也晓得竹影心里的苦处，她说出来了，心里也就舒服些了。”菊心沉着地说，“我们今天听这话的几个人，都是自家姐妹，包括贞儿在内，都是可以信任的人。姐妹几个说说心里话，心里会舒服些的，但说无妨。”

“嗯，菊心晓得我心里的苦处。”竹影点点头说，“我当年奉太皇太后之命服侍郕王母子多年，郕王、太妃包括郕王妃素来待我不薄，只是杭妃刻薄嚣张一点儿。我后来有对不住郕王他们的地方，虽然只是奉命行事，但我心里一直愧疚。郕王薨后，孙太后也曾问我，是否愿意迁往别宫另寻去处。我婉谢了，我对太后说，奴婢已陪伴太妃多年，看样子太妃时日也无多，就让奴婢再陪她几年吧，这样奴婢心里也安心些。太后也答应了。其实我心里也害怕自己像兰若当年那样不明不白地消失了。哪天我若突然消失了，姐妹们也应该晓得这其中的缘由，竹影也不会做一个屈死鬼了。”

万贞儿被竹影姑姑的话给弄得稀里糊涂的，她心里寻思：竹影做了什么对不住郕王的事？兰若之死难道还另有隐情？

万贞儿正思忖着，菊心叫她了：“贞儿，去佛堂看看太妃把药喝了没有？”

她答应而去。她晓得菊心她们几个要说说不想让外人听见的私房话了。

万贞儿来到佛堂，素裳正在照顾吴贤太妃喝药。太妃五十岁出头的样子，穿着暗淡的深色衣裙，头上挽着一个高髻，除了一根玉簪，再没有任何头饰，容色苍白瘦削，唇无血色，比万贞儿当初在寿昌宫见到之时要苍老憔悴了不少。

万贞儿上前施礼说："奴婢万贞儿给太妃请安，恭祝太妃凤体安康。"

吴贤太妃挣扎着似乎要从座椅上站起来回礼，万贞儿连忙上前扶住她说："太妃免礼。您是长辈，又在病中，当好生休养为上，不要累着了。"

"不碍事。"吴贤太妃在万贞儿和素裳的搀扶下徐徐坐下，缓缓地说，"烦劳太后费心了，也让你们受累了。待老身身体好些后就去仁寿宫亲自叩谢太后。"

万贞儿说："太后记挂着太妃的病情，吩咐太妃免礼，先把身子调养好。太后说，这副方子先吃着试试，若吃着有效，就让太医定下方子让竹影和素裳天天熬制。若不见效，就叫太医另开方子。太后叫太妃病且好些了就四处走走散散心，也会开怀一些，思虑过多对养病没有什么好处。"万贞儿把菊心告诉她的孙太后的意思再转述给吴太妃。

吴太妃再次欠身表示感谢说："多谢太后的记挂和费心。"说毕，还吩咐素裳准备赏赐的礼物给菊心、梅林和万贞儿。万贞儿叩头谢恩。

从露凝殿出来，菊心说："太后吩咐过下面那些人，太妃和竹影主仆都是对社稷有功的，不要亏待了她们。现在看来，那帮势利小人倒还没怎么刻薄她们主仆。只是太妃自己的精神不怎么好呢。也难怪，儿子、孙子都殁了，两个孙女又在宫外，也是没什么趣味了。"

"所以啊，荣华富贵都不打紧，要紧的是一家子的平平安安、亲亲热热、和和美美。"梅林附和说。

万贞儿也点点头，不由想到了还守在宫外等她的窦如海和远在霸州的父母兄弟。父母兄弟自是多年未见，连窦如海，自从她进宫后，也有两个月未见了。想必他还在宫外痴痴等着她向太后请命出宫的消息吧？

第九章

晤面如海恳请出宫

烟花三月的天气乍暖还寒，柳丝返青，桃杏吐蕊，燕子呢喃，宫中的宫女太监们开始脱去厚重臃肿的冬袄，穿上轻薄艳丽的春裳了。

这一天，万贞儿在御花园碰到梅林姑姑，姑姑把她拉到一个僻静处，说："我前几天出宫见到海儿了。海儿说，好久没见你了，想见你一面呢。"

万贞儿想了想，说："后日我不当值，我给菊心姑姑告个假，说是和你一起出宫会会亲友。你就约如海在以前常聚的那家酒肆见面吧。"梅林答应而去。

到了第三日，万贞儿给菊心姑姑告了假，领了出宫的腰牌和梅林姑姑一起出了宫门。万贞儿和梅林姑姑都戴着四周垂下网子的毡笠，使外人看不清她们的容颜。她们是从宫里出来的，得尽量避人耳目。

来到宫外一所僻静的酒肆"凡人居"，进了早已定好的一处僻静隐秘的单间。窦如海早已等候在里面，他没穿神机营的军服，穿着普通百姓男子的衣服，也尽量装扮得不引人注目。

和窦如海寒暄几句后，梅林姑姑就借故躲了出去，留下万贞儿和窦如海单独说说话。

房间里静悄悄的，万贞儿觉得静得能听见自己的心跳声和窦如海的呼吸声。刚进房间，她就迎接到窦如海火辣辣射向她的眼神，她心跳加快，羞得再也不敢多看他一眼。此刻，她一直垂着头，低头看着自己穿着宫靴的脚尖。其实她和窦如海也认识多年了，但每次见到，彼此都显得很害羞。

一双男人的脚向她慢慢走过来，她的头不由垂得更低了，自己也觉得耳根都在发烧了。

“贞儿，进宫以后就把我给忘了吧？”窦如海那年轻男子低沉悦耳的声音在她耳边响起。

“才没有！如海哥！”她不由抬起头分辩道。一抬头，却看到窦如海得意的笑脸，还在冲她做鬼脸。她明白上当了，不由捏着拳头捶向他的胸脯，娇嗔道：“原来你是骗我的！”

窦如海握住她的拳头，趁势把她拉向他的怀里，紧紧地搂住她，嘴唇摩挲着她的云鬓、香腮和樱唇，嘴里喃喃自语：“贞儿，几月不见，可想死我了！贞儿，你向太后请求吧，请求太后恩准你出宫吧！你现在又进了宫，我连见你一面都很难了！你请求太后恩准你出宫吧，出宫了，我们天天厮守在一起！”

她的拳头落在窦如海结实的胸脯上，就如雨点打在棉垛上，无声无息。在窦如海紧密的拥吻下，嗅着他身上散发出的成熟男子的体味，她不由头晕目眩，她的拳头无力地垂了下去，全身绵软无力地栽倒在他强壮有力的怀抱里。窦如海一边亲吻着她，一边把她横抱起来走向屋内的一张卧榻。

一番意乱情迷的缠绵之后，看看和梅林姑姑约定回宫的时辰快到了，万贞儿匆匆地整理好裙裳和头饰钗环。揽镜自照，只见菱花镜里一张芙蓉俏脸上眼波盈盈流转，颊飞红霞，粉面含春，眉目传情，自是比平日娇俏了十倍，她自己也觉得镜里是一个十足的春睡美人。

窦如海也整理好衣服，在背后揽住她，唇舌轻轻咬住她的耳垂，温热的鼻息阵阵吹向她的脖颈，弄得她痒痒的。她不由笑道：“好人，饶了妾身吧，痒死了。”

“贞儿，答应我，这次进宫后就恳求太后让你出宫吧。我都等了十年了，再等下去，只怕自己都等不了了。现在是最好的机会，皇上也复位了，国家也安定了，太子也一天天大了，要成年了，可以不需要你了，不是非你不可了。去恳求太后和贵妃娘娘吧，恳求她们让你出宫吧。”他在她脖颈边耳鬓厮磨着，由不得不让她心软。

她下定决心，应允他说：“海哥，妾身答应你就是。快放开，姑姑就要进来了。”

说话间，就听到了门外梅林姑姑的咳嗽声。他俩连忙分开，都忙着整理自己的衣饰和冠履。

梅林姑姑进来后，打量几眼万贞儿和窦如海，又向卧榻上扫了一眼。虽然卧榻上的被褥是折得整整齐齐没动过的样子，但万贞儿和窦如海的脸不由都红了。

梅林姑姑说：“我也是打年轻时过来的，年轻时也抱憾来着。今日冒着要被处置的风险来维护你们，唉，将来也不晓得老天会不会惩罚我。不要出什么事才好。”

“姑母，不会出事的，我们都很小心的。就是出了事，我们也不会连累您。”窦如海说。

“姑姑，我已经和如海哥商量过了。回宫后，我就请求太后和贵妃娘娘恩准我出宫，今后就不会叫您提心吊胆、承担风险了。”万贞儿也说。

“太后和贵妃娘娘会答应吗？”梅林姑姑显得有些忧心忡忡。

“无论答不答应，我都要尽力一试。”万贞儿说，“我不能让如海哥再等下去了。”

在回宫的路上，万贞儿问梅林姑姑：“姑姑，您刚才在酒肆里说的，您年轻的时候也抱憾来着，是什么意思？”

梅林姑姑望着远处皇宫的红墙黄瓦，幽幽地叹了口气说：“我十二岁那年遇上宫里在民间普选民女入宫当宫女，我被抓了差，不得不进了宫。我进宫前和同村的牛娃哥很要好。如果我不进宫的话，等过两年，他家就会上我家来求亲，礼聘我给牛娃为妻的。我进宫后，牛娃在每年的省亲时间都会在宫门外等着见我。我晓得自己以后是出不了宫了，除非是得了治不好的大病才能被获准出宫。我对牛娃说，不要等我了，和别的姑娘成亲吧。但牛娃不同意，说不想和别的姑娘成亲，只想等我。我说，我今后都出不了宫了。他说，那我就进宫来会你。我说，你进不来的，宫里除了皇上和公公，不会允许其他的男人进来的。他说，我会想办法的。后来，他报名加入翻修宫殿的民工杂役队伍，进了紫禁城。我晓得他进入皇宫做工后，想尽一切办法也只是在远处互相看了一眼，因为宫女是不得擅自接近外男的。后来宫殿修缮完工了，他不得不出宫了。他找个机会买通守夜的侍卫和我约着相会了一次。那一次，花尽了他所有的积蓄。他说，能和我相会一次，他死了也值了。没想到这话竟成了谶语了。”

万贞儿出神地听着，不由问道：“后来发生什么事了吗？”

梅林叹了口气，面庞上布上愁云，继续说下去：“那晚相会后他在回去的路上撞见了巡夜的公公，没跑掉，被抓了起来。他一口咬定自己起夜后迷了路找错地方了，他硬是没供出我来。他被宫正司的人狠打了一顿给拖出宫去，被家人抬了回去，第二天就吐血而亡了。是我害了他！我心里愧疚得要死，一心想跟了他去。我后来吞吃夹竹桃想跟随牛娃哥而去，但又被姐妹们救了回来。平素和我最要好的兰若一直是知道我和牛娃的事的，她开导我说，牛娃和我相会见面了是没有带着遗憾而去的。他若是知道我也发傻追随他而去，就一定会死不瞑目了。牛娃若在世，肯定是希望我活得更好的。我最后听从了兰若的意见，没有再去寻短见。但我的心已死了，已追随牛娃哥而去。日日还在宫里行走的，只是我的躯壳罢了。后来看到你和海儿要好的样子，我好像又看到了当年我和牛娃哥的影子，我的心好像又复活些了，人也好像精神些了。我想，要是牛娃哥在世，他也一定是想看到你们有情人终成眷属，不留遗憾的吧。姑姑我其实也不晓得自己这样做到底是帮了你们还是害了你们。只要你们现在是快乐的，就行了。以后的事，走一步看一步吧。”

万贞儿握住梅林姑姑的手说：“姑姑，您还有这么一段往事啊，还真是想不到呢！难怪您会一直庇护我和如海哥的晤面了。”

“贞儿，姑姑也只能做到这些了。以后的事就要靠你们自己去把握了。”梅林姑姑说。

“我晓得。我心里已经想好下一步怎么去做了。”万贞儿坚定地说。

回宫后，万贞儿思考了一宿，决定先去向周贵妃求情。万贞儿觉得贵妃娘娘一向待人亲切和善，而且当年在沂王府滴水观音投毒事件发生后，娘娘还曾向她许诺过，说以后若沂王脱离险境平安成人，她一定会助万贞儿达成自己的心愿。相比之下，孙太后更威严一些，万贞儿觉得自己说服贵妃娘娘会更有把握一些。

寻着一个周贵妃有闲暇在御花园里散心荡秋千的时机，万贞儿趋步上前跪下叩拜说：“贵妃娘娘，奴婢万贞儿有要事禀报，还请娘娘宽恕奴婢胆大妄言之罪。”

“万贞儿？是端本宫的女官啊，本宫认得你。起来说话吧，石子地湿气重，会着凉的。”周贵妃和蔼地说。

万贞儿继续叩头说：“奴婢不敢。还请娘娘先宽宥奴婢等下要说的妄言。”

“那好，本宫不会责怪你的，你先起来说话吧。你把太子服侍得很好，本宫心里有数的，本宫还一直想要奖赏你和菊心呢。”

周贵妃的话进一步鼓起了万贞儿的勇气，她继续叩头说：“娘娘，贞儿奉太后之命入东宫服侍太子也快十年了。记得娘娘和太后都曾经许诺，若奴婢服侍太子尽心尽力，太子也平安成人的话，娘娘会满足奴婢一个心愿的。”

“本宫是说过这个话的。怎么，你如今有什么心愿想达成么？”周贵妃问。

“娘娘，奴婢四岁就入宫当差，如今也有二十四载了，奴婢也是快三十岁的人了。少小离家，思乡情切，奴婢的身体也越来越不好，时常有晕眩之症。恳请贵妃娘娘看在奴婢尽心服侍太子的分儿上，恩准贞儿出宫返乡侍奉父母吧。”万贞儿不敢抬头看周贵妃的脸色，只管叩头一鼓作气说出自己想说的话。

万贞儿曾经听说前代各朝有定期发放年长宫女返乡的制度，譬如新皇登基时是会遣放一批年长宫女出宫的。但大明自宣德年间以来，已经有好多年未大规模地遣放宫女了。她这个要求此刻说出来也算是大胆了。

“贞儿，你也进宫多年了，应该晓得我朝已经多年没有遣放宫女出宫了吧？”周贵妃说。

“奴婢晓得。所以奴婢恳请贵妃娘娘能够格外开恩，放奴婢出宫回乡侍奉父母。娘娘若能成全奴婢的心愿，奴婢当感激不尽！”万贞儿跪在石子地上不断地给周贵妃叩头。

“你起来吧，起来说话，地上凉。”周贵妃说。

她依旧伏地叩头不起，说：“恳请娘娘看在奴婢多年来尽心服侍太子殿下的分儿上，成全奴婢的孝心，放奴婢出宫返乡侍奉父母！”

“不肯起来？看来你这次是铁了心想出宫了。”周贵妃慢悠悠地说，“贞儿，你和春早那贱婢不同。春早是嫌贫爱富，只想拣高枝飞，却不料落了个鸡飞蛋打的下场。你不是，在深儿最困难的时候，你没有离开他，把他照料得很好。本宫对你和菊心、李姑姑都是存感恩之心的。如今深儿已是储君，不出意外的话，日后就会登基成为皇上。你们东宫宫人的荣华富贵才刚刚开始，本宫想不通你这个时候倒执意要出宫了？你父母在家乡也有兄弟姐妹照应啊，若你想父母的晚年日子好过一点儿，你多捎点儿银两回去就是。太后和本宫还有太子对你的赏赐，应该也是不少的吧？”

万贞儿继续叩头说：“太后和娘娘还有太子殿下对奴婢的赏赐确实不少，奴婢感激不尽！奴婢也都捎给了家乡的父母亲戚朋友。只是奴婢年龄也日渐老大，晕眩不寐的毛病也越来越厉害，近来思乡心切，只想早日返回父母身边！还请娘娘成全！”

“晕眩不寐？没请太医看过吗？”周贵妃关切地问。

“回禀娘娘，太医看过的，也吃过不少方子的，总是时好时坏。太医说，这是从娘胎里带来的不足之症，断不了根的。”万贞儿恭恭敬敬地回答。

“贞儿，本宫问你，你要如实回答，不得打诳语！”周贵妃严肃地说。

“奴婢绝不敢欺瞒贵妃娘娘！”万贞儿跪在地上，扪心发誓。

“万贞儿，本宫且问你，你如此苦苦哀求本宫放你出宫，只是为了要回乡侍奉父母？而没有别的隐情？譬如儿女私情什么的？”周贵妃的一双凤目定定地看着她。

万贞儿的眼前瞬间滑过窦如海那英俊的面容，但她绝不能说出他的名字。宫里是绝对不允许宫女私结外男的，否则会以奸淫罪问斩。晓得窦如海名字的人越少越好，晓得他名字的人越多，就越有可能为他和自己都带来杀身之祸。这是她在宫里待了二十多年后得出的心得。所以哪怕她今天对着贵妃娘娘发了誓，也不能说出他的名字。“如果上天要惩罚我说了假话，我也愿意一力承担。”她在心里如是想。

于是她咬牙心一横，说：“奴婢并没有任何儿女私情，可以对天发誓！如果奴婢今天所言有假，叫奴婢今后死无葬身之地！”

“好！你既肯发如此毒誓，想来也是没有私情可言了。”周贵妃的脸色缓和了些，点点头说，“你既然孝心可嘉，本宫也想成全你。只是你也晓得，我朝已多年未有放出宫女的先例了。除了因病因笨，宫女一入宫就难以出宫。

本宫今日就是答应你了，太后那里只怕也通不过。你毕竟是太后派去东宫的人，如今要出宫的话，还是要禀报太后的。”周贵妃说到这里，就打住不说了。

万贞儿偷瞄一眼贵妃娘娘的神色，娘娘似乎是笃定、成竹在胸的样子。于是她继续叩头说：“贵妃娘娘大慈大悲，奴婢还恳请娘娘指点成全！”

“你倒不笨，是个伶透人儿。”周贵妃微笑着说，“你既然不笨，那就只有因病才能出宫了。本宫会叫太医向太后奏明你的病情，至于太后会不会恩准，那就要看你的造化如何了。本宫发善心做好事也只能做到这个分儿上了，也算是为皇上和太子积德祈福吧。”

万贞儿再次叩头大拜说：“贵妃娘娘，无论太后答不答应，娘娘您的恩德，奴婢都将铭记在心，一辈子为娘娘烧香祈福。”

“起来吧，也跪了半个时辰了。小嘴倒挺甜的，人也乖巧，要放你出宫，本宫还真舍不得了。不过，已经答应你了，本宫不会食言的，太后那里本宫会去禀报的。这事不宜宣扬，以免其他宫女效仿。清宁宫的人，本宫会吩咐的。你自己也不要说出去，若泄密，事不成，可就和本宫没关系了。”周贵妃笑盈盈地说。

“奴婢谨记！”万贞儿再次叩头谢恩。

贵妃娘娘平素看上去是个好说话的人，万贞儿为了说服娘娘答应都费了如此一般唇舌，她实在想象不出若要说服威严精明的孙太后，不知还得费多少精力。

如今贵妃娘娘已经答应替她去向太后禀报了。太后若恩准，自是更好，若不恩准，万贞儿也准备亲自去向太后陈述前情。为了窦如海和自己今后的幸福，她这次是准备放手一搏了。

回到端本宫，万贞儿继续装得若无其事，但心里眼里耳里一直记挂着清宁宫和仁寿宫那边的动静。

三日过后的上午，下了一点儿细细的春雨，仁寿宫的宫女小橘撑着油纸伞来叫她了：“万贞儿听旨，太后让你到仁寿宫去一趟。”她全身一紧，晓得最关键的时刻来到了。

来到仁寿宫的西暖阁，孙太后穿着常服坐在她素日接受各宫嫔妃请安的凤座上。其他请安的嫔妃已散去，只有周贵妃穿戴着请安的朝服和凤冠坐在下首。见万贞儿进来，周贵妃颇有深意地看了她一眼。

万贞儿进门后先叩拜太后说：“奴婢万贞儿叩见太后，太后千岁千岁千千岁！”接着又叩见周贵妃：“奴婢万贞儿拜见贵妃娘娘，娘娘福寿永年！”

“抬起头来，让哀家看看你。”孙太后说，语气平静，听不出是高兴还是不高兴。

她心里有些惴惴，但还是抬起头平视太后。孙太后打量着她，悠然说：“万贞儿，你的事，贵妃方才都跟哀家说了，说你有病，想出宫。有病就让太医治着啊，出宫了，病就能好了吗？”

万贞儿叩头回奏：“回太后，奴婢的病是断不了根的。所以奴婢想趁着现在还能走动，想回家侍奉父母几年。奴婢四岁就入宫，多年未见父母，思乡思亲心切，还请太后看在奴婢素日勤谨的分儿上，成全奴婢的夙愿。”

“你素日倒是勤谨，把太子服侍得也不错。你要真出了宫，哀家一时半会还寻不出如你这般合适的人去东宫。这样吧，哀家给你三天时间考虑，你可要仔细想清楚。你现在若出了宫，日后还想回宫，那就不可能了。三日后，你若还是想出宫，哀家再答应你也不迟。”太后缓缓地说。

“太后，奴婢已经想得很清楚了，奴婢不用考虑三日……”万贞儿的话还未说完，周贵妃一声呵斥，打断了她的话：“好个不识抬举的奴才！太后是给你一个反悔的机会呢，你就连这三日都等不得了？就那么急着非出宫不可了？”

万贞儿一愣，不知贵妃娘娘为何要阻止她说完后面的话，但这时她也只得改口说：“谢太后恩典！待奴婢回去后好好考虑，三日后再回禀太后。”

“好了，今日就散了吧。”孙太后说。

万贞儿起身，待青鸾扶着周贵妃出了殿门，她才出了门跟在周贵妃她们身后。走了一段，却见贵妃娘娘回身冲她招手。

万贞儿趋步上前行礼：“娘娘，是叫奴婢？”

周贵妃说：“不是叫你还是叫别人？看你素日也是聪明伶俐的，却不想刚才在太后面前弯也不会转。太后说让你考虑三天，既是给你留转圜的余地，也是给她老人家自己留点儿面子，你顺水推舟答应就是。却不料那么急吼吼地断然就拒绝，这样岂不是让太后既伤心又没面子？难道皇宫大内就没有一点儿让你留恋之处？本宫都已经看出太后有不悦之色了，所以不得不出言暗示你，幸好你还醒悟得快。太后既然已经答应三日之后你若还是坚持出宫，她会应允的，那你又何必连这三日也等不得？你这事不能操之过急。你若触怒了太后，让她老人家不高兴了，就是搬来钱皇后为你说话，也是无用的，太后才是后宫之主！”

万贞儿屈身行礼说：“娘娘教诲得是！奴婢知错了！奴婢感谢娘娘的教导和照应之恩！”

周贵妃笑笑说：“你若今后还留在东宫，本宫倒还有机会照应你。你若出宫了，本宫想照应你那也是鞭长莫及了。你且考虑三日吧。三日以后的这个时辰，你来回禀太后，本宫会在仁寿宫等你。本宫祝你心想事成。”

“多谢娘娘！”她再次屈身致谢，目送青鸾扶着贵妃娘娘向清宁宫的方向逶迤而去。

回去端本宫的路上，万贞儿就打定了主意，三日以后回禀太后，她依然会坚持出宫的请求。当然答复太后的说辞得更委婉柔软一点儿，太后秉性刚强，吃软不吃硬。贵妃娘娘说得对，她得顺着太后，拿话哄得她老人家开心，千万不能触怒她。

回到端本宫，并没一个人知晓她要出宫的事，想必是太后和贵妃都让身边的宫女太监噤言了。宫女里想出宫的人不在少数，这事也的确声张不得。

回到端本宫后，万贞儿依然照常做事，没人看出她有什么变化。她心里自是盘算着三日之约早点儿到来，若太后允准，那她出了这森森宫墙，今后就自由了。

“深儿，贞儿姑姑要向你告别了，今后你自己保重。”在太子的寝殿外，遥望着寝殿里垂下的帐幔，她在心里对朱见深说。朱见深现在也大了，不需要她每晚陪着他了。虽然朱见深现在改口叫她“贞儿姐姐”，但在她自己的心里和眼里，她依然是他的“贞儿姑姑”。

但次日发生的一件事打乱和改变了她的计划。

第十章

菊心中毒心愿未遂

这一日和往日并没有什么不同，万贞儿因为开始悄悄收拾自己的一些衣物细软为出宫做准备，所以午饭并没去小厨房吃，自带了两块太子赏赐的枣泥糕当午饭。

她吃了枣泥糕，正在房里整理自己的衣物，却见冬雪急匆匆地跑了进来说："贞儿姐姐，你没去小厨房吃饭吧？大事不好了，去小厨房吃饭的人现在都肚子疼，口鼻流血呢！覃包公公已经去请太医了！"

她一听，放下衣物就向小厨房跑。小厨房是端本宫里宫女太监们集体吃饭的地方。每日三餐，除了各处当值和伺候太子用膳的宫人以外，其余宫人都是在此处一起用餐的。

进到小厨房，只见秋水、夏露、小夏子、小安子、李姑姑、菊心等都横七竖八地躺在地上，各人都有口鼻流黑血的症状。秋水、夏露、小夏子、小安子还有所知觉，李姑姑和菊心却是面色青紫，双目紧闭，不省人事。

说话间，太医院的几位太医纷纷赶到，一探诊，说是砒霜中毒。赶紧开方子熬制，给中毒者洗胃、催吐，好一番忙乱。不一会儿，宫正司和锦衣卫的人也奉太后和皇上之命赶到，是来查中毒之事的。

整个端本宫，太子安然无恙。当日服侍太子用膳的覃包公公、冬雪和小萝无事，在各处当值守门的太监、宫女无事。万贞儿因为没去小厨房用餐也没事，其余在小厨房用餐的人悉数中毒。

秋水和夏露吃得不多，中毒尚浅，被太医救了过来。小夏子和小安子吃得较多，中毒较深，万幸还年轻体壮，给救回了半条命，小夏子哑了，小安子瘸了一条腿。李姑姑和叶菊心却是因为中毒较深，剧毒已攻入心脉，没有救活过来。

看到叶菊心和李姑姑身上被蒙上白布抬走时，万贞儿一下瘫软在地，眼泪止不住地流了下来。万贞儿和她俩朝夕相处也快十年了，在她心里，李姑姑就如自己的娘亲，菊心就真的如自己的亲姑姑一般。现在她俩这么凄惨地告别人世，叫她如何不伤心？

他们这些没死的，包括中毒受伤的人都被集中在一处偏殿里看管起来。真相没调查清楚之前，他们这些活着的人都有下毒的嫌疑。宫正司和锦衣卫的人轮番来审问他们，但他们都面面相觑，的确他们都能证明自己没有下毒。

在被禁足的屋子里关了五日后，他们被放了出来。锦衣卫会同宫正司的人已经查出了真正的凶手。

小厨房里的厨子肖姑姑因得了风疹卧床休养，接替肖姑姑的是尚膳监管事太监推荐的一位杨姑姑，说这位杨姑姑的厨艺极好，连皇上也赞赏她的手艺，必能讨太子殿下的欢心。

中毒事件发生后，小厨房里的主厨姑姑和公公都在，唯独缺了这位杨姑姑。锦衣卫去宫内外张榜巡查捉拿，终于在去往涿州的小道上捉住了这位已经易容乔装打扮的杨姑姑。

经审讯加严刑拷打，杨姑姑都统统招认了，下毒的人就是她。她下毒的目的是为了报仇，杨姑姑其实就是曾在沂王府当过王府总管的范姑姑。

当年杭皇后薨逝后，曾任沂王府总管的范姑姑被叶菊心和李姑姑逐出沂王府后，一直怀恨在心。后来她潜心学习了一手烹饪技艺，并改名隐姓甚至不惜毁容应聘进了尚膳监当厨子。她本意是想在皇上、太后、太子的饮食里下毒，以便为死去的景泰帝、杭皇后和怀献太子报仇，但皇上、太后、皇后、太子的膳食每每有人严密监视，她无从下手。

后来这位已改名换姓的杨姑姑觅得东宫缺厨子的时机，就毛遂自荐顶替了生病的肖姑姑混进了端本宫当厨子。她事先已经毁容并且还精心易容乔装打扮了，因此沂王府的旧人一时都没有辨认出她的身份。

她自知此地不易久留，待久了怕被旧人认出，遂在宫人们吃的饭菜里下了毒。她心想，毒不了主子，毒死几个下人也算是为自己和外甥女喜红报了仇。她心里犹恨叶菊心和李姑姑，更是在她们俩喜欢吃的菜里下了剧毒。万贞儿本来也在范姑姑更恨的人之列的，只因那日她有事未去小厨房吃饭，因此侥幸得以逃脱。

真相大白，凶手范氏作为郕王余孽和帮凶被凌迟于西市。尚膳监招录范氏入宫的管事太监被杖责五十后罚去皇陵守墓。太后和皇上厚赏了被毒杀的端本宫女官叶菊心和乳母李氏的家人。

范氏行刑的那天，万贞儿去给菊心姑姑和李姑姑烧了冥纸，以告慰两人在天之灵。

在行刑那天的范氏脸上，万贞儿几乎已找不出范姑姑当年面容的影子。她散乱的头发灰白相间，眉毛很稀很淡，显然是被剃过被拔过，牙齿稀疏，不似以前一口整齐的牙齿，显然牙齿也是被拔被整过。脸颊瘦削塌陷，鼻梁也是歪斜塌陷的，嘴唇干瘪凹陷。当然整个人也是干瘪消瘦的，和当年沂王府那个身材肥胖、满脸横肉、鼻阔口方、意气风发的王府总管范姑姑自是判若两人，一直未被沂王府旧人认出也就不足为怪了。

范姑姑忽然在观刑的人群里看到了万贞儿，她枯瘦的三角眼里射出了凶狠的光，她显然是认出了万贞儿。这眼光很熟悉，万贞儿不由想起了范姑姑被驱逐出沂王府那次，眼睛深处射出的怨毒之光。这怨毒竟使她敢于毁容入宫冒险为故主、为自己报仇，明知难以侥幸逃脱，也不惜一试，哪怕赔上自己的身家性命。

万贞儿没想到当年范姑姑被逐的怨毒竟然招致了今日菊心和李姑姑的被毒害。万贞儿想，如果当年不是驱逐范氏而是干脆利索地结果了她的性命，是不是就不会有今日之祸事？

投毒事件打乱了万贞儿的计划。她心里一直挂念着太后允诺的出宫之事，不晓得发生了这件事，太后可会改变主意，反正她是没改变主意的。

待端本宫里的事安排妥当，万贞儿又劝慰了为菊心和李姑姑的死而伤心的太子朱见深一番。

李姑姑是从小把朱见深带大的贴身乳母兼保姆，菊心姑姑也忠心服侍他快十年了，朱见深对她们是有感情的，不伤心才怪。

梅林姑姑得知菊心的死讯后，和竹影姑姑几乎是抱头痛哭。她们梅兰竹菊四姐妹，如今只剩下她们两个了。

菊心姑姑和李姑姑的“三七”忌日过后，万贞儿独自一人来到仁寿宫，她心里打定主意，还是要向太后重提出宫之事。

小橘禀报之后，孙太后在西暖阁里接见了万贞儿。太后穿着家常衣服，头上没戴什么首饰，脸上也没施什么脂粉，很素净的样子。这样倒显得太后是个随和的老妇人，不像穿上朝服戴上朝冠之后很威严让人难以接近的感觉。

“奴婢万贞儿叩见太后！”万贞儿依然行跪拜之礼。

“起来吧。”孙太后温和地说。

“奴婢有事叩见太后。”万贞儿依旧伏地不起。

“说吧，还是为出宫之事而来？”

“太后明鉴！奴婢也为菊心姑姑、李姑姑之死而伤心难过，但奴婢想回家侍奉父母的心意还是没有改变，恳请太后成全！”万贞儿伏地叩头如捣蒜。

“贞儿，如果菊心和李姑姑还在，哀家是会应允你出宫的。哀家也是有子孙的人，子孙们孝敬陪伴父母的孝心，哀家肯定是要成全还要予以嘉奖的。只是如今菊心和李姑姑都不在了，太子身边一个可靠的老人都没有了。你再一走，叫哀家如何放心得下？哀家的意思是，你暂缓出宫，暂时替代菊心的东宫内府总管之职，哀家也选派几个得力的新人调去东宫让你调教。待这些新人调教得有些模样了，能堪当大任承担起照拂太子之责了，你再出宫可好？”孙太后温婉而和颜悦色地说。这种温婉及和颜悦色，是难得在孙太后脸上看到的。

“太后，那么奴婢还需要在宫里待多久？”太后的回答无疑让万贞儿很失望，但还没到绝望的程度，毕竟太后只是让她暂缓出宫，没有硬性规定不准她出宫。

“少则半年，多则一年，至多不超过两年。贞儿，你放心，你在家乡的父母兄弟，哀家会替你照应好的，吃的穿的住的用的，哀家都会比照你东宫内府总管之职的俸禄，让你的父母兄弟好好享受，不会比一般的乡绅人家差半分。你的病，哀家也会命太医院最好的太医为你诊治，你且放宽心。”孙太后难得地温言细语。

万贞儿知道大势已不可挽回，也不敢讨价还价，怕惹恼了太后，太后会彻底断绝让她出宫的念头。

万贞儿只得叩头说：“谢太后对奴婢和奴婢家人的赏赐和爱护！奴婢当尽心尽力教导好东宫的新人，以对太子尽职尽责。少则半年，多则一年，至多不超过两年，之后还望太后恩准奴婢出宫为父母尽孝道！”

“好孩子，起来吧，不用磕头了，哀家也晓得难为你了。有你这样一个聪明能干的孩子在皇孙身边护佑着，哀家心里也放心些啊。”听到万贞儿承诺暂时不出宫了，孙太后的语气和神色也缓和多了，言语里竟然像是一个慈蔼的祖母在对自己的孙辈说话。孙太后唤“好孩子”的语气让万贞儿既觉得温暖也觉得委屈，心里又酸又痛，只想流下泪来，但她拼命地忍着。

“好孩子，哀家不会亏待你的。哀家答应你，至多两年以后，不管发生什么情况，只要你还愿意出宫，哀家都会放你出宫，绝不食言。”太后说得很肯定。

“谢太后隆恩！”万贞儿深深叩头，心里悲哀地想：海哥，贞儿对不住你了，又得让你等两年了！

孙太后派沈姑姑到端本宫宣布懿旨，让万贞儿接替叶菊心成为东宫内府侍卫总管，俗称“管家婆”。接旨礼毕后，沈姑姑笑眯眯地对万贞儿说：“老身当年的眼光果然不差吧？老身早就断定你是一个能成大事的孩子。这些宫女里头，将来就数贞儿你是最有出息的。老身先把话说在这里，以后的日子走着瞧。”

“贞儿没齿难忘姑姑的荐引之恩！姑姑您太抬爱贞儿了，贞儿受之有愧。”万贞儿给沈姑姑屈身施礼后，把自己亲手缝制的两副裘皮护膝呈送给沈姑姑，说：“贞儿知道姑姑有老寒腿，特亲手缝制两副护膝以备用。小小薄礼聊表寸心，还望姑姑不要嫌弃。”

沈姑姑脸上笑成了菊花瓣，显得很开心，说：“老身怎么会嫌弃？这样亲手缝制的心意可比千金还要贵重！老身就当是收下孙女辈的孝心和细心了！”

孙太后还指派司礼监的秉笔太监牛玉成为东宫的总管太监，覃包降为副总管太监。太后又挑选补充了数名宫女太监姑姑以接替死去的叶菊心、李姑姑和残了的小夏子、小安子的空缺。

乔韵儿数次要求想进东宫，在请示过太后以后，万贞儿把她从锦绣坊调到了端本宫当差。既然她万贞儿现在是宫里的内府总管了，她也想培植几个自己信得过的人。

端本宫里，除了冬雪和小萝还听从万贞儿的差遣，夏露和秋水两个表面对她恭敬，背地里对她被任命为内府总管颇不服气。

万贞儿曾亲耳听到夏露对秋水说："她万贞儿凭什么？在东宫的资历还不如你、我呢！她不过是凭狐媚手段笼络太子那个毛孩子罢了，让太后和贵妃娘娘也以为太子离不得她！听说她不是和太后说要出宫吗？那就出宫好了，干吗还要留下来啊？以为东宫离了她就没人了？要是春早姐姐还在，东宫总管这个位置还轮得到她万贞儿？"

"嘘，你这话也就只能和我说说，小心其他人听了去在她面前讨好卖乖呢。她现在可是手握大权，把锦绣坊那个贱婢子都给弄到宫里来了，明显在培植自己的亲信呢。冬雪那个死蹄子，也不和我们一条心了，一力听她万贞儿的。我看万贞儿将来能给她什么好果子吃？"秋水也阴阳怪气地附和。

万贞儿心里明白，她培养自己的人是对的，她得把韵儿、冬雪和小萝都团结在自己身边。夏露和秋水这两个不安分的丫头指不定哪天就会给她捅个篓子。她们两个毕竟是端本宫的老人，没有犯错的话，万贞儿也不能随便就把她们两个给撵出去。她俩都走了的话，太子身边益发没有得力的人了。

万贞儿心里祈盼着，两年时间快过去吧。太后说过的，两年以后无论发生什么，都绝不会食言，都会放她出宫的。出了宫，远离这是非倾轧之地，就是和窦如海过着粗茶淡饭的贫苦生活，她也愿意。

万贞儿任职东宫内府侍卫总管后，孙太后懿旨命令她的父母兄弟姐妹从霸州谪居之地迁回诸城老家安置。太后还恩准她的父母兄弟姐妹进京探亲，可以进宫探望万贞儿一次。

霸州地偏路远，万贞儿已经有十多年未见家人的面了，心里原也很是牵挂家人的。

万贞儿的家人风尘仆仆地进京后，先是在客栈住下，然后这天晌午在端本宫会客的偏殿里和万贞儿会面。

一见到万贞儿，别人还没怎样，万贞儿的母亲葛氏先就号啕大哭起来："贞儿，为娘的总算还能活着看到你了！这些年，可想死为娘的了！"万贞儿也伏在葛氏肩上流泪不已。

万贞儿看到娘亲虽然已是老妪模样，但穿着打扮却并不寒碜，是乡下富态的贵妇人装束，就晓得父亲万贵在家信里所言非虚，家里的经济状况已大有改善。

万贞儿见到一个身材粗壮、浓眉大眼的小伙子冲她讨好地笑着，她不由惊疑地问："你是……你是小弟通儿？"

万通连忙一个劲地点头说："大姐，我是万通，通儿。"

万贞儿不由感叹说："都这么大了？我四岁离家时，你才两岁呢。二十多年没见，都长成大小伙子了！"她脑子里瞬间划过两岁的万通挥舞着小胖手嚷着"阿姐抱抱"的情景。

"可不是，通儿早娶了媳妇，都是当爹的人了！"一旁的万贵高声大气地插言，"你弟媳妇这次也想跟着进京逛逛，只是已经有了六个月的身孕，路途劳顿，怕惊了胎气，这次才没让她来。贞儿，这天子脚下、皇城根儿可就是不一样啊！"他声音洪亮得像打雷，又是一口地道的山东口音，惹得躲在殿门外看热闹的乔韵儿和小萝不由笑出了声。见偏殿内的万贞儿一家发现了她们的行踪，二人一路捂嘴笑着跑远了。

万贞儿的父亲万贵不像葛氏那么悲伤，也不像万通那样拘谨。他虽是第一次进到这富丽堂皇、门禁森严的皇宫大内，倒是显得很自豪、很自在的样子。

万贵把声音压低些了，依旧是喜气洋洋地说："贞儿，你在宫里当女官了吧？县太爷说是奉太后之命给咱家新修府邸，关照咱家。贞儿，现在家里过上大乡绅一般的富贵生活了！这都是你在宫里混得好的结果啊！多亏爹当年把你早早就送入宫吧？你好好混吧，村里那个半神仙曾说过，我们万家要出娘娘，你爹有当国丈的大富大贵之命。难不成会应在贞儿你身上……"

"爹！这里是皇宫禁苑呢！可不是诸城乡下，这犯上、死罪的话怎么能说出口？你把这宫里那些真正的娘娘往哪里放？"惊诧于父亲的胆大妄言，万贞儿忙出言阻止父亲再浑说下去。

葛氏也出言数落老头子不要再胡言乱语，说一家人好不容易聚在一起，该说点儿正经事，就别浑说胡诌，给贞儿添乱惹麻烦了，姑娘在这深井似的宫里一年年也混得不容易呢。

万贞儿心想：还是娘亲明理又疼人。这个爹还真是会做梦呢！也不想他自己的女儿都是快三十岁的老姑娘了，还有做娘娘的命？也不怕被人笑掉大牙！爹这些话可千万不能让夏露、秋水她们听到，不然就会由得她们兴风作浪，对自己不利了。

待家人出宫返乡后，万贞儿挑了一个风和日丽的日子，安排好宫里的诸多事宜，跟牛玉公公说了一声，和梅林姑姑一起出了宫。姑姑已经约好窦如海在宫外等候了。

上次万贞儿见到窦如海是春暮，这次再见他却已是盛夏了。这期间发生的事，梅林姑姑都已经告诉窦如海了。窦如海托信给姑姑，希望当面和万贞儿详谈一次。

为了不引起注意，他们这次见面选在了一家安静的客栈。进入窦如海事先订好的房间后，梅林姑姑依然是借故先离开了。几个月没见到窦如海，他明显地消瘦了。看到他俊朗而消瘦的仪容，万贞儿的心既甜蜜又疼痛。

她轻轻捧起他的脸，心疼地摩挲着他泛青的胡须，歉意地说："海哥，你瘦了！都是贞儿不好，贞儿让你费心费神了。最近宫里发生了很多事，太后本来是答应让我出宫的，后来菊心姑姑她们被毒死了，太后就让我暂缓出宫代理东宫总管之职，以教育培养新人。太后已经答应我，少则半年，多则一年，最多两年，就会让我出宫，绝不食言。如海哥，你最多还等我两年。如果等不得，你随时都可以走。如果两年以后，我还是出不了宫，那你就不用等我了，另外娶妻生子吧。那是贞儿今生与你无缘了。"

"贞儿，我都听姑姑说了，这事怪不得你，你已经尽力争取了。我会一直等你的，不管是半年、一年还是两年，哪怕这一生，这一辈子，我都会一直等你，只要你愿意让我一直等你。"窦如海把她揽在怀里，亲吻着她的鬓发、脸颊和口唇说。

她的眼泪不由流了下来，心里充满了柔情和感动。她回吻着他，喃喃地说：“海哥，贞儿也非常想和你双宿双飞，白头到老。只是贞儿从小就进了宫，身不由己。太后、贵妃都是手握生杀大权的人，一旦触怒了她们，不仅咱们自己是死罪，还得连累家人和亲戚。这次我向太后和贵妃娘娘请求出宫，都只说自己有病想回乡侍奉父母，绝对不敢提到你的名字，宫里是绝不允许宫女结交外男发生男女私情的。我怕外人知道了我和你的关系，会对你不利。现在只有梅林姑姑知道，她是绝对不会说出去的，所以我们以后见面也要绝对小心。”

“我都晓得。我们见一次面也不容易，所以我会珍惜每一次的见面机会。”窦如海紧紧搂着她，她能听到他急促的呼吸声。他在她耳边叹息着说：“我也不敢奢求什么，每隔几个月能见你一次，能像这样抱着你，亲你，一起说说话，我也就心满意足了。”

这是盛夏，天气有些炎热，万贞儿和窦如海紧紧搂着的身上都是汗津津的，但他们俩谁也不舍得分开。这短暂的片刻相聚之后，下次再聚，就不知得等到什么时候了。

第十一章

一波三折驰援边境

转眼间就到了天顺三年的夏天，是万贞儿和孙太后的两年之约期满之时了。

两年过去，太子朱见深已经虚岁十三岁了，个头又长高了不少，已经比万贞儿还高了。他的声音已经不是那种清脆的童音，而是趋向成熟男人的低沉声音了，上嘴唇上也开始冒出了胡须状的细细绒毛。

太子的力气也越来越大了，有时只有他们两个在的时候，他站在万贞儿身后说："贞儿姐姐，骑射师傅说，我的臂力、手劲又增大了，我现在都可以把你抱起了。"说着，就真的从背后把万贞儿给抱得双脚腾空离地了。

一瞬间万贞儿还真有些恍惚，长到快三十岁，这一生也只有三个男人抱过她吧。她四岁入宫前爹爹也许抱过她，但她一点儿也不记得了。她成年后，窦如海不止一次抱过她。再就是眼前这个太子爷了。

这个太子爷，她是看着他长大的。从他两岁起，她就抱他哄他给他洗澡喂饭甚至是一起睡觉，就如母亲和姐姐一般待他。不过十年过去，他竟然长成了一个男子汉，竟然可以抱起她了，这让她不由百感交集。她连忙说："深儿，快放下姑姑。姑姑身上肉多，重得很，可别把你的腰给闪着了。"

"没事。我觉得贞儿你轻得很，一点儿也不重。"太子放下她，神态轻松地说。

她瞥瞥殿门外，说：“以后别抱我了，小心被人看见后让太后和贵妃娘娘知道了，贞儿姑姑就要受罚了。”

“你放心，本太子不会让他们看见的。”他像个小男子汉那样昂着头骄傲而笃定地说。

她拍拍他英气勃勃的脸，叹息地说：“深儿长大了，要长成真正的男人了。你贞儿姑姑就老了，马上就是三十岁的老姑婆了。”

“贞儿不老，在深儿的眼里和心里，贞儿永远都是年轻美丽、温柔亲切的。”十三岁的太子朱见深竟然很认真地说。

她不由笑了，拍拍他的脸说：“小鬼头，哄你贞儿姑姑开心呢。”

“深儿说的是真心话，深儿长大了还想娶贞儿当老婆呢。”朱见深说。

万贞儿吓了一跳，忙去捂他的嘴，轻声说：“太子殿下，这话可不能乱说的！我是你的贞儿姑姑呢！太子殿下将来的妻子都是出身名门的大家闺秀呢！你刚才这话要是被太后、皇上和贵妃娘娘听到了，贞儿可就是死罪了！答应我，深儿，这话以后不要乱说了！”

“深儿知道了。”他乖乖地点点头。

这两年里，万贞儿只和窦如海见了几次面。因为她发现，她每次出宫时似乎有人在跟踪她和梅林姑姑，梅林姑姑也有同感。为了稳妥起见，她们和窦如海就减少了见面次数。

这两年里，太后来端本宫看望太子，有数次万贞儿都想向太后提起出宫之事，但太后似乎都有意回避她的目光，万贞儿只得把想了千百遍的话咽进肚子里。

如今两年之期已到，这次，她说什么也不退缩了。成败在此一举。

这一天，万贞儿鼓起勇气，一个人来到仁寿宫拜见孙太后。小太监通报后，太后让她进了西暖阁。

天气闷热，大殿里镇着冰块，太后穿着质地轻薄透气的云香纱短衣薄裙，红芍和小橘在背后给她打扇。

“端本宫内府总管万贞儿给太后请安，恭祝太后福寿安康。”万贞儿恭敬地给太后叩头行礼。

“起来吧。天气热，就不用老是跪着了。”太后说，“这么热的天跑来，可有要事禀奏？”

“奴婢万贞儿启禀太后，两年前太后和奴婢约好的两年之期，如今已经到期。奴婢还是恳请太后恩准贞儿能够出宫为父母尽孝。如今太子殿下已日渐成人，东宫新补充的人手也已调训熟练，东宫的老人，如夏露、秋水、冬雪等都已能担当大任。还请太后能够允许贞儿急流勇退，把东宫主管的位置让给更年轻、更能干的新人。”万贞儿不敢起身，依旧叩头说。

“好啊，你还是来了，还记得两年前的事啊。这两年来你从未提起，哀家还以为你忘记了。看来你没忘，一直还记挂着呢。看来你是一个很执著的孩子啊，哀家要是不成全你，哀家这心里都过意不去了。”孙太后面色和蔼地微笑着说，“也罢，如今深儿也长成大人了，他父皇也在为他考虑储妃的事情。再过几年，深儿大婚了，有太子妃替他打点内务，哀家也就彻底放心了。贞儿，这么多年，你一直在太子身边用心伺候，还真是辛苦你了！哀家答应你，从今日起，你随时可以出宫了。你这些年在宫里的衣物、获得的赏赐都可以带出宫。你准备好了，来回复哀家一声，哀家就派锦衣卫护送你出宫返乡。”

“谢太后恩典！奴婢回去准备后就来回复太后！”万贞儿大松一口气，没有想到太后这次竟然答应得这么爽快。

万贞儿回到端本宫她独住的寝房，正在整理行装，却见太子急匆匆地冲了进来。见她在整理行装，太子大声问道：“贞儿，你在整理东西？这么说，她们说的是真的了？你要出宫了？”

“是啊，太子殿下。我已经给太后请示过了，太后已经同意了，我整理好东西后，就可以出宫了。我出宫的事，贵妃娘娘也是同意的。”万贞儿说。

“皇祖母和母妃同意又怎么样？本宫不同意！”一向温文尔雅的太子此刻竟然嘶吼狂叫起来，“再怎么说，你是东宫的总管呢！你要出宫也不告诉本宫一声？本宫在你万贞儿眼里还是当年那个乳臭未干的奶娃娃，所以你根本就不用征求本宫的意见是不是？”在万贞儿印象里，这还是太子朱见深第一次在她面前自称“本宫”。

万贞儿诧异于朱见深的反应竟有如此之大。后来一想，也觉得是她自己的疏忽。她和深儿在一起毕竟也有十来年的光阴，特别是宫外沂王府胆战心惊、相依为命、情同母子和手足的岁月尤其不容易。现在她商量都不和他商量，突然就说出要离开他出宫，再也不得见面，想来如何不让他暴怒和伤心！

于是她双膝跪地叩头说：“太子殿下，请恕奴婢不辞而别之罪！奴婢与太子殿下也有数十年主仆之情，奴婢今日其实也不忍与殿下和众姐妹分离！奈何贞儿四岁就辞家入宫二十余载，如今贞儿年纪老大，病痛缠身，思乡思亲心切，恳请殿下看在贞儿以往用心服侍的情分上，恩准贞儿能够返乡陪侍父母以尽孝道！”说罢，她伏地磕头久久不起。

良久，才听到太子冷冷的声音：“起来吧。”

她依旧叩头不起。

一双有力的臂膀硬是把她给拉扯起来，是穿着杏黄色蚕丝长袍、头戴束金冠的太子朱见深。

太子叹了口气，俊秀的脸上满是忧郁，说：“贞儿，你若思念父母，我就让父皇下旨接你父母来京，就在宫外的府邸住着。你若想他们的时候，就让他们进宫来看你。可好？”他的语气比先前温和多了，而且也不再自称“本宫”，恢复了从前私下的“我”、“你”相称。

万贞儿的心里有柔柔的动容，但她硬着心肠说：“太子殿下，贞儿只是一介婢女，如此兴师动众、与众不同，只怕会折了奴婢父母的阳寿。还是恳请殿下成全贞儿的思乡、思亲之情吧。”

“贞儿，你要是走了，离开了深儿，深儿纵是活着，今后的人生也了无乐趣了。你思乡、思亲，就没有思过深儿吗？深儿听到你要出宫的消息，真是肝肠寸断啊！你就一点儿也没有想过深儿的感受吗？”朱见深说着，竟然流下了眼泪。

她掏出丝帕，替他拭泪，心里也百感交集，她柔声说：“深儿，姑姑也舍不得离开你。姑姑是看着你长大的啊，你长这么大，也浸透了姑姑十年的心血啊！只是姑姑越来越老了，姑姑想赶在彻底老去之前，完成一件私人的心愿，还望深儿成全！深儿几年以后就要大婚了，就要有太子妃接替姑姑来照顾你了，姑姑也想出宫歇歇了。”

“什么太子妃？那根本就是很遥远的事情！这些只是贞儿你的托辞吧？”朱见深冷笑着，“我知道，在贞儿你的心里，有一个人才是最重要的，深儿根本比不过他！你出宫，其实就是因为他的原因吧？”

“深儿，这话可不能乱说！这话要是传出去，贞儿可就是死罪了！”她脊背上冷汗直冒。

“你放心，我也就是随口一说，我也希望世上没有这个人存在。”朱见深古怪地笑了一声，“你以后就放心地出宫吧，我不会再阻拦你了。”说着，他挥了一下手，头也不回地走了。

凝望着深儿孑然前行、落寞而去的背影，万贞儿的心渐渐沉了下去，一种不祥之兆在她心里隐隐生起。

整理好行装后，万贞儿去仁寿宫回禀太后，红芍让她进了西暖阁，却见周贵妃也在里面。见她进来，周贵妃笑着说：“哎呀，正说着你的事，可巧你就来了。”

万贞儿还是依礼给太后和贵妃请了安。

礼毕，她恭恭敬敬地说：“启禀太后、贵妃娘娘，奴婢的行装已经整理好，可否现在就启程出宫？”

“万贞儿，本宫正和母后商议你的事情呢。”周贵妃微笑着说，“今日一大早，太子就跑到清宁宫里哭哭啼啼，说起你要出宫的事，跟本宫求情，要本宫挽留你呢。本宫说，这事，你皇祖母已经答应了，不能反悔了。他就又跑来哀求母后。母后也说，这事已经定了，不好反悔了。这孩子竟然吵着要去禀告他父皇，说是要他父皇下令阻止你出宫。母后和本宫都斥责他是胡闹，说皇上日理万机的都是国家大事，岂可让这些宫闱小事扰乱皇上的心神！他这才闷闷地回去了。贞儿，你出宫这事，是否暂缓几天，待太子的情绪平复些了，你再出宫？”

“贵妃所言极是。哀家也没想到深儿是这么个实诚孩子。”孙太后缓缓地说，“你们主仆一场也有十来年的感情，如今忽然一说就走，饶是面冷心狠的也搁不住，何况深儿是一个重感情的实诚孩子呢！贞儿，哀家也挽留你在宫里多待几天，待深儿的情绪平复些了，你再出宫，如何？”

太后和贵妃娘娘都这么说了，万贞儿也不好再坚持己见。而且她和深儿毕竟也有多年的感情，如今抛下伤心的他不顾而去，她也于心不忍。

于是她顺水推舟地说：“太后和贵妃娘娘所说极是，奴婢就暂缓几日出宫，待太子殿下的情绪和缓些了再来回复太后和贵妃娘娘，再议出宫之事。”

“那好，就这么定了吧。”孙太后说。

“如此也甚好。”周贵妃也显得很高兴地说。

万贞儿回到端本宫，去太子寝宫看望朱见深，却见冬雪守在殿门前冲她摇手。

她欲张嘴问，冬雪“嘘”了一声，把她拉到一边，轻轻地说：“太子殿下今儿不知怎么了，一早就急匆匆出去了，一个时辰后回来就是气冲冲的了。据跟着的小萝说，殿下去清宁宫和仁寿宫给贵妃娘娘和太后请安，好像还请求了一些事情，但贵妃娘娘和太后好像都没应允。这不，太子殿下回来后就把自己关在寝殿里，谁也不理。夏露进去说了几句话，好像惹恼了殿下，殿下竟然踢了她一脚，把她给轰出来了。夏露哭着跑走了，说在东宫服侍十几年，这还是第一次被殿下打骂，自己丢死人了！秋水进去给他送午膳，也被他赶出来了，膳食原封未动。牛玉公公进去说了几句，也被轰出来了。这下宫女太监们都不敢进去惹他了。牛玉公公吩咐奴婢守在这里见机行事，说是等贞儿你来了，再商议这事，看怎么办好。”

万贞儿一听就觉得这事严重了。在她印象里，太子朱见深一向儒雅文弱，对下人也是极好的，连骂也少，更没有动手打过。如今连老资格的夏露也被打了，可见他是气恼到了极点。他定是为太后、贵妃未答应他阻拦她出宫的事而气恼。他如今连膳也不用了，一旦被太后、贵妃得知他绝食之事，这事岂不是闹大了？她该怎么说服太子爷用膳，再也不赌气才好？

万贞儿正在自己房里转圈想法，听见有人敲她的房门。打开一看，却是梅林姑姑。

梅林返身关紧房门，从自己袖口里取出一封密封的信笺，说：“今儿一早，宫里相熟的公公就带给我这一封书信，说是我侄儿窦如海紧急捎给我的。我看了书信的内容，就急忙赶去宫外，却得知海儿已离开神机营的京师大营，已紧急赶往大同边境军营。”

“大同边境军营？”万贞儿眼前一黑，窦如海所在军营一直所属拱卫京师的三大营之神机营，怎么会突然就被调去了边境？她急忙展开信笺，只见上面简单地写着——

姑母大人慈鉴：

小侄所在兵营接到驰援大同的紧急调令，即刻就要出发，军情紧急，来不及与姑母话别。问姑母与妹好，您和妹在宫里多保重，有关事宜等小侄从边境归来后再相商计议。

侄如海恭叩

天顺三年六月己亥日辰时于军中匆草

字迹潦草，意思也很含糊，当是不想让外人明白这其中的隐情。万贞儿知道这“妹”指的是她。窦如海的意思是：出宫的事让她暂缓，等他从前线边境回来后再商议定夺。

也好，她出宫的目的主要就是为了与他团聚，如今，他被调去边境前线一时半会儿回不来，太子见深又为这事闹别扭不痛快，太后和贵妃也请求她暂缓出宫，既然这样，出宫这事就真的只有暂缓了。

只是她有一点儿疑窦，事发突然，怎么窦如海突然就被调去了边境？她问梅林姑姑：“姑姑你确定这是如海的亲笔书信？”窦如海的笔迹，梅林比她见得多。

“我仔细看过了，应该是他的。而且我也找乾清宫的公公问过了，的确皇上已下令京师神机营里有一支军队要开拔边境，至于是不是如海所在的这一支，公公也不清楚，说这是朝廷军事机密，不能随便外泄的。”梅林说。

“怎么会这么巧？还真是一波三折啊！”万贞儿在心里叹了口气，和梅林姑姑说起今日出宫受阻之事。

梅林姑姑听了，也颔首道：“既然如海暂时回不来，太后、贵妃、太子也不想你即刻出宫，那你就还待在宫里吧。待海儿从边境回来后，我们再做商议。”

万贞儿说：“眼下也只有如此了。”

万贞儿来到太子寝殿，守门的已经不是冬雪，换成了小萝。殿外的天空已经是将近黄昏了，她问太子用过膳没有。

小萝摇摇头，说：“中午牛玉公公对殿下说，如果殿下老不用膳的话，就把这事禀报给太后和贵妃娘娘，太子这才勉强吃了几口白粥。”

“太子的晚膳还没用吧？吩咐厨房，煮一碗百合莲子粥来，还要配点酱菜。你去吧，这里我来。”万贞儿说，小萝答应着去了。

万贞儿掩上正殿的大门，内室的门虚掩着，并没锁。她轻轻叩了几下，里面传来朱见深不耐烦的声音：“是哪个奴才还这么不识相？不是说了，谁也不许打扰本宫吗？”

“是我，万贞儿，你贞儿姑姑。”她在门外轻轻地说。

半晌，里面传来朱见深冷冰冰的声音：“是你啊，你还来干吗？你不是出宫快活去了吗？何苦还来招惹我？”她不由笑了一下，他还真是一个孩子呢，和她赌气耍小孩子脾气。

“深儿，我暂时不会出宫了，你皇祖母和母妃都跟我说了，我也同意了。如果你一直不高兴，不用膳，贞儿也就一直陪着你，也不吃饭，把自己饿死也不吃。”她在门外说。

“我不用膳，你就可以一直陪着我了？早知道如此简单就可以把你留下，那我何必去求皇祖母和母妃啊，我从一开始不用膳就不得了。”他在屋里继续和她斗嘴。

正说着，小萝提着食盒进来了。万贞儿接过食盒，摆摆手，让她出去。小萝退了出去，掩上了大门。

万贞儿尽量柔和地说：“外面天气凉了，深儿，我可以进来说话吗？”

“你进来就是，门又没有关。”屋内朱见深的口气也缓和些了。

万贞儿推开虚掩的雕花门，只见朱见深仰面躺在雕花大床上，见她进来，他转了个身，面孔向里，不让她看见。

她把食盒打开，盛好百合莲子粥，端到床边，说：“深儿，肚子饿了吧？姑姑喂你吃百合莲子粥吧，这是你最喜欢吃的。”

“不吃！”他回了一句。

“深儿，太后和贵妃娘娘都已经跟我说了，我也答应了。我暂时不会出宫了，一直陪着你，好不好？”

“你不出宫也是暂时的，你以后还是会走的。”他仍旧头对着床里说。

“深儿，我听太后说，你父皇已经开始为你选妃了。姑姑答应你，太子妃没有选定之前，姑姑都不出宫，都不离开你，好不好？”

“父皇真要选，我也阻止不了，横竖我不要就是了！况且太子妃和你有什么关系？她是她，你是你，她又管不着你的事！在我心里，你的位置比太子妃重要多了！”他大声说。

万贞儿心里再次有柔柔的感动，一时之间也有一阵恍惚。这孩子如此重情重义，如果不是不想辜负窦如海，她倒真还想一直就留在他身边了。

只是他终究是储君，将来继承皇位后就会有皇后嫔妃三宫六院，年轻貌美的女子任取任予。而数年后，她只是一个年老色衰、孤苦伶仃的老太婆，正当盛年、身边美人簇拥环抱的皇上又怎会想得起一个年老色衰的老太婆？

她心想：我毕竟只是一个从小照顾他长大的贞儿姑姑而已。他成年后，照顾他的有皇后和众多嫔妃，届时，我又算得上是什么呢？保姆？侍女？窦如海虽然只是一介贫贱低微的武夫，但我在他身边，就是唯一的。愿得一人心，白首不相离。我一弱女子，心里需要的并不是荣华富贵、位居人尊，而是唯愿和自己心仪的人一起相亲相爱，美满终老。正可谓是“相怜相念倍相亲，一生一代一双人”。

恍惚过后，她笑笑说：“深儿，你的太子妃将来是母仪天下的中宫皇后，我们后宫的人可是不能得罪她的。这样吧，若你将来的太子妃同意贞儿姑姑继续留在宫中的话，我就留下来，一直留到你再也不想看到我为止。怎么样，这个法子可好？”

他不由转过了身，脸上带着笑意说：“这可是你自己说的，你说话可要算数啊！将来的太子妃肯定会同意你留下来的！她若不同意，我就不要她当太子妃了！其实，我根本就不想要什么太子妃，我就只想要贞儿你一直陪着我！”

“又说傻话了，你将来是大明的皇上呢！要心怀天下，为社稷臣民谋福，可不能只想守着宫女姑姑太监过小日子，当个富贵逍遥的自在王爷，深儿你要立志当一个守成的明君！这些话，不用姑姑说，你的功课师傅应该教过你吧？”万贞儿劝慰他说。

“师傅们肯定教过。只是皇权对我来说，太遥远了。父皇正当盛年，母妃们又给我添了好几个皇弟了。我这太子之位，哪天就会失去也说不定。”朱见深有些消沉地说，倒不像是一个蓬勃向上的富贵皇子。

万贞儿也理解他，他于太子之位一废两立，在宫外时甚至差点儿中毒身亡，小小年纪经历的惊吓和痛苦又岂是常人可以理解的？直到现在，他有时说话，口齿也有结巴不利落的时候。

“那我们就不说那么遥远的事情了。眼下，快把这莲子粥吃了吧，你父皇、母妃、皇祖母若是知道你为了我出宫的事连膳也不用的话，那奴婢只怕要受到责罚了。”她舀起一勺莲子粥送到他嘴边。他犹豫了一下，乖乖地张开了嘴，吃了下去。

他小的时候，她倒是经常这样喂他的。现在他大了，早不需要人喂食了，但今天喂来，却也有一种亲切感。他虽然已长得比她高，但在她眼里，他还是一个孩子，有时还是需要哄哄的。

她不由想起他小时候的一件事情，笑着说：“殿下，我倒想起一件事情了。你五岁出宫刚搬到沂王府的时候，夜里怕黑，哭闹，谁都哄不好。姑姑想出一个法子，穿着侍卫的铠甲，戴着侍卫的红缨帽，手握侍卫的铁枪，戎装侍立在寝殿前。你看到姑姑女扮男装的样子，觉得很新奇，倒笑了，夜里也睡得好了，不哭闹了。”

“是啊，我也想起来了。小时候在宫外沂王府的时候，你经常身穿戎装扮军士和我玩官兵抓强盗的游戏呢。我觉得贞儿你穿戎装的样子比那些军士还要威武英俊呢。自从进宫后，我们就没玩官兵捉强盗的游戏了，现在我们玩吧。贞儿，你还是穿戎装扮官兵，我穿夜行衣蒙黑纱扮强盗头子，其他的宫女太监扮官兵和强盗的小喽啰什么的。”说到玩耍，这孩子的眼睛就亮了。

“你要先把晚膳用好，姑姑也要把肚子吃饱，这样才有精神和力气扮官兵和强盗。还有，今儿这个游戏，就在我们自己宫里扮扮就得了，吩咐宫女和太监们，都不要传出去，不然被皇上、太后、贵妃他们知道了，恐怕会责罚我们不成体统的。”万贞儿坚持说。

“好啊，好啊，我都答应你。传小厨房，摆膳！”他起身，急不可耐地说。

总算把太子哄得情绪恢复平常了，万贞儿心里松了口气。太子若老是因为她出宫之事闹别扭，太后贵妃她们嘴上不说，心里只怕也会认为她万贞儿太矫情了，把太子挑唆坏了。

但万贞儿心里有一种不安始终挥之不去，窦如海突然被调去边境所为何事？边境面临战火，他能平安返回吗？

第十二章

如海匿踪贞儿病倒

万贞儿心里挂念窦如海的安危，就费尽心机地四处打听军营之事。无奈她只是后宫中人，难以尽知朝廷军机大事。端本宫现在的总管太监牛玉以前是司礼监的秉笔太监，是太后和皇上指派来东宫侍候太子的。万贞儿想，他与前廷接触较多，或许知道得多一点儿。

和牛玉闲聊时，万贞儿装作很随意地说："公公，针工局的梅林姑姑是我进宫时的教引姑姑，待我甚好。如今她的娘家侄儿从京师神机营调到了山西边境的大同府镇守。梅林姑姑心里有些担心，想打听打听，不知镇守大同的军营安全否？"

牛玉说："如今镇守大同的将军是忠国公石亨的侄子定远侯石彪，石彪治军甚严，他的军队倒是经常打胜仗。现今朝廷虽说是和瓦剌讲和了，但边境上的小打小闹是常有的。要说镇守边关，肯定是比不得驻守京城这么安全的。"

听闻镇守边境有危险，万贞儿心里着实忧虑，只得试探说："公公，那能不能把梅林姑姑的侄子给换回来？毕竟姑姑只有这么一个娘家亲人了。"

"要说这个，也不是一个难事。"牛玉沉吟了一下，说，"只要皇上御笔圈一下就行。"

"咱们都是深宫妇人，不若公公您曾经是乾清宫皇上身边的老人，有身份和面子。公公能不能在适当的时候在皇上面前美言几句，把梅林姑姑的侄儿从大同依旧给换回到京师军营？此事若成，梅林姑姑和贞儿都必定会重重酬谢公公！”万贞儿试探着对牛玉说。

“哎呀，说什么酬谢呢？万侍长和咱家都是为太子做事的人，太子的事，也就是皇上的事。咱家若是有接近皇上的机会，定当会不负所托的。”牛玉倒是很爽快地答应了，还找万贞儿要了窦如海的姓名、籍贯、所在京师神机营的军营编号记载在记事本上。

看到牛玉很认真当回事的样子，万贞儿心里也略感安慰。这个牛玉颇得皇上的信任，据说皇上把为太子选妃这样的大事也委托牛玉来承办，可见牛玉还是很有能力，能在皇上面前说得上话的。

见牛玉承接了窦如海的事，万贞儿又回到自己房里，找出了自己珍藏的皇上、太后、贵妃以及太子历年来给她的赏赐，挑拣出贵重的祖母绿宝石戒指和夜明珠耳环各一对包好，亲自送到牛玉公公房里。她在宫里也浸淫多年，知道求人办事是不能空口无凭说白话的。

牛玉打开看后，连忙塞回给她说：“贞儿，这也太贵重了，这个咱家承受不起。”

万贞儿笑着说：“公公，我知道您老是皇上身边的能人，什么宝贝没见过。这个，只是梅林姑姑和贞儿的一点儿小孝敬而已，只是一点儿小玩意儿，还望公公笑纳。公公若是执意不收，贞儿就只怕会揣测公公对贞儿所托之事不会尽心竭力了。”

“哎呀，你这个贞儿，还真是一张巧嘴。咱家这收也不是，不收也不是。就凭贞儿你如今在端本宫的地位，在太子心目中的位置，咱家也不敢怠慢你万侍长托办的事情啊！这样吧，为了证明咱家的诚心，咱家就收下这一对戒指。若事成，咱家就笑纳了，若事不成，咱家会原样奉还。”牛玉说着，非把那对耳环的礼盒塞还给她。

万贞儿也不强求，说：“若事成，贞儿还会重重酬谢！”

牛玉说：“不论成与不成，咱家都会尽力一试。”

听得牛玉如此说，万贞儿心里也略略安慰了些。

数日后，牛玉找到她，说：“贞儿，你托的事，公公我已经托司礼监掌印太监曹吉祥曹公公的门下去打听了，回馈的消息是，镇守大同的石将军麾下没有青州的窦如海这个人啊。我再查了曹公公管辖的京师三大营，两月前的确是有神机营的一队人马奉命调去了大同镇守，内中也有窦如海这个名字，也是青州人。但是这队奉命到达大同报到注册的人马里，却没有窦如海这个名字。也就是说，京师和大同的军营里，现在都没有你所说的窦如海这个人了。”

万贞儿一听，头就蒙了，怎么会？一个好端端的人，怎么会说没就没了？

她只得哀求牛玉：“公公，还是您老神通广大，恳请您继续帮我和梅林姑姑打探窦如海的消息，看是不是哪里搞错了？窦如海临走前的确是给姑姑留言说是派去大同的，如果不是派往大同，难道是去往了别的地方？恳请公公是不是把调查的范围扩大一点儿？”

“扩大范围？”牛玉抚着光溜溜的下巴，思索着说，“那索性去找兵部尚书徐有贞徐大人门下了，把整个兵部的军士名册都翻阅一遍，看能不能把这个窦如海给找出来？”

“那就有劳公公了！贞儿这儿给您施礼了。”万贞儿屈身下蹲给牛玉福了一福。

牛玉也抱拳作揖回礼说：“贞儿，那公公我就帮人帮到底了，再去打探。一旦有消息了，就马上回禀。”

日子在煎熬和等待中滑了过去。

这日，牛玉气喘吁吁地找到万贞儿，说：“贞儿，总算是打探到消息了。神机营被调到大同去的那队人马的提督说，在去往大同的路上，窦如海和队里的另一个军士一日夜里一起失踪了。当时队伍还在附近搜寻了他俩的踪迹，没有找到，后来队伍不得不开拔了。再后来他们失踪的那个县的猎人在山沟里发现了两具被野狗、野猪咬得稀烂的男人尸体。当时天气太热，尸身腐烂不堪，也辨不出两人的身份，就地掩埋了。在尸首旁边找到一杆神机营军士才有的火铳，因此判断这两名被野兽咬死的男人就是神机营失踪的那两名军士。”

万贞儿的心一下就沉了下去，在这酷暑天，却觉得如浸在冰块中一样全身冒寒气，“被野兽咬死了？怎么会？”她喃喃自语。

“那也不一定，这事还说不准。”牛玉观察着她的神色，说，“在兵部的军士名册里，这两人的名字后面附注的是‘死亡？逃匿？失踪？’都是不确定的语气。现在谁也不能说，这两人就是死了，或许还活着。毕竟活要见人，死要见尸。现在那被发现的尸身只怕都成了白骨，判断不了真实身份了。神机营已经对外张榜公布了两人的画像，希望他们两个活着的话，能够被找回来。”

万贞儿知道牛玉是在安慰她，但她需要这样的安慰。她尽量力撑着说：“公公，劳您费心了。”

“贞儿，公公我也没帮上实质的忙。无功不受禄，这个，你还是拿着吧。”牛玉把祖母绿戒指的礼盒塞还给她。

万贞儿推还给他，态度也很坚决地说：“公公，你不是说他们两个不一定就是死了吗？如果还活着的话，就请公公继续为我打探他们的消息吧。活要见人，死要见尸啊。公公若退还给我，就表示他们两个已经死了，没有打探消息的意义了。”

“哎呀，那好吧，咱家就还是拿着吧，会继续帮你留心的。你和梅林也不要太过悲伤，只要没见尸首，就还有活着的希望。”牛玉说。

牛玉一走，万贞儿就觉得全身的力气一下都泄掉了，她不由自主地躺在了床上，只觉得全身发冷，扯过一床被褥，给自己盖上，就沉沉地昏睡过去。

万贞儿这一躺，就在床上躺了半个月，高热不退，时时昏厥，说胡话，眼前时常出现幻觉。

昏迷中，她时常看到一个场景：绿野山涧旁，窦如海正拉着她的手沿溪流前行，处处是莺歌燕舞，鸟语花香。忽然乌云密布，一阵狂风吹来，窦如海不见了，只剩她一人在荒野里。她正欲呼叫“如海哥”，却听一声虎啸之处，树木簌簌作响，展现在她眼前的却是鲜血淋漓的一堆白骨，她不由大叫“如海哥”，扑上去痛哭不已。

这时她挣扎着醒了过来，惊觉自己是躺在偏殿的床上，身上大汗淋漓，手足抽搐，眼里脸上全是泪水，牙关紧咬，鼻腔里却是喘着粗气。她一睁眼，只见乔韵儿、冬雪、小萝等人围绕在她床前。

见万贞儿醒了，乔韵儿显得很高兴，忙说：“贞儿姐姐，太医说，你中暑了，患了暑热之症。暑入心营、高烧不退、昏迷、说胡话，你都在床上躺了好几日了。太子殿下把太医院治暑热之症最拿手的章太医给请来了，章太医开了方子，我们已经给你煎服，喂你吃了好几剂了。你现在可觉得好些了？我要小萝去给你拿些百合绿豆汤，既充饥又清热去火，好不好？”万贞儿点点头，觉得全身虚弱无力。

小萝端了百合绿豆汤来，乔韵儿用小银勺一勺勺舀着喂她吃。冬雪在旁边说：“贞儿姐，你前几天高烧说胡话，不仅把我们给吓坏了，也把太子殿下给吓坏了。太子吩咐请了最好的章太医来，章太医拟开的方子，太子还亲自过目呢，说务必要治好你的暑热之症。本来太子还担心你是伤心思虑过度，要另开养心宁神的方子呢。章太医说，先吃吃治暑热的方子，若不见效，再开别的方子。”

太子怎么会知道我是伤心思虑过度？万贞儿心里划过一个疑问，但头痛欲裂，也不好去细想。为了缓和气氛，她没话找话地说：“冬雪，章太医都给我吃的是些什么药啊？”

“我找找，这里有一个章太医最开始草拟的药方来着。我念念，贞儿姐姐你听好了啊。”冬雪说，“羚羊角骨四钱、桑叶一钱、夏枯草二钱、生石膏半两（先煎）、川贝母一钱、钩藤一钱（后下）、生地黄半两、菊花三钱、生白芍三钱、茯神木三钱、竹茹三钱、狗肝菜三钱。这些药材用水煎服，每日两剂。若口渴、唇焦者，加天花粉三钱，芦根二钱。如抽搐频频，难以控制者，加僵蚕一钱、地龙二钱、大黄一钱（后下）。若兼见瘢疹、衄血、咯血者，可加水牛角六钱（刨片先煎）、牡丹皮一钱、大青叶一钱、赤芍一钱……”

“不过就是个暑热之症，怎么整了这么一大堆药名？听起来都麻烦，你们要熬制起来岂不是更麻烦？”万贞儿打断说。

“不麻烦呢。这些药材，每天太医院都配好了，我们只是照样拿回来熬制就是。”乔韵儿说，“前几日你还真是高热不退啊，不过吃了几剂这药，就见好了。章太医说了，你若完全清醒了，就去叫他再来复诊，再酌情增减药量。这不，你一醒，小萝就去太医院喊章太医来给你复诊了。”

万贞儿说：“你们都守着我干吗？太子那边没跟着侍候的人吗？”

乔韵儿说：“是太子殿下要我们守着你呢。太子爷去文华殿听师傅授课，夏露和秋水跟着去了。”万贞儿点点头，不再说话，吃完了乔韵儿喂给她的百合绿豆汤。

一会儿，小萝请了章太医来复诊。章太医把了脉，看了舌苔，说已经无碍了。章太医又开了一个调养清热的方子，说是再好好调养几日就可痊愈了。

躺久了，万贞儿自己也觉得腰酸背痛，她让乔韵儿扶自己起来在廊下走了一走，看了看庭院里开在大水缸里的睡莲，觉得身体轻松了些。

乔韵儿说外面还有暑气，担心万贞儿久病后体虚不宜劳顿，遂让她进了殿内，还让小萝把廊下的虎皮鹦鹉鸟笼提进来，逗那一对鹦鹉学说话给万贞儿逗趣解闷。

万贞儿的心情遂也好些了，但只要一想起窦如海的事，她就头痛欲裂，心里烙得慌。

不一会儿，冬雪说，文华殿那边下学了，太子和夏露、秋水他们回来了。

正说着，太子朱见深急匆匆地冲进来了，他关切地看着万贞儿的脸说："贞儿姐姐，你可醒了！你这几天不省人事，可把深儿……"他看了一眼在旁的乔韵儿和冬雪，改口说，"可把本宫给急坏了！你要再不醒，本宫就得去隆禧殿拜神求佛祈福去了。"

万贞儿挣扎着起身施礼说："奴婢只是感染暑热，有劳太子殿下费心了。"

"在本宫的记忆里，贞儿姐姐身子骨一向都是好的，不想这骤然一病，就病势沉重，病去如抽丝。好好将养，想吃什么，尽管开口。这里没有的，本宫也必然去皇祖母、母妃那里去讨了来。"朱见深笑吟吟地说。

万贞儿再次施礼说："蒙殿下垂爱。奴婢只是粗笨之人、蒲柳之质，千万不要兴师动众，叨扰太后和贵妃娘娘。那样，奴婢心里就惶恐不安了。"

朱见深看一眼乔韵儿和冬雪说："你们俩去备好午膳，本宫一会儿就来。"乔韵儿和冬雪答应着去了。

见屋里再没别人，朱见深亲昵地拉起万贞儿的手，说："贞儿，现在屋里没旁人了，我们之间就不要再拘着礼说话了。那样说话，深儿觉得又累又别扭。咱俩之间还是像平民百姓之间那么说话吧，就是我和你，什么本宫啊、奴婢的，听着就不自在。"

万贞儿挣脱他的手，说："深儿，我还病着呢，小心沾染了你。你去用膳吧。叫小厨房再给我煮点儿银耳莲子羹来，许久没吃了，想吃了。"

“好啊。只想吃这个吗？我马上就让小厨房给你送来。有胃口想吃东西了，就会好得快了。”他兴冲冲地去了，像个很高兴的孩子。

晚膳过后，梅林姑姑来看望万贞儿。见她精神好多了，梅林先拱手念了一句：“阿弥陀佛！你总算是醒过来了！那几天，你昏迷不醒，高热，谵语不断，可把人急死了！现在终于是好多了，菩萨保佑，我在菩萨前的香没有白烧呢。”

万贞儿把屋里的小萝支使出去，只留姑姑一人说话。她歉意地说：“姑姑，在我生病前，我在牛玉公公那里已经打听到了如海哥的事情，还没来得及告诉你，我就病倒了。”

“我已经知道了，牛玉公公后来都告诉我了。贞儿，你不用再说了。”梅林抚着她的脸说，“傻丫头，你可是为这个事而病的？我来看你，你在昏迷中几次都叫着海儿的名字，可把我吓出了一身的冷汗！别人听不清你叫的是什么，只道是胡话，我可是听得出你是叫谁的。丫头，苦了你了！只怪我那侄儿这辈子没有福气！”说着，梅林眼里就落下泪来。

见姑姑落泪，万贞儿强忍了许久的情绪终于崩溃了，她一下扑在姑姑肩上，失声痛哭，心在抽搐般地疼。

“孩子，哭吧，好好地哭一场。哭好了，心里也就轻松多了。”梅林说着，也和她哭成了一团。

听见门外有说话的声音，好像是乔韵儿。万贞儿收声拭泪。梅林姑姑也忙着拭泪，整理衣裳。

在乔韵儿推门进来之前，万贞儿握了握梅林姑姑的手，轻轻地说：“姑姑，活要见人，死要见尸。我会托人继续打听的，我不甘心。”

这一年的秋天，朝廷又发生了一场令人震惊的变故。

第十三章

平叛石曹选妃淑女

等万贞儿的病完全康复时，已经是天顺三年的秋天了。这年秋天，发生了一件举国皆惊的事情。

有言官向皇上密奏：定远侯石彪密谋镇守大同，有谋反不轨之心。

接到密报后，皇上下旨查抄定远侯石彪府邸，搜出绣蟒龙衣及有违祖制的寝床等诸多不法事，坐实了“谋反不轨”的举报，皇上大怒，下令逮捕石彪下狱。

石彪是忠国公石亨的亲侄儿，石亨仰仗“南宫复辟”的首功，倚仗天顺帝的宠信，屡次擅权行事，甚至僭越皇权，早就引起了朝中大臣和皇上的不满。

天顺帝复位后，认为石亨居首功，封其为忠国公，特加恩宠，言无不从。石亨的弟、侄、家人冒功进官者五十余人，其部下亲戚、朋友等攀亲骗官者多达四千余人。

京师大臣常被石亨借故逐出朝廷。石亨还收受贿赂，提升孙宏为太仆丞，陈汝言、萧璁等六人为郎中，刘本道为侍郎，一些想升官的人都拜在他的门下。石亨还挟私愤杀死坚持抗击外侮的于谦、范广等重要辅臣，把曾给他提过意见的给事中成章、御史甘泽等九人贬黜官职。

不仅如此，石亨还大兴冤狱，诬陷耿九畴、岳正入狱，将杨宣、张鹏赶至边关，将朝廷文职巡抚全部撤换成武将充任。

石亨将一切大权独揽，为所欲为地干预朝政。每日进见皇上，即使皇上不召见，他也借故入宫。他所言之事，皇上和众大臣稍有不从，他便骤然变色。

久而久之，连皇上也受不了，便问阁臣李贤。有一天，皇上对李贤说："阁臣如有事，需要朕宣召才能进见。石亨他一个武臣，何故频频进见？"李贤说："朝内大事，唯陛下一人做主才是。"于是皇上当即敕告左顺门守卫："非宣召，不得放进武官。"此后，石亨进宫次数才减少。

皇上曾命工部为忠国公营造宅第。完工后，富丽堂皇得逾越了公侯应享受的规格。皇上登翔凤楼眺望看见了石亨的府第，他问身边的随臣，那是谁的宅第？恭顺侯吴瑾故意说错："此必王府。"皇上说："不是。"吴瑾说："不是王府，谁敢如此僭逾？"皇上不由点头。

石亨曾奏告皇上，要朝廷给他家祖墓立碑。石亨要求工部请敕有司建立，翰林院撰写碑文。皇上认为自成祖永乐年间以来，朝廷没有为功臣祖宗立碑的先例，遂让其自立。

石亨的侄子石彪封定远侯，其骄横犹如石亨一般。他们叔侄两家拥有数万豺官猛士，朝廷内外的将帅半数是石家的门下，京城的人莫不侧目相视。

朝中大臣早就憎恨石亨专政跋扈，此次石彪谋反事发，众臣皆言石亨该当连坐，不可轻饶。由此，朝臣纷纷弹劾石亨种种罪行，石亨被罢官。

天顺四年正月，锦衣卫指挥逯杲上告，说石亨心怀不满，与其兄弟的孙子石后等捏造谣言，蓄养无赖，阴谋不轨。大臣们都上奏说不可原谅。皇上也早就对石亨的骄横僭越心怀不满，于是下诏令石亨下狱，以谋反罪处斩，并没收其家资。

天顺四年二月，石亨病死狱中，石彪、石后皆处斩。

石氏一族被诛灭后，和石亨并称"曹石"，也权倾朝野的司礼监掌印太监曹吉祥见到石亨如此下场，心中惊惶不安，渐渐萌发了谋反的念头。

曹吉祥早年娶妻生子曹钦，净身入宫后拜在大太监王振门下，年轻时在西南战场任宦官将领，颇有军功。曹吉祥入宫后颇受景泰帝信任，接替去世的成敬成为内侍总管太监。后来因为参与策划"南宫复辟"有功，曾备受天顺帝宠信。

景泰八年正月，景泰帝病重。京师团指挥石亨、翰林侍讲徐有贞与景泰帝身边的总管太监曹吉祥商议，要废掉景泰帝，拥立太上皇。于是内侍曹吉祥利用出入宫中方便的优势，与被软禁南宫的太上皇暗中取得联系，还悄悄与孙太后联手，争取了孙太后的暗助。

天顺帝复辟成功，对拥立他的人论功行赏，曹吉祥被任命为司礼监掌印太监，还总督京师三大营，掌握了京城的军政大权。

曹吉祥掌管朝廷中枢机构司礼监，可以随意出入宫廷。其子侄都握有兵权，嗣子曹钦担任都督同知，不久又晋封昭武伯。侄子曹铉、曹铎当上了都督，其门下门客冒功得以当官的多至数百上千人。朝中官员亦有依附曹吉祥，希望因此得到晋升的。曹吉祥这时权势之大，与忠国公石亨不相上下，当时人把他们并称为“曹石”。

曹吉祥不通文墨，所以极力主张凡有大事都要经过内阁，希望借此笼络内阁成员支持他，防止石亨和其他宦官与他争权。

曹吉祥很贪婪，引荐文武官员时，常常只看给他贿赂的多少，而不管这人才力是否胜任。这点，皇上多少也看出来了，但因为自己复位依靠的是曹吉祥，而曹吉祥又居功自傲，气焰很盛，所以皇上并不直接斥责他，只密令内阁大臣对曹吉祥稍加压抑。这就促成了内阁与曹吉祥的矛盾，曹吉祥对内阁十分不满。

曹吉祥和石亨又多次公开占夺民田，被监察御史一再弹劾。二人大怒，共同向皇帝说监察御史的坏话，皇上命令吏部尚书王翱核查。

曹、石二人向皇上建言：监察御史凡年龄在三十五岁以上的，才可以继续留任，不到三十五岁的一律要调用。于是给事中何玘等十三人被调为州判官，御史吴祯等二十三人被调为知县。此时发生了风雷雨雹的天灾，皇上醒悟到这种做法不对，是天灾在示警，遂把这些人都官复原职。

不久，曹、石二人因利害冲突闹矛盾，御史张鹏乘机弹劾他们。曹、石二人赶快捐弃前嫌，重新勾结起来。他们怀疑是阁臣徐有贞、李贤的主使，遂同到皇上面前诬陷他们，还说张鹏是天顺帝复位时被处死的宦官张永的从子。皇上大怒，把张鹏和参与弹劾的御史全部关进牢狱，并逮捕了徐有贞和李贤。

事隔不久，承天门发生火灾，皇上命阁臣岳正替自己起草“罪己诏”，并下旨释放了徐有贞和李贤。岳正起草罪己诏时用词比较激烈，曹、石二人又乘机向皇上诬告岳正讪上卖直，皇上又将岳正贬谪为钦州同知。

曹、石见皇上言听计从，于是日益嚣张。朝野官民对他们均侧目而视，敢怒而不敢言。有写匿名书告曹吉祥的，曹吉祥竟然请皇上出榜悬赏，捉拿此人。

曹、石放肆的行动，后来连皇上都有所发觉，他向首辅李贤询问“夺门”一事。李贤说：“如果说迎接皇上大驾则可以，‘夺门’怎能作为后世榜样？天位本来是皇帝固有的，‘夺’反而说不是本来应有的了。而且当时万一失败，将把皇上您置于何地？何况当时郕王已经病重，他病死了，群臣自然会请您复位，何必如此多事？他们又怎能借此强要升迁赏赐呢？”

皇上听后恍然大悟，开始疏远曹吉祥，并下令今后奏章不准用“夺门”二字，同时裁革冒“夺门”功而得以封官的四千多人。

曹吉祥经常厚赏边关那些番将，番将们也害怕曹吉祥一朝失势后，自己的地位不保，因而愿意为曹吉祥卖命。曹吉祥的嗣子曹钦曾问门客冯益：“历史上有没有宦官子弟当天子的？”冯益说：“您的本家曹操就是。”曹钦听后非常高兴。

天顺五年七月，曹钦对家人曹福来滥用私刑，被监察官弹劾。皇上命令锦衣卫指挥逯杲处理这件事，并降敕通告群臣。曹钦大惊，说：“上次降敕便逮捕了石将军，现在又这样，太危险了！”于是下定决心谋反。

这时正好甘州、凉州告急，皇上命怀宁侯孙镗西征。孙镗尚未出发，曹吉祥指使他的党羽、掌管钦天监的太常少卿汤序择定于这个月的庚子日黎明时分发动叛乱，由曹钦拥兵入宫，曹吉祥率领禁军接应。计划确定后，曹钦把番将们聚到一起夜饮。

这天晚上，孙镗和恭顺侯吴瑾都在朝房值夜。番将中有一个都指挥叫马亮的，恐怕事情败露，偷偷溜出来告诉吴瑾。吴瑾急忙催孙镗由长安右门门隙投入奏疏。皇上接到奏疏后，立即下令捆绑了曹吉祥，下令严闭皇城和京城九门。

曹钦发现马亮逃跑后，半夜里飞驰到逯杲家，把逯杲杀了。又在东朝房砍伤了李贤，把逯杲的头给李贤看，说自己的行动是逯杲激成的，逼李贤替他上疏声辩。曹钦又到西朝房杀了都御史寇深。曹钦他们进攻东、西朝房，不得入，于是放火。

京师守城军士急拆河边的墙石填塞大门，叛军在门外往返呼叫。孙镗派自己的两个儿子急召西征军士到东长安门攻打曹钦。曹钦转攻东长安门，在路上遇到吴瑾，把他杀了。曹军又纵火，东安门被烧毁了，但门内的朝廷守军却乘势加柴，火更猛，叛军无法入内。

这时天已渐亮，曹钦党羽稍稍散去。孙镗领兵追杀曹钦，斩了曹铉；孙镗的儿子孙辄砍中了曹钦胳膊后被曹军所杀。曹钦企图突破安定等门，但城门全部紧闭，曹钦只得退回家中抵抗。刚好天降倾盆大雨，孙镗督军攻入曹钦家，曹钦投井自杀。曹铎及其家人，不分老幼尽被孙镗军斩杀。

曹吉祥一家发动的兵变，一夜之间即被镇压。

三日之后，曹吉祥被处以车裂的酷刑，其党羽汤序、冯益等都被诛。

万贞儿虽是处在后宫内闱，但经常听闻太子和牛玉公公谈起前廷之事。太子说，他的授课师傅经常以当朝国事为例教导储君未来的治国之道。万贞儿也跟着太子耳濡目染听闻了不少治国之策，加之她一直对窦如海的匿踪耿耿于怀，所以一直留心打听军中之事。

当万贞儿听闻拥立皇上复位的首要功臣石亨和曹吉祥竟然预谋叛乱以致身首异处、满门抄斩时，不由感叹这世事还真是变幻无常。昨日还是大权在握，安享荣华富贵，今日却落得个血溅满门，满眼凄凉。

昨如芳草朝露，今却夕阳断垣，原是一刹那间的轮回。

曹氏一族的叛乱得以平息，怀宁侯孙镗和他的儿子都立了大功，而孙镗则是后来候选太子妃的淑女吴月如的舅父。

石亨和曹吉祥之乱，从天顺三年秋天开始至天顺五年盛夏结束。天顺五年七月之后，石、曹兴兵作乱的党羽被诛杀，皇上开始疏远冒“夺门之功”的石亨、曹吉祥的党羽和门人，日益信赖和重用李贤、王翱等贤臣。前廷贤臣当道，国家也就日益安定下来。

在石、曹作乱的一年多时间里，大明王朝还经历了一件惊动朝野的大事：皇上开始着手为虚岁十三岁的太子朱见深备选太子妃。

天顺三年的秋天，皇上下旨开始正式为太子甄选太子妃。后宫牵头这件事的是孙太后、钱皇后和周贵妃，负责具体承办的是太子东宫总管太监牛玉。牛玉也是皇上最信赖和器重的太监之一，由他来操办甄选太子妃之事，皇上心里放心。原司礼监掌印太监曹吉祥谋反被诛后，天顺帝擢升牛玉为司礼监掌印太监，仍主管太子妃甄选之事。

明朝历来的规矩，为了防止外戚干政，中宫皇后、后宫嫔妃和太子妃的遴选并不特别注重门第，不少嫔妃都是来自于民间良家女子和普通小官宦家庭的未嫁女眷。大明历朝中宫皇后也只有成祖皇帝的徐皇后是开国功臣徐达之女，其他皇后都不是出身于显贵人家。

虽然如此，甄选太子妃的风声一出，朝中还是有不少大臣纷纷把自家适龄的女儿或者姊妹推荐入宫参与遴选。

从天顺三年秋天开始，太监们先期下到全国各地挑选一批十岁至十五岁之间，姿容出众、品行娴雅的民间良家女子入宫待选。宫中的姑姑从中剔选出五十名优异者备选。

太后、皇后和贵妃从这五十名中再择出十二位家世清白、年龄适宜、品貌端庄的淑女入宫参与太子储妃的当面甄选。最后由当今皇上从十二位淑女中亲自择定三位淑女作为太子妃的备选者先期教养在宫中。待到太子正式成人，大婚那日再择定一人为太子正妃，其余二人为太子侧妃。

天顺四年五月十二日是十二位淑女入宫参选太子妃的好日子。那一日，淑女殿选的元晖殿热闹非凡，十二位年龄在十岁至十五岁之间的妙龄女孩花团锦簇、袅袅婷婷地站了一屋子。

听闻十二位淑女参与甄选太子妃，乔韵儿一早就拉着万贞儿去看热闹。她俩躲在离元晖殿正殿不远的偏殿里，只听到牛玉公公洪亮的声音不断传来：“传羽林前卫指挥使吴俊之女吴月如觐见……”

乔韵儿悄悄地说：“这次选出来的只怕就是将来的中宫皇后，我们后宫未来的主子呢。但愿选出的是一个温柔娴雅的淑女，可不要选出一个像景泰朝杭皇后、唐贵妃那样专横霸道的人来，不然我们宫人就有得苦吃了。”

万贞儿笑笑说：“杭皇后、唐贵妃霸道又能怎样？还不是一个子夭早死，一个被殉葬？作恶的人总是没有好下场的。”

“那也是。不晓得这次被选出的淑女是些怎样的人。”乔韵儿握着万贞儿的手说，“宣德朝的胡皇后、景泰朝的汪皇后和现在的钱皇后倒都是好性子的皇后，只是胡皇后和汪皇后只生了公主没有生出皇子都被废了。现在的钱皇后连公主都没有生一个，但她是真的对皇上好，为了皇上把眼睛都哭瞎了一只，腿也瘸了一条。咱们皇上也是因为这个原因没有废她，一直对她敬重有加吧？”

万贞儿戳戳她的额头，说：“你这话，也就和我私下说说罢了，可不要让别人听了去，说我们妄议朝政。不过就这件事而言，我倒觉得咱们皇上是一个重情重义的好皇上，纵然是身边佳丽如云，后宫粉黛三千，钱皇后也已经年长色衰，残疾又无子，但钱皇后和皇上的那份结发情意，钱皇后为了皇上无私付出，宁愿付出自己健康和容颜的那份执著的感情，是任何年轻貌美的嫔妃都无法给予的。”

万贞儿叹了口气，接着幽幽地说：“女子仅以美色事夫君，终究会有色衰爱弛的一天；若以真情事夫君，情意是随时日而俱增的。纵使年老色衰，真情也不会随时日而老去，两人会依旧恩爱如初的。易得无价宝，难得有情郎。身为女子，一生中最大的幸事莫过于‘愿得一人心，白首不相离’。奈何你、我都沦落深宫给他人做奴做婢，性命都难以保全，又哪里去寻始终如一的真情男子？”

乔韵儿显然是听愣了，半天也没言语。她没想到万贞儿会在她面前说出这样一番心里话。

万贞儿平时很少在乔韵儿面前表露心事的，因为总觉得韵儿嘴快，怕她泄露出去。但乔韵儿进了端本宫这两年，也历练得沉稳些了，不像以前那么毛躁了，所以万贞儿有时一些心里话，也愿意和韵儿说说。万贞儿觉得，从忠心上来说，乔韵儿是最忠心于她的，绝对没有害她之心。

半晌，乔韵儿说：“贞儿姐姐，听你此言，倒是蛮有感慨呢。我曾经无意中听到夏露和秋水在背后说，你在宫外沂王府的时候和一个京师神机营的军士有往来呢。那次不仅我听到了，连牛玉公公也听到了。牛玉公公当时还把夏露和秋水呵斥了一顿，说她们两个还是乱嚼舌根的话，就回了太子把她们两个一顿乱棍给撵到宫外浣衣局做苦役去。夏露和秋水这才没说了。我本来想问你这件事的，但我那时刚到端本宫，怕被牛玉公公知道了会把我撵出去，所以就没敢问。”

乔韵儿抬起眼，死死地盯着万贞儿，说：“今儿我斗胆问一句，姐姐你是否心中有那想白首到老的一心人？姐姐愿意说就说，不愿意说，就当韵儿从来没有问过这句话。姐姐方才所发的那些感慨，韵儿就当从来没有听到过。”

万贞儿握住乔韵儿的手，叹了口气说：“韵儿，在这个宫里，除了梅林姑姑，你就是我最好的姐妹了。如今，有些话我也不瞒你了。那个神机营的军士，已经快一年没有任何讯息了，兵部已经以‘行军途中遭野兽袭击而亡’作为他失踪的理由登记在册了。”说着，她的眼泪不由流了下来。已经过去快一年了，提起窦如海匿踪之事，她的心还是会痛，不能平静。

乔韵儿也紧紧回握她的手，轻轻地说：“姐姐，活要见人，死要见尸。若是一天不见尸身，就还有活着的希望，你且等着就是了。活着就有希望。”

“好妹妹，多谢你的吉言。若他还在人世，就是拼却一死，我也想见他一面。若他已不在人世，那我今生也只不过是行尸走肉罢了。”万贞儿握着乔韵儿的手说。

“不会有事的，吉人自有天相。纵使我们只是为奴为婢的命，我也希望有情人终成眷属。怀有希望，就会在这深宫宅院里好好地活下去。”向来叽叽喳喳的乔韵儿竟然说出了这样有深度的话。

万贞儿拍拍她的脸颊，说：“我的韵儿妹妹，你终于长大了，不是以前那个毛躁的小丫头了。”

“贞儿姐姐，我们都长大了，在这深宫里，不长大，就会有被人吃掉的危险。皇后、贵妃尚且如此，何况是你、我这等卑微的小宫女。”乔韵儿幽幽地说，万贞儿亦点头称是。

十二位淑女的殿试终于结束了，皇上、太后、皇后、贵妃从十二个人里最终挑出了三名淑女作为最后的太子妃人选。吴月如、王婉柔、柏清吟三名淑女从十二名候选淑女里胜出，被皇上钦定为太子妃候选人。

三位入选淑女就此入宫接受教引和培训，吴月如居于太后的仁寿宫，王婉柔居住钱皇后的坤宁宫，柏清吟居住周贵妃的清宁宫。三人居住在各主宫的偏殿，每人配备数名宫女、太监和两名专职的教引姑姑，教习宫廷礼仪和女工女红，还延请有学问的宫廷女官给三人专门上课，教习当朝马皇后编撰的《女诫》、徐皇后编撰的《内训》和历代贤德后妃的言行。待太子大婚之时再从三人中择定太子正妃人选，另两人则受封为太子侧妃。

这三人中，数吴月如的家世最显赫。吴月如是顺天人，年方十三岁，其父是羽林前卫指挥使吴俊，其舅父是怀宁侯孙镗。孙镗在镇压曹吉祥叛乱中力擒曹吉祥嗣子曹钦立了大功进而封侯，可说是当朝的功臣。

王婉柔年方十四，南直上元县人，其父是上元镇抚；柏清吟年方十二，其兄是京府通判。王氏和柏氏的出身门第都不及吴氏威势。

除了这三位，十二位淑女中落选的另外九位也留在了后宫，由宫廷女官和教引姑姑集中教习，作为太子将来继位后备选后宫嫔妃的人选。其中相貌、品行比较出色的张氏、王氏都是虚岁十一岁，虽然还未长成，但底子不错，将来可期。这九人也被分到了各宫嫔妃的偏殿居住。

第十四章

主仆诉情吴太妃殁

弹指间就到了天顺五年的秋天，窦如海已经失踪整整两年了。在辗转难眠的寂寞长夜里，万贞儿手捧着那张窦如海失踪前最后手写的便条，泪水常常不自觉地就浸透了枕衾。

这一年，太子朱见深虚岁十五岁了，个头又长高了不少，嘴唇上的细细绒毛长成了两撇软软的小胡髭，嗓音也由清亮变得低沉浑厚了，看上去是一个英俊的少年郎了。

后宫的人都知道未来的太子妃已经入宫居住。但入选淑女言行举止严谨，绝少抛头露面，平时看到她们的机会并不多，万贞儿也只在淑女入选那日远远地在元晖殿见过她们几个一次。

就连太子朱见深也没有见过这几个他未来后宫的后妃。他每天去仁寿宫、坤宁宫和清宁宫请安，也从来没见过这三个入选淑女。自然这三位淑女也从来没见过太子，她们未来的夫君。太子也从未提过她们三个，就像从未有这三人入宫这回事一样。

万贞儿不由心里想：深儿难道就没有一点儿好奇心？一点儿也不关心他未来后妃的情况，譬如相貌、品性什么的？

那天太子从文华殿读书回来后，万贞儿一个人伺候他睡午觉时，开玩笑地说："深儿，皇上为你选的几位淑女你可曾见过？"

"没见。父皇没让我见，皇祖母、母后和母妃她们也没让我见。"朱见深回答得很干脆。

"那你想不想见啊？"万贞儿笑着问。

"无所谓。见了也不过那样，不见也是一样过。反正她们又和我没关系。"朱见深毫不在意地说。

"怎么会没关系呢？她们中的一个就是你未来的太子妃，甚至有可能是你的中宫皇后啊。"万贞儿说。

"管他什么太子妃、皇后，反正都是父皇他们为我安排的，又不是我自己想选哪个就选哪个。"朱见深还是显得无所谓。

"话是这么说，册立哪个为太子妃、哪个为皇后，是皇上太后他们替你做主，但你自己喜不喜欢哪个，宠不宠爱哪个却是可以自己做主的。"万贞儿说。

"是啊，贞儿你说得对。"朱见深的眼睛瞬间亮了，他跳起来抓着万贞儿的手说，"贞儿，她们哪个当什么太子妃当什么皇后真的都与我无关，我一点儿也不喜欢她们，随便她们去。我只要贞儿你留在我身边，我心里喜欢的是你，谁也不能取代你在我身边的位置。只要你不走，深儿愿意拿一切去交换，如果你想当太子妃和皇后，我就让你当。"

"又在胡说了！"听太子说出如此大胆的话，万贞儿的脸不由发烧了，抽出她的手说，"太子妃和皇后是何等尊贵的身份，岂是我等卑贱之人能觊觎的？深儿，我只是一个从小就入宫侍奉主子的奴才，哪里敢求什么皇恩富贵？贞儿最大的痴心妄想，也只不过是想有一个人能够真心待我，两个人能够安安静静、本本分分地过完下半辈子。只是在这深宫里，这样简单的要求也不过是一个奢望罢了。"

万贞儿眼前滑过窦如海的面容，他已经两年杳无音讯了，他是死是活，她都无法判断了。她走到窗前，惆怅地望着外面秋风萧瑟的庭院。

"贞儿，你心里还在想着某个人吗？"朱见深在身后问，语气里带着点儿疑虑和不悦，她听出来了。

"没有……奴婢在这深宫之中，哪有什么人可想？奴婢既然入了这深宫，又走不脱，也只是心灰意冷，徒留一口气罢了。"万贞儿说。

“贞儿，在深儿的心里，你是最重要的。你从小就陪伴我，我们俩在一起的时光比父皇母妃和我在一起的时光都要多。”朱见深走到万贞儿身边，很认真地看着她说，“那时在宫外的沂王府，没有人理我，只有贞儿你一直陪伴我，不离不弃。我一直记得你抱着我睡，给我喂吃食，甚至身着锦衣卫军士的戎装在门外给我站岗，只因为我怕黑。这些都是别人替代不了、给予不了的。我现在在寝殿里睡觉，你要是不在殿外，我都睡不踏实。你要是真的离开我，那我也活不下去了。”

“又在胡说了！你那时候小，太后把你托付给我了，贞儿是你的教引姑姑，理当维护你，一切以你为重。”万贞儿急忙解释道，“如今你长大了，又是太子了，身边仆从如云，以后还会有年轻美貌读书识礼的太子妃来侍奉你、陪伴你。贞儿老了，没有力气了，也想告老还乡，找个伴过完下半辈子的风烛残年。无奈这个愿望也不容易实现啊！”

说到这里，万贞儿倒真的有点儿悲戚了：“我告请出宫，太后和贵妃娘娘几次不准，好不容易太后、贵妃娘娘都准了，你这个小孽障又闹着不准了。如今啊，我就是出了宫，也是孤家寡人一个，想和我做伴过下半辈子的人已经没有了，不在了啊！”

说到这里，万贞儿想起了已经失踪两年的窦如海，眼泪不由流了下来：“我以后只在这个深宫里死挨吧。你以后有了美娇娘，不想再看我这个老婆子了，就早点儿说，我也不碍你的眼，一个人待在一边等死吧。”

“贞儿，深儿今天发誓，在深儿心里，最看重的就是贞儿你。你在，深儿一心陪着你，你要不在了，深儿也就活不长了。”朱见深扶着万贞儿的肩膀，低头看着她的眼睛说。

这孩子，脸还是稚气的脸，但分明又长大了，比万贞儿还高了半个头。他这话，虽然是带着孩子气，但还是让她心里暖洋洋的，也抵消了一些窦如海失踪给她带来的绝望和悲戚。如果不是深儿对她如此留恋，让她不忍和不舍的话，那她真的就有追随窦如海而去的心了。

万贞儿不禁破涕为笑，说：“傻孩子，你这说的都是傻话。你比我年轻近二十岁，我以后是肯定要走在你前面的。难道我死以后，你就不活下去了？”

“贞儿，我是在说真的。你在深儿心里是可以同生共死的人，难道深儿在你心里一点儿也不重要，随便就可以弃之不管？”朱见深睁大眼睛，很认真地问。

“怎么会呢？我几次有离开你的机会，但我还是留下来了。这次出宫的希望破灭，依我的性子，我本是不想活了的，但因为放心不下你，我还是留了下来。”万贞儿说。

“是吗？深儿还是有让你留恋之处，有让你留下来的理由吧？”朱见深黑黑的眼睛亮亮的，上唇边的小胡髭在透过窗扉投射进来的阳光里很清晰。万贞儿心里一动，情不自禁地在他嘴唇上抚摸了一下，说：“还真是长大了，都有胡子了。”

“贞儿，不要小瞧我，你的深儿长大了，可以保护你了。”说着，朱见深把万贞儿的头揽在他怀里，靠在他的胸前。他的肩、背、胸都还没长成熟，不如窦如海宽厚，但胸膛里发出的却是清晰有力的心跳声。

万贞儿忽然觉得一阵疲惫，也有一阵晕眩，深儿身上那种青春的男子气息让她似曾熟悉。她没有推开他，闭上眼，伏在他的肩上，环抱住他的后背，心想：好累，就让我靠在这个小男人的肩上歇歇也好。

在入冬的时候，后宫传出了云板叩击的报丧之声。

天顺五年的冬天似乎特别冷，入冬以来，连着下了几场大雪，宫里宫外一片冰天雪地。

万贞儿和乔韵儿等人整天缩在屋内烤火取暖，间或带着太子朱见深去御花园踏雪赏梅，折几枝红梅、白梅回来插在那景泰蓝大瓷瓶里，也算是寒冬腊月里的一件赏心乐事了。

这一日早晨起床，依旧是滴水成冰的天气。万贞儿和乔韵儿正在往熏笼里拢炭火，冬雪进来通报：“梅林姑姑来了。”话音未落，就见梅林披着一件素色的斗篷进来了，进来的时候还在门外掸了掸斗篷上的积雪。

“吴太妃昨儿夜里殁了，今早竹影就来报讯了。”梅林来不及坐下，就说。

万贞儿一愣，说：“吴太妃也才五十岁多一点儿吧？怎么这么快就殁了？上回太后赐药，不是听说很见效，太妃的病已经好了大半了吗？”

“病是见好了一些，但这严冬腊月的天气，惜薪司分发的例炭到处都供不应求，何况露凝殿那地界特别招寒，所需薪炭原本就比别处要多。太妃的例炭本就不够用，加之惜薪司那帮人狗眼看人低，见太妃是失了势的人，难免就有克扣挤兑之事。太妃那里的红箩炭和银炭根本就不够用，竹影他们就只好烧些黑炭来凑数，烟大味大，真真会把人呛得熏得咳嗽流眼泪。我几次去找竹影，都被呛着了。”梅林接过乔韵儿给她冲泡的盖碗滇青红茶，吹了一口说。

“这事怎么不去禀报太后啊？就该治治惜薪司那帮拜高踩低的狗奴才！”万贞儿说。

“竹影要去找太后，但每次都被太妃拦住了。太妃说，自己是无用无福之人，早晚是个死，只是把露凝殿的宫女太监们给连累了，拖累他们也招人挤兑，没个好去处。太妃这样说，竹影也不好大动干戈了。依我看，太妃这么几年就殁了，主要还是心病来着，心病若没有心药来医，人被拖垮那是迟早的事。”梅林叹息着说。

“我和你去露凝殿看看吧。太妃当年纵使对你、我没有施与多大的恩惠，但也从没有在背后使绊子。而且她当年和你、我一样也是出身婢女，物伤其类，也该去看看。”万贞儿说。

万贞儿披上防雪斗篷，套上雪地鹿皮靴，和梅林姑姑踩着没齐脚跟的积雪来到位于紫禁城偏僻之处的露凝殿。

露凝殿的正殿已经搭起了灵堂，白幔低垂，烛影摇曳。做法事和道场的尼姑和道姑已经在灵堂里开始念佛诵经。竹影、素裳和露凝殿的所有宫女、太监都一身缟素地跪在吴贤太妃的金丝楠棺木前。

吴贤太妃的画像供在灵案前，穿戴太妃朝服和朝冠的吴贤太妃在灵案烛台那清冷的光影里微微笑着，倒是面目慈蔼。

万贞儿和梅林跪在蒲团上朝着灵像恭恭敬敬地叩了三个头。竹影和素裳示意她俩起身，引她们到旁边的偏殿里说话。

“节哀顺变。听说皇上因为吴太妃薨逝，今日辍朝一日，谥‘荣思’二字。”梅林对竹影说。

竹影微微一笑，说：“人已逝，死后哀荣又有何用？何况这也算不得哀荣。按说我们太妃也算是当过几年皇太后的，当年是何等的风光和荣耀，想巴结逢迎的人要排队也排不过来呢。只不过是一朝君主一朝臣，落毛的凤凰不如鸡。

这几年若不是孙太后偶尔想起来还念着旧情让下面的人体恤关照一点儿，只怕我们这露凝殿的人都饿死了也没人管。太妃这几年也只不过是在挨命罢了，早走晚走都没什么区别。哀莫大于心死，郕王那日暴薨，太妃的心也就跟着去了。如今她彻底驾鹤西去，素裳这些人也算是自由了，可以投奔别的主子去，不用在这苦地死挨了。”

“你打算怎么办？”梅林握着竹影的手问。

“太后也问过这话，说服丧期满后，露凝殿的宫女太监都可以另寻别处。太后说，只要我自己愿意，我可以去她的仁寿宫当女官，我婉谢了。我对太后说，待我为太妃守丧三年后，再做打算。太妃素来待我不薄，如今我就暂且充当她的孝子孝女为她老人家守灵三年吧。在青灯古佛前为她老人家守灵，也算是惩罚自己当年做过的愧对太妃之事，所谓面壁思过，静心礼佛，也算是为自己减少一些罪孽。”竹影面带着一丝苦笑说。

万贞儿在旁边听着她俩的对话，总觉着这个竹影话里有话，显得很神秘。万贞儿想起几年前替太后送补血安神汤那次，竹影和菊心、梅林说的“愧对太妃，不想做个屈死鬼”之类的话，她不由觉得这个竹影不简单，身上一定背负着莫大的秘密。

三日后，太妃出殡，陵寝安排在宣德帝的嫔妃陵墓。露凝殿里的宫女太监守灵百日后被派往了别的去处，唯有竹影还住在露凝殿里青衣素食为太妃守孝，素裳也自愿留下来陪她。

万贞儿后来有时路过露凝殿，见到两个缁衣束发的女子在佛堂里诵经念佛，或是在庭院自己开辟的菜畦地里种菜养花，万贞儿知道那一定是带发修行的竹影和素裳。

吴贤太妃固然是传奇、薄命一生，但凄凉晚景后却得了两个侠肝义胆的忠仆，也可以含笑九泉了。

一年以后，后宫又有人奔赴黄泉给吴贤太妃做伴去了。

第十五章

疑窦丛生母子驾崩

天顺六年的秋天，在十二位淑女入宫备选太子妃两年之后，孙太后在仁寿宫崩逝，无疾而终，享年六十三岁，已过耳顺之年，也算是善终了。这时距吴贤太妃薨逝还不足一年。

孙太后平时身体颇好，并没有明显的疾病，仁寿宫里突然传出云板报丧之声，万贞儿就觉得有些突然。

举国服孝，皇上一连罢朝半月，尊谥“孝恭懿宪慈仁庄烈齐天配圣章皇后”，与宣德帝合葬景陵，祔太庙。

皇上和太子朱见深都自是哀恸不已。天顺帝是太后唯一的皇子，太后还生有一位常德公主，是皇上之姊。皇上当年北狩被俘得以被迎回以及幽居南宫得以复辟，都是仰仗孙太后出了大力、帮了大忙的。母后如今驾鹤仙逝，皇上自是哀痛不已。

朱见深当年被立为太子，也是孙太后的主张，孙太后对这个皇孙也颇为关照。朱见深被废为沂王那几年，如果没有孙太后明里暗中的关照，沂王府那几年会过得更为艰难。因此对于皇祖母的崩逝，朱见深也很是悲伤，连着几日进膳都很少。

对于孙太后，万贞儿怀着颇为复杂的情愫。她以前是仁寿宫锦绣坊里负责太后衣饰的宫女，只是太后宫里的一名普通宫女，是太后身边的贴身近侍沈姑姑推荐她和叶菊心进入端本宫成为太子的贴身侍婢，从而和太子朱见深结下了不解之缘，因而也经历了不少险事。

万贞儿自己也不知道，如果没有进入端本宫服侍太子，她现在是不是依然在锦绣坊管理衣饰，还是已经出宫和窦如海过着男耕女织的生活?

孙太后固然是因为太子的原因几次阻止万贞儿出宫和窦如海归隐山林，让万贞儿心里对她有所怨恨。但万贞儿心里也明白，她就是不进入东宫服侍太子，此刻也不见得已经出宫返乡。前朝历代虽然有定期发送年老宫女出宫的例律，但明朝自宣德朝以来一直未有实行。

万贞儿心里也曾想过：与其在宫里做一名普通宫女默默老死，还不如出宫争取自己的幸福；或者筹谋在宫里开辟出一条新路，让自己和家人都过上富足的有尊严的生活。

自从万贞儿答应暂时不出宫后，孙太后懿旨令万贞儿在老家的父母双亲和兄弟姐妹过上了富足的生活，也不枉她父亲万贵把她从小就送入皇宫的一番心血和打算吧。

这入宫近三十年来，万贞儿觉得最幸福的事情就是认识了窦如海、梅林姑姑、菊心姑姑和乔韵儿，还有太子朱见深和冬雪、小萝。最让她觉得痛心的事情是窦如海的匿踪。现在最让万贞儿牵挂和不舍的事情就是，她若出宫了，太子朱见深怎么办？万贞儿一直记得她要出宫那次，太子朱见深落寞而去的背影，他伤心欲绝的眼神。

今年是万贞儿见到窦如海的第十七周年。万贞儿和太子朱见深在一起也有十三年了。实际上，万贞儿和太子朝夕相处在一起的时间比和窦如海在一起的时间要多得多，论感情的深浅，也是不相上下的了。

窦如海是她的海哥、兄长和情郎，她是窦如海的贞儿、贞妹和未婚的妻子。太子朱见深则是她的主人、小弟、甚至是儿子，她则是太子朱见深的姑姑、姐姐，甚至是母亲和保姆。

随着太子朱见深的逐渐长大，他对万贞儿的依恋，他看万贞儿的眼神也日渐让万贞儿感到心惊，太子朱见深那越来越具有成熟男人的青春气息也日渐让万贞儿感到眩惑。从太子那日渐伟岸挺拔的身躯、日渐成熟俊朗的面容和眼神里，万贞儿竟然看到了窦如海的影子，这点也让她自责。万贞儿内心有一种莫名的直觉，窦如海的失踪应该是和她脱不了干系的。也许就是因为她执意要出宫跟随窦如海，才导致了窦如海的失踪……那么是谁不想让她出宫跟随窦如海呢？是孙太后？周贵妃？抑或是太子朱见深？

孙太后和周贵妃知道有窦如海这个人存在吗？从孙太后和周贵妃日常询问她的话语来看，万贞儿觉得太后和贵妃似乎是不知道的。

但太子朱见深似乎是知道的，太子也数次在万贞儿面前隐晦地提起过。但朱见深毕竟只是一个十三岁的孩子啊！他虽贵为太子，但并不管事，手中并没有可以操纵办事的权柄啊！看来这还真是一桩无头案了！但万贞儿并不甘心，窦如海一天不见尸，她就一天也不死心，她会继续寻找下去。

如今窦如海不在了，万贞儿也觉得无处可去，既然太子朱见深现在也舍不得她，那她想就还是在这宫里继续待着吧。窦如海哪天若出现了，只要他还愿意要她，她将继续追随他而去，舍弃这宫里的一切。

孙太后的“七七”忌日过后，仁寿宫传来消息，太后自小带进宫的贴身侍女沈姑姑吞服过量剧毒“忘忧草”身亡，追随太后而去。皇上封她为“靖节夫人”，还嘉奖了她的家人。

而太后身边的掌事宫女红芍因吞服“忘忧草”的量不多而被太医救活，但落下了又聋又哑的残疾。皇上也怜悯而嘉许她一直住在仁寿宫的偏殿里，替太后守灵，还拨了几个宫女太监专门服侍她，享受先帝太嫔一般的待遇。

一直幽居露凝殿的吴贤太妃的侍女竹影和素裳也于同一日吞服“忘忧草”而弃世。皇上也一并嘉奖了她们俩的家人。

万贞儿觉得有些奇怪：孙太后薨逝，她的贴身侍女沈姑姑和红芍服毒追随而去可以理解，但竹影和素裳是吴贤太妃的贴身侍女，吴贤太妃已经溘逝快一年了，为何她们两个这时服毒？也是为了追随太后而去？

万贞儿去针工局寻梅林姑姑，梅林和竹影是好姐妹，这时只怕正伤心呢。

进了针工局梅林自己的房间，果然就见姑姑手执绣花针在绣架前发呆，眼睛红肿，脸上泪痕宛在。她见万贞儿进来，忙用衣袖拭泪。

万贞儿说：“姑姑，我去露凝殿看了，竹影和素裳的尸身已经不在了，露凝殿也已经被封了，一般人是进不去了。姑姑，沈姑姑和红芍服毒可以理解，竹影和素裳干吗也同一天服毒啊？有必要吗？”

梅林缓缓地摇了摇头，说：“我也不知道理由。竹影前几日还和我说起，若为太妃守孝满三年后，就向皇后请求和素裳出家当姑子去，一点儿也没流露出要服毒随太后而去的意思啊！”

“贞儿觉得这里面有蹊跷。有没有可能是这样？”万贞儿思索了一下，说出了自己长久以来的猜测和怀疑，“这四个人怎么会于同一日服毒自尽？我总觉得太后薨逝后，是不是有什么事情是只有她们四个晓得的，所以被人灭了口，免得流传后世对太后不利？竹影以前不是说过奉命做了什么错事而一直心里愧疚吗？”

梅林点了点头，蹙着眉头说：“我倒想起一件事来。竹影曾对我说起，吴太妃薨逝前曾告诉她，太后身边的沈姑姑应该知晓兰若之死的缘由。竹影后来去问过沈姑姑，但沈姑姑矢口否认，说这个事情不要问她，将来自然会知道的。如今沈姑姑和竹影在同一天服毒自尽，难道这件事和兰若之死有关？”

“兰若去世前是孙太后宫里的宫女，这么说，兰若之死是不是和太后有关？而沈姑姑和红芍都是这件事情的知情者？按说，一个宫女死了也不是一件大事，但为何吴太妃也知晓这件事，而且还在薨逝之前特意告诉竹影，这里面有什么蹊跷？难道兰若之死有什么不可告人的秘密？”万贞儿继续推测说。

“贞儿，你可以去大理寺断案了。”梅林姑姑点着头，说，“兰若当年突然失踪死亡，我和菊心都觉得很奇怪，但竹影却显得很冷静。后来竹影告诉我，兰若曾经偷偷告诉过她，当年宣德帝来到孙贵妃住的万安宫，贵妃当时服了药在寝殿里昏睡，是兰若在旁边打扇服侍的。皇上示意不要叫醒贵妃，却把兰若叫到偏殿里临幸了她。”

“你说什么？宣德帝在孙贵妃寝宫的偏殿里临幸了兰若？”万贞儿不由大吃一惊，这个情节可是她事先没有想到的。

“是的，这件事是兰若亲口对竹影说的。兰若还说，皇上说，她是宫女里面最美貌的，一直就很喜欢她，早就有临幸之意，只是碍于她是贵妃的侍女才迟迟没有行动。皇上还许诺，今后还会找机会临幸她，封她为选侍，若她能怀上龙胎，定会册封为嫔妃。但兰若说了这话不久以后，就不见了，孙贵妃宫里说是兰若染了时疾怕传染众人抬出宫外去了。后来兰若就彻底没了消息，问贵妃宫里的宫女太监也问不出话来。竹影吓坏了，怕孙贵妃也怀疑到她，一直不敢把兰若曾被皇上临幸的消息告诉第二个人。宫里有负责记载彤史的女官，被皇上临幸过的嫔妃宫女都要建档备案的，以备将来皇上龙裔的查考。”梅林姑姑思忖着说。

“难道孙贵妃对自己身边的侍女被皇上临幸感到很生气，所以把兰若送出宫了？”万贞儿说。

“事情只怕不是这么简单。竹影后来告诉我，吴太妃薨逝前告诉她，有知晓内情的人曾告诉吴太妃，宫女兰若被送出宫之前已经是有身子的人了，兰若有了身孕。”梅林说。

“啊？兰若被临幸后怀上了皇上的龙脉？”万贞儿又是大吃一惊，“孙贵妃是不是因为这个才把兰若送出宫的？那兰若后来怎样了？那个龙胎生下来了吗？”

梅林缓缓地摇了摇头说：“不知道，我回答不了这个问题。但可以确定的是，兰若从此再也没有出现。兰若被御幸怀孕的秘密，我是前几个月才听竹影说的，而竹影知晓此事也是太妃薨逝前告诉她的，吴太妃说沈姑姑知晓兰若失踪的秘密。但现在沈姑姑和竹影、素裳于同一天服毒身亡，红芍变得又聋又哑，露凝殿又被封存，这件事情难以追查，我也不晓得她们几个是不是被人灭口的。梅兰竹菊四姐妹，如今只剩下我一个了，她们三个都死于非命，不晓得哪一天我也会步她们的后尘。”说到这里，她露出了一丝苦笑。

“不会的。兰若、竹影是因为知晓了太多的秘密，菊心是因为得罪了小人，所以她们才会被暗害。姑姑您一向淡泊自守、与世无争，一定会一生平安的。”万贞儿恳切地说。

“但愿吧。”梅林握住万贞儿的手，说：“我也想和你平平安安地把这一世过下去。”

天顺这个年号并不意味着平安顺遂，不久以后，又有大事发生了。

天顺七年的秋天，孙太后薨逝后一年，天顺帝朱祁镇因国事操劳，加之为母后薨逝而忧伤感叹，竟然感染了风疾，病势沉重，卧床不起。

太子朱见深已经被叫到皇上病榻前由李贤等阁臣带领着开始研习上朝治

国之道。这一年，皇太子十六岁了，不仅身量骨架已是成年男子的模样，言行举止也日益沉稳，开始显现出一国储君的风范。

太后薨逝前的那一年，皇上、太后、皇后和贵妃已经开始默许端本宫新增加几名模样周正、性格温顺乖巧的年轻宫女作为太子的司寝、司帐宫女，实际就是作为太子成人后在大婚前的侍妾，作为太子通晓男女床笫之事的过渡。太后派遣宫里富有经验的教引嬷嬷事先教习过这些司寝宫女如何曲意顺从太子。

被太子看中而侍寝的宫女将会被封为正八品的采女和从八品的更衣。那时已经有一个名叫黄蕊的司寝宫女侍寝过太子了，教引姑姑已经检视过，黄蕊已非处子之身，遂登记在册。黄蕊被封为更衣，依旧在太子宫里承担司寝之职。

皇上、孙太后、周贵妃他们知晓黄蕊之事后，显得很高兴，都觉得太子是真正地长大了，成人了。

那天看见黄蕊衣衫不整、含羞带俏地从太子寝殿里跑出来去找教引姑姑，万贞儿就明白发生什么事了。那一刻，她心里忽然有一种强烈的刺痛感，她明白她的深儿是真正地长大了，成为一个真正的男人。他将像其他的亲王贵族那样拥有三妻四妾或者更多年轻美貌的姬妾。如果登基成为皇上，还将拥有三宫六院；如果他愿意，将来整个大明后宫的女人都是他的，而绝不会像是普通的平民百姓夫妻一样，一夫一妻而已。

如果让万贞儿选择，如果她能自己选择，她宁愿舍弃皇宫的富贵生活，出宫和彼此心仪的情郎过着男耕女织、夫唱妇随的平常日子，只是愿意一心和她白头终老的男人又在哪里？

窦如海已经失踪四年了，万贞儿时常凝视着他送给自己的墨玉手镯发呆。太子朱见深曾说：“贞儿，那么多赏赐给你的上等白玉、翡翠手镯你都不戴，干吗老是戴这种一看就是乡村农妇戴的品相低劣的粗玉？”

万贞儿回答说：“深儿，贞儿看重的不是玉的外表，而是玉所拥有的白璧温润的内心。”

朱见深摇头说：“这种玉会有内心吗？深儿不懂。”

万贞儿说：“美玉随人，君子如玉。君子所佩戴的石头也会拥有美玉的品质，赠我这玉镯的人就是君子。”

“深儿懂了，贞儿你这是在睹物思人呢。不知是谁这么有幸会被贞儿如此念念不忘？”朱见深探询的目光望着她，“应该不会是深儿了，深儿没送过这等粗玉给贞儿你。”

万贞儿摇摇头，叹息了一声：“送我这玉的人或许已不在人世。深儿你又何必和已逝之人较真呢？有些人有些东西，往往只有失去了才晓得他们在自己心里的位置。深儿，你还太小，还不懂。”

“深儿不小了，明年都十七岁了！深儿现在也许不懂，但以后总会懂的。不信，你就走着瞧！”朱见深不服气地说，那种少年人的执拗劲又上来了。

万贞儿笑了笑，整理整理他的冠冕和朝服，说：“去文华殿找师傅温习功课吧。你既然长大了，就该更用功读书，为将来治理江山社稷做准备。”朱见深笑着依言去了。

已经有消息传出来，皇上这次病体痊愈后，将会考虑为太子举行大婚仪式。当年三位备选淑女也已经入宫三年了，三位当年年龄尚小、身量不足的幼女如今都长成了亭亭玉立、知书识礼的窈窕淑女，一个赛一个地明艳动人。

不知怎的，万贞儿的心里竟然涌起了一种失落和淡淡的醋意。她的深儿，她从小一口饭一口汤喂养大的深儿，不久以后就将离她而去，完全投入这三个青春女孩的怀抱。自窦如海失踪以后的这几年里，万贞儿已经渐渐把日益长大的朱见深当成了窦如海的化身，深儿身上日益显现的成熟男性气质已经让她有一种欣赏、信赖和依恋的感觉。十四年的朝夕相守，她已经习惯身边有深儿的陪伴了。

万贞儿曾对朱见深说过一句话：“有些人有些东西，往往只有失去了才晓得他们在自己心里的位置。”当时她所指的是窦如海，而现在面临深儿也将离她而去时，她忽然也真切地感受到，对太子的大婚，她有一种莫名的抵触情绪。现在侍寝过太子的黄蕊言行举止间洋洋自得俨然以太子嫔妾自居的架势，让她心里好不舒服。

如果太子大婚后拥有了真正的地位尊贵的太子妃，是他们东宫宫人的女主人，那她万贞儿就真的成了奴仆了。太子朱见深现在是视万贞儿为亲密无间的朋友和姐姐的，她是他可以说知心话的好朋友，也是他日常起居中嘘寒问暖的长姐。他依赖着她，她其实也依赖着他。她想不出，他若大婚后娶了太子妃，她万贞儿是否还会在他生活中占据重要位置。

万贞儿现在已经体验到当年她要出宫离去时，太子朱见深当初的心境：实在是难以割舍！就如同今日她知晓深儿将要迎娶美艳的太子妃，从此脱离她的管辖和视线是一样的失落之感。

她不由暗暗开始关心谁最有可能被册封为太子正妃，是家世显赫、骄气纵横的吴月如？还是恬淡文静、谦逊礼下的王婉柔？抑或是青春活泼、单纯稚气的柏清吟？

万贞儿的私心和韵儿、冬雪她们的想法一样，最不希望骄横的吴月如当选为太子正妃，她若成为太子妃，太子宫的宫人都不会有好日子过。

她们也并不希望柏清吟被册封为太子妃，她娇憨明艳活泼，今后应该颇得太子的喜爱，也会是一个权柄颇大、深受宠爱的女主人。

自然谦逊礼下的王淑女最得他们下人的拥戴了，她不争强好胜，对宫女太监都挺和气，他们自然愿意拥戴她成为太子妃。但从目前的架势来看，似乎是吴月如的呼声最高，听说她依仗娘家的威势和雄厚财力，买通了不少大臣和有权势的太监在前廷后宫为自己造势当选为太子妃。

入了冬，天顺帝的病势不但没见好，反而日渐沉重起来。虽然皇上不到四十岁，还正当盛年，但太医说，在瓦剌大漠度过的寒冷艰苦的一年北狩时光和禁足南宫七年的恶劣岁月严重损害了皇上的体质，导致皇上正值壮年却风湿缠身、脾胃虚弱。加之复辟后勤于政事，身体难免有疲累之感，需要好好进补、调养和休息，不能急于一时。

天顺八年的正月十六日，正是大雪初霁的天气，乾清宫里传来云板叩击之声，皇上驾崩了！

前廷和后宫顿时哭作一团，乱成一团，忙成一团。好在皇上驾崩之前，已经安排内阁首辅李贤和王翱作为托孤顾命大臣辅佐太子朱见深登基，君临天下。

自从孙太后薨逝后，后宫一直由中宫钱皇后执掌。钱皇后平素待人随和，宫人里难免就有人偷懒耍滑，懈怠偷工。

如今太子登基，嫡母钱皇后被尊为慈懿皇太后，太子的生母周贵妃母以子贵，被尊为皇太后。两宫太后并尊，而周太后是皇上的生母，气势上先自胜了一筹。

周贵妃虽然素日以温柔亲切示人，但当上太后以后就逐渐显露出了缜密、严苛、挑剔的本性，颇有孙太后当年的遗风。

天顺帝临终前做出了一个英明的决定，让大明后宫所有的嫔妃、宫女都松了口气。朱祁镇驾崩前对跪在龙床前聆听遗命的太子朱见深说：“我朝自高皇帝以来，但逢帝崩，总要后宫多人殉葬，朕不忍心这样做，朕死后不要殉葬！你也要记住，今后也不能再有这样的事情！”太子流泪应允，顾命大臣李贤也记录在册。

也就是说，天顺帝临终之前废除了明朝自洪武皇帝以来后宫嫔妃为大行皇帝殉葬的传统和制度，钦命自他以后，废除宫人殉葬的陋习。也就是说，现在和以后宫里的嫔妃都不用殉葬了！这无疑是一桩让宫人双泪长流、感恩不已的德政。

朱祁镇早年有骄纵浮夸，宠信宦官王振专权，导致土木之变被瓦剌俘获漠北一年的惨痛经历，后来历尽艰辛回到朝廷又被幽禁南宫七年，尝尽人世间的冷暖艰苦，浮躁的少年心性有了很大的改观。

南宫复辟后，他虽然错杀了捍卫京师有功的大臣于谦，又宠信石亨、曹吉祥等人导致天顺四年、五年的石曹之乱，但后期能重用李贤、王翱等贤臣，并释放了从永乐朝就开始被囚禁的“建庶人”。建庶人是建文帝朱允炆的幼子朱文圭，靖难之役后被幽禁宫中逾五十年。

朱祁镇还恢复了宣德朝被废的胡皇后的皇后名号，临终前下旨停止帝王死后嫔妃殉葬，也算是办了几件大快人心的德政，不至于驾崩后让大臣和百姓都怨声载道。

按理说，万贞儿一个深宫妇人不应该窥探和评价前廷皇上和大臣的国家大事，但她入宫近三十年，一直在太后和太子身边服侍，让她自小就警醒，知道在后宫要如何明哲保身，才能屹立不倒。加之万贞儿尽心服侍的是太子，她自然会更加留意治国安邦之策，也好让新登基的小皇上日后治理国家时会更顺利一些。

第十六章

梦怀春宵冷待新婚

大行皇帝的国丧过后，天顺八年正月二十日，十七岁的皇太子朱见深登基，为大明王朝第八代君王，改元成化，明年为成化元年。成化帝尊嫡母钱皇后为慈懿皇太后，尊生母周贵妃为皇太后，任命阁臣李贤为内阁首辅大臣，大赦天下。

新皇虽然只有十七岁，但有贤臣李贤辅佐，两宫太后坐镇，于治理国事方面倒也有模有样，无甚偏差。

新君登基，大臣和百姓皆言有两件事，在天顺帝复位时是做错了的，有违公正。一是捍卫京师的大功臣于谦被冤杀；二是景泰帝被褫夺帝号，废为郕王，暴薨，上恶谥“戾郕王”。

成化帝登基伊始，就着手为于谦平反昭雪，内阁首辅李贤是此事的积极倡导者和推动者。朝廷首先赦免了于谦的儿子于冕，于冕回到京师后上奏朝廷为父亲于谦鸣冤，朝廷很快批准于谦官复原职，皇上赏赐祭拜之礼。

新皇在发布全国的诰文里说：“当国家之多难，保社稷以无虞，惟公道之独恃，为权奸所并嫉。在先帝已知其枉，而朕心实怜其忠。”意思是说于谦大人在国家多难的时候，保卫社稷使其没有危险，独自坚持公道，被权臣奸臣共同嫉妒。先帝在时已经知道他的冤屈，而新皇实在怜惜他的忠诚。这诰文后来在全国各地传诵。

于谦被顺应民心地平反昭雪后，一些大臣开始为景泰帝鸣不平。他们认为景泰帝危难之时受命，重用于谦保卫京师成功，削平惑乱，使臣民百姓安居乐业。但是在南宫复辟后被废为郕王，褫夺帝号，暴薨后被恶谥“戾郕王”。景泰帝在位八年，对国家社稷是有功的，却谥以“戾”，很不公平。甚至有大臣诘问：当时若不是景泰帝即位，外敌如何能退，太上皇如何能返？

成化帝朱见深虽然曾被景泰帝废去太子之位，但长大后对这位皇叔的功绩还是相当理解的。朱见深和端本宫的人对于景泰帝没有听从迁都逃跑的提议，重用于谦让京师得以保存的功绩都是予以称许的。

只是景泰帝后来为了自己的私心幽禁皇兄朱祁镇，立自己的儿子朱见济为太子，把侄儿朱见濬废为沂王，让太上皇朱祁镇和太子朱见濬颇吃了一段时间的苦，这一点让天下人也有微词。但他后来独子夭亡自己暴薨，也算是遭了报应了。

几经周折，成化帝不念皇叔景泰帝曾废掉自己太子之位的旧恶，以德报怨，下旨恢复景泰帝帝号，定谥号为“恭仁康定景皇帝”，在一定程度上承认了景泰帝的功绩。

但新皇不太可能给景泰帝全面平反，所定谥号仅为五字，而大明其他皇帝的谥号都是十七字，景泰帝在规格上较其他皇帝低，而且景泰帝还没有庙号。新皇还下令重修景泰帝陵寝，此举博得了朝野的一片称颂之声。

于谦平反和景泰帝复帝号算是成化初年两项顺应民心的德政。

但朱见深到底还是少年皇帝，有时小孩子家心性大起，就不按祖制章法办事了。

在他继位后的第二个月，不走正常的官吏选拔程序，事先没告知吏部，自己就下了一道诏令，授予紫禁城一位名叫姚旺的工匠为文思院副使。这便是成化朝“传奉官”制度的开始。“传奉官”是朝臣称呼那些不经吏部，不经选拔、廷推和部议等选官过程，由皇帝直接任命的官员。

新皇已经即位，也已经成年，两宫太后和大臣们开始商讨少年皇帝的大婚之事了。新皇后从先帝议定的三名备选淑女中择定，具体事宜由司礼监掌印太监牛玉公公会同礼部负责筹办。

新皇入主乾清宫后，牛玉辞去端本宫总管太监之职，专任司礼监掌印太监。乾清宫总管太监一职由怀恩公公接任，但牛玉仍然是内廷最有权势的太监。

有传言说，钱太后倾向于册封文静谦逊的王婉柔为后。周太后原本属意单纯活泼的柏清吟为后，但吴月如的娘家比较有权势，活动得很厉害，在前廷后宫上下打点，给总管此事的牛玉送了不少厚礼，牛玉就在两宫太后面前极力说吴氏的好话，后来，周太后也倾向于吴氏这边了。

天顺八年七月二十日，新皇大婚，两宫太后最终择定十六岁的吴月如为正宫皇后，十七岁的王婉柔和十五岁的柏清吟被册封为德妃和贤妃。

天顺四年五月十二日十二位淑女殿选那日，另外九名被选入宫的淑女也都被册封为昭仪、婕妤、美人、才人等位分，和一后二妃同日正式成为新皇的后宫嫔妃。

这下，登基才半年，年仅十七岁的朱见深一下子就拥有了十几位有名有分的后宫嫔妃，加上先期侍寝被册封为更衣的司寝宫女黄蕊、司帐宫女绿萼，也算是妻妾成群，后宫佳丽如云了。

按说，一下多了这么多年轻美貌的女子来助万贞儿照拂朱见深，作为他的贴身服侍姑姑，万贞儿应该是感到喜悦和轻松的，但她心里却说不出是喜还是忧。

皇上皇后大婚那日，前廷和后宫都张灯结彩，喜气洋洋，尤其是乾清宫和坤宁宫，装饰一新，富丽堂皇。钱太后居住的仁寿宫、周太后居住的清宁宫、王德妃居住的长宁宫和柏贤妃居住的万安宫也都重新修葺一新。

长宁宫和万安宫以前是景泰帝的汪皇后和杭贵妃居住过的，是东西六宫里比较华贵富丽的宫殿。如今重新装修后让新册封的王德妃和柏贤妃居住，也算是没有辜负这两座宫殿的华贵之气。

朱见深大婚那夜，夏风习习，洒过水的庭院里还冒着一丝丝白日里残留的暑气。万贞儿远远注视着大婚新房所在地坤宁宫灯火辉煌的方向，一夜未合眼。她的心情如煮沸的茶水，一直平静不下来，因为就在这一年的一个春夜，她和少年皇帝朱见深的关系发生了改变。

新皇于天顺八年正月二十日继位登基后，东宫的一帮仆从就搬出了端本宫，搬进了皇帝居住的乾清宫。

乾清宫是紫禁城后三宫里最宽敞、最气派的宫殿。万贞儿以乾清宫内府侍卫总管的身份在乾清宫里也独有了一处小小的偏殿“敏思堂”。乔韵儿、冬雪、夏露、秋水等资历老的宫女和太监们也都拥有了自己独自的卧房。

万贞儿住进敏思堂后的第三个月，也就是天顺八年的四月，一个春意盎然的午夜，她已经入睡，却睡得不安宁。

万贞儿觉得浑身燥热，临睡前，她喝了一点儿西洋国进贡的红葡萄酒“眼儿媚”以助眠。在窦如海匿踪后的这几年里，夜里她一个人睡不着的时候，经常喝这种有助睡眠的上等红酒，差不多成了一种习惯。

喝了眼儿媚入睡后，万贞儿做梦了，梦到了窦如海，梦到了那个春衫薄的下午，和他一起缱绻缠绵的场景。就在她和窦如海执手相握的时候，听到“嘭、嘭、嘭”的巨响，她一下被惊醒了。

原来是万贞儿的房门被人擂得山响。她披衣起床开门，乾清宫的司帐宫女绿萼一脸惊惶地站在门外，说：“万侍长，皇上的疝气旧疾发作，肚痛难忍，皇上要奴婢来叫您过去。”

“请太医了吗？皇上的疝疾已经有好几年没发作了，怎么今儿又发作了？今天是你和黄蕊司寝吧？你和黄蕊是怎么照顾皇上的？”万贞儿一迭声地说着，匆忙披了一件长衫就往皇上寝宫的方向走去。

“奴婢只在皇上寝殿的外间守夜，里间是黄蕊姐姐照拂的。皇上今日宴请西洋各国进贡的使臣，好像喝了一些进贡的洋酒，上榻睡了两个时辰后就喊肚子疼，在外间值夜的小敏子公公马上去传太医了。皇上还交代务必要叫万侍长来，黄蕊姐姐就差遣奴婢来叫万姑姑了。”绿萼跟在万贞儿身后说。

说话间，就到了乾清宫的寝殿，朱见深躺在硕大的龙床上盖着明黄色的锦被安然合目。今日值夜的三个太医都在，乾清宫的太监总管怀恩和值夜太监小敏子也在，还有司寝宫女黄蕊。

为首的太医院左院判傅太医对万贞儿说：“万侍长，皇上是疝疾复发，臣等已为皇上做过热敷和针灸，皇上的腹疼已经缓解了。臣等还开了一剂汤药煎服，服药后，在肚脐腰腹处加以轻轻按摩，疼痛当可慢慢痊愈。”

“辛苦你们了，你们先去休息吧。皇上若是不见好，少不得还要麻烦诸位跑一趟。”万贞儿说。

“万侍长客气了。这是下官职责所在。”太医们说着，拎着药箱退下。

不一会儿，小敏子就端着熬好的药罐进来了。万贞儿盛了一碗，对朱见深说：“皇上，喝药了。”黄蕊和绿萼扶起皇上，给他后背垫了一个大靠枕。

朱见深睁开眼睛，看了一眼屋子里的人，缓缓地说：“怀公公、小敏子，还有黄蕊和绿萼，你们都退下歇息去吧，朕这里只留下万侍长服侍就可以了。”

四人依言退下，掩门而去。

万贞儿给朱见深一勺勺地喂汤药，把还冒着热气的汤汁用嘴吹冷，再喂到他嘴里，就像他小时候给他喂饭、喂药那样。

一碗下去，朱见深摇手示意不喝了。万贞儿用绢帕给他拭拭嘴角，朱见深拉着她的手说：“贞儿，我把他们都打发走了。今晚你就留下来陪我吧。有你在身边，我才睡得安心。只有你的手给我按摩，我才觉得舒服。”

万贞儿点点头，先把自己的双手搓热，再揭开锦被伸进去找到朱见深的肚腹疼痛之处，画圈加以轻轻按摩。她做这些都是很熟练的，在朱见深年幼的时候，每当他痂疾发作腹痛时，都是万贞儿为他按摩，减轻他的腹痛的。

朱见深伸出手摸了一下万贞儿的长衣，说：“贞儿，你穿得这么单薄？快进来暖暖吧。春夜寒冷，别冻出病了。”万贞儿出来得匆忙，也的确穿得不多，此刻也觉得有些凉意袭人了。

万贞儿进了朱见深揭开的被子，复又盖上，被子里暖融融的，她早已冻得沁凉的身体乍一接触到暖气情不自禁地打了个激灵，也连声打了好几个喷嚏。

朱见深不禁笑了，说：“瞧，你是冻着了吧？我还不让你进来的话，你只怕就真的要冻坏了。今晚，你就睡在深儿身边吧，还帮深儿按摩按摩，就可以了，我的腹痛现在已经好多了。”

万贞儿依言侧着身子继续给朱见深按摩腹部。朱见深复又闭目入睡，不久就响起了轻微的鼾声。

万贞儿穿着中衣的身体也渐渐暖和起来，一阵瞌睡袭来，她也不禁沉沉地睡了过去。

在朱见深幼时痂疾发作腹痛时，万贞儿也曾陪伴他同榻拥被而眠，因此今日同榻也非首次。尽管他现在登基当了皇上，但在万贞儿眼里，他仍然是那个乖巧亲切、惹人怜爱、需要人呵护的深儿。

只是这一夜过去，万贞儿和朱见深的关系就发生了质的改变。

当万贞儿在一阵刺痛中惊醒，睁开双眼，却见朱见深趴在她的身上。她身上的衣饰尽褪，而他也是不着一物……万贞儿心里瞬间明白已经发生了什么事。她曾和窦如海热恋过，对男女情事并非完全陌生不懂的。

她惶恐地推开他，哑声说："皇上，怎么会这样？我可是你的贞儿姑姑呢！为什么会发生这种事？"

朱见深却热烈地拥住她，说："贞儿，你早就不是朕的姑姑了！朕早就把你当做了朕的女人！朕也一直想把你变成朕能真正拥有的女人！现在，朕的夙愿实现了！真的，贞儿，你不是朕的姑姑，也不是朕的姐姐，你是朕的女人，朕心里最喜欢、最想拥有、最愿意亲近、最愿意相守的女人！"

"可是，皇上，贞儿比你大十七岁呢！贞儿怎么能做你的女人呢？太后大臣们不会笑话我吗？"万贞儿有些气急也有些虚弱地说。

"父皇的樊顺妃也比先帝年长十三岁呢。樊氏在南宫时对父皇悉心照料，后来父皇复辟后册封樊氏为顺妃，那一年，父皇年刚三十，而樊顺妃都四十有三了。顺妃娘娘后来还为父皇生下了一位公主呢。贞儿你今年才三十有四吧，可比樊顺妃被册封之时年轻多了！你比朕年长又如何？朕就是喜欢你！朕就是想让你成为朕的女人，朕最心爱的女人！"朱见深却胸有成竹、笃定而豪迈地说。

万贞儿也是知道樊顺妃这个人的，顺太妃现在也已经是五十岁出头了，和先帝的太妃太嫔们居住在寿昌宫呢。

想着樊顺妃当年以高龄被册封为顺妃并产下公主的时候，前廷和后宫并没有什么人妄议是非，万贞儿心里的惶恐不由也安定了一些。她心里想着，眼前这个男人已经是手握皇权的天子了，他一言九鼎，一定会为她遮风挡雨、阻挡旁人的流言蜚语。他再也不是从前那个需要她照顾庇护的小男孩了，而是可以用手中之权柄来保护她的大明皇帝。

万贞儿叹了口气，把自己滚烫的脸贴在朱见深的脸颊上，喃喃地说："深儿，一切都像是在做梦一样。米已成饭，木已成舟，贞儿再也回不到从前了！

贞儿该怎么办呢？贞儿只怕会被有些人的唾液给淹死！”

“别怕，贞儿，一切都有朕为你做主！朕即刻就颁诏册封你为贵妃，看谁敢为难你！朕还想你为朕生下一位皇儿，不论皇子还是公主朕都喜欢。皇子的话，朕就封他做太子；公主的话，朕也一样宠爱，封她为长公主。你就是朕心目中的中宫皇后，哪怕后宫嫔妃三千，朕也只宠爱你一人！”朱见深紧拥着她，神色热烈而向往地说。

“陛下，可不要胡言乱语了！先帝已经为你择定了备选皇后的淑女，贞儿可不敢痴心妄想！昨夜之事，贞儿已经惶恐不已了！贞儿必须得出去了！不然被其他人发现今日之事，贞儿的麻烦就来了！”万贞儿说着匆匆起床穿衣，不顾朱见深的阻拦。

她已经听到外间有宫女的脚步声，妆台上的红烛已经燃尽，只留下一堆残存的烛泪。屋子内的光线也明亮了许多，她似乎还听到了窗外春鸟们晨间的清脆啁啾鸣叫，现在应该已是五更了。

万贞儿匆匆走出皇上寝殿时，遇上了手执拂尘正在掸拭红木家具灰尘的夏露。夏露有些诧异地看着她，问：“万侍长，你一直都在皇上寝殿？”

“是啊，皇上昨晚痂疾复发，我奉太医之命为皇上按摩，所以一直在皇上寝殿里。现下皇上好多了，已经睡下了。我也回去了，补睡一会儿。”万贞儿轻描淡写地说，脚下也并没停步。

走出殿外，万贞儿看到秋水在清扫庭院里的香樟落叶。秋水看到万贞儿，也有些惊异，问：“万侍长，你起得这么早？”

万贞儿未回答秋水。庭院里湿润而凉爽的露气和有些凛冽、清冷的寒风不由让刚从热被窝里出来的万贞儿连打几个喷嚏，她一阵激灵，觉得一阵寒意袭上身来。万贞儿匆匆走回自己住的敏思堂，倒在床上就昏昏沉沉地睡了过去。

万贞儿一病不起，高热，胡话，在床上一连躺了几天。迷糊中，她也晓得乔韵儿请了太医来了，太医说她是寒邪入侵，但万贞儿晓得自己也有心病。

万贞儿那个早晨从皇上寝殿出来时偏偏碰到了夏露和秋水。这两个人一直对她是面和心不合，阳奉阴违，万贞儿唯愿她俩不要发现自己和皇上之间的秘密。

这件事要是传出去的话，皇上倒无所谓，反正后宫的女人都是他的，只要他看得上，只是万贞儿自己面上和心里都过不去。在面子上，她毕竟曾经是皇上的教引姑姑，比皇上年长十七岁，在她心里，她觉得愧对窦如海。

万贞儿卧床期间，朱见深来看过她几次。万贞儿总是装着昏睡，不理睬他的探询。朱见深只得嘱咐太医和乔韵儿她们好生照看。

梅林姑姑也来看过万贞儿一次，关切地说："怎么好好的，突然就病得起不来床了呢？"看到梅林姑姑，万贞儿就想起了窦如海，心里感到很惭愧，只得说："夜里起夜穿得少了点儿，冒了风寒，不碍事，吃几剂药就会好的。"

几日以后，万贞儿的高热退了，身上的寒气也消失殆尽。乔韵儿扶着她在御花园走了一走，园内桃红柳绿，春色怡人，万贞儿一向郁闷的心情不由也舒畅了一些。

这晚万贞儿睡了一觉醒来，便再也无法入睡，只见窗外月色朦胧，分外撩人。

她在床上辗转反侧了一番，实在睡不着，只得披衣起床，点亮红烛，往白玉酒杯里倒了西洋各国进贡的半杯朝霞般酥红澄澈的"眼儿媚"慢慢地品啜着。这时听到门扉的轻叩声，她觉得奇怪，心想：这么晚了会有谁来找我？

打开门，却是年轻俊秀的皇上朱见深提着一盏宫灯站在她的房门口。皇上穿着寝服，外面披着一件明黄色绣蟠龙图案的夹袄长衫。万贞儿连忙把他让进来，却不见有值夜太监跟随。她说："怎么你一个人？跟随的小太监呢？"

"我把他们都打发走了。我今儿夜里实在睡不着，就想知道贞儿你在干什么？"朱见深放下灯笼，搓着手哈哈气说。

万贞儿说："快上床捂着，别冻着了。"

"不碍事，屋内比屋外暖和多了。你在喝酒？这是西洋进贡的眼儿媚吧？"朱见深看到妆台上白玉杯里残存的液体说。

"是啊，我夜里睡不着的时候，就喝点儿眼儿媚，催眠效果蛮好的。"万贞儿说。

"那我也喝一点儿，也正好催眠。我今夜老是睡不着，心里挂念着贞儿你。今天见你和韵儿在御花园里散步，我就想你身上是不是大好了？所以老想着来看看你。"

“贞儿已经好得差不多了，原本也不是什么大病，就是受凉感染了风寒而已，吃几剂药就没事了。”万贞儿给朱见深也倒了一杯眼儿媚，他们碰了杯，慢慢品酌。

眼儿媚有些酸又有些甜，很可口，不知不觉，他俩都喝下去了两大杯。万贞儿觉得有点儿晕眩站不住了，据说这眼儿媚的后劲蛮足的。

万贞儿摇摇晃晃地走到红木太师椅边坐下。朱见深也绯红了脸颊，眼神迷离地走到万贞儿跟前，强行把她抱起来向床榻走去，年轻的皇帝力气很大，几乎不容她挣扎。

朱见深把万贞儿放在寝榻上，就去解她的中衣。万贞儿费劲地挣扎，年轻皇帝的动作却很坚决，不容万贞儿拒绝。

“陛下，深儿，不要。我是你的贞儿姑姑。”万贞儿几乎是哀求着说。

“你是我的贞儿，我是你的深儿。我不是朕，不是皇上，我是爱你的男人，你是我爱的女人。”朱见深呢喃着，把头凑近万贞儿，他那散发着眼儿媚甜香味的嘴唇不由分说地堵在她的嘴唇上。万贞儿一阵晕眩，不由闭上了眼睛……

朱见深大婚那夜，万贞儿站在敏思堂庭院的夜风里凝望着坤宁宫方向的灯火辉煌，几乎把脖子都给望酸了。按说，皇上大婚她应该感到高兴，但她心里并不真的高兴，哪怕脸上是强颜欢笑。

听到宫里巡夜的太监敲更，已经都是三更了，万贞儿才挪着几乎麻木了的身子回房休息。这时，除了值夜的太监，乾清宫里的人都已经睡了。

燃了熏蚊的艾香，放下帐幔，万贞儿刚和衣假寐，却听到有急促的敲门声，她打开一看，竟然是穿着大红婚服的皇上朱见深站在门前。皇上身后两个提着大红“囍”字宫灯的小太监远远地站在后面，万贞儿认得这是坤宁宫的小太监小喜儿和小苏儿。

万贞儿骇然地说：“皇上，今儿是您大婚的日子，您应该在坤宁宫陪伴皇后，皇后今夜是您的新娘呢！怎么还跑到乾清宫来了？您走错路了，快回去！”她急忙掩饰说。

明日皇后若得知，皇上在大婚之夜竟然跑来找一介宫婢万贞儿，不知会作何感想？万贞儿想着若得罪了皇后，自己今后的日子也不会好过，皇后毕竟是六宫之主，在后宫的地位和权力仅次于两宫太后。

“贞儿，我睡不着，想喝眼儿媚。皇后宫里没有，我想着贞儿这里会有，所以就来了。”皇上口齿不清地说，已然是有几分醉意了。

万贞儿急忙进屋抱出用青花瓷瓶装着的眼儿媚，递给小喜儿说：“喜公公，把这个眼儿媚给皇上带去。苏公公，快扶皇上回坤宁宫吧。今夜皇上回乾清宫的事，不要再对任何人说起。”小喜儿和小苏儿点点头，扶起皇上欲走。

朱见深还待挣扎，万贞儿吓唬他说：“皇上，听话，太后若知道你还这样胡闹，会不高兴的。先帝若知道你怠慢他为你选定的皇后，泉下有知，也会不安的。”朱见深这才没反对，被两个小太监慢慢地扶着去了。

回到屋里，惊异的同时，万贞儿也有一丝的高兴。原来今夜她在望眼欲穿、彻夜不眠的同时，新婚之夜的皇上朱见深也并没有忘了她，他心里是想着她的，所以才有刚才的醉归之举。

怀着喜悦和甜蜜，万贞儿渐渐睡去。

朱见深大婚的第二日，晚上依然是住在坤宁宫的，但听闻太监宫女们说，皇上后半夜去了王德妃所住的长宁宫。大婚第三夜，皇上是宿在柏贤妃的万安宫的。

大婚第四日的晚上，皇上是宿在乾清宫的，没有临幸任何嫔妃。但万贞儿好像有种预感，皇上半夜里会来敏思堂找她。所以万贞儿一早就熄了灯，点了熏蚊的艾香，放下帐纱，静静躺在床上。屋子里暑热未退，但床边的盆架里镇了从地窖里取出的冰块，宫里特制的风轮徐徐地转着，也带来一阵阵的凉意。

万贞儿脑子里先还是东想西想的，后来倦意袭上来，也就慢慢地睡着了。

万贞儿正在胡乱做梦，就听到了门外有轻轻的叩击声。她一下就惊醒了，尖起耳朵，听到叩门声在继续，还伴随着朱见深轻轻的说话声：“贞儿，是朕。”

万贞儿犹豫了半天，想了想，还是装睡。

“贞儿，快开门吧，朕夜里实在是睡不着，就想来看看你。”朱见深在门外低声说。

想了想，借着窗扉外清亮的月色，万贞儿起身站在门边说：“皇上请回吧，夜深人静的，不要叨扰了别人的好梦。贞儿只是一介宫婢，不值得皇上挂念。

如此良辰美景，皇上该陪伴在后宫有名分的佳人身边的。”

门外传来一声叹息，朱见深低声说：“贞儿，你真的不开门？”

“皇上，您就请回吧。贞儿不能开。”万贞儿硬起心肠说，虽然她心里也是渴望见到他的。

门外叹息了一声，随后脚步声就远去了。

大婚第五日、第六日的晚上，皇上依然是宿在乾清宫，侍寝的是黄蕊和绿萼两位司寝、司帐宫女。

大婚第八日、第九日，皇上分别去的是王德妃和柏贤妃宫里。

大婚第十日，皇上宿在乾清宫，侍寝的是黄蕊。第二天，皇上宣旨，黄蕊由从八品更衣晋封为从七品选侍，绿萼由没品的宫女晋升为正八品采女，两人都是连升两级。这是朱见深大婚后首次亲自下旨册封后宫宫人为嫔妃。

大婚第十一日，皇上下朝后，叫上乾清宫总管太监怀恩、副总管太监覃包、小太监小敏子和小魏子，还有万贞儿和乔韵儿、冬雪、小萝、夏露、秋水等几个宫女在御花园里扮官兵捉强盗的游戏。

怀恩公公穿戴着巡抚的官服，下巴上粘贴了长长的假胡须扮断案的巡抚大人。小敏子、小魏子穿着夜行衣，蒙着黑面纱扮身手敏捷的夜行贼。夏露和秋水扮家中失窃的老妪，冬雪和小萝扮击鼓鸣冤告状的民女。万贞儿和乔韵儿则女扮男装，扮御前带刀侍卫，威风凛凛地走在前面为皇上出行开路。

朱见深看着他们一行换装易容后的扮相，哈哈大笑，说：“怀公公的巡抚扮相最滑稽；小敏子的强盗扮相像猴子；夏露的老妪扮相太年轻了；小萝的民女穿戴得太华丽，倒像是富家千金。朕最喜欢的还是万侍长扮的带刀侍卫，威武而英气，一人足可抵挡千军万马，当得起‘万侍长’这个称谓。有万侍长在身边，朕才觉得心里安全、平和。”

万贞儿只得叩头作揖谢恩说：“奴婢万贞儿叩谢皇上抬爱！佑护皇上是奴婢应该恪守的本分和职责。”万贞儿一叩谢，其他的人也跟着叩头谢恩。

朱见深说：“都平身起来吧。本来就是好玩的事，搞得太正式了就不好玩了。”

朱见深还嫌不过瘾，还夺过小敏子的夜行衣和面纱穿戴在龙袍外面，自己也要亲自扮一回强盗。大家嘻嘻哈哈闹到晚膳时分才罢。

第二日早膳后，万贞儿和怀恩被周太后叫去清宁宫询问了昨日宫女太监和皇上假扮官兵捉强盗的事情。

周太后嘱咐怀恩和万贞儿说："小皇帝新登基，全国的臣民都在看着，你们作为皇上身边的近侍，不要怂恿他胡闹和耽于玩乐，要保持天子治理天下的威仪。"怀恩和万贞儿都答应称是。

从清宁宫退出来后，怀恩对万贞儿说："万侍长，看来今后咱们不能答应皇上再玩这种有失皇家威仪的游戏了。"万贞儿亦点头称是。

万贞儿刚回到乾清宫，坤宁宫的掌事宫女新橙就来叫她："万贞儿，咱们皇后娘娘叫你去坤宁宫走一趟。"

万贞儿因为入宫时间长，又是皇上身边的老人，宫内的宫女太监一般都称呼她"万姑姑"或"万侍长"，像新橙这么直呼其名的还真不多见。万贞儿不由心想：咱们新册封的皇后娘娘果然不同凡响，连身边的宫女都如此威势。

岂不料她这一去，从此就卷入了一场你死我活的纷争。

第十七章

嫉恨难消吴后臀杖

万贞儿跟着新橙来到吴皇后居住的坤宁宫，坤宁宫内处处显示着一派新婚大喜的华丽富贵场面。小喜儿和小苏儿在正殿外垂手侍立。

殿内，十六岁的新婚皇后吴月如穿戴着凤冠霞帔的皇后朝服端坐在凤椅上，身后有数名宫娥为她打扇，殿内镇着冰块，吹着风轮，倒也不觉得暑气逼人。

虽然皇后的朝服很威严，但吴皇后毕竟只有十六岁，极力紧绷的小脸上还是显示出了稚气。这是万贞儿第一次和吴皇后正面相对。吴月如虽然入宫已三年，但正式被册立为皇后才不过十几日。

万贞儿看着她凤冠下年轻的脸庞，不由想，还真是年轻啊，自己足足比她年长了一倍还多。万贞儿想起自己第一次见到窦如海那年也是十六岁，“和羞走，倚门回首，却把青梅嗅”。她万贞儿十六岁那年，也是豆蔻年华的青春少女来着。

“还不叩见皇后娘娘？也要和黄蕊、绿萼这两个贱人一样以下犯上吗？”身后新橙的声音冷冷说道。万贞儿一瞥眼，却见黄蕊和绿萼已先她直挺挺地跪在金砖上。

万贞儿不由一怔，急忙行三叩九拜的正式大礼，这毕竟是她第一次参见新册封的皇后娘娘。

“奴婢万贞儿叩见皇后娘娘，恭祝皇后娘娘凤体安康。”万贞儿匍匐在金砖上深深叩头，不敢抬眼。半晌才听到一个清脆却故作威严的声音：“抬起头来，让本宫好好看看。”

万贞儿只得抬起头，迎面碰上吴皇后锋利的目光。吴皇后直直地盯着万贞儿看了一会儿，才问：“你今年多大了？”

“回禀皇后娘娘，奴婢今年虚岁三十五。”

“哦，都三十五岁了？”吴皇后怪笑一声，“那你只比我娘小一岁呢！虽然打扮得还不错，看不出有三十多岁，但毕竟也是半老徐娘了，年龄摆在那里呢，装扮得这么娇嫩给谁看哪？听说你还女扮男装假扮侍卫哄骗皇上，让皇上说最喜欢你，一把年纪了也不知道自重！和黄蕊、绿萼这两个贱婢沆瀣一气，一味地狐媚皇上！”

果真传言不假。新婚的吴皇后并不讨皇上喜欢，皇上大婚后宿在她宫里不超过三宿，御幸她的次数还不及黄蕊和绿萼两个位分低微的选侍和采女，被传为后宫的笑柄。这不，还在新婚燕尔期的吴皇后打翻了醋坛子，要寻隙滋事了。

只是万贞儿自从当了皇上身边的侍卫长以后，还从不曾让人如此当面羞辱过，万贞儿当时就涨红了脸，耳根滚烫，心里羞愧得几乎要一头碰死。她虽然是三十多岁，年纪是半老徐娘的年纪，但外貌的确显得年轻，在旁人眼里，也不逊色于二八佳人。但在吴皇后嘴里，她却被说成为老不尊，举止轻浮，还有存心勾引皇上之嫌。

想吴皇后大婚那夜，皇上半夜跑出坤宁宫来敏思堂找万贞儿之举恐怕已传到皇后耳朵里。年轻的皇后心里恐怕对万贞儿和黄蕊、绿萼之流恨之入骨吧，因为她们这几个被她视为贱婢的地位低微的女子夺了她作为中宫皇后的宠爱。万贞儿早就耳闻这个吴皇后仰仗家族势力为人骄横尖酸，如果不是她家里拿钱贿赂牛玉和其他大臣，她又如何当得上这个皇后？

万贞儿心想，我入宫三十年，什么风雨阵仗没有见过？我把朱见深从一个奶娃娃看管照拂成了一个年轻皇上，这十五年的风雨历程岂是三言两语可以尽诉的？为了皇上，我甚至放弃了自己的个人幸福，我的窦如海甚至为此失踪，我的付出和牺牲岂是吴月如你一个十几岁的小妮子能轻易抹杀的？

万贞儿心里思忖着：当年孙太后在世时也不得不仰仗我，现在的周太后当年也是一心巴结笼络我的，现在如何又轮得到吴月如你这个不知深浅的黄毛丫头无故寻隙来教训我？我的去留是皇上也非常介意的事情，我和深儿多年积累的感情又岂是你所能横加指责的？哪怕你是所谓的皇后！不知人世险恶的小丫头，自以为可以以势压人，也未免太小瞧了我万贞儿。我若真的有心狐媚皇上，只怕你这个皇后后位也将不保！

想到这里，万贞儿骨子里一股历来不服输的脾气直冲脑门，她不动声色地回敬说："奴婢听闻皇后娘娘也是出身名门功臣之后，年纪不大，也才是新婚，应该还是羞涩稳重举止端庄的大家闺秀，不料说出的话比那些没识过字读过书的乡野村妇还要粗俗。奴婢自幼入宫，也熟知宫中礼仪，当年有幸蒙圣烈皇太后青睐选中服侍年幼的太子，一直勤谨小心，算来到如今也有十五年了，连当今周太后也是夸赞过奴婢的勤谨的。奴婢的穿着打扮、言行举止多年来如此，并没有存心勾引皇上之举。皇上也一直敬重奴婢多年来的抚育教引之恩，从未视奴婢为轻浮浪荡之徒。皇后娘娘您入主中宫也才不过区区十数日，何以断定奴婢就有蓄意狐媚皇上之举？"

听到万贞儿长篇大论地反驳皇后，一直伏在金砖上不敢动的黄蕊和绿萼也趁机喊冤为自己申诉："皇后娘娘明鉴！嫔妾也并没有存心勾引狐媚皇上！"

"大胆！竟敢顶撞皇后娘娘！"皇后旁边的掌事宫女新橙大声呵斥道。

"奴婢不敢顶撞皇后娘娘。奴婢只是陈述事实。"万贞儿依旧不卑不亢地说。

"好你个万贞儿！早就有人在本宫面前状告你依仗多年服侍皇上的老资格在宫里为所欲为！今天本宫总算见识了你这贱人的一张利嘴！你还抬出两位太后来压制我，本宫现在就告诉你，本宫才是这后宫的一宫之主！钱母后和周母后也不会袒护你们这几个巧言令色、媚惑皇上的贱人的！本宫今日就要行使中宫皇后的职权，责罚你们这帮贱婢，以儆效尤，为后宫从此树立清正之气！来人，臀杖贱人万氏、黄氏、雷氏各五十大板！"吴皇后一声怒喝。

万贞儿一听，不由又羞又怒。臀杖是被人扒下外裙和内裤，露出两瓣白花花的屁股被粗大的毛竹杖一下下狠狠地抽打。光天化日众目睽睽之下脱衣露肉被杖责，这是后宫对宫人最羞辱的一种责罚。

万贞儿入宫三十年，经历了宣德、正统、景泰、天顺、成化五朝帝王，在后宫也历经了张太后、胡皇后、孙皇后、钱皇后、汪皇后、杭皇后、周太后等历代女主，除了当小宫女受训时被教引嬷嬷和姑姑责罚过，还从未遭受如此奇耻大辱，就连当年骄奢的杭皇后也未下令用臀杖之刑责罚过宫人。想不到，这个十六岁的才当了几天皇后的吴月如竟然能够做出如此狠毒之事。看来，万贞儿今日落在她手里，只是受苦受难的开始，以后还有的是好果子吃。万贞儿无奈地闭上了眼睛，这时，谁能救她？

万贞儿被拖到了殿外的刑凳上，被行刑太监粗鲁地一把褪下裙裤，毛竹杖一下下打在她裸露的屁股上，痛彻入骨，但更羞耻的是内心，真是奇耻大辱！“吴月如，我万贞儿从此和你势不两立！”万贞儿在心里狠狠地说。

只被打了十来下，黄蕊和绿萼就杀猪般地大叫：“皇后娘娘，饶了嫔妾吧！嫔妾以后再也不敢接近皇上了！”

万贞儿咬紧牙关，拼命忍住不让自己叫出来，牙齿几乎嵌进了唇肉里。只听得宽大的竹杖打在自己的屁股上噗噗作响，已经不觉得疼了，许是已经皮开肉绽，痛得麻木了。

昏迷中，万贞儿听到旁边有人冷笑说：“那两个贱人讨饶了，就你还一声不吭，还蛮硬气的嘛。那就继续打，打到向本宫讨饶为止！”是吴皇后冷酷的声音。

“深儿，救我！救救你的贞儿姑姑！”万贞儿终于支持不住，在心里发出一声绝望的呼喊，然后就晕死过去，人事不省。

当万贞儿悠悠醒转时，窗外已经黑了，室内亮起了灯盏。

万贞儿俯卧在寝榻的楠竹凉席上，听到乔韵儿的声音：“我的老天，打得这样狠！这里的皮肉竟然没有一丝完好之处，如今天气这么热，这金疮药一涂抹上去都化了，不晓得以后会不会留下疤痕。”她在给万贞儿抹药。

“幸亏不是打在脸上，不然可不就是毁容破相了？”这是小萝的声音。

“韵儿，我伤得怎样？”万贞儿虚弱地问。

“贞儿姐姐，你终于醒了？哎呀，醒了，性命就是无忧了！”乔韵儿很是欣喜，接着说，“当坤宁宫来人叫我们把你给抬回来时，可把我们给吓坏了！你去时还是好好的，回来却是浑身血污，像死人一样。还有黄蕊和绿萼，也是半死不活的，怪吓人的。好在两宫太后知道后，马上就命太医给你们三个加以诊治。太医说了，你的只是皮外伤，没伤及骨头，应该不会有大碍的。但黄蕊和绿萼就伤得比你重，搞得不好就会落下残疾。”

“是啊，宫正司行刑的太监私下告诉我，皇后是让他们把你们三个往死里狠狠地打。但这些小太监晓得贞儿姑姑你是皇上身边一等一重要的人，可不敢把你打出什么毛病来，不然皇上怪罪下来，可担待不起，所以手下就留了些劲，但黄蕊和绿萼可就说不准了。皇后说，她们两个自以为长得好，生就一副妖狐相，就是要把她们打成残花败柳，给那些还妄想着勾引皇上的贱婢一个下马威。这是坤宁宫里的小喜儿公公转述的皇后说的原话。”小萝也说。

“人无伤虎意，虎有害人心！从今往后，我可得小心应付了。”万贞儿自语道，“皇上可知道这件事了？”

“皇上今儿一早就出城狩猎去了，怀恩和小敏子跟去的。现在还没回来，今夜只怕宿在宫外的行宫也说不定。不过覃包公公已经知晓这件事了，他已经吩咐锦衣卫快马加鞭出宫向皇上汇报这件事去了。”小萝回答说。

“皇上或许还不知道，但两宫太后都已经知道这件事了。晚膳前，慈懿太后已经来看过你了，不过你那时还没醒。太后吩咐太医用最好的药来医治你们。太后也说，纵使你们有错，但也错不至死，都是在皇上身边侍候的人，稍加惩罚以示警戒就行了，犯不着把人往死里打。慈懿太后也说，皇后这次做得过头了，虽然是杀一儆百，想树立新皇后的威信，但下手狠了点儿，有失中宫温柔敦厚、母仪天下的风范。”乔韵儿伶牙俐齿地说。

“是慈懿钱太后先来看我的，而不是周太后来看我，说的这些话？”万贞儿有些不相信地问。

万贞儿觉得自己和钱太后向来没什么交往，倒是和周太后素来亲厚，当初孙太后把太子托付给叶菊心和万贞儿，当年的周贤妃也是对她俩感激不尽的。今日万贞儿被打成这样，如今的周太后竟然也不来看望抚慰一下，倒是素来没什么交情的钱太后来了，还说了一番公正的话。

难道真如传言所说，周太后是偏向吴皇后的？当初三位淑女选妃，钱太后倾向王淑女，说她性情温婉平和堪做中宫表率，而周太后就偏唱反调，倾向用财势收买人心的吴月如。周太后一直在暗中和钱太后较劲。

钱皇后一直没有生育。正统皇帝朱祁镇复辟后，重新立后，周贵妃想母以子贵当上皇后。她的亲信太监夏时拉拢大臣说：“钱氏无子且又跛又瞎，不配位居中宫。贵妃娘娘年轻貌美且为皇上生下了太子见深、崇简王见泽还有重庆公主，当位居中宫。”

但朱祁镇深感元配钱皇后贤良淑德，对自己情真意切，为了营救自己倾尽坤宁宫的资财，甚至不爱惜自己的容颜和身体健康日夜为自己祈祷平安，这份情意不是那些仗着年轻美貌和子嗣整日算计争宠的嫔妃所能比拟的，所以哪怕钱氏无子又残疾，依旧立她为中宫皇后，让周贵妃踌躇满志的打算落了空。

朱祁镇曾对人说：“钱皇后无貌无子，也从不为娘家人争夺权势，但她有的是一颗心，一颗对朕无悔付出不求回报的真心。所以朕也自当以真心相待，所以朕命大学士李贤记下朕的遗言：‘钱皇后千秋万岁后，与朕同葬！’”

万贞儿虽然和钱太后接触不多，但也听说过她不少深明大义的事迹，也不愧先帝一直那么爱敬她。她比宣德帝当年的胡皇后可幸运多了，胡皇后当年因为无子只生了两位公主而被迫逊位给孙贵妃。所以孙太后薨逝后，钱皇后也力主为胡废后恢复皇后位号，修复陵寝，当也是物伤其类，为自己身后事早做打算吧。不管怎样，钱太后的为人处世有母仪天下的大家风范，还是值得敬重的。

“周太后宫里的青鸾说，太后晚膳过后再亲自来探视。”乔韵儿说。

说话间，周太后果真就由夏时和青鸾搀扶着进来了。

乔韵儿和小萝给太后请安，万贞儿也挣扎着要起身，说：“奴婢万贞儿拜见太后。”乔韵儿和小萝忙扶住她。

周太后说：“免礼，你现在受着伤，就不必行礼了。”

“太后，皇后今日对奴婢臀杖的责罚，让奴婢在大庭广众之下赤身露肉，奴婢心里觉得实在是冤屈和羞辱！奴婢当年奉圣烈太后之命服侍皇上，也是皇上身边的老人了，这十几年来，奴婢是怎样的人，太后您应该也是知道的！太后圣明，还请太后为奴婢做主！不然奴婢这张老脸也不知道往哪儿搁了，奴婢在这个宫里也混不下去了！”万贞儿伤心不已地说着，泣然涕下。

“贞儿，哀家也晓得今日是委屈你了。皇后新立，她也想好好整饬一下后宫秩序。只是过于严苛了一点儿，哀家也会好好跟她说的。今日之事，还请贞儿你多担待。”周太后说。

万贞儿听出她言下之意是偏袒吴皇后的，还不及钱太后公正中立。万贞儿心里的失望是很明显的，她原以为看在相识多年的情分上，周太后会帮自己说话的，至少不会明显地偏向吴皇后。

但看情形并非如此。看来万贞儿想依靠太后为自己申诉冤屈是很难了。周太后既然有心偏袒吴皇后，那么钱太后想来也不至于为了她们三个位分低微的宫人与周太后、吴皇后公开唱反调了。那么她们今日所受的委屈和羞辱难道就白受了？

“不能！如果今日之事我忍辱偷生的话，以吴氏手段之毒辣，保不定日后就会命丧她手！这一次和吴氏的正面交锋，不进则退，要么我任她宰割，要么我不甘受辱，奋起反击！如今能帮我救我的，唯有一人了。”目送着周太后一行人走出殿门的背影，万贞儿在心里对自己说。

这一晚，万贞儿没见到皇上朱见深的身影，乔韵儿和冬雪她们又为她涂抹了几次金疮药。在肉身的痛楚和精神的困顿中，万贞儿醒了又睡，睡了又醒，眼泪不觉间浸湿了枕巾，她心里一遍遍地谋划和筹算着。

第十八章

联手反击吴后被废

翌日一早，太医来诊视过一次，又开了一些外敷内服的方子，乔韵儿她们接过，立即去熬煎。

万贞儿没有胃口，只喝了一碗百合绿豆汤解暑。冬雪来告知，黄蕊伤得很重，只怕腿骨被打折了，以后走路都得一瘸一拐的了。绿萼也伤得不轻，得在床上躺好几个月。相比之下，万贞儿伤得还算是轻的。但人若为刀俎，我则为鱼肉，她知道自己绝对不能束手就擒。

太医刚走，王德妃宫里的掌事宫女彩蝶来了。彩蝶托着一瓶绿莹莹的膏药，说："听说万姑姑被杖责，我们德妃娘娘那儿有祖传的专治棒伤的特效膏药'回春膏'，我们娘娘命奴婢拿一瓶来给万姑姑试用。若见效，我们娘娘那儿还有。我们娘娘问候万姑姑，祝愿姑姑早日康复。"

"好个伶俐的丫头！韵儿，看赏！"万贞儿高声说。乔韵儿会意，挑了一份丰厚的礼品赏给彩蝶。

万贞儿说："让德妃娘娘费心了！告诉你们娘娘，万贞儿伤愈后自当亲自登门道谢！"

"谢谢万姑姑的赏赐！奴婢这就回去回禀我们娘娘。"彩蝶轻盈而去。

万贞儿心想，王德妃虽然出身小门小户，但为人行事却颇敦厚大方，有大家闺秀之风。让她来当皇后，也比那个虽然出身名门但心胸狭窄狠毒的吴氏要服众。今日王德妃并不因吴皇后责罚她而唯恐避之不及，反而落落大方地来送药，以示友好。看来王德妃并不畏惧吴皇后，万贞儿觉得自己今后可以和王德妃多走动。

还没到晌午，万贞儿正在迷迷糊糊之时，只听得帘子响，一阵急促的脚步声传来，就听得皇上朱见深的声音："贞儿，朕来迟了！"

"皇上！贞儿只当再也见不到你了！"万贞儿的眼泪扑簌而下。朱见深的声音和语气让她有一种盼望已久的温暖感，她的眼泪委屈地流个不停。

"朕在紫禁城外的行宫半夜听到锦衣卫的奏报，说皇后杖责处置了三个宫人，朕一听到有你的名字在里面就急得不行，只想连夜赶回来，被怀恩公公劝阻住了，说深夜起驾不安全。朕一早赶路回城，刚进东华门，就被众大臣拦住，说有要事禀奏，朕只得先上了早朝。早朝一散，朕就赶着过来看你了。"朱见深示意寝殿里的宫人都出去后，亲手揽起万贞儿的衣衫，关切之情溢于言表，"伤得可严重？让朕看看。"

"皇上，贞儿的伤还不是最严重的，黄蕊和绿萼的伤比贞儿的还要严重。只是贞儿的身体，此生除了父母之外，也只有皇上您看到过。如今吴皇后却不顾贞儿的脸面，让贞儿众目睽睽之下脱衣露肉接受臀杖，贞儿身上的伤可愈，但心里的伤只怕今生难以愈合了！"万贞儿说得很严重，哭得梨花带雨。她这还是第一次在朱见深面前露出楚楚可怜的姿态，由不得不激起小皇上的怜爱之心。

现在，万贞儿能指望为自己讨回公道的也只有皇上了。她在心里恨恨地说："吴月如，此前因顾忌种种，我才故意疏远和拒绝皇上的垂爱，也压抑自己的感情，既然你指责我有意狐媚皇上还大加杖责，那我万贞儿也就不能枉担了这个虚名！从此还就要真的狐媚皇上了！若我万贞儿早一点儿狐媚皇上，又岂能容你如此气焰嚣张？又岂能挨了这顿杖责和羞辱？我现在就要和你赌一把，哪怕你是六宫之主的皇后，我万贞儿也可以把你拉下马。咱们就走着瞧！"

朱见深小心地揭开万贞儿背上覆着的薄纱，一看之下，不由皱起了眉头，厉声喝道："这个恶妇，竟然敢下如此毒手！把朕的贞儿细皮嫩肉如美玉一般的肌肤给糟蹋成这个样子，朕看着如何不心疼？这个贱妇，谁给她如此大的胆子？竟然敢责打羞辱朕心爱的女人！羞辱朕心爱的女人，就是羞辱朕！反了她了！朕非废了她不可！”

万贞儿一听，正中下怀，她要的就是这句话。万贞儿继续说：“慈懿太后和太后都已经来看过贞儿，王德妃还差亲信宫女送来了治棒伤的祖传秘方。德妃娘娘行事公正大方，堪做中宫表率，若德妃娘娘为中宫皇后，也是后宫奴婢们的福分。贞儿福薄，今生只是为奴为婢的命，若能摊上一个心地仁慈的中宫主子，不似吴皇后那般心胸狭窄手段狠辣，贞儿也就能保全性命了！”说着，她再次怆然泣下。

“贞儿，有朕在你身边，看谁敢欺负你！你是朕的贞儿！朕是你的深儿！朕小的时候，都是你来保护朕，戎装侍立，给了深儿不少安全感。如今深儿大了，可以保护贞儿你了。贞儿你以前一直是一副能干硬气的样子，很少有现在这样柔弱无助的样子，真叫朕心疼！贞儿，你放心，朕一定会废了那个毒妇吴氏，只要你愿意，朕就立你为皇后，册封你为后宫之主，看谁还敢欺负你！”朱见深爱怜地把万贞儿拥在怀里说。

“谢皇上隆恩！谢深儿垂爱！贞儿自知出身低微，蒲柳之质，又比皇上大许多岁，贞儿不敢求什么皇后之位，只愿今生能够一直侍奉在我的深儿身边就知足了。贞儿以前心里有顾忌，所以一直不敢接受皇上的垂爱。从今日起，贞儿再也不管那么多了，只想和皇上一直待在一起，再也不分开！贞儿现在明白了，只有皇上才能保护贞儿免受欺负，因为贞儿是皇上的女人。”万贞儿楚楚动人地说。

“贞儿，你的心终于开始偏向朕这边了，朕终于能拥有你的人也能拥有你的心了，朕心里真的好高兴！前一向，你一再拒绝朕的亲近，朕心里着实郁闷，所以只得找黄蕊、绿萼她们发泄。朕心里并不是真的喜欢黄蕊、绿萼她们，但她们两个总还有活泼的一面，能够为朕解闷，不似王德妃和柏贤妃一本正经的样子。朕最讨厌的就是吴氏，在朕的面前也盛气凌人、矫揉造作，可想而知在你们面前是如何骄横了！朕今天非把这个恶妇废了不可！朕当然想立你为皇后，但如果母后大臣们阻止，朕就先封你为妃。先帝的樊顺妃就是先例，想来大臣和母后们也阻止不了。既然你对王德妃印象还好，那么朕就废吴氏，立王氏为新后，以后再相机行事。”朱见深一迭声兴高采烈地说。

“皇上，贞儿今后的人和心都属于皇上了。只是立贞儿为妃之事，还宜缓行。吴氏的事不处理好，贞儿在宫内难以抬头做人。”万贞儿说完这句话，心里对窦如海说了一声：“对不起，如海哥，贞儿为了今后能够在宫里更好地活命，不得不背叛我们之前的誓约了。请你原谅贞儿，若你已不在人世，愿你在天之灵能够保佑贞儿一生平安；若今生你还在人世，将来若现身，只要你不嫌弃，贞儿必定随你而去。”

“你放心，贞儿，你是朕最心爱的女人，朕必定不会让你受委屈的。”朱见深拥着万贞儿说。

万贞儿伏在朱见深清癯却有力的肩头，恍惚看到寝殿外有一个蓝色裙摆的人影一闪就不见了，是韵儿还是冬雪？万贞儿心里狐疑地想。她这次并没有像以前那样特意小心避开其他宫人的耳目，因为从现在起，她立志做一个皇上身边的宠妃，以更好地保全自己和家人。

万贞儿知道朱见深爱她，其实她也是爱着朱见深的。虽然窦如海是先入为主，是她的初恋情郎，但她和深儿这十五年来的朝夕相处、相依为命、不离不弃，他们俩已经把自己的一切都投入、镶嵌进了彼此的生活和生命之中。

如今朱见深的中宫皇后吴月如视她为眼中钉，欲拔之而后快，她不得不奋起反击。

朱见深开始对两宫太后试议废后之事。周太后表示反对，说吴氏是先帝拟定的皇后人选，况且也没有什么大过失，不能说废就废。钱太后也不赞同立即废后，说皇后虽有过失，责罚宫人过于严苛，但也罪不至废，可以暂时褫夺管理六宫的职权，以观后效，冷却一段时间再做定夺也不迟。

朱见深却是铁了心要废后，只是碍于两宫太后是自己的母后，不能硬性违背母命，遂来问计于万贞儿。万贞儿知道这次是扳倒吴月如的绝佳机会，失去了这次机会，下次只怕就是吴月如要来置她于死地了。

于是万贞儿对朱见深说：“贞儿听说先帝当年拟定王淑女为东宫太子正妃人选，两宫太后也觉得王淑女文静娴雅、谦逊礼下，是未来中宫的合适人选。但是吴氏自恃是功臣之后，家境殷实，就贿赂负责选妃事宜的司礼监掌印太监牛玉公公和一些大臣，让牛玉在两宫太后面前帮吴氏说话，以至于太后也倾向于吴氏了。所以吴氏并非是先帝拟定的皇后人选。皇上如若不信的话，还尽可以去问后宫诸人和各位大臣，看王氏和吴氏哪一个被择选为中宫之位的呼声更高。”

“贞儿说的话，朕焉有不信之理？朕现在心里有主意了。贞儿，你就等着瞧吧。”朱见深终于打定主意了。

数日之后，皇上颁下了一道诏书晓谕前廷后宫：“先帝为朕简求贤淑，已定王氏，育于别宫待期。太监牛玉辄以选退吴氏于太后前复选。册立礼成之后，朕见其举动轻佻，礼度率略，德不称位，因察其实，始知非预立者。用是不得已，请命太后，废吴氏别宫。”

诏书颁布后，吴废后迁出坤宁宫，幽居紫禁城偏僻的西苑别宫。西苑就是当年景泰帝被废为郕王后幽囚暴薨之处。吴氏之父吴俊被罢职流放，舅父怀宁侯孙镗被罢官赋闲在家。曾经显赫和神气的吴氏家族也受到了吴皇后被废的牵连和波及。

王德妃被皇上下旨册封为中宫皇后，从长宁宫迁居坤宁宫。被吴氏贿赂营私舞弊的司礼监掌印太监牛玉被罚往孝陵种菜并为先帝守灵。

吴月如被册封为皇后不足一月就被废，宫内以往对吴氏骄横不满的人无不拍手称快。

吴月如跑到周太后宫里哭诉，周太后也无可奈何地说：“皇上这次决心已定，哀家也劝服不了。你这次行事也有些贸然，下手也狠了一点儿。哀家也晓得你刚大婚就不受宠爱所以心里有气，其实略施惩戒也就行了，但黄选侍都被你打残了。那个万贞儿是皇上身边的老人了，是当年孙母后派去服侍皇上的，对皇上也算是忠心耿耿，皇上特别信赖她。连孙母后和哀家当年也很倚重她，对她算是另眼相看。你却贸然对她下手，俗话说，打狗还要看主人呢。你对她们用臀杖之刑，失的不仅是她们的脸面，失的也是皇家的脸面。怎么说，她们都是皇上身边的女人呢。身为中宫，就要有容人之量，不能逞一时之快，否则怎么能驾驭后宫，让众人心服口服？在这方面，德妃的确比你强，论做人这方面，德妃的确比你更适合位居中宫。”

连周太后也说王婉柔比吴月如更适合当皇后，吴氏自然无话可说，只得嘤嘤哭泣。

周太后兴致来了，继续滔滔不绝地说下去：“我大明从洪武帝的马皇后开始，到永乐帝的徐皇后，洪熙帝的张皇后，宣德帝的胡皇后、孙皇后以至景泰帝的汪皇后和先帝的钱皇后，哪一朝的皇后不是以贤良谦逊礼下著称？所以，做我朝的皇后，可以无才无貌，却不可无德。今日你既已被废，暂时却也无法可想。想来皇上必是不愿再看到你，你若哭闹不休，反而引得他更加厌恶你。你且先去别宫住着，静待事情的发展，或许今后形势会有转圜的余地也说不好。宣德帝的胡皇后、景泰帝的汪皇后都曾被废过，后来还不是被恢复名号了，所以事情还没到最糟糕的那一步，你今后做人行事小心谨慎一点儿，哀家还是能保你一生平安的。”

周太后这一番话说得可谓是推心置腹、入情入理，吴月如无法反驳，也无法可想，只得哭哭啼啼地迁居西苑冷宫。

周太后对吴月如说的这番长篇大论，万贞儿后来也知道了。是太后身边的亲信宫女青鸾说给小萝听，小萝再转述给万贞儿的。青鸾和小萝两个是姨表姐妹，先后入宫，两人在宫里暗地里互通声息，彼此也算是有一个帮衬和照应。

新皇后册封大典举行后的第二天，王婉柔带着亲信宫女和太监亲往万贞儿居住的敏思堂来探视。

“万姐姐有伤在身，千万不要拘礼。”进入万贞儿的寝殿，还不待万贞儿行礼，王皇后就阻止她说，“婉柔前几日托彩蝶送来的回春膏可有疗效？”

王皇后既不称万贞儿为“万姑姑”，也不称万贞儿为“万侍长”，而是称她为“万姐姐”，而且还自称“婉柔”而不是“本宫”，可见待万贞儿是以平辈相称。

王婉柔可真是一个聪明剔透的人，想必她已经和后宫里所有人一样，心里已经清楚，万贞儿目前是皇上心里最重视的女人。皇上为了一个万贞儿甚至可以废去新立的皇后，万贞儿已经成为成化皇帝事实上的宠妃，所以王皇后也很聪明地对万贞儿以嫔妃之礼相待。

万贞儿也暗暗称是，心想像王皇后这样的为人处世，她这个皇后也才会当得长。

万贞儿欠身说：“奴婢万贞儿因有伤在身不能给皇后娘娘请安，还请娘娘宽宥。感谢娘娘费心赐药，药效很好。奴婢身上的伤，在皇上、太后和皇后娘娘您的关照下，太医们用心诊治，现已好了大半，劳烦娘娘挂心了。奴婢上次还对彩蝶说过，待奴婢能下床走动了，就亲去坤宁宫叩谢皇后娘娘。”

万贞儿目前的名分还是乾清宫的内府总管。她阻止了皇上正式封她为妃，因为吴氏才被废，她不想弄得太张扬从而使自己成为众矢之的。前廷后宫目前都认为是她让皇上把吴氏给废掉的，她既不申辩也不否认，保持沉默。

“姐姐太过谦了。婉柔心里明白，婉柔今日能位居中宫，实赖姐姐在皇上面前的美言，妹妹我在此感激不尽！婉柔忝居后位，会立即着手向皇上、太后请示，请求早日议定万姐姐您应该位居的名分，以正宫闱和视听。万姐姐，我们今后就以姐妹相称相待。姐姐您是皇上身边的老人，深得皇上信赖，妹妹还请姐姐今后多多照顾提携。婉柔若今后有不周之处，还请姐姐您多担待，多宽宥，就像自家姐妹一样。”王皇后也只有十七岁的年纪，一番话却是说得老练婉转恳切，滴水不漏，那个泼皮粗俗的吴皇后比她差远了。就凭这一点，她这个皇后也可以长期当下去，起码万贞儿心里是服她的。

“皇后娘娘也太客气了。贞儿出身卑贱，自幼入宫服侍太后和皇上，本未做分外之想。奈何有人欺人太甚，贞儿不做反击的话，就会有性命之虞。贞儿此番作为也只是为了保全自身和家人的性命，无有其他。”万贞儿也推心置腹地说。

“姐姐，妹妹也感同身受。有人娥眉见嫉，恨不得独霸专宠才好，岂料皇上也并不喜欢这样的人。以后我们姐妹互相照应，互相提携，反正都是皇上身边的人，何必你容不得我，我容不得你，大家齐心协力服侍好皇上就是。”王皇后说。

万贞儿会意，说：“后宫若有娘娘您这样有心胸有气度的人位居中宫，那是所有宫人之福。贞儿定当助娘娘一臂之力，打点好后宫的一切。”

“那就说好了，妹妹我既然位居中宫，必然不会亏待姐姐，会为姐姐争取应得的名分的。”王皇后笃定地说。

万贞儿在床上欠了欠身，说：“一切有劳皇后娘娘筹措了。”

第十九章

贞儿上位各方冷对

几日后，王皇后奏请两宫太后和皇上说，乾清宫宫人万氏贞儿多年来尽心侍奉皇上，也深得太后和皇上的喜爱和信赖，臣妾奏请提议册封万氏为后宫嫔妃。

对于王皇后的这一奏请，朱见深自是喜不自禁，大夸皇后贤德，自然准奏。

两宫太后这时已经全然知晓了万贞儿和少年皇帝的宫闱秘事。欲待不准奏，不但是得罪了血气方刚的年轻皇帝，反倒是让王皇后得了便宜卖了乖，于是也只得勉强准奏。钱太后倒也罢了，她原是随和的脾性，只是周太后心里似乎很不舒服。

那日午后，周太后扶着青鸾的手，踏着暑气进了敏思堂。万贞儿欲待下床给太后行礼，她臀部的杖伤这时已经好了大半了。

周太后却挥一挥丝绸朝服那阔大的衣袖，冷冷地说："罢了，免礼。你如今身份贵重，是皇上心尖上的人，连皇后都主动为你请封。这个王皇后果真是比吴氏要贤德多了，吴氏不识时务，把你一顿打，不仅打掉了自己皇后的位置，反而把你打成了皇帝身边的宠妃。这一点，只怕她自己做梦也不会想到吧？就连哀家也没想到，你万贞儿有朝一日竟然会成为小皇帝的宠妃！你原本只是侍候太子的一介宫婢，皇帝可以说是你一手带大的，你的确算得上是一个忠心耿耿、尽职尽责的保姆。只是哀家不知是什么时候你竟然让小皇帝喜欢上了你？还行了男女之事？你可是比小皇帝大十七岁呢！你比哀家也只小几岁吧？”

万贞儿听出了周太后话里很明显的讥讽之意，但她这时也顾不得什么了，她不动声色地回敬说：“奴婢当年奉圣烈太皇太后之命照拂太子，的确是尽心尽力。奴婢后来一再恳请出宫返乡侍奉父母，圣烈太皇太后和太后您一直都没允准。太子一年年长大了，后来发生的一些事情也不是奴婢所能左右和控制的。本来奴婢也没有什么非分之想，只是吴氏的那一顿责罚和羞辱，让奴婢认识到，人无害虎意，虎有伤人心。奴婢后来所做的一切都只是为了保全自己。我若不求自保，早晚会被吴氏害死。在这深宫里，人若不害我，我也不会害人；人若害我，我必会自保。奴婢进宫三十年了，奴婢进宫的年限比太后您进宫的年限还要长几年，宫里什么稀奇古怪的事情没有见过？当年樊氏比先帝年长十三岁，不也是因为在南宫侍奉先帝勤谨而被册封为顺妃吗？还有先帝的刘敬妃，也比先帝年长数岁，先帝还不是一样对敬妃娘娘爱敬礼遇有加？所以奴婢这事，却也算不得是我大明朝的头一例。”

“万贞儿，你果然是很有底气啊！你拿先帝的樊氏和刘氏类比，和皇帝在哀家面前的说辞一样，看来你们事先是串通过了。皇帝是哀家亲生的，哀家自然也希望他过得快活，不忍逆他之意。你若是今后把小皇帝照顾得好，哀家也就睁只眼闭只眼，不去为难你们，也算是回报你当年一直照顾幼年太子的情意了。只是哀家想，孙母后她老人家在天之灵只怕也想不到自己当年给皇孙找的侍女最后竟然成了皇孙的宠妃——她老人家的孙媳妇吧？”周太后有些意味深长地说。

周太后话里满是掩饰不住的鄙夷讥诮之意，万贞儿却不为所动，沉着地应对说：“如果当年孙太皇太后和太后您能允许奴婢出宫的话，那么后来的许多事也就不会发生了。可见人算不如天算，有些事冥冥中自有天意，非人力所能掌控。”

周太后笑笑说：“如果真是天意，那哀家也就无须多言了。人在高处不胜寒，你且好自为之。”

“奴婢谨记太后教诲。”万贞儿在床上欠身施礼。

数日后，皇上正式颁旨，着封乾清宫宫人万贞儿为“如嫔”，取如意吉祥之意，移居昭德宫。

朱见深告诉万贞儿，自己心里是很想封她为贵妃的，但太后们不同意，说万贞儿宫女出身，位分不宜一次晋升过高，得按部就班。万贞儿安慰朱见深说：“深儿，贞儿真的不在意位分，只要深儿心里有我，贞儿就满足了。”

“贞儿，朕的心里到底有没有你，你以后会看到的。朕心里最欣慰的就是贞儿你终于真正成了朕的女人！这是深儿心里多年来的愿望！朕永远都记得十三岁那年，贞儿你说要出宫弃深儿而去，深儿心里当时觉得天都要塌下来了！深儿那时心里就想，如果深儿是你心爱的男人，贞儿你就不会弃深儿而去了！所以从那个时候开始，深儿就想让贞儿成为自己的女人！贞儿，朕问你，你现在心里还在想着别的男人吗？你要说实话！”朱见深很认真地看着万贞儿。

万贞儿心里瞬间滑过窦如海的面孔，但他已经失踪四年了，他的面容在她心里此刻也有些淡漠和模糊了。她也很认真地说：“没有了！一直在贞儿心里的男人就是深儿你啊！”

朱见深孩子般满足地笑了，揽着万贞儿说：“贞儿，给朕生个皇子吧，朕就封他为太子，也就可以名正言顺地封你为皇后了。”

“深儿，皇后不皇后的，贞儿倒不在意。虽然贵为皇后，若不得皇上宠爱，那也不过是一个虚名的皇后。贞儿既已成为皇上的女人，贞儿就想皇上心里一辈子都有贞儿。若是等到贞儿年老色衰了，皇上就不记得贞儿了，只喜欢年轻漂亮的嫔妃去了，如果那样的话，贞儿宁愿不成为皇上的嫔妃，宁愿嫁一个普通男人过着夫妻恩爱的平常日子。”万贞儿也揽着朱见深略显清瘦的腰身说。

“贞儿，你放心。朕虽然是皇上，后宫里也有着十几位嫔妃，朕心里其实也向往着普通平民夫妻的生活，在朕心里，最看重的就是贞儿你。吴氏就不用说了，什么王皇后、柏贤妃朕也没兴趣，朕就想和贞儿你一辈子相亲相爱地过日子。初唐骆宾王有诗云：相怜相念倍相亲，一生一代一双人。这两句诗活脱脱地就是深儿和贞儿两个这一辈子的写照。”朱见深深情地说。

万贞儿的眼睛有些湿润，也说：“陛下，贞儿以前读到骆宾王的这两句诗时，心里就有触动。想不到陛下和贞儿也有同感。”

朱见深很认真地说：“贞儿你在朕眼里，永远都是青春姝丽的。就像深儿第一次见到你那年，十九岁的你是那样的温柔甜美，对深儿是那样的亲切。深儿那时虽然只有两岁，却也对贞儿的美丽温柔印象深刻，那大概就是深儿此生最早的记忆了。后来到了宫外沂王府，贞儿和深儿的相依为命、不离不弃，更是深儿此生最难以忘怀的事情。将来贞儿若是走在了朕前面，朕也绝不会独活，必将追随贞儿而去。”

万贞儿摇摇头，眼中带泪地说：“我生君未生，君生我已老。我恨君生迟，君恨我生早。深儿，贞儿比你早生十几年，比你大了十几岁，贞儿求不了与你同年同月同日生，也求不了与你同年同月同日死，只求能死在你前面。贞儿比你年长许多，肯定是要死在你前面的。贞儿死了之后，你可以再喜欢别的女人，但贞儿在世，贞儿唯愿陛下只喜欢贞儿一人。贞儿知道这也只是一种痴心妄想和苛求，身为九五之尊的皇上，身边肯定会有很多女人，怎么可能只钟情于某一人呢？但贞儿痴愿深儿最喜欢贞儿一人，就像唐明皇对杨贵妃那样。七月七日长生殿，夜半无人私语时。在天愿做比翼鸟，在地愿为连理枝。”万贞儿有些撒娇地依偎在朱见深怀里，此刻，她就把他当做自己终身有靠的夫君。

“会的。贞儿，朕对你的真心，你以后会看到的。”朱见深说。

“那就好。皇上若真心爱护贞儿，贞儿亦会一心一意对待皇上的。”万贞儿亲亲他有着一层毛茸茸胡须的嘴唇说。从今日起，她就用心做一个让皇上宠爱的妃子。既然已经走到了这一步，开弓就没有回头箭了。

万贞儿迁居昭德宫后，王皇后、柏贤妃包括有伤在身的选侍黄蕊和采女绿萼以及聚居寿昌宫的前朝太妃太嫔们都遣亲信宫女来昭德宫向她道贺。

万贞儿对朱见深说：“黄蕊、绿萼和贞儿一样遭了吴氏的臀杖，也受了委屈和羞辱，皇上也该晋一晋她俩的位分，以示抚慰。”

朱见深依言晋黄蕊为才人，晋绿萼为选侍。她们两人知道是万贞儿进言，自是对她感谢不尽。万贞儿也不忘王皇后的主动举荐之恩，对朱见深说：“王皇后颇为贤德，皇上每月亦去她宫中走走坐坐或者留宿，也算是给中宫一个颜面。”

朱见深也依言偶尔去坤宁宫走走坐坐，但甚少留宿。朱见深曾对万贞儿说:“王皇后性格寡淡像块木头,无趣得很,去她宫里留宿还不如去柏贤妃宫里。柏清吟年龄小一些，有时流露出的天真稚气也颇有一番动人之处。”

万贞儿一听，就有些来气了，说:“皇上你以后就常住在柏贤妃宫里吧，臣妾年纪大了，没法天真没法活泼了，吸引不了皇上了。”

朱见深一听，哈哈大笑，搂着万贞儿说：“朕的贞儿终于也有为朕吃醋的一天！你吃醋，就证明你心里是有朕的。朕心里很欣慰，朕向你保证，朕哪里都不去，就只陪着朕的贞儿，希望贞儿早日为朕生下皇子或者公主。”

万贞儿有些担心地说:“贞儿年纪大了,不知道还能不能为皇上诞下龙胎？”

“没问题。樊顺妃四十三岁还为皇考诞育过公主呢。贞儿你比她年轻多了，身体也比她强健多了，朕相信你一定会为朕诞下皇儿的。”朱见深倒显得很有信心。

万贞儿心里暗暗思忖，自己的月信一向不怎么有规律，也该找一位好太医好好调理调理自己的身子了。既然已经当上了皇上的嫔妃，就必须准备着为皇上开枝散叶，绵延子嗣。

后宫的女人，母以子贵，若没有子嗣，皇上的圣眷再浓，也是不牢靠的。胡皇后和汪皇后无子只有公主，后来都被育有皇子的孙贵妃和杭贵妃给夺去了后位。何况万贞儿也知道自己已经过了生育的盛年，趁着皇上的恩宠正浓，是该好好考虑子嗣的事情了。

万贞儿被册封如嫔后，宫里的大小嫔妃、太监、宫女们都已经来昭德宫道过贺，只有两个人没来，一个是废居冷宫的吴氏，一个就是梅林姑姑。

吴氏倒也罢了，万贞儿也不必理睬她，只要她不再闹事，就赏她留着一条命罢了。

只是梅林姑姑，万贞儿受伤后，姑姑到敏思堂来看过她两次。万贞儿迁居昭德宫后，便再也没见过梅林姑姑。

难道姑姑是有意在躲避我？万贞儿心里思忖着。梅林姑姑的回避和漠然，万贞儿心里是很在意的。在她心里，窦如海失踪后，梅林姑姑和乔韵儿就是她的亲人和最信任的人了。

万贞儿能下床走动后，要乔韵儿扶着她去针工局找梅林姑姑。来到针工局的绣坊，只见梅林姑姑正指点着几名年龄尚小的宫女在绣架前刺绣。

见到万贞儿来，梅林愣了一下，然后施礼说：“奴婢梅林拜见如嫔娘娘。”

“姑姑，就叫我贞儿吧。贞儿很久没见到姑姑了，心里很是想念，特来看望姑姑。”万贞儿忙扶起梅林说。

“奴婢感谢如嫔娘娘的挂念。”梅林却还是显得客气而疏远。

“姑姑，咱们去旁屋说说话吧，贞儿有话想和姑姑单独说。”万贞儿说。

梅林依言把万贞儿带到绣坊旁边的偏殿，万贞儿示意乔韵儿守在外面。

万贞儿开门见山地说：“姑姑，你心里是在怪我吧？我没有信守和如海的承诺，现在却成了皇上的嫔妃。”

梅林愣了一下，有些尴尬地说：“我没有怪你。我怎么会怪你呢？海儿都失踪好几年了，很可能已不在人世了，不可能还一直让你独自守着吧？何况你和海儿也并没有明确的婚约。”

梅林停顿了一下，接着说：“我只是没有想到你会成为皇上的妃子。其实，你现在这个结局是最好的，既然已经身在宫里，出不去了，一个宫女最好的结局自然是成为皇上的女人，能成为宠妃是最好。宫女始终只是奴才，宫女能成为主子自然是最好的结局。”

闻听梅林此言，万贞儿不由点头。

“你现在有这样的好归宿，姑姑也为你感到高兴。你迁居昭德宫后，姑姑没有再去看你，只是觉得你是正儿八经的主子了，是一宫主位的娘娘了，姑姑觉得位置高了，距离远了，所以没去看你。还请如嫔娘娘恕罪。”说到最后一句，梅林又显得客气和疏远了。

万贞儿恳切地说：“姑姑，以后不要叫我娘娘，就叫我贞儿。姑姑也是知道的，不是贞儿非要攀龙附凤，而是先前的吴皇后几乎要置贞儿于死地，贞儿若是个懦弱怕事的，此刻只怕早已葬身在吴氏的毒辣手段之下了。在这皇宫大内，若不想沦为鱼肉，就必得是刀俎。贞儿只有依仗这么多年来和皇上的情分，才能把吴氏给扳倒。贞儿手里也只有这一张牌可依仗，那就是这十五年来和皇上朝夕相处的情分。至于最后怎么成了皇上的女人，这个结果也不是贞儿所能掌控的。不仅姑姑你没想到，太后们没有想到，就是连贞儿自己也没有想到。有些事情的发展，有时候真的不是人力所能控制的。”

梅林闻听万贞儿此言，也微微颔首。

“虽然我迁居到昭德宫后，姑姑觉得贞儿位置高了，距离远了，但在贞儿心里，姑姑在这宫里依然是我最亲的亲人，你和韵儿是我最信任的人。贞儿心里就把你当做自己的亲姑姑，把韵儿当做自己的亲妹妹一样看待。希望姑姑日后不要和贞儿疏远了才好。”万贞儿眼泛泪光，动情地说。

梅林点了点头，说：“其实姑姑也是理解你心里的苦处的，姑姑也是打年轻时过来的。你如今这样有出息，姑姑我也为你高兴。你成了娘娘了，那帮奴才知道我和你素日交好，也连带着对我客气多了。所以你是对的，在这深宫里，要想好好地活下去，就得往高处走。何况身为女人，能有一个疼爱自己的夫君，那也是上辈子修来的福气，姑姑还很羡慕你呢。姑姑当初默许你和海儿来往，还不就是希望你们俩彼此相亲，彼此照应，不要留下姑姑年轻时的遗憾。海儿虽然不在了，但看皇上待你极好，姑姑心里也是宽慰的。”

话锋一转，梅林语重心长地说：“只是这世上长情的男人不多，身为皇上还能长情的，那更是古来少见了。贞儿，你年纪比皇上大那么多，虽说皇上现在是宠着你，都听你的，以后可说不好，色衰爱弛的例子古往今来也太多了。贞儿，你也要早为自己筹划好。姑姑这话可能不中听，但真心是为了你好。”

万贞儿握着梅林的手说：“谢谢姑姑，姑姑的话我都会记着的。这宫里真心待贞儿好的人不多，也就两三个而已。姑姑您是一个，皇上是一个，还加上一个韵儿，冬雪和小萝对贞儿也还忠心。所以贞儿也会真心对待你们的。姑姑，你以后有什么要求，只要贞儿能够办到的，贞儿一定竭尽全力！”

“姑姑年纪大了，在宫里是孤老婆子一个，也没别的要求了，只愿娘家人和牛娃哥家里的亲人吃得饱穿得暖有房住就行了。”梅林叹了口气说。

万贞儿举起手抚抚梅林鬓边的几根银丝，说：“姑姑，你放心，你和牛娃的家人也就是贞儿的亲人，贞儿一定会尽力照顾好的。”

“这只玉镯好眼熟。”梅林看到万贞儿高举着的手腕上的墨玉手镯说，“是海儿送给你的那只？这手镯玉质太粗拙了，不适合你如嫔娘娘如今这尊贵的身份，你怎么还戴着？”

“姑姑，贞儿不是一个薄情的人。皇上是待我好，我对皇上也是一片诚心，但如海是进入我生命的第一个男子，贞儿是不会忘记的。如海虽然突然失踪了，但贞儿会继续寻找下去，活要见人，死要见尸。在贞儿心里，如海还一直活着，睹物如睹人，贞儿会一直戴着这只手镯的，不会摘下。”万贞儿坚定地说。

梅林赞许地点点头，说：“好贞儿，海儿若是知晓你的这一片心意，哪怕是在九泉之下也会含笑瞑目的。”

“只是你这镯子，可不要让皇上知道了它真正的来历。皇上若问起，你就说是娘家祖传的旧物，可不能让皇上知晓这是你和别的男人的定情信物。男人也是有嫉妒心的，尤其是一国之尊的帝王，他若觉得龙颜尽失，那就会有大麻烦了。弄得不好，就会出人命。”梅林很认真地说。

“贞儿谨记姑姑的教诲。”万贞儿说。

她恍惚想起好像皇上以前问过她这只镯子的来历，她当时并没对他明说，但好像也没否认。看来以后皇上若问起，她得撒谎说是娘亲送的了。

朱见深即位不到一年，广西就发生了瑶族、壮族等民族的叛乱，军情紧急，考验着这位少年皇帝的治国理政才能。

第二十章

平叛瑶纪氏女入宫

成化元年春，位于广西的大藤峡地区爆发了瑶族人侯大苟领头的瑶族、壮族等民族的叛乱。

大藤峡位于黔江中下游的武宣县至桂平县之间，长百余里，两岸崇山峻岭，江水迅疾。在桂平县碧滩与弩滩间，有藤粗壮如斗，连接两岸，居住当地的人赖以渡江，故称此峡为大藤峡。以其为中心，包括广西东南部的浔州府、梧州府与平乐府西部及柳州府南部的方圆六百余里地方，称为大藤峡地区，这里聚居着瑶族、壮族等少数民族和部分汉人，尤以瑶族人为多。

这里是南蛮不开化之地，在明朝之前的唐、宋、元等朝代皆是以当地的土官治理当地土人，被称为土司制。但是土司制容易形成当地的武装割据，自立为王，不服从朝廷的管束。

明朝从洪武帝朱元璋起就在这一地区实行“改土归流”政策，改土归流是指改土司制为流官制。土司即原夷族的首领，流官由中央朝廷委派。改土归流有利于消除土司制度的落后性，同时加强朝廷对西南地区的控制。

当地土司自是不甘心束手就擒，自洪武年间起，数次爆发暴乱。洪武十九年至二十八年，浔州罗禄山瑶民暴乱；永乐三年，浔、桂、柳三府瑶民暴乱；永乐十三年，胡通四、韦保遵领导的壮民暴乱；宣德四年至七年，覃公领导的暴乱；景泰二年，侯遥二领导的瑶民暴乱；正统年间蓝受式领头的瑶、壮叛乱以及成化初年侯大苟领导的瑶、壮叛乱。侯大苟这次起事规模甚大，几个月间势力就扩展到两广。

成化帝朱见深才登基不足一年，就遇到这样紧急的军情，自是非同小可，好在有顾命大臣李贤、王翱和商辂掌舵把关，朝廷最后议定：委派右佥都御史韩雍、都督同知赵辅等率大军十六万前往平叛。

历经几个月的艰苦战斗，在成化元年的十二月，广西终于传来大捷，叛军近七千人被杀，叛军首领侯大苟被俘杀，叛军中的青壮男子被杀，小孩和年轻女子籍没掖庭为奴。韩雍命人截断江上大藤，改“大藤峡”为“断藤峡”，在其地置武靖州，加强管控。韩雍因此役战功迁左副都御史，提督两广军务。

万贞儿被册封如嫔迁居昭德宫后，成化帝朱见深在太医院物色了治疗妇科最拿手的胡太医为她调理月信和妊娠受孕的时机。朱见深也盼着万贞儿早日受孕，因此几乎夜夜宿在她宫里，这也引起了其他嫔妃的不满，在两宫太后面前密告万贞儿专宠。

两宫太后传唤万贞儿，对她当面加以委婉地训斥。万贞儿当时恭恭敬敬地全盘接受，心里却打定主意：只要皇上不厌弃我，我就专宠到底。我的青春年华已然不长了，趁着皇上还迷恋我，还愿意和我同枕共欢，我得趁早为皇上诞下皇子或者公主，既是为自己固宠，也是为自己的晚年和将来做打算。花无百日红，人无千日好，若将来年老色衰，君王爱弛，唯有子女是我下半生的慰藉和依靠。

周太后见万贞儿依然我行我素，说不动她，就以皇帝的生母身份对自己的皇长子加以训谕：“万贞儿真有那么美貌无比吗？为什么就只她一个人承宠最多？”

朱见深答道：“启禀母后，儿臣从小就患有痖疾，只有贞儿的按摩和抚慰才能让儿臣身体的病痛缓解，精神和心情也觉得安宁和舒适。”

周太后和皇上的这番对话是太后身边的青鸾告诉小萝，小萝再偷偷告诉万贞儿的。万贞儿心里明白，周太后对她专宠是不满的，周太后心里已然后悔当初不该留下这个万贞儿，应该让她早日出宫了吧？但这世上没有后悔药。

当年在宫外沂王府那几年相依为命的岁月已经在朱见深和万贞儿的心里

都刻下了深深的痕迹，谁也忘记不了了。

万贞儿心里知道，她的深儿现在所能做的就是尽可能地保护她，就像她当年保护他一样。而现在的她，成为了他最宠爱的女人，她所能做的就是为他诞下一儿半女，尽可能抵消太后对她的不满，延续自己与深儿之间的宁静和幸福。

胡太医的医术还真不错，只调理了几个月的工夫，万贞儿就于成化元年三月怀上了朱见深的孩子，将于成化二年的正月生产。胡太医见万贞儿已成功受孕，还开了不少保胎之方。万贞儿也胃口大开，每日精致美食吃了不少，体重大增，胎儿在母腹里也一天天长大。

万贞儿怀的是朱见深的第一个孩子，他自是喜不自禁，说："爱妃生的无论是皇子还是公主，朕都会爱如珍宝。"

待万贞儿胎象稳定后，朱见深下令在她所住的昭德宫又新增了不少高档器物，精致豪华可媲美皇后宫中，已远远超越了嫔位所该享用的份例。

万贞儿对朱见深说："这也太张扬了吧？臣妾只是小小嫔位，不该用这样好的东西。"

朱见深说："你一有孕，朕就禀报母后，想晋你为妃，母后说，何不待皇子落地之时，再一并册封为好？朕一想也是，反正几个月后，朕一定会册封你为贵妃，届时你将会移居装饰更豪华更舒适的宫殿，现在这样，只当是提前预热了。何况你是朕第一个有孕的妃子，也配享受这些好东西。你是朕的女人，朕所有的也就是你所有的。"他揽着万贞儿的肩说。

万贞儿心里感动，说："皇上，你待贞儿这样好，贞儿心里都有压力了。万一臣妾生下的是公主而不是皇子，那该如何？"

朱见深抚摸着她隆起的腹部，笑着说："爱妃勿要担忧。贞儿若生下的是小公主，朕会更喜欢。朕会把小公主当做一个小贞儿来抚养。能看到小贞儿一天天长成大贞儿，是朕的赏心乐事。朕从小是贞儿你看着长大的，朕也想看一次小贞儿变成大贞儿的样子。"

万贞儿心里依然是满满的感动。眼前的这个男人，虽然才只有十七岁，比她小了十七岁，但此刻却让她觉得是一个终生的依靠。她把头靠在他的胸前，说："深儿，贞儿感谢你有如此的呵护之心。贞儿也不知道以后会是怎样，但此刻，贞儿觉得很幸福。贞儿衷心希望这种幸福能够延续得久一点儿。”

“会的，一定会的。贞儿你放心。”朱见深紧揽着她说。

几个月以后，广西叛瑶被镇压后的俘虏陆续入京，两位重要的瑶人后裔就要进入紫禁城的后宫了。

成化元年十二月冬至日，寒风凛冽，雪花飞舞。

冬至是朝中的重大节日。由礼部主导，成化帝率领文武大臣在奉天殿举行祭祀天地的大典。后宫，则由王皇后率领众嫔妃在隆禧殿举行祭天地祭祖宗的典礼。万贞儿已经肚大如箩，还有一个月就将临盆，行动不便，因此就在自己宫里养着，没有参加祭祀大礼。

晌午的时候，乔韵儿告诉万贞儿：“娘娘，朝廷对广西叛瑶用兵，大获全胜，俘虏的年轻女子和小孩已经全部到达掖庭，两宫太后和皇后已经把他们分到了后宫各个去处。”

“咱们宫里分到的是一个小太监，听说是瑶族人，才净的身。小孩才五六岁的样子，样子倒是蛮机灵，嘴巴也蛮甜，还蛮讨人喜欢的。”乔韵儿说。

“哦？平时也难得听你夸人夸得这么好的，叫进来让我瞧瞧。”万贞儿说。在乔韵儿和梅林姑姑面前，她仍然自称“我”，并不自称“本宫”。万贞儿觉得在姑姑和韵儿这两个老熟人面前自称“本宫”显得太冷傲和疏远，有一种高高在上的距离感。万贞儿是把她们两个当做亲人看待的，就如同她和皇上独处的时候，他们俩互称“贞儿”和“深儿”一样。

乔韵儿就去把新来的小太监叫了进来，一个儿童穿着崭新的太监服饰给万贞儿叩头说：“奴才汪直拜见如嫔娘娘！恭祝娘娘平安诞下小皇子！”万贞儿一听，不由笑了。这小孩汉话说得并不标准，还卷着舌头，但确实机灵，说话讨喜。

“抬起头来，让本宫好好看看。你是哪里人？几岁了？听说你是瑶人，那怎么会说汉话？你怎么就知道本宫生下的就一定是个小皇子？若本宫生下的是个小公主呢？那你岂不是犯了欺上罔下之罪？”万贞儿故意这么说，看这小太监如何回应。

小太监抬起头，一张小脸倒还长得周正，眉目间透着一股灵气。他并不慌乱，不疾不徐地回答：“回禀娘娘，奴才汪直是广西大藤峡瑶人后裔，今年虚岁六岁。咱们大藤峡瑶、汉杂居，所以奴才自小也会说一些汉话。奴才见娘娘慈眉善目、面相庄严，一看就是有福之人。奴才心里觉得娘娘一定会心想事成的，想要小皇子就会诞下小皇子，想要公主也就一定会诞下小公主。奴才的说法不重要，重要的是娘娘您的想法和愿望。”

万贞儿不由哈哈大笑，觉得这小孩年纪这么小却如此机灵讨喜，让她近日来的莫名烦躁和抑郁减轻了大半。

万贞儿愉悦地说：“韵儿看赏！竖子可教也！你叫汪直？本宫记住了。才六岁，就如此聪明善辩，就跟在本宫身边吧，好好调教的话，将来必有一番作为。看来本宫将来就是诞下公主也不能怪罪于你了，因为按照你的说法，本宫生下公主的话，也是本宫自己想要生的。哈哈，好个能说会道的小嘴！”

“奴才谢娘娘赏赐！希望娘娘今后多教诲奴才，让奴才也能把娘娘的聪明和智慧学得一点点，能把娘娘的福气沾得一点点，奴才这辈子也就受用不尽了。”汪直叩头说。

万贞儿对乔韵儿说：“这小嘴，哪是一个六岁小孩说得出的？比一个六十岁的老人也不差啊！假以时日，这孩子必不同于一般人，会做出一番大事。”

万贞儿再对汪直说：“汪直啊，借你吉言，若本宫日后平安诞下皇子或者公主，本宫都会打赏你的。你先退下吧，今后本宫若闷了，就会传你来说说话，解解乏。”汪直捧了乔韵儿给的一对玉如意的赏赐，乐颠颠地退出去了。

“娘娘，这个汪直够让人稀罕了吧？这次进宫的瑶人俘虏里，还有一个也很出色呢。”乔韵儿对万贞儿说。

“哦？说来听听？还有和这个汪直一样出色的？”万贞儿好奇地问。

“是的，这个人是个女子，至多不过十二三岁的样子，也是瑶人，姓纪，纪苗青，好像是这个名字。她是广西贺县土司的女儿，人长得清秀美丽，又读过诗书通文字能写会画，汉话也说得很流利，皇后娘娘问她什么，她都能对答如流。皇后娘娘也觉得她很不错，就没让她从粗使宫女做起，直接分到内藏文渊阁当女史管理皇家藏书去了。皇后也说，想不到南蛮土著里也有这样可堪担当女史职责的人，从前倒是小瞧他们了。而且，奴婢见过那个纪苗青，眉眼之间倒觉得和娘娘你有几分相似之处呢。”乔韵儿上下打量着万贞儿，说。

“哦？那哪天本宫倒要会会这个贺县土司的女儿了。长到三十多岁，我还从未见过和自己长得有几分相似的女子呢。这个纪氏才十几岁，要像我，也该是像我年轻时的样子了，不会像现在这个大腹便便、肥得像母猪一样的我了。”万贞儿抚着沉甸甸的大肚子，笑着对乔韵儿说。

乔韵儿也不由掩嘴笑了，说：“娘娘惯会说笑。这倒让奴婢想起当年在锦绣坊时，那时的贞儿姐姐也是像现在一样的乐观诙谐，什么事都看得开，什么事都难不倒呢。”

“嗯，那时贞儿是真的年轻啊，也才十几岁，那时还不认识皇上呢。”万贞儿沉浸在往事的回忆里，神往地说，下意识地看了看自己手腕上的玉镯，就是窦如海赠送的那只。

有孕后的万贞儿沉浸在初为人母的喜悦和憧憬里，祈盼着自己和朱见深的第一个孩子能平安降生。她这时还没意识到乔韵儿提起的那个瑶族纪氏女，日后会成为她后宫生涯里的强劲对手。

第二十一章

乐极生悲贞儿丧子

成化二年正月十九日申时，万贞儿足月在昭德宫诞下了成化帝朱见深的皇长子。朱见深自是大喜过望，立刻晋封万贞儿为贵妃，又派出使者到处祭祀祷告山川诸神。

万贞儿也从昭德宫迁居到更豪华更宽敞更舒适的安喜宫，安喜宫是朱见深亲自选取题写的宫名，取“安宁喜乐”之意。

乔韵儿、小萝和汪直也跟随万贞儿来到了安喜宫。万贞儿被册封为如嫔后，韵儿和小萝自愿跟着她做随侍宫女。冬雪、夏露和秋水则依旧留在乾清宫伺候皇上。

万贞儿被册封为贵妃后，皇上又在她住的安喜宫里添了稳婆、奶娘、姑姑、宫女、太监，足有二十多人专门伺候贵妃娘娘和新生的皇长子，安喜宫还增添了一名太监总管段英。

段英曾是成化帝朱见深身边的随侍太监，是万贞儿的诸城老乡，平时对万贞儿也是俯首帖耳、小心殷勤的。因此万贞儿做了一宫主位后，就把段英从乾清宫要了过来，有意栽培他作为自己身边的心腹太监。

增添的二十多人中不少都是新面孔，万贞儿使唤得并不习惯，她最信任的还是乔韵儿、段英和小萝。

乔韵儿是万贞儿多年的旧交，小萝是孙太后当年指派到沂王府的宫女，也一起共事十多年了。当年在沂王府时，小萝就和万贞儿比较亲近，遇事时常向着万贞儿。回宫后，小萝通过她的姨表姐妹周太后身边的亲信宫女青鸾向万贞儿提供了不少私密，万贞儿也开始信任和依靠她。

乔韵儿心直口快、爽朗麻利，而小萝则心思细腻、行事缜密，为人也比较低调。所以有些需要保密的事情，万贞儿怕乔韵儿的大嘴巴不小心说出去，因而总是吩咐小萝悄悄去做。小萝冰雪聪明，也明白万贞儿的意思，完成了也只悄悄告诉一声，从不张扬。这点甚得万贞儿的欣赏。

其实万贞儿最信任、最倚重、也最放心的是梅林姑姑，以前她做什么重大的事情都是和姑姑商量的。但自从万贞儿成为皇上的嫔妃之后，梅林姑姑似乎就有意识地开始疏远和躲避她。虽然万贞儿后来找梅林开诚布公地长谈了一次，算是解开了心结，但两人之间终究不像从前那样推心置腹了。

万贞儿生下皇子后，梅林来看过她一次，还带来了自己亲手缝纫、刺绣、制作的小儿贴身穿的肚兜、衣衫和鞋帽。这些衣物选料上乘，做工精细，虎头虎脑的，既精致又可爱，看得出是花了一番心思的。梅林抱着出生才几天的皇子不撒手，满脸慈爱地逗弄，看得出，她是真心喜欢这个小孩的。

万贞儿趁机恳求梅林说："姑姑，贞儿这边人手虽多，但都是一些新手，贞儿用不惯，也不放心。姑姑，你能不能住到安喜宫来帮贞儿一把，待皇子过了百日，您再回针工局？"

梅林想了一会儿，才说："我也没有生养过，有些事我也不懂。那我就来给你打打下手吧，干干粗活还是可以的。"万贞儿知道这是梅林自谦的话，她只要答应留下来了就会好好干的。万贞儿高兴地吩咐下去，收拾出一间上好的屋子给姑姑住。

万贞儿分了工，梅林姑姑带领奶娘、保姆负责皇子的哺乳和照管；乔韵儿带领教引姑姑和粗使宫女负责伺候自己坐月子；小萝和总管太监段英还有汪直负责迎来送往，招待和接纳前廷、后宫的拜访和贺礼，倒也井井有条。

朱见深每天都要来看望小皇子，抱着他的皇长子高兴地说："皇子的眉眼像贞儿，脸型和口鼻像朕，很好，继承了贞儿和朕的优点。皇儿，父皇一定要好好给你想一个名字。按照高皇帝遗留下来的排行字谱，到皇儿这一辈，应该是祐字辈，第三个字是从木，朕要好好想一想，想一个配得上朕和贞儿生的皇子的名字……”

虚岁十九岁的青年皇帝嘴里喃喃地念叨着，痴痴地凝视着黄色襁褓中皇子酣睡未醒的粉红小脸蛋，像一个大孩子抱着一个小孩子。

万贞儿不顾自己产后虚弱，步履还不稳，蹒跚走过去，满心柔情地搂住他们父子俩，把她的脸贴在朱见深的脸上，凝视着既像自己又像他的皇儿，心想：此生能拥有他们父子俩，吾心足矣！

钱太后和周太后都到安喜宫来探视过皇孙，也赏赐了不少礼物。因为是皇上的皇长子，朝中不少大臣都送了贺礼，后宫的嫔妃也都登门探视他们母子，也送了贺礼。

王皇后告诉万贞儿：“婉柔恭贺贞儿姐姐喜得麟儿！妹妹我正着手准备皇长子的满月寿宴，届时宫中定会好好庆贺一番！”

万贞儿自然是表示感谢，施礼说：“劳烦皇后娘娘费心了，贞儿感激不尽！”

王皇后忙扶起她说：“都是自家姐妹，这都是婉柔应该做的。贞儿姐姐生的皇子，婉柔我也会视作掌上明珠的，姐姐但请放心。”王皇后拍拍万贞儿的手，恬静而温柔地说。

王婉柔容貌不算很美，家世也不算显赫，皇上对她也不甚喜爱，但胜在性情平和淡泊，没有什么争宠邀媚之心，人又贤惠淑德，叫人挑不出她的毛病，的确淑媛风范，适合主位中宫。万贞儿很庆幸自己当年拼着命把那个狠毒的吴氏拉下马，不然吴氏若还是中宫皇后，自己不知还要遭多少罪。

万事都如意，只是皇子的情况似乎不是很好。万贞儿诞下皇长子时已是三十五周岁，太医说是高龄产妇，又是头胎，没有生产经验，胎儿也比较大，生产时胎位有些不正，胎儿的头偏大，老是出不了产道，是难产。

万贞儿生产时血流了不少，几次昏厥过去，几乎没有力气把皇子生下来了。好几个富有助产经验的稳婆围着如嫔娘娘，都慌了神，说再生不下来，搞不好娘娘会血崩而亡，皇子也会在产道里憋气而夭折。在外室守候的数位太医也都不知所措，莫衷一是。

皇上大怒，说娘娘若是有什么好歹，让所有接生稳婆和候产太医一同为万娘娘殉葬！关键时刻，还是为万贞儿调理孕事的胡太医想出了一个法子，他挑了一棵千年老山参熬成汤，要稳婆给娘娘灌下肚。

万贞儿喝了半碗参汤后，悠悠醒转，身上也觉得添了不少力气。听着皇上在外室抚慰她为她加油鼓劲的声音，万贞儿一鼓作气，伴着一声撕心裂肺的大喊，硬是把卡在产道里的皇子给挤了出来，鲜血直溅，产道都被撕裂了。

皇子落地后，小脸憋得青紫，半天都没有哭声。已经全身松懈下来的万贞儿吓坏了，心想难道自己费尽全身力气生下的只是一个死胎？

好几个稳婆又拍又打又掐，皇子也出不了声。最后还是胡太医把梗在皇子口中的一口血污给催吐出来，皇子才终于缓过劲来，小脸从青紫逐渐变得红润，发出了“呀呀”的哭声。

胡太医算是救了万贞儿母子的命，皇上大赏胡太医，万贞儿从此也更信任胡太医，继续请他负责他们母子的医疗。

皇子生下来就有九斤二两，算是一个少见的巨大儿，万贞儿给他起了一个亲昵的小名“九儿”。九儿白白胖胖的，很少啼哭，似乎整日都在酣睡，不似别的婴孩那么活泼爱闹。万贞儿有些担心，要胡太医好生给皇子检查检查。她担心九儿因为难产，在产道里憋气太久，会落下脑瘫之症，影响今后的智力，不够聪明。

胡太医仔细检查后对万贞儿说：“娘娘，您妊娠皇子时所吃膏粱美味太多，皇子养得太大，加上是头胎，产道紧，所以造成难产不好生。幸亏娘娘自身体质强壮，骨盆也够宽大，自己也够努力，所以还是把皇子生了下来。皇子在产道里憋气太久，多少会受些影响，目前还看不出是否会对今后的智力有影响。但小皇子出气急促，在口唇、手足指甲、鼻尖处有青紫的痕迹，医书里说过这是心脏有毛病的症状。下官也仔细把过脉，小皇子的脉象也的确虚弱不稳，心脏有先天性的毛病。这是从娘胎里带来的先天不足，非人力药物所能医治，若能挺过周岁，应该就没有问题了。”

万贞儿一听，吓蒙了，再仔细一看，果然九儿的小脸上有青紫的痕迹，有时呼吸急促，吃奶都被呛着。到出生十天的时候，九儿开始哭闹起来，不肯吃奶，整个人迅速地消瘦下去。

万贞儿焦急地让胡太医诊视，胡太医仔细看了，摇头说：“娘娘，小皇子的先天之症已然发作了，恕下官医术粗陋无法救治，看小皇子能不能挺过满月。”万贞儿大声涕泣着求胡太医救皇儿一命，也顾不得失了贵妃娘娘的身份。

胡太医叹息着摇头说：“贵妃娘娘，您的身体一直是下官调治的，小皇子从受孕、保胎到诞生，下官都尽了全力，下官也想保全这个皇子。奈何他先天不足，纵使以后侥幸活命，也不堪大用。娘娘，您和皇上都正值盛年，以后还有的是机会，养好身子，好好地孕育下一个小皇子吧。”

万贞儿一听，心都几乎碎了，痛哭不已地说：“胡太医，皇上是正值盛年，只是本宫已然不年轻了，这次生小皇子都是费了九牛二虎之力，只怕以后再也生不了了。求你，胡太医，救救本宫的皇儿吧！”

胡太医叹了口气，说：“娘娘，下官就试着开几味药喂给小皇子吃吃看，皇子若能挺过满月，那下官的把握就又多了一分，以后再试着对症下方。”

万贞儿自是感谢，赏赐了胡太医许多金银珠宝。胡太医一再推辞，万贞儿强令他收下。她现在也别无他法，他们母子的性命本就是胡太医救的，现在也只能依赖他了。

成化二年二月十四日，一个下雪的清晨，梅林姑姑抱着九儿，带着奶娘惊慌失措地闯进了万贞儿的寝殿。

梅林带着哭腔说：“娘娘，小皇子昨晚哭闹了一夜也不肯吃奶，那时奴婢见皇上在娘娘寝宫里，已经都睡了，所以奴婢就自作主张，没有惊动娘娘，只是叫了胡太医入宫来给小皇子诊视。胡太医说是小皇子的旧疾发作，照旧开了方子，还另外开了一个安神利眠的方子，奴婢喂小皇子服下，小皇子这才睡去了。今儿一早，奶娘想给小皇子喂奶，却发现小皇子全身冰凉，已经没有了气息。娘娘，奴婢照顾小皇子不周，任凭娘娘责罚！”

梅林说着，“扑通”一声跪在金砖上。奶娘抱着孩子也跟着跪下。

万贞儿从奶娘手里接过孩子，看到襁褓里的皇子小脸苍白、双目紧闭、全无声息的样子，心里不由一阵剧痛，血气上涌，但她强行忍住，镇静地说：“姑姑，起来，贞儿怎么会责罚你？快去让段英去找胡太医！让汪直去乾清宫禀告皇上！”梅林起身答应着去了。

乔韵儿服侍万贞儿匆匆穿戴好，抱着孩子来到安喜宫的西暖阁，小萝已经把暖阁里的熏笼和炭炉都生好，屋子里已经有了暖意。

胡太医很快就来了，身上还披着一层细细的雪花。他给万贞儿叩头说：“下官给贵妃娘娘请安！”

万贞儿说：“段英，给胡太医掸去身上的雪花。胡太医，闲话少说，快看看小皇子怎样了！”她说着把孩子放在暖炕上。

胡太医小心地解开包着小皇子的小锦被，望闻问切了一番，依然给孩子包好襁褓。

万贞儿忍不住问：“怎样？”

胡太医给万贞儿深深叩下头去，说：“回禀娘娘，昨夜下官就给皇子诊视过，皇子是旧疾发作，气息不顺畅，只是昨晚更加厉害，下官也开了方子，皇子也暂时安宁了。下官怕有闪失，昨夜一直待在太医院以待随时传唤。下官想，皇子若能挨过昨晚那凶险的一夜，这旧疾看着也就攻克了一分。只是下官刚才诊视，小皇子到底没有挨过去，已经于三个时辰前过世了。小皇子是在睡中走的，走得安详平静不痛苦。恕下官医术鄙陋，没有救活小皇子，任凭娘娘责罚！”

“奴婢失职，没有照顾好小皇子，任凭娘娘责罚！”屋子里的梅林、段英、乔韵儿、小萝、汪直以及奶娘和教引姑姑黑压压地跪了一地。

万贞儿欲待说什么，却又说不出，终于再也支撑不住，一口鲜血“哇”的一声冲口而出，喷在面前的金砖上。众人不由都惊叫一声，乔韵儿忙叫“娘娘当心”，过来扶住了她，用绢帕给她擦拭嘴边残留的血迹。

尽管万贞儿早就有了心理准备，但听到胡太医断定皇子早已夭折的话，心里还是一阵紧似一阵的冰凉。她抱起皇儿，看着明黄色小锦被里那张白净安详的小脸蛋，眼泪止不住地一串串往下掉，心里比殿外的大雪世界还要冰凉。

“娘娘，您还在月子里，节哀，千万别哭坏了眼睛。”跪在地上的梅林小声地提醒说。

“都起来吧。小皇子有宿疾，怪不着你们。你们尽心侍奉我们母子，辛苦了。都起来吧。”万贞儿悲伤地说。

“奴婢没有侍奉好小皇子，请娘娘降罪！”众人嘴里说着，依然不肯起身。

“段公公，快把胡太医扶起来。韵儿也把梅林姑姑扶起来。你们几位年纪都大了，别把腿脚跪出了毛病。”万贞儿正说着，就听到门外乾清宫小敏子公公的声音：“安喜宫接旨，皇上驾到！”

话音未落，穿着明黄色皮弁服，戴着金丝翼善冠的朱见深就大步流星地进了门，他高声说：“爱妃，朕欲待去上朝，就接报说，咱们的皇儿不好，朕早朝都没上，就赶到安喜宫来了！”

“皇上！咱们的皇儿三个时辰前已经过世了！”见到皇上，万贞儿如同见到了主心骨，涕泪交流。

“传太医了吗？奶娘、嬷嬷们是怎么搞的？皇儿夭折，太医、奶娘、嬷嬷、宫女们都脱不了干系，一律治罪问斩！”年轻的皇帝焦躁地吼叫。

“微臣失职，任凭皇上责罚！”

“奴婢失职，任凭皇上责罚！”

胡太医和众人都给皇上叩头谢罪。

“皇上！这屋子里的人都是对臣妾忠心耿耿侍奉我们母子的人！都治了他们的罪，臣妾岂不是无人可用了？岂不叫那些忠良之士也寒了心？”

万贞儿虽然伤心已极，但还是不忘抚慰年轻急躁的皇上：“臣妾告诉过皇上，皇儿生下来就有先天宿疾，不好医治。是这孩子福薄，和他父皇、母妃的缘分太浅，这也是臣妾命里的冤孽，贞儿也认命了。我和皇儿的命都是胡太医搭救的，安喜宫的奴才侍奉我们母子也都尽心尽力，皇上就不要为难他们治他们的罪了！”

“贞儿，朕是怕你太伤心！你既然为他们求情，朕依允就是了！”朱见深用锦帕拭去万贞儿脸上的泪水，他眼里也含着泪。

“微臣叩谢皇上！叩谢娘娘！”

“奴婢叩谢皇上！叩谢娘娘恩典！”

屋子里的人叩头称谢。

“你们都下去吧，朕和贵妃好好说说话。”皇上挥挥手，屋子里的人屏声静气地退了下去，一个不留。

万贞儿抱着锦被里的九儿，泣不成声地说：“九儿，让你父皇和母妃最后看你一眼。可怜的孩子，来这世上还不足一月。”说着，她的心剧烈地疼痛起来，她拼着性命生下的孩子，还是离她这个母亲而去了，怎么强留也留不住。

“九儿？这是贞儿给皇儿取的小名吧？可怜朕的皇儿，朕的皇长子，朕都还没给他取好名字，他就去了……”朱见深说到这里，也泣不成声，泪水落在九儿安然合目的小脸上，似乎九儿也在哭泣落泪。

万贞儿用锦帕拭去朱见深脸上的泪水。朱见深忍着悲痛说：“贞儿，你还在月子里，不宜太过伤心。朕和你都还年轻，身体都很康健，来日方长，深儿以后一定还会爱你如昔，我们以后再生皇子、公主，生很多个。”朱见深笑着说这番话，也给万贞儿拭泪。

万贞儿泪水汹涌而出，说：“深儿，贞儿几乎是拼了命想为你生下一男半女，可惜天不遂人愿。‘爱你如昔’，贞儿会记着深儿今日的这番话。皇上今后若宠爱年轻美貌的嫔妃去了，臣妾也不会计较和怨恨，贞儿会拿‘爱你如昔’这四个字安慰自己的风烛残年。”

“贞儿，相信朕，朕会让你看到的。”朱见深紧拥着万贞儿和她怀里的九儿说。

他多么想，他们一家三口此刻就是普通的平民百姓夫妻组成的小康之家，安宁满足地过着自己的小日子。他不是拥有三宫六院、疲于奔命、左右为难的皇帝，她也不是日日争媚、夜夜担心失宠的嫔妃。

第二十二章

因表子结缘钱太后

皇长子夭折的消息传遍前廷后宫，前来安喜宫吊唁慰问的内臣、嫔妃络绎不绝。万贞儿身心俱疲，除了两宫太后和皇后的吊唁，其他人的吊唁慰问她一概不见，让段英、乔韵儿他们去应对。

周太后是后宫里第一个来安喜宫探视的。周太后闻讯而来时，九儿还在万贞儿怀里，她还没舍得让人把他抱走。周太后见到了九儿去世后的样子，小脸白白净净、胖胖乎乎的，倒是平静安详。

周太后打量了几眼，眼里落下泪来，说："可惜了！这可是哀家的皇长孙啊！贞儿，节哀吧，哀家也是生养过皇子皇女的人，理解你内心的苦痛。你还不到四十岁，还在生育的年限内，赶紧把身子养好，皇帝这么宠爱你，你迟早还会怀上龙胎的。你现在还在月子里，不宜太过悲伤，不然会埋下病根的。"

这是万贞儿成为皇上的嫔妃后，周太后第一次如此关心、如此和颜悦色地和她说话。以往周太后和万贞儿说话，都是带着轻视、鄙夷之色的，虽然并不明显，但万贞儿感觉得出来。

万贞儿不由百感交集，涕泣着欠身施礼说："臣妾感谢母后的关爱和垂怜！因为各种原因，臣妾从前有失礼之处让母后烦心不悦了，还请母后宽宥贞儿！”

“以前的事也不用提了！不管怎么说，你一直对皇帝细心体贴，起到了别人所不能替代的作用，也包括哀家这个母后所不能做到的。哀家也要感谢你。深儿对你格外宠爱和看重，可见他也是一个重情恋旧、敦厚仁和的孩子。深儿对哀家也很孝敬，哀家也没什么可挑剔的。哀家也愿意看到你们小两口和和美美，早日为皇家绵延子嗣。只是后宫嫔妃众多，要提醒皇上雨露均沾，不要椒房专宠，古往今来擅宠邀媚的嫔妃都不会有好结果的，杨玉环、苏妲己、褒姒之类宠妃的最后结局想必你也是知道的。”周太后柔中有刚地说。

“臣妾谨记母后的教诲，今后当劝导皇上多多临幸其他嫔妃。”万贞儿忍着羞耻之心，低眉顺目地说。

“如此这样是最好！贤良淑德、宽厚不专宠是后妃的首要品德。《女诫》、《内训》都是后妃的必修之书，等会儿哀家让青鸾给你宫里送一套来，你闲暇的时候可以好好学习和领悟。”周太后说。

“臣妾谢母后赐书，日后当好好学习。”万贞儿恭敬地说。

周太后刚走，钱太后就由宫女蓝雀和惠心搀扶着进来了。身有残疾、行动不便的钱太后素日很少出宫走动，万贞儿也很少和她碰头面对过。

但万贞儿被封如嫔后，钱太后派人送过贺礼。皇长孙出生后，钱太后也由肩舆抬着亲自来安喜宫看望过万贞儿和皇孙，并送了一份大礼，还夸赞皇孙长得好，脸上有肖似皇祖父的英气。

万贞儿从钱太后脸上的神情看得出，她是从心里真的喜欢这个皇孙的。虽然她只是嫡皇祖母，这个皇孙和她自身并没有血缘关系。

万贞儿生的皇长子，这宫里真心喜欢的人并不多，钱太后算是这不多的人中的一个。就像能感受到周母后对自己的鄙夷一样，万贞儿能感受到钱母后对这个孩子是真心地喜欢。因为钱太后自身从未生育过，所以才会这么喜欢这个皇孙。万贞儿当时是这么想的。

钱太后也看到了皇孙最后的样子，她取下长护指，用手指轻轻抚摸了孩子白净而冰凉的小脸，眼中滴下泪来，说：“可怜的孩子！在这皇家禁苑之中能够生存下来实在是不易啊！贞儿，难为你了！哀家虽然没有诞下一男半女，但哀家年轻时也曾有过身孕，龙胎都怀了五个月了，后来却莫名小产了。哀家看到落下的是一个已成形的男胎时，当时就昏死过去了。所以啊，贞儿，你如今的心情，哀家也是能体会的！好好把身子养好，留得青山在，不怕没柴烧。”钱太后拍了拍万贞儿的手，轻轻地说。

万贞儿还是第一次听说钱母后当年也曾有身孕的事，而且还是她当面亲口对自己说的。万贞儿也觉得钱母后待自己不同一般，竟比周母后还让自己感觉更亲切一些。万贞儿哽咽着说：“谢谢母后的怜惜，臣妾感激在心！”

“哀家身有宿疾，行动不便，也不常出宫。贵妃娘娘以后若闷了，有兴趣的话，可去哀家的仁寿宫坐坐，咱们娘俩闲来可以拉拉家常。”钱太后并不似周太后那般以大道理训斥万贞儿，而是很亲切地闲聊，还真让万贞儿感觉到有几分娘亲的关爱。

钱皇后不及周贵妃年轻貌美又育有皇子皇女，但她的人格魅力的确是让人又爱又敬的。先帝是爱敬她的，万贞儿现在也是。于是她用力地点点头说：“承蒙母后青睐，贞儿今后定当常去母后宫中尽孝。”

从此以后，万贞儿除了去两位太后宫里晨昏定省，还时常和钱太后说说家常话，有什么稀罕适合之物，她也特意派乔韵儿给钱太后单独送去一份。

万贞儿承认，虽然她早就认识、熟悉周母后，不久前才开始和钱母后接触，但现在自己心里更偏向钱母后，愿意和她亲近。周太后总是一副想教训人的样子，让万贞儿对她畏惧和疏远。

皇长子的“七七”忌日，成化帝下令在宫里做了盛大的法事，愿亡魂早日超度。

万贞儿也出了月子，让乔韵儿扶着来到御花园散散心。现在已经是桃红柳绿的阳春四月了，御花园里春光明媚，春意醉人。看着如此春景，万贞儿丧子后一向抑郁的心情也稍微明朗了一些。

万贞儿坐在翠微亭里正欣赏着蝴蝶采食花蜜，却听到假山背后有人说话的声音：“哈哈，那个万贞儿这回是竹篮打水一场空吧？自以为生了皇子就不得了，还想着以皇子邀宠当上皇后吧？偏偏天不遂人愿，是个死孩子！叫她白欢喜一场！哈哈，真是大快人心哪！”

万贞儿听出这是乾清宫宫女夏露的声音。夏露现在是乾清宫的内府总管了，她和万贞儿相识多年，也不睦多年。万贞儿知道这宫里嫉恨自己封贵妃生皇子的人不少，但敢于把这种嫉恨说出来的人并不多，夏露就是这其中的一个。当年万贞儿初侍太子，夏露就帮着东宫侍女春早为难她。

乔韵儿也听到了，欲待发作，万贞儿摇手示意制止了她。万贞儿估计夏露不是在自言自语，应该还有同党。

果然一个女声接话了："要我说，她那孩子根本就不应该生下来！想想，你、我和她都是宫女出身，年纪也差不多，也都是多年侍候皇上的老人，论相貌，她也不比咱俩强，而且还肥得像猪，她哪一样比咱俩强了？偏生仗着狐媚手段把皇上给笼络住了，还谗言把吴皇后给废了，她可是比皇上大了快二十岁呢！比太后也只小几岁！咱们皇上也是，放着那么多年轻漂亮的嫔妃不宠幸，偏偏喜欢这么个老妈子！那孩子也是个孽种，生下来命不长，那就是天意！"

这是乾清宫宫女秋水的声音，她一向就和夏露走得近，她说出的这些话比夏露还要恶毒，不仅辱骂万贞儿，还捎带上了皇上，更诅咒万贞儿和皇上生的孩子。

万贞儿依旧制止乔韵儿去呵斥她们，倒要看她们还能说出什么更狠毒的话来。万贞儿知道这宫里如此憎恨自己的人，除了废后吴氏，她俩就是代表了。

"就是呢！她手段这么厉害，一心蒙蔽笼络皇上，把太后都不放在眼里，现在的王皇后也一心巴结讨好她，那皇后位置只不过是个摆设，她倒成了有实无名的皇后了！我就不相信，就没人能掣肘她了吗？"夏露愤愤不平地说。

"皇上还年轻着呢，还不到二十岁吧？她都快四十岁了，马上就人老珠黄了。这最后的几年韶华一过，她会变得又老又丑，也生不出孩子了。到时她就等着尝冷宫的滋味吧！"秋水得意地说。

"话是这么说，但若是皇上还是宠幸她，她又生下皇子怎么办？以她现在的得宠程度，再怀上龙胎也并不是难事。"这是夏露尖厉的声音。

"你怎么断定她就一定能怀上呢？就是怀上了，也能平安地生下来？就不会再生一个死胎？这深宫里，终生未孕或只生公主或生下皇子也是夭折的嫔妃咱们也见了不少吧？她万贞儿会有那么幸运再生下皇子？她如此狐媚惑主，就没人能掣肘压制她？我就还不信了！"这是秋水冷漠的嗓音。

"是的，会有人替我们掣肘压制她的。纵无人力能为，她也必会遭天谴，老天会惩罚她的！"夏露恶狠狠地说。

“咱们还是在宫里去说吧。在这里说，被人听去了，怕就要在她面前去告发了。那群小人见她得意，可着劲想巴结她呢。咱犯不着落在她手里。”秋水小声地说。

“说得也是。咱们回宫吧。”夏露回应，两人一路说着，脚步声往乾清宫方向去了。

“娘娘，干吗不抓她俩一个现行？也好杀杀这些爱嚼舌根的贱人的威风？”乔韵儿愤愤不满地说。

“让她们说。干吗拦着？她俩是说出口了，不知还有好多人是闷在心里没说呢！韵儿，我从前还真没想着如何去媚惑皇上，我只求自保而已！从今儿起，我倒要真的想着如何去媚惑皇上了！不然我就白白担了这个‘狐媚惑主’的虚名啊！”万贞儿冷笑着说。

“娘娘，是这些小人以己龌龊之心度人，自己想献媚，偏生没那本事和际遇，皇上对她们睬都不睬！娘娘，您和皇上的渊源，奴婢这么多年可是看得明明白白的！当年皇上从太子废为沂王，您一直不离不弃、始终忠心耿耿地守候在他身边，太子已经很依赖您了。太子当了皇帝，怕您离去，想让您成为他拥有的女人，成为他最心爱的嫔妃，这是皇上重情的表现！皇上不是只爱青春和美色，皇上更看重的是情意！”乔韵儿笃定地说。

“知我者，韵儿也！知皇上心者，韵儿也！”万贞儿击掌赞叹，“我和皇上十五年的情意又岂是那帮俗物所能理解和欣赏的！”

“当然！娘娘，您姿色华浓，保养得宜，看上去很年轻，又有您自己所独有的风韵，是那些年轻青涩的嫔妃所及不上的。我要是皇上，我也会爱上娘娘您的。”乔韵儿笑着说。

“韵儿，你就别安慰本宫了。你没听夏露和秋水刚才说本宫又老又丑，还肥得像母猪吗？”万贞儿也自嘲地笑着说。

“那是她们嫉妒您乱说的，故意丑化您。您要真是那么难看，皇上会那么喜欢您？韵儿说实话，就外貌来说，娘娘您和那些年轻嫔妃相比，一点儿也不逊色，和她们的单薄羞涩、弱不禁风相比，娘娘您就显得雍容丰艳，英姿飒爽，别具一格，是后宫嫔妃里很少见的一种美。加之您和皇上多年的特殊感情，所以对皇上特别有吸引力，皇上特别宠爱您是有原因的。”乔韵儿颇认真地说。

万贞儿不由笑了，拍了拍乔韵儿的肩膀说："韵儿，你还真是洞若观火啊！我都还没弄明白皇上宠爱我的原因，只怕皇上自己也没弄明白，倒被你分析得头头是道了！从前我一直认为你是咋咋呼呼、大大咧咧的，想不到却是如此冰雪聪明，倒是我从前小看你了。"

"韵儿在锦绣坊时，的确是大大咧咧的脾性。只是后来跟着贞儿姐姐去了太子和皇上身边侍候，少不得把姐姐你的聪明、睿智和沉稳给学得了一两分。不然韵儿太笨不中用的话，岂不是会遭姐姐嫌弃？"乔韵儿撇撇嘴说。

"好个韵儿，不仅人变得更聪明了，嘴巴也更是能说会道、伶牙俐齿了。以后只怕我也说不过你了。"万贞儿站起身，象征性地拧拧她的嘴，说，"韵儿，闲话不多说了，夏露、秋水她们的话，倒是提醒了我，我今后也得留意护肤美容之事了。毕竟年岁不饶人呢，若想皇恩长驻，必须也得春色长驻。韵儿，给本宫放出话去，若有进献能使人美貌年轻的秘方者，本宫重重有赏！"最后一句话，万贞儿说得很霸气。

"是！奴婢这就放话让人进献秘方！"乔韵儿也回答得很干脆。

第二十三章

雪颜玉露为悦己容

乔韵儿放出话后，很快就有御马监的提督太监梁芳和司掌内库的太监韦兴进献了祛皱白嫩、红润肌肤的独门秘方“清风雪颜丸”和消脂纤腰瘦身的“杨柳玉露散”。

万贞儿先让乔韵儿和小萝试用了一段时间，效果不错，也没见有副作用，于是开始用在自己身上。

用了三个月后，万贞儿果然见到自己眼角、额头上以前一些隐约可见的细纹已然消失不见，双眉、双眸也愈加黑亮有神采，脸上和身上的肌肤也愈加紧致细嫩白皙，以前小腹和腰上的一圈赘肉已然不见，双腿也显得纤细修长。

万贞儿的面容、肌肤和身段俨然回到了十几、二十来岁时最为青春貌美的时光，连朱见深也不禁称赞说：“贞儿，朕见你倒是越活越年轻，越来越貌美了，叫朕爱不释手。”

万贞儿心中大喜，夜里在皇上耳边软语温存，让皇上擢升梁芳为御马监掌印太监，擢升韦兴为内库总管太监。二人自是对贵妃娘娘感恩戴德，万贞儿从此也视他们为心腹。

为了在宫中屹立不倒，万贞儿在前廷和后宫都开始培养自己信得过的心腹之人以供驱驰。万贞儿册封为贵妃后，父亲万贵以兵马指挥使进都督同知；

兄弟万通晋升锦衣卫都指挥使；母亲葛氏被封为一品诰命夫人。诸城万家可谓家门中兴，整个家族自是以出了宠冠后宫的贵妃娘娘为荣。

万贞儿没有像先帝的钱皇后那样极力推辞对娘家的加封。她觉得自己出身寒微，如果没有过得去的母家为自己造势撑腰，自己只怕很快会被前廷后宫那些虎视眈眈之人给整治下去。

万贞儿知道后宫有不少人嫉恨她，也有不少小宫女小太监羡慕她的人生际遇，就像当年她和乔韵儿羡慕吴贤妃一样。

万贵妃比当今皇上足足大了十七岁，招致周太后和大臣们以及后宫某些人的不解和非议。但二十岁的成化帝朱见深并不以为意，而是专宠万贵妃，几乎夜夜宿在贵妃娘娘的安喜宫，像个贪婪不知足的大孩子整夜在万贞儿的芙蓉俏脸、柳叶新眉、琼鼻樱唇、丰乳肥臀、纤腰秀足之间流连忘返。

万贞儿也以自己温暖的怀抱和火热的深吻回报年轻的皇帝。她心里想着：你们不是都说我“狐媚惑主”吗？那我就不要担了这个虚名，我要把自己的全身心没有任何保留地全部奉献给这个我目前全心全意爱着的男人朱见深。他比我小十七岁又如何？只要他爱我，不介意不嫌弃我的年龄，我也就会全身心地爱着他。

朱见深和万贞儿彼此深爱，彼此全身心地拥有，把周太后的叮嘱和后宫其他嫔妃宫人的嫉恨都远远地抛在了身后。万贞儿总觉着自己的青春愈来愈短促了，而深儿还正青春年少，在自己的衰老和丑陋降临之前，就让自己和深儿疯狂地相爱吧。不管结局怎样，她都不会后悔。

皇长子夭折后的这两年，朱见深并没有冷淡疏远万贞儿，而是做到了皇子去世那天他说过的“爱你如昔”，他没有食言违誓。你若不离不弃，我必生死相依，只愿君心似我心，定不负相思意。

万事都胜意，只是有一点，自诞下皇长子后，万贞儿再也没有怀上身孕。有胡太医的调理，万贞儿产下皇子后，身体恢复很快，月事也很正常了，按理说，她应该很快能再次怀上龙胎的，但两年过去了，万贞儿的肚皮不见动静。

万贞儿想起汉成帝的皇后赵飞燕因为日日服用含有麝香的“息肌丸”而无法生育的事，于是她把“清风雪颜丸”和“杨柳玉露散”这两个方子的成分给胡太医看，看从中是否有影响生育的药物。胡太医看过后说，无妨，药方中并没有妨碍生育的药物。

万贞儿对胡太医说："胡大人，皇上的雨露恩泽本宫所承最多，两年过去了，为何本宫还是未怀上龙胎？你不是说，本宫的身体已经完全康复了吗？"

胡太医说："启禀贵妃娘娘，您当年是难产，大出血，失血过多，何况娘娘在月子里就痛失皇子，伤心过度，气血郁结，加之娘娘已过了最佳生育年龄，女子过了三十五周岁受孕的几率就会大大降低。怀上龙胎这事讲究天时地利人和，娘娘若是太过在意，心情焦虑，反而不利于受孕。臣给娘娘研配一些适合娘娘体质的坐胎药，长久地吃着，调理着，加之心情开解，说不定哪天就会怀上龙胎的。"

"谢谢胡大人。本宫从前也是因为你的调理而怀上龙裔的，本宫相信你的医术。借大人的吉言，本宫若再次怀上龙裔，皇上和本宫都会重赏大人的。本宫近日听说，太医院的院使大人告老还乡了，你现在虽是右院判，位居服侍太后的太医院左院判傅太医之后，但本宫跟皇上说说，让皇上晋升你为太医院正五品院使。"万贞儿说。

"微臣叩谢贵妃娘娘！娘娘若不嫌弃微臣医术粗陋，微臣愿为娘娘效犬马之劳，尽绵薄之力！"胡太医叩头谢恩。

"胡太医，你曾搭救过我们母子，本宫心里一直记得。这宫里的太医，本宫最信任的就是你了。"

"微臣叩谢娘娘的信赖！只是臣已老朽，两年后也要告老还乡了。到时臣定为娘娘举荐一名医术高明的年轻后辈供娘娘差遣。"胡太医说。

"到时再说吧。胡大人没告老还乡之前，还请为本宫的事尽心竭力。"万贞儿极力挽留。

"微臣当尽全力！"胡太医恭谨地回答。

不久以后发生的一件事却让万贞儿对这位曾让自己万般信赖的胡太医不得不起了疑心。

转眼间就到了成化四年的初夏。这日清晨，万贞儿由乔韵儿陪着照例先去周太后住的清宁宫请安。

天气已经有些炎热，万贞儿本就体丰怯热，加之穿戴着严实厚重、密不透风的朝服朝冠，虽然是用肩舆抬着去的，但给周太后下跪请安时，她还是出了一身的汗。

“臣妾给母后请安，恭祝母后凤体安康。”万贞儿忍着满头满身的细汗恭敬地给坐在凤座上的周太后叩头。太后穿着常服，手握一串紫檀木佛珠闭眼默念。亲信宫女青鸾和亲信太监夏时各站在一边替她打扇。

周太后没有出声，依然闭眼默念有词。万贞儿等了一会儿，怕太后没有听到，只得又重复了一遍：“臣妾给太后请安，恭祝太后凤体安康。”

“起来吧。赐座，看茶。”足有一炷香的工夫，周太后才出声让万贞儿站起来。万贞儿的腿都跪得有些酸麻了，身上的内衣也汗湿了。

如今也只有周太后能够在万贞儿面前惺惺作势。其他人看到皇上最宠爱万贵妃，对贵妃娘娘都是巴结讨好的。周太后是皇上的生母，万贞儿自然不能假借皇上之手还她以颜色。顾及皇上，万贞儿自然得容忍周太后对自己的怠慢和假以辞色。

“皇帝登基也有四年多了吧，怎么除了你怀过一次龙嗣，这偌大的后宫，竟再无一人有孕？皇帝今年也是弱冠之年，正值青春盛年，先帝如他这般年纪之时，皇子公主都已经出生好几个了。万贵妃，皇帝专宠你，哀家原也是不想多管闲事。只是你毕竟年纪大了，已过了生育佳期，不要椒房专宠，以免延误了皇家的子嗣！皇帝都听你的，你既然叫哀家一声‘母后’，哀家也希望你听哀家这个母后一句话，规劝皇帝多去其他年轻嫔妃宫里留宿，为皇家开枝散叶。不能你生不出皇子，也就不让其他嫔妃生皇子吧？”周太后这些话说得很不客气，不由令万贞儿涨红了脸，如芒刺在背。

“太后明察，臣妾自知蒲柳之姿，又年纪老大，原不配得到皇上垂爱。太后懿旨让皇上多去宠幸其他年轻貌美的嫔妃，以绵延皇嗣，太后教训得是！臣妾从今以后紧闭安喜宫的宫门，再也不与皇上相见！臣妾万氏自此宁愿身居冷宫以绝皇上之念！”万贞儿眼中含泪，心里委屈却又坚决地说。

“哀家并没有把你打入冷宫之意啊！”周太后的语气也缓和了一些，“你和哀家心里都明白，皇帝离不得你！在皇帝心里，你万贞儿只怕比哀家这个母后还要重要吧！也难怪，深儿自小是你带大的，在宫外沂王府那段艰难的岁月里，是你一直陪伴在他身边，哀家这个母后去南宫陪伴他父皇了。也正因为你对深儿的忠心耿耿、不离不弃，哀家感谢你，所以深儿坚持纳你为妃，哀家也没有极力反对。但你若是为了专宠而断了大明一朝的皇家血脉，哀家就容你不得了！大明的列祖列宗也断乎容你不得！”周太后说这话时，语气森然，不容置疑。

“太后教训得是，臣妾明白了。臣妾今日回去就奉劝皇上以后多多留宿其他嫔妃宫里，雨露均沾。”万贞儿柔顺地回答。

“这才是贤妃该有的言行！你且回去吧，哀家希望不久就能听到后宫有嫔妃怀上龙种喜脉的好消息，是万贵妃你还是王皇后或者柏贤妃，还有其他宫嫔选侍都可以。”周太后满意地说。

出了清宁宫，万贞儿让太监抬她去仁寿宫给钱太后请安。钱太后宫里，万贞儿虽是后去，但更愿意待得久一点儿。钱太后亲切平和，不似在周太后那里受拘束。

进了仁寿宫，万贞儿就打发抬舆太监先回去了，只留下乔韵儿随侍。仁寿宫内竹影森森、凉风习习，竟然比清宁宫要阴凉许多。

一进仁寿宫，万贞儿的心情就宁静平和，身上也不似在清宁宫时那么燥热了。万贞儿明白了，她自己内心里有些惧怕周太后，是不愿见到周太后的，所以情绪和身体都容易燥热。

东暖阁内供奉着一尊巨大的如来佛祖鎏金铜像，钱太后身着常服，挽着发髻，素着脸坐在铜像前的蒲团上闭眼念经。佛像前的香案上供着瓜果等贡品，香烛青烟袅绕。

“太后在做功课，诵念《法华经》，贵妃娘娘且稍等。”惠心悄声说，给万贞儿沏了一杯茉莉莲心茶。

蓝雀给万贞儿拿了一个蒲团示意坐在太后身后，附在她耳边说：“太后先前吩咐过，若娘娘今日前来请安，必要留娘娘久坐一会儿。太后有话对娘娘讲，是只想说给娘娘听的话。”

万贞儿心里一怔，即刻会意。她对乔韵儿说：“你且先回宫，我和太后有话要说。需要你服侍的时候，让惠心去叫你。”乔韵儿答应着回安喜宫去了。蓝雀、惠心也悄悄退了出去，掩紧了殿门，只留下万贞儿和钱太后在屋子里。

足有半个时辰，钱太后一直在诵经，也不理睬万贞儿。万贞儿喝了几口茉莉莲心茶，只觉得嗅之是茉莉的清香，入口却有莲心的清苦，但回味却是二者结合的甘凉。闲坐无聊，她也学着钱太后开始闭目念经。

说句实话，万贞儿内心并不信佛礼佛，所以她内心也并不害怕因果报应之说，但在仁寿宫这种阴凉清静的氛围里，万贞儿默念了几句《金刚经》里的经文，也觉得内心逐渐平和宁静下来。周太后的清宁宫里也供奉着如来佛祖和观音大士的巨幅画像，但万贞儿在那儿从没感受到佛意和禅意。

“是从清宁宫来？”良久，钱太后说了第一句话。

“是的。贞儿给钱母后请安。周母后的宫殿虽然名为‘清宁宫’，但臣妾却感受不到丝毫的清凉宁静之意。倒是钱母后您这里，贞儿倒感受到了仁和宁静舒适，所以贞儿愿意在钱母后这儿多待一会儿。”万贞儿恭敬但也很随意地说。这两年来，她已经和钱太后颇熟稔了。

“你那周母后是外表随和但内心一贯强势之人，你自然会有受压迫之感。”钱太后突兀地说了一句。在万贞儿印象中，钱太后很少在他人面前议论人之是非的，尤其还是和周太后有关的。但万贞儿随后明白了这是钱太后相信她，不把她当外人的表现。

“周母后时常训斥贞儿，贞儿在周母后面前也一直觉得不自在，不如在钱母后这里愉悦自适。”万贞儿学着钱太后盘坐在蒲团上说，“贞儿刚就是从清宁宫听了训斥来的，心里一直不自在。来了钱母后这里，喝了沁脾清心的茉莉莲心茶，感觉才好些了。”

“你周母后是怎么训斥你的，能告诉哀家吗？”钱太后依旧闭着眼说。

“臣妾愿尽其详。”于是，万贞儿就把周太后斥责自己专宠的那段话学给钱太后听。

万贞儿说完了，钱太后点头微笑，缓缓地说：“贞儿，哀家冷眼旁观了这几年，这后宫的女人里，贞儿你是一个不简单的女人，有毅力有恒心有魄力有魅力也有手段。如果哀家没有看走眼的话，你是这后宫里唯一能和你周母后抗衡的女人。”

“有毅力有恒心有魄力有魅力也有手段？钱母后，您对贞儿的这番评价是赞是毁还是讽？”万贞儿有些吃惊，没想到钱母后是如此评价自己，她心里有些惴惴不安，脸颊上觉得热，有些发烫。

“不是赞誉不是诋毁更不是讥讽，哀家陈述的是事实。贞儿，自先帝驾崩后，哀家独自一人孤苦寂寥，连一个想说说心里话的人也没有，只能常伴青灯古佛，这几年来过得无甚滋味也无甚趣味。自从两年前你常来宫里坐坐和哀家说说话以后，这古井似的仁寿宫也增添了一点儿人气和鲜活气。哀家自感时日无多，离大限之期已不远了，你既然尊称哀家一声母后，那哀家也就视你为自己的孩儿。哀家这一生没有为先帝诞下一儿半女，这是哀家的憾事。贞儿你若不嫌弃，哀家就认你做义女，如何？”钱太后这时睁开她那一只独眼，炯炯有神地盯着万贞儿看，她另一只早年哭瞎的眼睛却无力地半睁半闭着。

其实钱太后只比万贞儿大几岁，但她早年悲伤过度，容颜损毁，看上去比注重保养的万贞儿要苍老得多。钱太后此言自是让万贞儿又惊又喜，想当初，钱皇后可是她心目中羡慕不已的人物啊！

正统七年，十六岁的正统帝朱祁镇大婚，册封十七岁的海州闺秀钱如玢为中宫皇后。万贞儿那时十二岁，刚从孙太后宫里的洒扫宫女升职到锦绣坊掌管太后的衣饰。

正统帝和钱皇后大婚的恢弘场面，万贞儿只有远远地看着，心里徒然地羡慕那个能够被册封为皇后的海州少女钱如玢，她和英气勃勃的少年皇帝是恩爱般配的神仙眷侣，万贞儿只有暗自羡慕的份儿。万贞儿心里明白自己此生是不会有被皇上看上眷顾的机会的，被皇上临幸成为后宫嫔妃的美梦，就让自己的爹去做好了。

但世事还真难料。沧海桑田，二十多年过去了，她万贞儿竟然从普通宫女晋级为宠冠后宫的贵妃娘娘，当年的钱皇后成了她的母后，竟然还想收她为义女。这样的好事可是她当年想都不敢想的啊！万贞儿也疑惑钱太后此举的意图，但钱太后既然愿意认自己为义女，她自然是求之不得，顺杆往上爬。

万贞儿立起身跪在蒲团上恭敬地叩头说：“贞儿求之不得！贞儿四岁就入宫为婢，娘亲的面容都记不得了！贞儿早就渴慕慈懿太后仁厚宽和，贞儿也觉得和太后您特别投缘。承蒙不弃，太后若愿认贞儿为义女，贞儿当以亲女之心侍奉太后颐养天年！母亲大人在上，请受小女贞儿叩拜！”说完，万贞儿恭恭敬敬地三拜九叩。

礼毕，钱太后拉着万贞儿的手，笑眯眯地说：“哀家果然没有看错人，哀家也早就觉得与贞儿你有缘。哀家生于宣德元年，十七岁入宫被册封为中宫皇后，历经宣德、正统、景泰、天顺、成化五朝，在这宫中也快三十年了。说起来，贞儿你入宫比哀家还早，宫里有些事情你可能知道，有些事情你并不知道。哀家知晓某些秘事，也不想带到阴曹地府去，今日就详详细细地说与你听，对你在这宫中立足也有所裨益。日后哀家身后之事，你若有心，也该为哀家向周太后争取争取。”

“贞儿洗耳恭听，愿闻其详。母后若有所托，贞儿愿尽全力！”万贞儿恭敬地说，预感到钱太后将会有大事告知自己。

“让惠心再去沏壶茉莉莲心茶，备几碟点心，待哀家细细说与你听。”钱太后说。

第二十四章

仁寿宫闻惊天秘密

成化四年的四月十九日，天气闷热，钱太后在仁寿宫的东暖阁内不紧不慢地给万贞儿讲述了下面的一些秘闻。

“贞儿，你也知道我朝的张太皇太后吧，这是一个奇女子。我大明的皇后有几个很出色的，洪武帝的马皇后，永乐帝的徐皇后都是贤良淑德、母仪天下的典范，这个张皇后也是。张氏是洪熙帝朱高炽的中宫皇后。据说我们永乐帝马上得天下，行伍出身，对文弱肥胖不善骑射的太子朱高炽并不满意，欲立能打仗擅骑射更肖似自己的次子朱高煦为太子。幸亏身为太子妃的张氏从中斡旋，张氏聪明贤惠乖巧，潜心侍奉公婆，深得永乐帝和徐皇后的喜爱，加上张氏调教出了一个好儿子朱瞻基。

“朱瞻基是太子朱高炽和张氏的长子，永乐帝的皇长孙。当年他出生之时，他的皇祖父当时还只是燕王的朱棣，梦见自己的父亲太祖皇帝朱元璋将一个大圭赐给了他。大圭象征着权力，太祖皇帝将大圭赐给他，说明要将江山交给他。燕王朱棣醒来以后正在回忆梦中的情景，忽然有人报告说长孙降生了。燕王马上意识到：难道梦中的情景正好应验在自己的长孙身上？他马上跑去看孙子，只见这个长孙长得非常像自己，脸上一团英气。燕王看后非常高兴，这件事对燕王后来下决心发动靖难之役从而登基称帝也有很大的作用。

“朱瞻基从小聪明英武好骑射，永乐帝十分喜爱这个皇孙，几次远征漠北都把这个皇太孙带在身边以增长他的见识。最终永乐帝没有废长立幼，仍是把帝位传给了太子朱高炽，可以说是太子妃张氏和皇孙朱瞻基起了很大的作用。”

钱太后抿着茉莉莲心茶，述说着。

万贞儿吃了一口绿豆赤仁糕，也给钱太后喂了一口。钱太后细细咀嚼着，说：“好吃，又软又香又糯，入口即化。”

万贞儿说：“臣妾也曾见过张太后的风采。臣妾是宣德九年入宫做小宫女的，那时宣德帝还在世，皇后是孙皇后，还有一个废后胡善祥，隐居长安宫，在宫里带发修行，赐号静慈仙师。太后就是张氏，居清宁宫。洪熙帝朱高炽只当了十个月的皇帝就暴病驾崩，张皇后只当了十个月的皇后就成了太后。”

“没错，贞儿你比哀家入宫早，哀家都没能见着宣宗皇帝的真容呢。都说宣德帝英明神武，有当年太祖、成祖皇帝的风采呢。”钱太后的独眸里闪着光，细纹暗布的瘦脸上满是神往之色。

“贞儿那时才四五岁，年纪小，又在掖庭当粗使宫女，一年也难得见到皇上几次。贞儿的记忆里，宣宗皇帝个子高大魁梧，阔面黑须，步履生风，很精神的样子。可惜贞儿入宫的第二年，宣宗皇帝就驾崩了，还不到四十岁呢。年仅八岁的太子登基为正统帝，幸亏有张太皇太后和‘三杨’的辅佐，天下依旧太平。贞儿也于正统元年分到针工局跟着梅林姑姑学习女红刺绣呢。”万贞儿也忆起往事说。

万贞儿入宫的第二年，时年三十八岁的宣德帝朱瞻基驾崩，虚岁九岁的皇太子朱祁镇登基，是为正统帝，由皇祖母张太皇太后、母后孙太后和名满天下的“三杨”辅佐。“三杨”为杨士奇、杨荣、杨溥，是历经洪熙、宣德、正统三朝的内阁辅臣，在“三杨”任职内阁期间，边防安定，吏治清明，明朝的国力蒸蒸日上。

“三杨”是深受几朝皇帝器重的贤臣。只是“三杨”和张太皇太后相继去世后，日渐长成的正统皇帝偏信大太监王振，以致酿成了后来的“土木之变”大祸。

“嗯，你梅林姑姑原是张太后宫里的宫女，后来被派去侍候胡皇后，胡皇后被废后就派去了针工局。”钱太后接着万贞儿的话头说。

万贞儿也接着说下去：

“这个贞儿晓得。张太后的清宁宫里原有梅林、兰若、竹影、菊心四个宫女，四个人年龄相仿，差不多同时入宫，也是好姐妹。只不过后来跟随了不同的主子，命运也就各不相同。兰若跟着当时的孙贵妃，后来突然就失踪了，也不知是死是活，梅林姑姑现在还念叨呢。竹影被指给了宣德帝驾崩后入宫的吴贤妃，随郕王母子出宫入住郕王府。正统帝北狩兵败土木堡后，郕王登基成为景泰帝，竹影也跟随吴太后入宫。

“后来南宫复辟，景泰帝暴薨，吴太妃殁，竹影和素裳为太妃守灵。但孙太后驾崩后不久，她的贴身侍女沈姑姑服毒自尽，仁寿宫的掌事宫女红芍变得又聋又哑，为吴太妃守灵的竹影和素裳也暴亡。我和梅林姑姑都弄不懂这几个人怎么会死在一处，难道她们几个是知晓了什么秘密，被杀灭口？我听竹影姑姑有时说话的语气，感觉她似乎是知晓什么秘密的。

“至于四姐妹里的菊心，她原是孙太后身边的女官，后来和贞儿一起被派往东宫侍奉太子。菊心姑姑后来驱逐了杭皇后派来的沂王府总管范氏，范氏怀恨在心，后来易容混进宫里毒死了菊心姑姑和太子的乳母李姑姑。

“菊心姑姑和贞儿共事多年，贞儿心里一直也很怀念她，每年的忌日都在她灵位前焚香祭祀。梅、兰、竹、菊四姐妹，如今只剩下了梅林姑姑独自一人，让人扼腕叹息。”

万贞儿饮了一口茉莉莲心茶，也叹息着说。

“贞儿，你和梅林也觉得兰若、竹影、素裳、沈姑姑她们的死不同寻常？”钱太后意味深长地问。

“当然。梅林姑姑和贞儿苦苦思索，也想不出这其中的缘由。”

“这其中的确大有奥秘。多年来，哀家在这宫中与世无争，所以有人把这些惊天秘密都告诉给了哀家，不仅能解开兰若失踪、竹影猝死之谜，而且包括杭皇后和怀献太子之死，都是大有蹊跷的。”钱太后伸直了她那条瘸跛的腿，那只快瞎了的眼里也射出了明亮的光芒。

“贞儿愿闻其详！母后若不想除贞儿以外的其他人得知，贞儿定会守口如瓶，不会泄露一个字！”万贞儿郑重地说。

“今日哀家既然当着你的面说出口，必然是打算告诉你的。哀家也不想把这些秘密带到地下去。既然有人愿意告诉哀家，自然也是不想让这些秘密沉陷的。”钱太后笃定地说，“贞儿你进宫早，应该见过胡皇后的真容吧？”

“贞儿见过。贞儿进宫时，胡善祥已经不是皇后了。贞儿偶尔路过她退居的长安宫，只见她做道姑打扮，法号静慈仙师。她也不常出宫，只在宫里供奉真人，是很低调的一个人。”

“哀家也见过胡皇后的真容，不仅是胡皇后，还有张太皇太后，哀家也都拜见过。哀家和先帝的大婚就是由张太皇太后主持的，哀家被选为中宫皇后也是太皇太后钦定的。哀家一辈子都记得和先帝大婚那天的情景。”

钱太后苍白枯瘦的脸上泛起少女般的红晕，沉浸在幸福往事的回忆里。

约莫过了半盏茶的工夫，钱太后回过神来，继续述说：“可惜张太皇太后在大婚庆典五个月之后就驾崩了，胡氏因为悲伤过度第二年也薨逝了。哀家心里是很同情胡母后的，所以先帝复辟后，哀家就一再劝告先帝恢复了胡氏的皇后尊号。哀家为什么同情胡母后而且力主恢复其位号，贞儿，你知道是为了什么吗？”

“贞儿愚钝，委实不知，还请母后明示。”

“因为哀家那时已然得知胡皇后被废是冤枉的。胡皇后为什么被废？是宣德帝嫌弃她体弱多病只生育了两个公主。宣德帝最宠爱的是孙贵妃，孙贵妃年仅十岁时因为貌美又聪明伶俐，被太子妃的母亲彭城伯夫人看中，推荐入宫养在太子妃宫里。宣德帝和孙氏自幼青梅竹马，感情基础好，加之孙氏貌美又聪明讨喜，宣德帝原是想把孙氏立为皇后的。只是胡皇后贤良淑德，又是皇祖父永乐帝选定的皇后，宣德帝也不好怎样。而孙贵妃先是生育了常德公主，两年后又诞下了皇长子朱祁镇。宣德帝大喜，皇长子出生仅百日就被立为皇太子。宣德帝为了立自己宠爱的孙氏为皇后，就以胡皇后体弱无子为由逼胡氏自己上表逊位，胡氏不得不照做。孙氏是因为生了太子而当上皇后的，但这个太子，却不是她的亲生儿子，是她宫里的宫人所生，被她冒名夺取了，那宫人生育孩子后已被处死。”钱太后缓缓地说。

犹如当头一棒，万贞儿耳边“嗡嗡”作响。她反问道：“母后，贞儿没听错吧？您说正统帝是孙太后宫里的宫人所生？那这宫人是谁？这怀孕生子可是一件大事，何况生的是皇子，偷梁换柱的事如何能轻易瞒过众人的眼睛和耳朵？”

“原也不难。宋朝的仁宗皇帝原就是刘德妃的宫女李氏所生，李氏生下皇子后被刘德妃据为己有。仁宗也一直以为刘太后是自己的生母，后来李氏死后，仁宗才得知生母是谁。所以这深宫里，后妃攫取宫人之子争宠的例子并不鲜见。”钱太后悠然地说。

万贞儿心里升起了一股凉意，她大概已经猜到了什么，说：“贞儿曾听梅林姑姑说起，孙贵妃宫里的兰若曾偷偷告诉竹影，自己被宣德帝临幸过，但后来兰若就莫名其妙地失踪了。倒是十个月后，贵妃娘娘生下了皇长子。如果太子不是孙贵妃生的，难道是兰若生的，兰若被皇上临幸后就怀上了龙胎？”

“是的，你果然很聪明，很快就猜到了。告诉哀家实情的人说，当日孙贵妃得知自己身边的宫女兰若被皇上御幸且身怀有孕，心里先是很震怒，恨不得立即处死兰若这个狐媚子。但转念一想，却把兰若偷偷送出宫外养着，自己也宣称有孕，想见机行事。孙贵妃这时已经知道皇上看中了汉王府的侍女吴氏，养在宫外，很是宠爱。孙氏知道为了和胡皇后、吴氏争宠，自己必须要占得先机。兰若生下男孩后，孙贵妃早有准备，买通了太医、稳婆，只怕也是得到了宣德帝的默许，毕竟宣德帝最宠爱她，也希望她能当上皇后的。孙氏宣称一举得男，皇上迫不及待地宣布立为太子，逼胡氏退位，立孙氏为皇后。皇长子诞生一年后，宫外的吴氏果然也生下了皇子，后来被封为郕王，吴氏也因此得封贤妃。宣德帝此生也仅有这两个皇子。若不是孙氏赶在吴氏之前暗取宫人之子冒充己子，只怕后来当上皇后的就是吴氏而不是她了，吴氏也是很得宣德帝喜爱的。所以这宫中的每一步，都暗藏着机关，因缘巧合，往往就是那么一步，一步押着，就满盘皆活了。胡皇后不得皇上宠爱，又远不及孙氏有心机，所以也只能认命了。物伤其类，哀家早年也曾怀有身孕，但胎儿怀了五个月后莫名小产，以后就再也怀不上了。哀家后来才得知，是有人暗中和哀家争宠，在哀家的安胎药里动了手脚，不仅打掉了哀家腹中的胎儿，而且还让哀家从此不能再有身孕！”说到此处，钱太后愤怒地提高了声音。

万贞儿也深感震惊，问：“母后，是谁会如此大胆，竟敢置龙胎于不顾？您是正宫娘娘，后宫哪个嫔妃敢如此与您作对？”

“还会有谁，难道你猜不到吗？”钱太后苦笑了一声。

“难道是……”万贞儿心里惴惴，试探着说，“难道是周贵妃？但那时她并不是贵妃啊，她是生了皇长子后才由贤嫔晋升为贤妃的。先帝是南宫复辟后才晋升她为贵妃的，因为她生的儿子成了太子，母以子贵嘛。可见先帝也并不是那么厚爱她，她哪来的胆子和中宫皇后作对？而且还那么有能耐，能买通人在皇后的碗里下药，一旦查实，那不是死罪吗？”

“哀家以前年轻，不懂得宫里的险恶，也不懂得防备别人、保护自己。哀家后来才从太医那里得知自己被人暗害的事，但为时已晚，哀家再也不能生育了！哀家得知这贱人为了争宠，在皇上太后面前有心献媚，讨得了孙太后的喜欢。孙太后一直不怎么待见哀家，因为哀家是张太皇太后择定的。孙太后一直对太皇太后有怨恨之心，因为太皇太后一直偏向胡废后，怜悯胡氏贤德，常召她居住清宁宫。内廷朝宴的时候，也命胡氏居孙皇后之上。周氏那个贱人有意讨好孙太后，孙太后自然也就有意偏袒她。哀家得知周氏有太后撑腰，又有儿子可以依仗，而哀家什么也没有了，又不能生育，所以哀家要自保的话，唯有紧紧依靠皇上了。后宫的女人若不能生育，便是大忌，胡皇后便是例证。哀家所剩的能自己做主的，只有对皇上的一片赤子之心了！哀家和英宗皇帝是少年的结发夫妻，有感情基础，皇上也是一个重情念旧的人。哀家明白，哀家的后半生若不想被皇上冷弃的话，只有以‘情’羁绊住皇上这条路了！”钱太后叹息着说。

“所以先帝北狩兵败被俘后，您一点儿也不顾惜自己的容貌、健康和财富，日夜为他忧心哭泣祈祷，以致自己残疾毁容也不惜，让先帝感动得不能忘怀。这就是您说的以‘情’羁绊住皇上？只是这代价也太大了，您就不怕皇上嫌弃您貌丑残疾，再也不想见您了？”万贞儿反问道。

“所以哀家也打了一个赌，以哀家的身体和皇上的人品做赌注。哀家心里也明白，皇上若是心狠薄情，哀家就是为他流血而死，他也不会动容的，但哀家就赌皇上不是这样绝情的人。哀家到底是赌赢了，虽然这代价有点儿大，以自己身体和感情的无悔付出赢得了皇上对哀家的爱敬。她周贵妃有儿子又怎样？我依然还是中宫皇后，皇上还特命遗言‘钱皇后千秋万岁后，与朕同葬’！皇上想生死同穴的女人，还是哀家！贞儿，你记住，一个女人若没有什么可以让夫君留恋的，青春、美貌、健康、子女都没有了，那就以自己的心和情来留住他，让他纵使在别的女人身边也不会忘记你，在意你的感受，留恋与你的感情。前提是，这个男人也是一个有情有义恋旧的人。”钱太后说得很明白。

“母后，这是您对贞儿的嘱托吗？贞儿记住了！兰若的死和孙太后有关，您的小产、不娠和周贵妃有关，那您先前说过的杭废后和怀献太子之死，也和她们有关吗？还有，先帝知不知道他并非孙氏所生？知道他的生母是谁吗？”万贞儿忍不住把心中的疑问都倒出来。

“孙贵妃如此排挤胡皇后，她自然也不会放过吴贤妃。好在吴氏一直住在宫外，为人又比较谦和，加之有张太后的庇护，所以吴氏得以安然度日。郕王登基成为景泰帝以后，风云突变，吴贤妃也成了太后。太子朱见深被废为沂王，在沂王府所下的‘滴水观音’之毒固然是杭皇后指使人干的，但杭皇后的怀献太子死于花粉绿豆糕的事件却是孙太后和当时的周贤妃联手指使吴太后身边的侍女竹影干的，杭皇后之死也和孙太后、周贤妃她们脱不了干系。”钱太后说。

“贞儿想起来了，当年小沂王中毒后，孙太后和周贤妃都在贞儿面前说过‘会有报应’之类的话。吴太妃薨逝后，竹影姑姑也说过有愧吴太妃之类的话，难道都是指的怀献太子被下毒这件事？”万贞儿问。

“是的。”钱太后回答。

“贞儿有一个疑问，竹影不是吴太妃身边的亲信宫女吗？怎么会帮着孙太后和周贤妃毒害怀献太子呢？”

“竹影本是张太皇太后宫里的人，和孙皇后、周贤妃她们也相熟，后来是受太皇太后指派，服侍出宫的郕王母子的。杭皇后为人跋扈嚣张，竹影当年在郕王府时曾受过杭氏的呵斥和杖责，心里一直对杭氏怀有怨恨。所以孙太后和周贤妃利用这一点做通了竹影的工作，才有了后来的花粉绿豆糕事件。杭氏自是咎由自取，但吴太妃素日待竹影不薄，所以竹影才一直心怀愧疚，才会执意为吴太妃守灵。孙太后临终之前，遗言给自己的心腹沈姑姑，让她把这世上知道太多皇家秘闻的人给除掉。沈姑姑是孙太后自小就带进宫的贴身丫头，是她最忠诚的心腹，兰若生的皇子被掉包、孙氏假孕以及杭氏母子之死这些秘事，沈姑姑都全程参与。她是孙太后最贴心的忠仆，所以她在毒死竹影和素裳后，自己也服毒自尽，追随主子而去。”钱太后说。

“竹影、素裳被毒死，沈姑姑服毒自尽，孙太后身边的亲信宫女红芍也又聋又哑，难道红芍也是被沈姑姑下的毒？”万贞儿问。

“应该是。除了沈姑姑，红芍也知道不少孙太后的事，所以沈姑姑也对红芍下了毒，只是红芍中毒的分量轻了一点儿，所以侥幸捡了一条命，但变得又聋又哑，在这世上也只是残喘苟活罢了。”钱太后叹了一口气。

“看来为孙太后做事都没有好下场，她自己驾崩后也不允许别人独活，要杀人灭口，随着她陪葬。”万贞儿阴郁地说。

“贞儿你也看出来了？所以有人也恐惧自己被灭口，就偷偷地把这些惊天秘密都告诉给了哀家，一则哀家低调口紧不张扬，二则也是依仗哀家的中宫皇后身份明里暗里可以保护他不被人灭口。”钱太后说。

“这么说，告诉太后您这些秘事的人目前还在世，是这些事件的参与者之一吗？”万贞儿问。

钱太后缓缓地摇了摇头说：“哀家曾经答应不把这位知情人的情况对外透露半分，所以这次也不能告诉贞儿你。若有缘，你日后自会知晓他是谁。”

“英宗皇帝知晓他并非孙太后所亲生这件事吗？”这个问题是万贞儿所感兴趣的。

“那位知情人告知哀家这件事时，先帝已罹患重疾卧病在床。兹事重大，哀家踌躇再三，在先帝的病榻前，还是把这件事告诉了先帝，哀家也不想先帝连自己的真实身世都不知道就不明不白地去见先祖。估计那位知情人也是不想先帝一生在世都不明白自己的生母到底是谁吧，所以才把情况悄悄透露给了哀家。先帝知晓后，先是吃惊，不相信，因为他觉得孙母后一直也待他不错啊。哀家后来给先帝详细分析了一些事情的前因后果，先帝也就打消了疑虑之心，相信了。但又能怎样？先帝不久就驾崩了，无法为生母去争得任何名位了，只有带着对生母的歉意和生母在阴曹地府相会了。”钱太后悲伤地说。

“可怜兰若妄自高兴一场，最终为自己的主子孙贵妃做了嫁衣裳！”万贞儿叹了口气，接着说，“母后，您今天告诉贞儿这些，有什么用意吗？”

“当然有，你是聪明人，哀家也没看错。哀家被周氏那个贱人害得不能生育，她一直嫉妒先帝爱敬哀家。哀家自觉已离大限之期不远，先帝生前曾遗言‘钱皇后千秋万岁后，与朕同葬’！哀家估计薨逝后，周氏这个贱人会千方百计地阻挠哀家和先帝同葬。皇上是她生的儿子，估计到时也拗不过她，这宫里，又聪明又有能力与她抗衡又能影响皇上的就只有贵妃娘娘你了！所以今日哀家向贵妃娘娘你说出这些话的私心，既是让你彻底明白这宫中的险恶，孙太后和周氏那个贱人都是阴险毒辣之人，你要有所提防。同时也是委托于你，若是今后周氏阻碍哀家和先帝同葬，还望贵妃娘娘千万援手，为哀家在皇上面前美言，以完成先帝和哀家同葬的心愿！”钱太后说着落下泪来。

“母后既已明言，贞儿当竭尽全力周全您和先帝的心愿！在贞儿心目中，您是贞儿的嫡亲母后，周太后不是！母后您请放心！”万贞儿很郑重地说。她心里已然明白，原来钱太后这两年来主动和自己亲近，主要是为这合葬之事。只是这“合葬”是先帝命大学士李贤记录在册的，难道周太后会违拗吗？

“好孩子，哀家没看错你！哀家这颗心早就随先帝而去了，这几年也只是混日等死罢了。贞儿，哀家要提醒你一句，你和皇上的皇长子没满月就夭折，你这两年也一直未再有孕，你没查查是什么原因吗？”钱太后的那只独眼亮亮地看着万贞儿说。

“胡太医说，是皇儿先天不足所以夭折，胡太医也说臣妾已过了生育的最佳年龄，所以不易有孕。胡太医搭救过我们母子的性命，臣妾也一直很相信他。难道这里面有什么不妥吗？”万贞儿惊疑地问。

“二十年前，哀家的身孕就是由胡太医照看的，哀家的安胎药也是胡太医开的方子，但哀家后来就小产了，而且再也不能生育。哀家看你也是皇子生下来就夭折，此后就再也不能生育，而你也一直是胡太医照看的。所以哀家把心里这个疑虑说出来，到底有没有问题，还需要贵妃娘娘你自己悄悄地明察暗访。胡太医是在宫里行医多年的老太医了，听说他过两年就要告老还乡了吧？”钱太后说。

万贞儿心里又疑又惧，只得说：“多谢母后提醒！臣妾当仔细调查此事！”

第二十五章

诡计败露斗周太后

听了钱太后的话，万贞儿对胡太医起了疑心。回到安喜宫后，她交代乔韵儿说：“韵儿，去太医院看看，若胡太医在，就回来。若胡太医不在，就把太医院的右院判姜大人请来为我把把脉。”万贞儿提议让皇上把胡太医从右院判升职为太医院院使后，太医院另一位艺术高明的姜太医就顶了右院判的空缺。

“不请胡太医请姜太医？娘娘您不是一向都是请的胡太医吗？”乔韵儿不解地问。

“换个人诊视也不妨。”万贞儿说。乔韵儿没再说什么，答应着去了。

一会儿工夫，姜太医就提着药箱跟在乔韵儿身后来了。乔韵儿说：“胡太医去清宁宫给周太后把平安脉了，所以奴婢就按娘娘的吩咐把姜太医请来了。”

“下官叩见贵妃娘娘！恭祝娘娘凤体安康、吉祥如意！”姜太医隔着纱帘给万贞儿行礼。姜太医五十来岁的样子，看着比胡太医年轻。

万贞儿笑笑，说：“有劳姜太医了。听闻姜太医是太医院的副院判，也是医术精到之人。本宫自从两年前诞下皇长子后，一直未能有娠。烦请姜太医给本宫好好看看把把脉，看本宫未能有孕的原因是什么？本宫还能有怀上龙胎的机会吗？”

姜太医恭敬地说：“娘娘的脉息一向不是胡太医诊视的吗？胡太医的医术是太医院首屈一指的，下官不敢和胡太医比肩。”

“胡太医年纪也大了，过两年就要告老还乡了。本宫也想培养年轻的后起之秀以接替胡太医的院使之职。你是太医院的副院判，医术自也不差。若是为本宫诊治得好，本宫就向皇上举荐你接替胡太医成为太医院的院使。”

“多谢娘娘的信任、青睐和提携，微臣当竭尽全力维护娘娘的凤体安康！”姜太医叩头谢恩。

“那就开始为本宫诊治吧。”万贞儿说。

姜太医悬丝开始为万贞儿把脉。沉吟良久，又让乔韵儿揭开纱帘，仔细审视了万贞儿的面色和舌苔。姜太医又开口问了月信和生产那日以及往日所吃方子的具体情形，这些都由乔韵儿代为回答。

良久，万贞儿听到姜太医在纱帘外回答：“娘娘，微臣仔细望闻问切了一番，微臣觉着娘娘先天体质强壮，月信也算正常，也还未到月信稀少之龄，皇上的宠幸也算多，应该还是有受孕的机会的。只是娘娘当年生皇子是难产，元气大伤，身体机理也受到了损坏，所以孩子不易坐胎。容微臣回去好好想想，在前人的医书里找找，为娘娘配一服容易受孕的坐胎药，不知可否？”

万贞儿暗暗叹了口气，她觉得姜太医的见解和胡太医的说法差不多，也不比胡太医高明到哪里去，料想他配的药方也不会有什么作用，但她还是笑着说：“如此，那就让姜太医费心了。若姜太医的药方让本宫见效的话，本宫说过的话绝不会食言。”

“微臣谢过娘娘！贵妃娘娘是皇上最宠爱的娘娘，若娘娘能诞下龙子，自是天下万民之福！也是微臣的荣幸！微臣这就回去为娘娘配药。”姜太医恭敬地说。

万贞儿让乔韵儿打赏了姜太医，让他走了。

万贞儿对乔韵儿说：“看来宫里的太医都是一路货色，像统一了口径似的。也想象得到，胡太医是院使，又是最有名望和经验的太医，他的诊断，别人会轻易推翻吗？不成，咱们还得上宫外找名医去。去把段英叫来。”

乔韵儿把首领太监段英给叫了来，万贞儿吩咐他说：“去告诉梁芳和韦兴，让他们去民间给本宫找两三位治疗妇婴之症拿手的郎中来。不要张扬，要悄悄地寻访，要找真正的高手。找到后，一位一位地悄悄带到宫里来为本宫诊视。这件差事若办得好，本宫会重重有赏的！”段英答应着去了。

梁芳和韦兴还真是不负所托，不到一个月之内，就为万贞儿找来了三位擅长治疗妇婴之症的民间高手。他们三人先后被带到宫里为万贞儿做了诊视，他们并不知晓她的真实身份，段英告诉他们，是后宫的一位贵人让他们诊断。

前两位和胡太医、姜太医的说法差不多，说万贞儿身体没有大碍，还有机会受孕。

但第三位却说：“草民仔细诊视了贵人的脉象，询问了相关的事宜，以草民三十多年行医治病的经验，草民推断贵人在三年前受孕后服用的安胎药里有雄黄的成分。雄黄对孕妇母体没有影响，但会导致胎儿在母体内发育不良，或者畸胎，或者小产，或者产下后不久就夭折，再怎么也不会活过周岁。况且贵人的胎儿养得太大，不好生养，造成母体难产，也影响到身体机理，增加了日后受孕的难处。最关键的是，贵人的身体里经年日久摄入了桃仁、土鳖、芒硝、三棱、大黄、牵牛子、番泻叶等草药成分，每次摄入的分量并不多，不会夺人性命，但长年累月服用的话，是会导致妇人不孕不育的。”

万贞儿一听，犹如五雷轰顶，忙问：“这些草药成分如何能进入本宫体内呢？”

民医在纱帘外答道：“原也不难，这些草药成分可以碾碎，少量多次地经过饮食进入体内，也可以经过汤药进入体内，原是不容易察觉的。”

万贞儿再问：“本宫还有受孕的机会吗？”

民医答道：“贵人的生育体质已然受到了严重的毁损，要想恢复很难，加之贵人不年轻了，已过了生育佳期，此后只能尽人事听天命了。不过，草民可以给贵人开一副方子以肃清体内那些不孕不育药方的余毒，再加以调养，若受孕的话，也不是没有可能。”

万贞儿已然明白了几分，心里的悲愤在暗涌，但还是命乔韵儿接受了这个方子，并重重嘉奖了这位江湖郎中。

郎中走后，万贞儿立即传胡太医觐见，她这几年的用药都是他主持的，他绝对脱不了干系。

半个时辰后，段英急匆匆回报，在万贞儿耳边耳语：“娘娘，胡太医昨夜出宫给淳王府家的老夫人诊治未归。”

万贞儿亦低声吩咐他说：“派人去淳王府外盯着，不要声张，一旦找到胡太医立即带到安喜宫来，本宫有话要亲自审问。”段英答应着去了。

第二日黄昏，段英回话：“娘娘，胡太医已经死了，尸首是被人在淳王府院墙外的小池塘里发现的，昨晚就已经运回了太医院。皇上和太后都知道了，周太后已经下令让锦衣卫、大理寺和东厂的人去查了，得出的结论是胡太医醉酒后失足溺水而亡。奴才曾命人去淳王府悄悄打听过，淳王爷为感谢胡太医对老夫人的医治，曾在胡太医出王府前宴请过胡太医。胡太医是喝了一些酒，但没有醉，人很清醒，是自己走出王府的。淳王府的人说，若是胡太医醉了的话，一定会派人把他送回太医院的。正是胡太医没有醉，所以他拒绝了王府的护送，说是自己走着回太医院还可以消消食。”

“你不是一直派人盯着淳王府吗？怎么胡太医的尸首被人在王府外发现，你们也不知道？”万贞儿有些恼怒。

“娘娘，是大理寺的人说胡太医是溺毙的，但现在胡太医已经死了，死无对证，奴才也无从追查了。只是胡太医死得蹊跷，恰巧是娘娘想去追查他，他就醉酒失足而死。死得这样巧，莫不是有人想杀人灭口？”段英说。

“是谁想杀胡太医灭口呢？”万贞儿问。

“这个，奴才不敢妄自揣测。若是胡太医真的在娘娘的药方里动了手脚，那定是指使胡太医下药的人怕败露，索性杀人灭口，好死无对证。”段英说。

“谁人敢这么大胆，竟敢来算计本宫？”万贞儿恼怒地说。

“娘娘，奴才调查，胡太医确实是没有喝醉离开王府的，但大理寺断案的人下结论：胡太医是酒醉失足溺水而死。这其中的破绽，奴才能看出，难道大理寺的人看不出？”段英提醒万贞儿说。

“你的意思是，有人不仅可以杀胡太医灭口，而且还可以让大理寺的人噤口？”

“娘娘，这个奴才就真的不敢妄自揣测了。”段英回答。

翌日，万贞儿来到仁寿宫，把这几天发生的事情对钱太后复述了一遍，说：“母后，您觉得胡太医真的是酒醉意外溺亡吗？事情哪有这么凑巧？臣妾去追查胡太医，胡太医刚巧就出事了？”

“你既然这么问，就说明你也是不相信的。很明显，指使胡太医暗害你的人发现你已经追查起来要败露了，所以就杀了胡太医灭口。胡太医明明没醉却被大理寺的人说成酒醉溺水而死。能够让胡太医和大理寺都俯首听命的人，普天之下，能有几个？”钱太后悠悠地说。

“只有皇上、太后、皇后而已。皇上？不大可能，他不可能残害臣妾和自己的亲生皇子。皇后王婉柔？有可能，但看着不像，臣妾估计她没有那个胆量也没有那个本事。太后？您的龙胎当年也是胡太医照看的，您不可能残害自己的皇子吧？那么，就只有她了！她自然是嫉恨您的中宫皇后之位，她也历来对臣妾不满，能操纵太医院和大理寺的人最有可能就是她！可是我们这些都只是推测，并没有直接的证据证明就是她指使的。”万贞儿说。

“这就是她的高明之处。所以你和哀家以后都要提防着她！”钱太后嘱咐说。

“太迟了！母后您的龙胎是胡太医捣的鬼，臣妾的也是一样。而且臣妾还被那些不孕之药给毁了身体，再也不能生育了！”万贞儿凄厉地说。

“哀家的身体也是胡太医诊视的，岂不是和你一样被毁了？只是哀家醒悟得迟了一些，况且哀家也没想到她竟然对自己的亲皇孙也能下手！不然哀家应该早点儿提醒你提防她的！”钱太后说。

“您是中宫皇后，您怀的是嫡皇子，她都敢下手。臣妾在她眼里不过是低贱的婢女一个，她有什么不敢下手的？”万贞儿既伤心又气愤地说。

“所以贞儿，咱们从此以后都要防着她！你防着别被她害了性命。哀家呢，自知时日无多，哀家大限之后，肯定是要起波澜的。放眼这宫里，唯一能与她抗衡的，也只有贵妃娘娘你了。”钱太后望着万贞儿，那只失明的眼睛似乎也亮了起来。

“母后，您担心的事情，臣妾会竭尽全力去帮您。帮您，也就是帮臣妾自己。而且臣妾也觉得奇怪，知道臣妾在外寻医的人并不多，只不过是臣妾宫里的几个心腹而已。臣妾刚想去追查胡太医，可巧胡太医就溺毙了。这是哪个给对家送的信？难道臣妾身边出了内奸？臣妾一定会追查下去的！”万贞儿握着钱太后枯瘦干燥的手说。

万贞儿和钱太后在仁寿宫密语的一个月以后，成化四年的五月十五日，钱太后在仁寿宫驾崩，享年仅四十三岁。太医检视后，说慈懿太后是无疾而终。先帝明英宗驾崩时是三十八岁，仅仅不到五年，中宫皇后钱如玢也追随先帝而去。

果然就如钱太后生前所料到的那样，周太后不同意钱太后和先帝合葬，在前廷后宫闹出了轩然大波。

天顺帝朱祁镇南宫复辟后，周贵妃就一直想取钱皇后而代之。周贵妃买通孙太后身边的亲信太监蒋冕，蒋冕在孙太后处游说，说钱氏无子，周贵妃有子，应该立周贵妃为皇后。朱祁镇知道了大怒，立即把蒋冕斥责了一通。

成化帝朱见深继位后，大臣们奏请上两宫太后尊号。周贵妃摆出皇帝生母的身份，授意亲信太监夏时召集群臣廷议尊位太后之事。夏时倨傲地对群臣说："钱皇后病废之人，不足称太后，应该独尊贵妃为皇太后。钱皇后无子，哪有做太后的资格？早该循宣宗朝胡皇后的先例被废掉了！"

此话一出，群臣顿时炸开了锅。大学士李贤、彭时出面和夏时辩论。李贤说："大行皇帝临终前嘱咐皇太子'皇后名位素定，当尽孝以终天年'。还特意嘱咐臣写下遗诏'钱皇后千秋万岁后，与朕同葬'。先帝遗诏已定，怎能随意更改？"

彭时也立即表态支持李贤说："胡皇后是让位在先，而今钱皇后名位俱在，未曾逊让，所以理当尊为太后！"

夏时嘻笑着说："我们现在就是要钱皇后让位啊，让出皇太后之位！"

彭时厉声反驳说："胡皇后让位，是宣宗皇帝在世的时候。如今先帝已大行，做臣子的谁敢令太后让位？"

夏时也高声叫嚷："你们竟然敢立两位太后，你们就是有罪的！"

彭时仰天长叹说："两宫同尊，皇上之孝也！臣子所不敢不尊者，正为皇上全孝德耳！钱太后已无子，这样对谁更有利呢？有太祖、太宗之遗法在，又是谁有二心呢？列祖列宗与天地神灵在上，皇上既以孝治人，岂有尊生母而不尊嫡母之理？"

两位内阁首辅开了头，群臣也纷纷附和，向皇上奏请并尊两宫太后。

群臣激愤，夏时不得不向周贵妃和成化帝禀报。朱见深最终下令起草"并尊”诏。彭时又和李贤奏议，特在正宫太后尊号前加二字以区别之，乃尊钱太后曰“慈懿皇太后”；尊周太后曰“皇太后”。

经历了这一番激烈的两宫太后尊号风波后，首辅大臣李贤和彭时就预感到周太后不是个好相处的人，预料到她终有一日会与先帝“与钱皇后合葬”的遗诏重起事端。于是，在为大行皇帝兴建陵墓的时候，李贤和彭时就预先提出，要在裕陵地宫中同时营建三间墓室。

钱太后驾崩后，周太后果然坚决反对合葬之说，要求皇上为钱太后另择墓地。而这，又恰恰证明了李贤和彭时在当初营建先帝陵寝时的先见之明。

夏时和怀恩召来一众辅臣，宣布要商议钱太后的丧葬事宜。此时李贤已于成化二年病故，首辅彭时率先奏请：“钱太后葬礼裕陵，神主祔入太庙，这是先帝的遗愿，早就定了的事情，还有什么可议的？”

夏时说：“所议者，谓慈懿无子，损肢体，必难以入山林耳。”

彭时回答：“慈懿母仪三十年，当先帝在时，未尝以损肢体无子违寝御也。先帝不异室，而为臣子者，反谓其难与同穴，吾未敢闻。况且先帝遗命在此，既共所尊，而身后更同其享。”

成化帝说：“你说的这些，难道朕会不知道吗？朕只是担心钱太后一旦入葬，就会使朕的母后失去与皇考合葬的机会！”

彭时见皇上如此说，反倒安心了，说：“皇上对两宫太后都非常孝顺，早已是闻名天下的‘圣德’之举。而要成全孝义之名，就不能不合乎礼仪。”

内阁重臣商辂也表态说：“若不让钱太后祔葬，日后必将损害皇上的德名。”大学士刘定之也跟着附和：“孝顺之道贵在守大义，而不是守长辈一时之命！”

朱见深被辅臣们一通轰炸，眼前金星直冒。本来就有点儿口吃毛病的他吭哧了半天，才好不容易冒出一句话来：“连生身母亲的命令都不听了，还能算孝顺儿子吗？”

听皇帝这样说，彭时很快就想到了曾经的计划，遂向皇上建议说：“可以将钱太后葬于先帝之左，虚右位以待周太后将来。”

然而对于这个提议，周太后坚决不肯接受，严命朱见深为钱太后另择墓地。朱见深左右为难，在万贞儿面前唉声叹气说：“母命不可违，违之谓不孝。贞儿，这可叫朕如何是好？”

万贞儿用锦帕拭去皇上额头急出的汗，柔声说：“先帝早有与钱皇后合葬的遗诏，陛下若不尊，就是对先帝的大不孝。况且人心向背，民意不可违。若是众大臣执意坚持的话，臣妾想，太后也不敢逆天而行，违背先帝的心愿，惹来众怒的。皇上别急，静观其变，贞儿心里有把握，会让事态逐渐平息的。”

在万贵妃暗中支持下，彭时、商辂、刘定之随后又联名向皇上上疏章：“太后作配先帝，正位中宫，陛下尊为太后，诏示天下。先帝全夫妇之伦，陛下尽母子之爱，于义俱得。今梓宫当合葬裕陵，主当祔庙，此不易之礼。比闻欲别卜葬地，臣等实怀疑惧。窃谓皇上所以迟疑者，必以今皇太后万寿后，当与先帝同尊，自嫌二后并配，非祖宗制。考之于古，汉文帝尊所生母薄太后，而吕后仍祔长陵。宋仁宗追尊生母李宸妃，而刘后仍祔太庙。今若陵庙之制稍有未合，则有乖前美，贻讥来叶。”

这份疏章让周太后大怒，自然也就没有得到朱见深的首肯，而是交由廷臣廷议。但是这个建议竟得到了以吏部尚书李秉、礼部尚书姚夔为首，共计九十九位与会廷臣的一致响应。周太后闻之勃然大怒，不管廷臣们说什么，清宁宫中发出来的仍然是为钱太后另择葬地的懿旨。

夹在群臣和母后之间的成化帝朱见深向群臣叹气说：“卿等所言极是。只是你们也该可怜可怜朕，朕多次劝解母后，也没能得到母后的依允。现在朕违背礼仪是不孝，可是违背母后也是不孝，你们倒是给朕想个万全的法子？”

对于周太后的一意孤行和皇上的优柔寡断，群臣深为不满，都激起一腔义愤，要为孤苦无依的钱太后讨个公道。

詹事柯潜、给事中魏元当天就上疏进谏。第二天阵仗更大，以礼部尚书姚夔为首，四百七十名大臣联名的疏章摆在了皇上的案头，都是为钱太后请命，要求和先帝合葬的。

周太后依然不理睬不松口，皇帝也难以定夺。

万贞儿也没有想到周太后会如此忌惮钱太后与先帝合葬之事，也前所未有地强硬至此！看来，周贵妃在和钱皇后的争宠之中，斗了一辈子，死后也不放过。万贞儿也不能不佩服钱太后和李贤、彭时的先见之明。这女人的醋坛子一旦打翻了，还真是不好收拾。

万贞儿先前已答应为钱太后合葬之事竭尽全力，况且众大臣也是支持合葬之事的。众人拾柴火焰高，此事非得借助滔滔民意才能得以解决。万贞儿暗中派出太监段英联络朝中众大臣发出一波接一波的攻击，要让周太后招架不住，感到人心不可违。

又过了一日，给事中魏元偕同僚三十九人，御史康允韶偕同僚四十一人，刚下早朝就集体跪于文华门外放声大哭，直哭得声震云霄，整个前廷后宫都被笼罩在号啕声中。

心烦意乱的周太后要皇帝下令群臣止哭退去。群臣面对一脸苦相的皇帝连连叩头，牛性子发作了，拒不从命，声言："不得钱太后合葬旨意，绝不敢退下！"

在京城六月明亮刺眼的阳光下，在滚烫灼热的紫禁城青砖上，群臣从上午巳时开始跪起，一直跪到下午申时，哭昏晒晕了也不肯罢休。

看见群臣如此一致的誓死决心，年轻的成化帝朱见深再也顶不住了。周太后也万万没有想到钱太后在百官心目中竟如此受尊崇，她害怕再惹出更大的乱子，终于答应了朝臣们的要求。群臣们山呼"万岁"后方才退下。

成化四年七月，成化帝为嫡母钱太后正式上谥号为"孝庄献穆弘惠显仁恭天钦圣睿皇后"，并将神位祔入太庙，与先帝英宗皇帝并列在一起，同时宣布钱太后将于九月与先帝合葬裕陵。

然而不甘心失败的周太后最终还是捣了鬼。在皇宫内供奉历代帝后神位的奉先殿内，周太后不允许在英宗皇帝身边摆放钱太后的牌位画像。

在钱太后下葬的时候，周太后暗中授意经办此事的太监，将钱太后墓穴通向先帝墓穴的那条隧道故意挖错，不但与先帝墓室方向错开足足数丈之远，而且在中途就把隧道堵住。而留给周太后的石穴则刚好相反，有一道宽敞且直通先帝墓室的隧道。

此次的合葬风波让前廷后宫都认识到了舆论和群情的力量。这股舆情力量不久以后又发酵了一次。

第二十六章

广溥圣恩柏贤妃娠

钱太后于成化四年九月和明英宗朱祁镇合葬裕陵。

成化四年的秋天，钦天监来报，中原的西北方向和东南方向在夜里接连出现了几次扫帚星闪过的痕迹。扫帚星乃不祥之兆，主有灾难即将发生。

几日之后，段英告诉万贞儿，朝中大臣有人上疏："上天降灾星有警示，皇上已即位多年，然后宫仍未有皇嗣，请求皇上为皇嗣计，广溥恩泽于后宫。"就是请求皇帝多宠幸宫中其他的嫔妃。大学士彭时、礼部尚书姚夔也上疏请求皇帝要扩大后宫宠幸的范围，以广后嗣。

以往前廷后宫也有指责"万氏专宠，然已过生育佳期，恐延误皇嗣"的声音，但像这样朝臣大规模上疏章奏请皇上，还是第一次。

万贞儿对段英说："段公公，怎么今儿这么多人关心起皇嗣来了？连彭大人、姚大人这样有分量的朝廷重臣也参与进来了，这不是向皇上逼宫吗？宠幸后妃应该是皇上的家事吧，外廷的大臣也要干预吗？"

"娘娘，奴才也觉着这事不是那么简单。以往说娘娘专宠的，也仅限于后宫的个别人。如今连朝臣们也加入进来了，而且还和灾星扯上了干系，可谓是舆情汹涌，大造声势。奴才愚见，只怕是有人看到当初慈懿太后合葬之事，群臣起了关键作用，所以也想借助众人之口压制娘娘吧？"段英已在万贞儿身边几年，对前廷后宫的情况也颇熟悉了。

“公公，你应该也清楚谁人能操纵前廷和后宫吧？”万贞儿说。

“娘娘，奴才心里明白的应该和娘娘心里想的是一样的。”段英回答。

“嗯，她在合葬一事上没占上风，只怕也晓得了是本宫在背后使了力，所以也想借灾星之事操纵群臣之口，借力打力，以彼之道还施彼身。只是如今前廷没咱们的人，梁芳、韦兴都是内廷的人，在前廷也说不上话。不然前廷有咱们的人的话，也可以帮本宫予以还击了。”万贞儿沉吟着说。

“娘娘，不然从今儿起咱们就在前廷物色培养能为咱们说话的人？”段英看着万贞儿说，“大学士万安可给奴才说了好几次了，想和娘娘认个宗亲呢。”

“万安？何许人？”

“万安是眉州人，正统十三年进士及第。万大人对奴才说，他有一个妾侍陈氏是娘娘您的弟媳王氏的亲妹妹呢，只不过是从小抱给了陈家抚养，所以改姓陈。万大人说，和娘娘您同姓万，想和娘娘认个宗亲呢。”

“万安是眉州人，本宫是诸城人，相隔甚远呢。不过天下万姓是一家，他既然有心，又是大学士出身，况且和本宫也真的是姻亲，本宫身边也需要有得力的外臣，那本宫就和他认个宗亲，有心提携他，以作我用。段英，明儿让万安递个折子进来，让本宫瞧瞧，若合适的话，本宫就在皇上面前抬举他，先提携他进内阁吧。”万贞儿思忖着说。

“有娘娘的提携，那自然是万大人的造化了。奴才即刻就去办！”段英喜滋滋地说。

见他喜滋滋的样子，万贞儿心里明白，定是万安许了他不少好处，他才如此卖力。但她也不点穿段英，奴才嘛，只要忠心于自己，为自己所用，许他点儿小恩小惠，那是自然。只要不出格，不是狮子大开口贪得无厌就行。

朱见深下了早朝来到安喜宫，却是眉头紧锁，似有不悦之色。万贞儿察言观色地问：“皇上可是有烦心事？能说与臣妾听吗？”

“贞儿，这几日朝廷的大臣们上了不少折子，说天降灾星，警示有难。说朕登基多年，一直未有皇嗣，让朕广泽后宫以利于皇嗣。以前只是母后在朕面前说说而已，如今连大臣们也开始对朕的宫闱之事指手画脚了。整日聒噪，还非逼着朕答应不可，把当初坚持慈懿太后合葬的劲头也搬出来了，让朕好不心烦！贞儿，朕该如何回复这些大臣？”朱见深忧心忡忡地说。

万贞儿抹抹他皱着的眉头，说：“皇上，别皱眉，皱眉不好看，成了老头子了。贞儿还没老呢，皇上可不许老在贞儿前面。那些大臣聒噪，你且答应他们就是了。从今儿起，你就多去其他嫔妃宫里，皇后、贤妃宫里都要多去，也省得臣妾背了这专宠的恶名。”万贞儿嗔笑着似真似假地说。

“贞儿，朕真的不想去，朕只想守着你。只是母后的话，朕不得不听，大臣的聒噪，朕也不得不理会。”朱见深握着万贞儿的手说。

万贞儿心里涌过一阵温热，说：“去吧，从今儿起，就宿在其他嫔妃那里，做给那些人看，皇上是贤君，臣妾也想博一个贤妃的美名。臣妾不会计较的，只要皇上的心在贞儿这里就行了。”

朱见深情不自禁地说：“贞儿，你就像是一团火，让朕感觉温暖热烈，总是不舍得离开。”

“贞儿也不舍得离开皇上。但皇上要做明君，臣妾也要做贤妃，只能忍痛分开以堵那些悠悠之口了！两情若是久长时，又岂在朝朝暮暮！”万贞儿紧紧揽住朱见深日益壮实的身躯，幽幽地说。

从那以后，朱见深就时常宿在皇后王婉柔和贤妃柏清吟宫里，其他美人、贵人宫里也间或去一次。王皇后宫里只去了几次，倒是柏贤妃宫里去的次数多。朱见深也对万贞儿说过，相比王皇后的沉静自持，他更喜欢柏贤妃的明艳活泼。

每晚各宫侍寝嫔妃宫门前按例都挂起两盏亮着的红纱灯笼，表示等待皇上的临幸。一旦皇上临幸某宫，此宫门上之灯先行卸下。宫中东西巡街的太监即刻传令，其余各宫俱卸灯歇息。这段时间，的确是柏贤妃接驾伴寝为多，她所住的万安宫宫门上的两盏红灯笼先行卸下的次数最多。

朱见深不在身边的长夜里，万贞儿辗转反侧睡不着，和乔韵儿说着闲话：“韵儿，是我劝说皇上去别的嫔妃宫里，但我心里并不好受，那种贤惠大度也是装出来的。韵儿，你心里若是真的在意一个男人，自是不愿意和他人分享的。我以前是不觉得，现在可是真的感受到了。若我嫁的是普通平民，自是可以一心一意地守着他，不许他纳妾。只是我现在的夫君是皇上，皇上纵使想专宠我，但他的后宫和大臣都不会答应。所以啊，嫁给皇上又有什么好？”

“娘娘，容奴婢斗胆说一句，皇上对娘娘您真是难得呢！三千宠爱集于一身，想那杨贵妃也不过如此吧。”乔韵儿说。

“杨贵妃有什么好？最后还不是被唐明皇赐死在马嵬坡了？所以啊，身在帝王家并没什么好。如果可以的话，我宁愿过着小门小户的平淡生活，守着自己心爱的情郎恩恩爱爱地过日子，不需要处心积虑地算计，不需要讨好哪个，不需要勾心斗角。若是窦如海还活着，该有多好。”万贞儿看了看手腕上的墨玉手镯，神往地说。

乔韵儿看着她，认真地说：“娘娘，容奴婢再多一句嘴，您现在都是皇上的贵妃娘娘了，可不要让皇上知道您还在想着那个窦如海。您不喜欢皇上和其他嫔妃在一起，难道皇上就不会介意您还想念那个窦如海？”

“我也没那么想念啊，毕竟也过去这么多年了。只是窦如海的失踪，总是让我心里不安，心里有愧疚似的，所以偶尔还会想起。他现在若是真的安好，我便也彻底心安了。”万贞儿思索着，说，“睡吧，都已经三更了。”

群臣的舆情和万贞儿的大度不久就有了结果，后宫嫔妃里果然就有人怀上了成化帝的第二个皇子。

万安宫里传出喜讯，柏贤妃怀上龙胎了。这是自万贞儿诞下皇长子后，后宫嫔妃里第二个怀上皇上龙裔的人。

得知消息的时候，万贞儿心里“轰”的一声，似有什么坚固的东西一下坍塌了。她不得不承认自己心里是有失落感的，成化二年二月自己的皇长子殁了，而且自己今后只怕是再也不能有孕了！想到这里，万贞儿心里就涌上一种深深的恨意，恨胡太医，枉自己那么相信他！更恨那个指使胡太医戕害自己的人！

柏贤妃有孕，立刻就成了后宫里最金贵的嫔妃。周太后下旨，命好几个太医照拂柏贤妃的龙胎，宫里最好的东西都送去了万安宫。以往那些嫔妃宫女太监们都是着意巴结安喜宫的，但现在，都一窝蜂拥去了柏贤妃的万安宫。

连安喜宫里的小宫女小太监都在背后嘀咕：“贤妃娘娘要是生下了皇子，只怕就会被立为太子，到时万安宫的宠幸只怕就会超过我们安喜宫了。”

这话被乔韵儿听到了，把这两个小宫女小太监一顿训斥：“吃里爬外的东西！现在还是贵妃娘娘身边的人呢，就这么向着贤妃那边了？那皇子还没生呢，保不定就是一个公主呢？皇子咱们宫里又不是没见过，贵妃娘娘也是生过皇子的，还是皇长子！所以这皇子公主什么的，要生下了活下来了，才作得数的。你们既然喜欢万安宫，那我就回了贵妃娘娘，送你们去万安宫就是！”吓得那两个宫女和太监跪地求饶，说再也不敢乱说了。

朱见深得知柏清吟有孕，也是格外高兴，对万贞儿说：“贞儿，这下朕有皇嗣了，用不着听那帮大臣的聒噪了。母后也很高兴，要朕多加照拂贤妃。母后还说宫里的嫔妃数量也不算少，有的入宫几年了，也未见有孕，延误了皇嗣的繁衍。母后说，从前的十二淑女选三，落选的那九位当时年龄尚小，如今几年过去，也该长成了。让朕多去临幸，还说其中的张美人、王才人尤其出色。母后说，若朕一直冷落这些宫里的嫔妃，她就准备从民间再选几位良家女子以充实后宫。母后既这样说，朕只得答应，说不必再叨扰民间女子了，朕以后多加御幸宫里其他嫔妃就是。”他只顾说得高兴，万贞儿心里却犹如打翻了五味瓶。

朱见深终于注意到了万贞儿的情绪，走过来抱住她说：“贞儿，你不怎么高兴？是朕这向冷落你了吗？朕也是无心的。毕竟朕今年也有二十一岁了，登基也快五年了，自从咱们的皇儿夭折后，一直未有皇嗣，让母后和大臣们不安，朕这心里也烦躁得很。如今终于贤妃有孕，朕这心里也松了口气。贞儿，你放心，朕心里始终最看重的还是你，还是最愿意待在你的宫里。你放心，咱们总还会有皇子的。”

“皇上，民医说，臣妾当年怀皇儿时，被人下了药，不但损坏了皇儿的健康，而且也损坏了臣妾的身体，臣妾只怕以后再也怀不上皇上的孩子了！”万贞儿带着哭腔凄厉地说。

“下了药？是谁如此大胆敢对朕的爱妃和皇儿下手？朕要将他碎尸万段！”朱见深闻言瞪圆了眼睛，厉声说道。

“皇上，臣妾有娠后，一直是胡太医打理臣妾的身体，并没有假手过他人。臣妾本来是想找胡太医当面对质的，但臣妾想找胡太医之时，胡太医就恰巧醉酒溺毙在淳王府外的小池塘里了！”

“这件事朕知道啊。胡太医溺毙，朕和太后都下令严查，大理寺办案的官员回话说，胡太医的确是溺毙的。这个案子已经了结了啊！难道爱妃怀疑胡太医有害你之意？胡太医当初可是朕推荐给你的啊！你当初也一直是很信任胡太医，说胡太医搭救过你和皇儿两条性命的啊？”朱见深显得很吃惊地问。

“是的，皇上，此前臣妾从没疑心过胡太医，但臣妾这几年一直不孕，民医说，是臣妾体内被人长期暗下了易致不孕不育的草药成分，对身体损害不少。臣妾心里怀疑，胡太医可能是被人暗中胁迫指使让臣妾不能有孕的。当臣妾想查个水落石出时，胡太医却被杀人灭口了！这个幕后主使者的手段也太高明了！非一般人力所能及！钱太后当年告诉臣妾说，当年她怀上龙胎时，也是胡太医诊视的，后来龙胎没保住，钱太后自此也不能再孕。能让钱太后和臣妾都保不住皇子、怀不上龙胎的，放眼这宫里，有这样能耐的人会有几个？”万贞儿悲愤地说。

“贞儿，你说得如此肯定，此事还牵扯到钱母后当年的事，自然是和宫里这些后来才进宫的嫔妃无关。难道你心里有所指？”朱见深年轻俊秀的脸惊疑不定地看着万贞儿。

“臣妾也只是怀疑而已，毕竟胡太医已死，已经死无对证了！臣妾只是觉得心里害怕，不但皇嗣惨遭荼毒，只怕贞儿的性命也将不保！”万贞儿说着流下泪来。

“贞儿，不怕，有朕在呢！”朱见深搂住她，柔情地说，“你是朕的爱妃，你若被害，朕也不会独活！这是朕的真实想法，朕会向后宫之人明示，也会向母后明示，看谁还敢害你！而且朕还会告诉她们，纵使贵妃以后不能再孕育皇嗣，朕也依然像从前那样宠爱她！任谁也不会越过贵妃在朕心目中的位置！贞儿，你放心，朕说过，朕会爱你如昔的，朕没有忘，也不会忘的。”

“臣妾叩谢皇上！”万贞儿也紧紧地搂住朱见深说，“皇上若心里有贞儿，贞儿心里也就宽慰些了，咱们的皇儿也不算白白夭折了。”

“贞儿你放心。朕心里一直有贞儿，也希望贞儿心里一直有朕。你若不离不弃，我必生死相依。当年在沂王府，贞儿你没有舍弃深儿而去，深儿今日必然也不会舍你而去。以前不会，现在不会，今后也不会！”朱见深紧搂住万贞儿，用有着微微胡髭的下巴摩挲着她的鬓角和发际。

万贞儿亦紧紧依偎在朱见深怀里，幽幽地说：“贞儿心里肯定有皇上，所以迫切想为皇上生育皇嗣。奈何天不遂人愿，这是贞儿心里最大的遗憾！所以柏贤妃有孕，贞儿心里既高兴也失落。”

“贞儿，你放心！你孕育不了皇嗣，朕也一样宠你！你若喜欢，柏妃的孩子将来认你做义母就是，就养在你宫中。”朱见深微笑地看着她说。

“皇上，臣妾可不愿夺人所爱。臣妾也是养过孩子的人，知晓母亲失去孩子的痛苦，孩子是母亲的心头肉呢！”万贞儿眼泛泪光，偎在朱见深怀里说。

“那就不养，朕都随你，只要你高兴。”朱见深温柔地说。

柏清吟有孕固然是让万贞儿不快，但后来意外得知的一件秘事却让她和朱见深几乎反目成仇。

第二十七章

旧事重提当面对质

成化五年六月十四日，柏贤妃在万安宫诞下皇次子，举国庆贺。柏贤妃身边的近侍太监崔公公向周太后进言：贤妃娘娘诞下皇次子，目前也仅是皇上唯一的皇嗣，娘娘理应晋封为贵妃，比照万贵妃当年那样。

周太后思虑了一番，说："万贵妃当年就是晋升贵妃太急，以至于冲撞了皇子也说不定，皇长子未出月就早夭了，让人空欢喜一场。所以贤妃晋封这事不急，待皇子过了百日也不迟。皇子若一直好好的，还怕生母熬不到出头之日？"

周太后的话立即在后宫传遍了，宫人们又拥到万安宫贺喜不迭，都恭贺贤妃即将晋升为贵妃，皇子也将被册立为太子，贤妃只怕将来还会有当皇后乃至皇太后的隆运。连一向不太搭理柏贤妃的王皇后都亲自去万安宫探视，送去了隆重的贺礼。

乔韵儿不服气地对万贞儿说："近侍太监要太后册封贤妃为贵妃，这自然是贤妃在背后主使的。贤妃以前一副没有心机的样子，想不到一诞下皇子，立刻就想着晋封贵妃想比肩娘娘您了！连王皇后也上赶着去万安宫巴结了！以前那些人可是上赶着来咱们宫里的。这些小人！"

万贞儿心里也不怎么舒服，对乔韵儿说："听说翠微亭那边的石榴花开得正好，扶我出去瞧瞧。这整日待在屋子里，人既闷也乏。”

来到翠微亭，果然一排石榴树的红花开得正艳。万贞儿正观赏着，就听到假山后有说话的声音：“万贞儿这个肥婢这几年一直霸占着咱们皇上，可就是肚子不争气，怀都怀不上。现在可好，贤妃娘娘怀上了，生了，还是个皇子！指不定这个皇子将来就是太子，贤妃娘娘将来就是贵妃，指不定还是皇后！反正王皇后也不讨皇上喜欢。母以子贵，今后咱们就多依靠贤妃娘娘吧！利用贤妃母子打压万氏，一定要让万氏这个贱人恩尽失宠，不得好死！”万贞儿听出这是夏露的声音，恶狠狠的。

万贞儿示意乔韵儿噤声，继续听她们说下去，她估计秋水也在场。果然接着就听到了秋水的声音：“贤妃娘娘是一方面，咱们也不能丢了太后那边，太后毕竟是皇上的生母呢。太后发话了，皇上也不得不听呢，而且太后当初还让我们监视万氏，有事就向她汇报来着。胡太医那件事不就是我们发现得早，最后给太后通风报信了？最可恨窦如海一事没把那个贱人给扳倒！太子知道了万氏和窦如海的私情也只是悄悄让牛玉打发了窦如海，没有动她万贞儿一根毫毛，可恨咱们枉费了一番心机！”万贞儿一听，犹如五雷轰顶，窦如海之事难道和这两个贱人有关系？

“是啊，咱们把窦如海和万氏的私情告诉了当时的太子，他吩咐我们不要声张，只派牛玉把窦如海给了结了，丝毫也没惊动万贞儿这个贱人。想来他心里一直是偏袒这个贱人的，连这个贱人私通汉子也能忍受，也太窝囊了！早知太子不会追究万氏，咱们应该把这件事告知太后，她那时是贵妃娘娘，就治这个贱人一个淫乱宫闱之罪！”这是夏露说的。

“周太后那时只是贵妃，纵使要治那个贱人的罪，只怕也得请示当时的孙太后。孙太后是这个贱人的旧主，只怕也会包庇她。好在现在咱们有周太后撑腰，太后不是说过，不会让她再怀上皇上的龙裔吗？看来太后是做到了！现在咱们把贤妃母子也争取过来，咱们背后的靠山越来越多、越来越硬的话，不愁扳不倒这个人老珠黄的肥婢！”秋水如是说。

万贞儿怔怔地坐在石凳上，心里百感交集。夏露和秋水暗中投靠了周太后与自己为敌，这个她事先也料得到，并不感到意外，但让万贞儿吃惊的是，她们两人把自己和窦如海私下往来之事密报给了当时的太子朱见深，太子下令让当时的大太监牛玉秘密了结了窦如海。这件事万贞儿竟然完全被瞒得死死的！

太子朱见深那时也只不过十三岁吧，在万贞儿眼里还是一个乳臭未干的孩子，什么事都是自己替他操持和做主的，但他竟然背着自己悄悄地处置了窦如海，而且还把自己瞒到今日！才十三岁的孩子，竟然会如此狠心！万贞儿以前也不止一次疑惑窦如海的失踪的确有蹊跷之处，但她怎么也不会想到竟然会是深儿亲自下令秘密处置的！谁说他只是一个孩子？

万贞儿全身发冷，浑然不知夏露和秋水已经走远了。乔韵儿在旁边碰碰她说："娘娘，犯不着为夏露、秋水这两个贱婢挑拨离间的话生气。娘娘要不爽的话，就挑一个刺，回了皇上，把这两个贱人押去宫正司受刑！"

万贞儿失神地摇摇头说："她们是服侍皇上的老人了，资历和本宫一样老，况且她们现在还有周太后帮着说话，轻易是动不得的。不把本宫惹急了，本宫不会出手。且留着她二人，看她们下面还将如何对付本宫，本宫是不会惧怕这两个贱人的。只是皇上的所作所为，是让我没想到的，让我齿冷心寒啊！韵儿，扶我回去吧，今日还得感谢这两个贱人，让我明白了一个困扰我多年的疑问。"六月的夏风温热袭人，万贞儿却全身冰凉，扶着乔韵儿的手，缓缓地走回去。

回到安喜宫，万贞儿唤来段英，交代他说："段公公，这件事干系重大，你是本宫身边最得力最信得过的公公，这次须得你亲自出马。你去南京孝陵跑一趟，亲自询问守陵的牛玉公公，让他如实回答当年受太子指派，是如何处置窦如海的。告诉他，须得说实话，不得有一丝隐瞒，不然本宫定要叫他生不如死！"

"奴才一定不负娘娘所托！"段英答应着去了。

段英走后的日子，万贞儿和朱见深相处依旧如常，但心里已装满了无限难与人言说的心事。

朱见深也感觉到了她的闷闷不乐，说："贞儿，朕觉得你近日不怎么开心，可是为贤妃诞下皇子之事？你且放宽心，有大臣请奏册封贤妃为贵妃，被朕断然回绝了。贤妃虽然诞下了皇子，但在朕心里，最看重的还是贞儿你，任谁也不会越过你的位置去。"

万贞儿心里感动，也越发觉得揪心，只得强颜欢笑地说："皇上，贞儿不是醋坛子，贞儿也为贤妃母子高兴。贞儿只是身子偶感不适，已看过太医了，无事。"

十日后，段英快马加鞭地回来了。万贞儿问他，事情办得怎样？

段英回答："娘娘，奴才把您的话一字不落地对牛玉说了。牛玉说，一定会把实情都告诉娘娘，只求娘娘宽恕。他也是奉命行事，不得已。"

"牛玉怎么说的？拣重要的说，窦如海可是他经手处理的？"万贞儿急切地问。

"牛玉说，他那年奉太子之命，把神机营的军士窦如海调到山西大同府边关。娘娘您那时也托他打听窦如海的情况，他不敢隐瞒，都告诉了太子。太子吩咐他，万不可向你泄露太子插手了这件事，否则满门论斩，所以他一直不敢告诉您。但窦如海在去往大同的途中逃脱一事，并不在他和太子的计划之内。太子本来是暗示他可以在途中以意外事故结果窦如海的性命的。"段英说。

"果然是太子下令让牛玉做手脚害死窦如海的！"万贞儿一拳擂在紫檀木茶几上，成窑五彩小盖钟里的茶水都震了出来。

"娘娘，仔细手疼。"段英说。

"不妨事，你继续说。"万贞儿尽量心平气和地说。

"娘娘，牛玉公公说，从实际情况看，窦如海可能是觉察到有人要害他，所以在途中反抗逃跑了。牛玉公公后来命人仔细搜寻过，都没有搜到窦如海的尸首。所以牛玉公公推测，窦如海很有可能还活着，牛玉建议娘娘您可以暗中派人去全国各地寻找。牛玉心里觉得愧对娘娘，所以托奴才把娘娘当年托他帮助寻找窦如海时送他的珠宝玉器原封不动地退回来了。牛玉说，这么多年，他心里一直很愧疚，一直想告诉娘娘您实情，但太子当年要他发过毒誓，若有半句泄露，定要诛灭他全家。所以这几年牛玉待在孝陵，心里也不安稳，心里想着哪天东窗事发，娘娘您就会找他算账。现如今，牛玉全都说了，心里也舒坦了，任凭娘娘和皇上发落。"段英说完，看着万贞儿，递过来一个红木描金的首饰盒。

万贞儿打开，果然是自己当年送给牛玉的珠宝首饰。已经近十年过去，这些首饰依然珠光宝气鲜亮如新，一尘不染，想是牛玉也一直小心地收藏着。

万贞儿随手拣出一只上等的翡翠玉镯，递给段英说："你这趟差事办得不错，这是本宫赏你的。下去好好休息吧。"

"谢娘娘赏赐！"段英退了下去。

"韵儿，皇上下早朝了吗？通知小敏子，让皇上下早朝了来安喜宫，本宫有事要面见皇上。"万贞儿对乔韵儿说。

"奴婢这就派人去知会小敏子公公。"乔韵儿答应着。

半个时辰后，还未脱去朝服的朱见深风风火火地进来了，说："爱妃，有事找朕？还特意派了人去告诉小敏子，这可是很少见的啊！"

"天顺三年秋天，太监牛玉把神机营的窦如海调到山西大同边境是你指派的？"万贞儿尽量装得心平气和地问他。

"怎么，你想问朕的就是这件事？"朱见深先还兴高采烈的脸顿时阴沉下来，"是的，是朕指派的。你还想问什么？"

"那么，窦如海的失踪乃至死亡也是你一意指使的？"万贞儿的声音不可遏制地提高了，眼泪顿时也流了下来。

"哦？你竟然哭了？为那个神机营的小军士而哭？很好！你只怕从没为朕哭过吧？这么多年，朕待你如何？朕为你废弃了原配皇后，为你冷落了三宫六院，为你忍受了母后和大臣们的指责，付出了朕作为一个皇帝所能付出的一切，专宠于你！到头来，朕在你心目中的位置还不如一个普通军士！"朱见深俊朗的面孔也痛苦地扭曲了。

"皇上！深儿！我认识窦如海在你之先，我和他互生情愫之时，你还是一个不谙世事的孩童。我和他本来是约好出宫之后一起归隐的，但因为很多事，因为孙太后把我派往你身边，所以一切都改变了！我一直无法出宫，他也耐心等了我多年，我心里也一直不忍。纵使我和他有错，不该私下来往，但他罪不至死吧？皇上！深儿！你那时还只有十三岁，还只是一个孩子吧？你怎么就能那么冷静地安排，不动声色地置一个人于死地？"万贞儿也愤怒地反诘他。

"你一直把我当孩子是吧？八岁那年，你带我去沂王府外的小河边见那个神机营军士，说想和他一起远走高飞，我那时心里就感到害怕，害怕你哪天会抛下我跟着那个军士走。你那时忽略了，八岁的孩子，已经听得懂不少话了，已经不是小孩子了。你后来三番五次地向太后、母妃请求出宫，我都知道你是想和那个男人在一起。你手腕上戴的那只旧玉镯，也是那个窦如海送给你的吧？其实我都知道，我从八岁那年就知道了！”朱见深的声音也满是愤怒。

“我从八岁那年开始，就有一种恐惧感，恐惧贞儿姑姑哪天会弃濬儿于不顾，跟着那个高大威武的军士远走天涯，所以濬儿心里自那时起就恨极了那个军士，恨他哪天会把贞儿从我身边夺走！你从来都只把我当做孩子，没注意过我的感受吧？后来夏露和秋水向我告发了你和他一直私下往来的事，你也铁了心要出宫跟他走，那时，我就下了决心，不能让你和他再见面！如果他能从此在你眼前消失是最好！我的确是这么想过，也这么暗示过牛玉。我那时是太子了，虽然只有十三岁，但指挥一个牛玉替我做事还是没有任何问题的。是我一直存心瞒你的，这不关牛玉的事。你要有气，就冲着我来吧！朕已经做好准备了，愿意承受一切后果！”说到这里，朱见深的神色反而轻松了，淡定地看着万贞儿。

“深儿，你那时还只是一个孩子，怎么会那么狠心？”万贞儿痛苦地看着他。

“朕那时十三岁了，早不是孩子了，是太子殿下了，更是一个有感情有痛苦有失落有嫉妒心的男人！是你一直忽略了我，一直把我当小孩子，我早已经成长了！你现在知道了一切真相，窦如海也许还没死，恐怕还健在，你去找他吧，随便你，从此以后你我也就各不相干了。留你留了这么多年，岂料留住的只是人并不是心！朕更失望！”说完，朱见深拂袖头也不回地走了，竟然连看也没看万贞儿一眼。

凝视着朱见深绝然而去的背影，万贞儿忽地想起了他十三岁那年落寞而去的背影。一阵深深的无助感涌上了她的心头，万贞儿觉得是自己被朱见深抛弃了，而不是自己先抛弃他。

万贞儿颓然地跌坐在锦榻上，内心深处涌上了深深的悲哀。

第二十八章

桂花鸩酒重立斗志

当面对质以后，朱见深再也没踏足过安喜宫。

皇次子的百日宴，宫里大摆筵席，很是热闹，万贞儿称病未出席宴会。后宫嫔妃都前往万安宫朝贺，万贞儿派段英和乔韵儿送去了丰厚的贺礼，自己整日躲在屋里流泪。

万贞儿先还为朱见深下令杀害窦如海而伤心，但朱见深一连两月再也不登安喜宫，更让万贞儿伤心欲绝甚至绝望。听说朱见深还封了好几个有姿色的教坊司的歌舞伎做选侍和贵人，有一个受宠的还被封了丽嫔。朱见深每日眠花宿柳的，也不理朝政，连周太后都有微词了，说皇子周岁后，就预备从民间选一批秀女入宫以拴住皇帝的心，免得他如今失魂落魄地整日荒淫度日。

万贞儿现在成了一个真正的弃妇，懒梳妆，清风雪颜丸和杨柳玉露散久已不用，鬓边长出了刺眼的白发，额上眼角皱纹暗布，一下老了十岁。女为悦己者容，没有了自己喜欢和喜欢自己的男人，她又为谁而精心装扮？

皇次子被册立为太子的传闻甚嚣尘上，柏清吟被册封贵妃的传闻也一日真似一日，安喜宫已经是门前冷落车马稀了。万贞儿失宠了，皇上再也不正眼看她，也就没人再奉承她。连一向谦逊勤谨的王婉柔也不来看她了，听乔韵儿说，王皇后上万安宫笼络柏贤妃去了。

段英回来发牢骚，说他的话没人听了，小太监小宫女见了他也没以前那么巴结了，大家都说安喜宫的人过气了，早晚会被太后和皇后打发去安乐堂偏宫。

“娘娘，您要振作啊。奴才们受几句话无所谓，但您的身子要紧啊。哀伤过度，补不回来的话，就怕皇上真要把咱们这里给忘了。”段英说。

“娘娘，您不能这样和皇上赌气啊。窦如海毕竟已经不在了，娘娘您为他也伤心够了，还和皇上吵了架。娘娘，您这样作践自己的身体，奴婢知道您是因为皇上的不理而伤心，但皇上不知道啊。皇上还以为您一直为窦如海而伤心呢。奴婢说句掏心窝子的话，皇上对娘娘您付出的情意绝不亚于那个窦如海啊！窦如海能给予您的真心和专情，皇上都给了，窦如海给不了您的荣华富贵和家族荣宠，皇上也给了您。他当初下令追杀窦如海，还不是因为心里在乎您？他毕竟是皇上呢，对您付出了这么多，却怎么也争不过一个早已消失多年的窦如海，我要是皇上，我也会又气又伤心的。”乔韵儿也掏心掏肺地说。

“晚了，韵儿。如海走了，如今深儿再也不肯见我了，我只是徒留一口气等死罢了。”万贞儿哀哀地说。

“不晚。您写个纸条或者找一个信物托怀恩公公或者小敏子送到皇上身边，以示向皇上认错讨饶的意思。皇上是一个念旧情的人，不会不理娘娘您的。您和皇上毕竟有二十年相处的情意呢，连周太后这个母后也比不过您的。只要您有这个心，奴婢这就替您去办。”乔韵儿急切地说。

“不急。以后再说吧。”万贞儿懒懒地说。

转眼间就到了深秋十一月，庭院里秋风萧瑟，已经有一些寒意袭身了。这一日晌午，万贞儿茶饭懒思，歪在香妃榻上读《列女传》。

乔韵儿进来伏在她耳边说：“娘娘，刚刚太医已经确诊了，在内藏文渊阁当女史的纪苗青已经有两个月的身孕了，是皇上的龙裔。皇上两个月前偶然去文渊阁翻阅藏书，邂逅了这个纪氏，皇上问她库藏方面的问题，她都对答如流，口齿伶俐。皇上又赞她容颜清秀，似曾相识，颇有贵妃娘娘当年的风采，所以就在纪氏的住处御幸了她。不料就是这偶然一次的临幸，这纪氏竟然就怀上了龙种。内藏的管事姑姑向太后奏报，太后派太医诊视，已经确诊是有两个月的身孕了。太后已经下了懿旨，内藏女史纪氏有孕，着封选侍，已从内藏迁去长宁宫的偏殿听雨轩居住了。奴婢掐指算来，皇上临幸纪氏正是娘娘和皇上吵嘴怄气的那段日子。说起来她也算是一个有福的，皇上只去了一次内藏就看中并宠幸了她，她也还偏偏就有孕了。教坊司那些歌舞伎，皇上也常去临幸，却没人有孕呢。”

万贞儿心里有隐隐的刺痛感，但装作若无其事地说：“纪氏不过一介宫女而已，皇上也只是一时兴起的一次临幸，怎么就能断定她肚子里的孩子就是龙种了？”

“皇上巡幸文渊阁那次是小敏子公公跟着的，小敏子已经向太后证实皇上临幸纪氏实有其事。内廷文书房在《钦录簿》上也有记载。”乔韵儿说。

“皇上宠幸教坊司的那些歌舞伎也就罢了，那些风尘女子原本靠着有几分色艺混饭吃，有几分媚人的本事，皇上年轻被迷惑也是有的，但是皇上怎么连守内藏的小宫女也看得上呢？这个纪氏是个什么来头？竟然比普通宫女有本事？”万贞儿问。

乔韵儿说：“这个纪氏是成化元年入宫的南蛮瑶族女俘中的一个，和咱们宫里的小太监汪直是同一年入宫的。她是瑶族土官之女，识文断字，因此王皇后让她去管内藏，负责管理文渊阁的皇家藏书。奴婢记得当时还告诉过娘娘，这个纪氏的眉眼长得和娘娘有几分相似。娘娘当时也说，哪天召这个纪氏来看看，只是后来也就忘了这事了。”

见万贞儿没出声，乔韵儿继续说下去：“小敏子也说，皇上当初见到纪氏，就说觉得和纪氏似曾相识，有贵妃当年的风采。娘娘，皇上也觉得纪氏和年轻时的您长得像呢，只怕这也是皇上第一次见到纪氏就临幸她的原因吧。娘娘，恕奴婢多一句嘴，您这样糟践自己，不爱惜自己的身子和容貌，只怕年轻的后来者会取而代之啊！这宫里嫉恨咱们的人不少呢，娘娘您若失去了皇上的宠爱和庇护，不说太后、皇后、贤妃这些手握实权之人，只怕吴废后、夏露、秋水这些普通宫人都会视娘娘为眼中钉，欲除之而后快呢！夏露和秋水的猖狂样，娘娘已经见识过不止一次了！奴婢还偷听到吴废后身边宫女新橙的谈话，吴废后在西苑的冷宫里用针扎了小人儿一直诅咒娘娘您不得好死呢！娘娘，您也该振作了，不能再这么颓废下去了！”这后一段言辞，乔韵儿说得恳切之至。

“要我再梳洗打扮去重赢圣恩？只是我现在没有这样的心情。”万贞儿的语气淡淡的。

正说话间，只见清宁宫周太后身边的小宫女小宛提着一个朱漆食盒进来了，她施礼说：“奴婢清宁宫小宛给贵妃娘娘请安。太后说今年御花园里的桂花开得特别好，太后亲自酿了几瓮桂花酒，吩咐给位分尊贵些的嫔妃送一樽来。皇后、贤妃、丽嫔、昭仪、婕妤、贵人、美人、才人的宫里都有人去送了，奴婢是奉命给贵妃娘娘宫里送来的。”说着，小宛从食盒里取出一樽长腰美人造型的青花瓷瓶。

“谢谢太后的赏赐。韵儿，看赏。”万贞儿说。乔韵儿接过称谢，并给了小宛赏钱。

小宛走后，乔韵儿打开瓷瓶，说：“娘娘，这酒闻着就是浓郁的桂花香。奴婢倒一杯给您尝尝？”说着，就倒了一盅在白玉酒杯里。

“搁那儿吧。我现在没心情，等下再喝。”万贞儿懒懒地一指炕上的炕桌说。

万贞儿继续读着《列女传》出神。忽听得“喵呜”的叫声，是宫里小萝喂养的一只波斯猫“雪点”溜了进来，它全身毛发雪白，一双眼睛溜圆碧绿很是可爱。它也不认生，在万贞儿脚下闻闻嗅嗅，缠来绕去，她也由着它。

忽然雪点“喵呜”一声，一下蹿上了炕头，跃跃欲试地望着炕桌上的白玉杯。它大概也闻到了白玉酒杯里桂花酒馥郁的香味，想先于万贞儿品尝一下。万贞儿也不惊动它，看它怎么办。

雪点四处望望，见无人阻止，就大胆地跳上炕桌，一爪打翻白玉杯，杯里的玉液琼浆流在炕桌上，雪点就连喝带舔地把炕桌上的桂花酒吃了个八九不离十。万贞儿看得有趣，心想，不知猫儿吃醉了酒会是怎样？

雪点忽然“喵呜”地惨叫了一声，肥硕的身子拼命挣扎了几下，就伏在炕上不动了。万贞儿起身一看，雪点那晶莹碧亮的眼睛已经闭上了，鼻子和嘴里都流出了黑红的血液。万贞儿不由厉声叫道：“韵儿，段公公，快来！”

乔韵儿和段英闻声都进来了，乔韵儿惊叫了一声：“雪点怎么了？”段英一看，说：“口鼻流血，难道这猫是中毒而死？”

“雪点是打翻了酒杯里的桂花酒，并且舔食了。段公公，把这猫和余酒都找几个内行的人来好好查看一番！务必追查出这其中的蹊跷！这酒幸而是猫喝了，若是人喝了，现在岂不是一命呜呼了！”万贞儿心有余悸地说。

段英和汪直把猫尸和残酒都收拾干净下去了。雪点的主人小萝眼里泛着泪光跟随而去。万贞儿吩咐乔韵儿，让她上各宫打听，看收到桂花酒的各宫是否有死讯和噩耗传出。

一个时辰后，乔韵儿回复，说各宫皆安宁无事，未有噩耗传出。

两个时辰后，段英进来密报："娘娘，奴才请了宫正司和大理寺几个内行的差役查看了死猫和余酒，说是酒里掺了剧毒鹤顶红，雪点是误喝毒酒中毒而死。这酒是清宁宫的小宛奉命送来，说是太后赏给各宫娘娘的。难道清宁宫有人想谋害娘娘您？"

万贞儿沉吟着说："本宫刚才已差人向各宫打探过，其他宫里并未有此事发生。如果本宫此刻声张出去，太后送酒给各宫，唯有本宫这里送的是毒酒，说出去，别人也不会信。真要追究起来，皇上现在不理睬本宫，不会管本宫的事；太后肯定会帮着她宫里的人说话，大不了拖出小宛当替死鬼。本宫这次若喝下这毒酒，自是遂了某些人的心愿；本宫若是没喝，这送毒酒之人也没什么损失。有些人是看准本宫现在失了皇上的欢心，又不讨太后喜欢，想趁此机会把本宫除之而后快！只是本宫命不该绝，没有让她们称心如意！"

"娘娘，您是说这毒酒是太后指使小宛送的？"乔韵儿问。

"那倒不见得。小宛虽是太后宫里的人，但太后也不至于明目张胆地指使手下人来谋害本宫。也许是其他人买通了小宛借刀杀人也说不准。或者小宛喊冤，说自己完全不知道毒酒之事也是有可能的。这件事倒是提醒了本宫，本宫不能再这样浑浑噩噩地消磨下去了！本宫若再不振作的话，只怕哪天是怎么死的都不知道！有人只想本宫死，本宫偏不如她们的愿！"万贞儿沉着地说，"走着瞧，看谁笑到最后！段公公，吩咐小厨房，做几样滋补养颜的药膳，本宫近日瘦得不成人形了，要补回来。韵儿，重新调配新鲜的雪颜丸和玉露散，本宫从今日起，要好好打扮自己！"

"娘娘，您终于想通了！"乔韵儿欢欣鼓舞地说。

"娘娘，您振作起来是最好不过了！在这宫里千万不要和皇上怄气，这些小人不就是看您失了皇上的宠爱，所以想谋害您取而代之？"段英也说。

"不会了。从今以后都不会了。这些人是怎么对待本宫的，本宫今后都会一一讨回来的！"万贞儿握紧拳头说。

成化五年深秋，来自清宁宫的一杯桂花鸩酒彻底点醒了颓废之中的万贵妃。她若是喝下了那杯芳香馥郁的桂花酿，如今葬在黄土之下的只怕就是她万贞儿了。

万贞儿让乔韵儿在密室里为那只替自己而死的波斯白猫雪点设置了一个小小的灵位。她定期上香祭奠，以此提醒自己：不可懈怠，不可失宠，否则人为刀俎，我为鱼肉！自己若失去皇上的关爱和庇护，只能任人宰割！

先前万贞儿认为朱见深是离不开自己的，但年轻的皇上竟然可以三个月不踏进安喜宫半步，而且很快就让一个位分低微的年轻宫女怀上了身孕，并且此女竟然有几分肖似年轻时的自己。这让万贞儿有了一种危机感，看来谁都不是不可替代的，自己在皇上朱见深的心中亦是如此。

以前万贞儿自认为朱见深在她心目中的位置低过窦如海，但实际是：朱见深若不理她，她便自暴自弃，消沉失落，而且她对朱见深弃自己去找其他女人不能释怀。教坊司的歌舞伎也还罢了，万贞儿心里对那个已怀有两个月身孕，听说眉眼还有几分肖似自己的年轻宫女纪苗青耿耿于怀，放不下。

这天清晨，万贞儿吃了一碗红枣桂圆羹，喝了一盅墨鱼乌鸡汤，让乔韵儿伺候着服用了清风雪颜丸，涂抹了杨柳玉露散，对镜细细梳妆。

经过半个月的调理，万贞儿的气色改善了不少，鬓边的白发被拔掉了，眼角额头的皱纹也平浅了不少。上过最细匀的珍珠香粉，抹过樱花腮红和玫瑰唇膏后，铜镜里的她已经比半月前的那副落魄样要年轻、精神了许多。

乔韵儿笑着说："娘娘，才不过半个月，您的身子和容颜就调理得如此之好，再等个十来天，只怕就能恢复到您十年之前的容色了。到时，奴婢一定要请皇上来咱们宫中和娘娘您叙旧。衣衫是新好，人却不如旧啊。韵儿相信，凭着娘娘这二十年和皇上的情意，任其他新人都越不过娘娘在皇上心目中的位置去。"

万贞儿觉得乔韵儿这话听着耳熟，后来想起却是朱见深说过类似的话。她心念一动，问道："皇上这几日宿在何处？"

"皇上自从不来咱们安喜宫以后，先是去柏妃宫里多，后来就去教坊司选拔的那些歌舞伎宫里宿寝。自从得知内藏的纪苗青怀上龙裔后，这些天却是去纪氏宫里多。听太后宫里的青鸾说，太后曾说过，若纪氏女能平安生下皇子，必当册封为妃。”乔韵儿说。

万贞儿心里微微一震，随即平和地说：“听你几次说起这纪氏和本宫有几分相似之处。她进宫也有两三年了吧？本宫还没瞧过她长什么模样呢。派个人去把她叫来，让本宫好生瞧瞧。”乔韵儿答应着随即安排人去把纪氏叫来。

一盏茶的工夫，小萝就带着一个穿淡绿色衣衫的年轻女子进来了。“这是我们娘娘的寝宫。”小萝说。

绿衫女子望了端坐在凤椅上的万贞儿一眼，随即叩头施礼说：“嫔妾纪苗青拜见贵妃娘娘，恭祝娘娘凤体安康。”

万贞儿见她一直低眉敛首的，也看不清容貌，于是说：“抬起头来，让本宫看看。”

纪苗青稍稍抬起了头，只见她瓜子脸，眉眼醒目如画，长眉入鬓，一双杏仁眼黑如点漆，眼角稍稍上吊，直鼻琼口，肌肤白皙细腻。果然眉目和神态之间和年轻时的万贞儿有几分相似。

现在的万贞儿已经中年发福，年轻时的瓜子脸已经变成了富态的圆脸。盛装之下的万贵妃虽然也算是雍容华贵，但终究经不住细看，肌肤已远不如眼前这位二八芳龄且素颜的姑娘光滑细腻紧致了。

万贞儿不由感叹，心里思忖，自己若是男人，也会喜欢这样青春新鲜娇媚的可人儿，何况朱见深也只比这个纪苗青年长几岁，两人可谓年岁相当。自己已经年过四十，内心深处最惧怕的就是衰老，也惧怕皇上会嫌弃自己日益衰老的容颜和身体。眼前这二八佳人有着和自己相似的容貌，却比自己要年轻得多，焉知皇上不会把对自己的感情移情于这个更年轻也更温顺和娇怯的纪苗青身上？

“你多大了？是哪里人？什么时候入宫的？”万贞儿问。

“回禀娘娘，嫔妾今年十六岁，是广西大藤峡贺县瑶族人，是成化元年年底入宫的。”纪苗青低眉顺眼很恭敬地回答。

“成化元年？那入宫也已经有四个年头了，你官话说得都没有口音了啊。听说你是贺县土司之女，会识文断字，不如背诵一首诗词来让本宫听听？”

纪苗青微微欠身施了施礼，说："嫔妾所知诗词不多，就给娘娘背诵一首宋人李之仪的《卜算子》，可好？"

"可以。"万贞儿颔首。

"那嫔妾就献丑了。"纪苗青清清嗓子，朗声吟诵，"我住长江头，君住长江尾。日日思君不见君，共饮长江水。此水几时休，此恨何时已。只愿君心似我心，定不负相思意。"她先前和万贞儿说话，一直带着谦卑之色，只是吟诵这首词时，才微微昂起了头，眼神也变得清澈温柔了，很有一种动人之处。

"不错啊。如此有才情的女子，让身为女人的本宫也很动心，何况是你那日夜思念的郎君呢？"万贞儿轻轻击了击掌，微微点头说。

纪苗青的脸颊瞬间飞上了红霞，羞涩地低下了头，再次欠身施礼说："嫔妾见识粗陋，班门弄斧，让贵妃娘娘见笑了。"

万贞儿听出了她声音里的惶恐之意，于是笑着说："别紧张，你这样的美人，我见犹怜呢，本宫不会为难你的。本宫今日也乏了，你且回去吧。韵儿，把那串朝鲜国进贡的红麝手钏赏给这位纪姑娘。小萝，好生送纪贵人回去。"

万贞儿心里已经明白，这位文雅可人、眉眼和自己又有几分相似、让朱见深一见就倾心的纪苗青无疑是她在后宫里最有威胁力的竞争对手，自己得用什么法子把皇上的心思和宠爱再次夺回来？

第二十九章

撰梅花笺和好如初

纪苗青再三致谢后下去了。万贞儿凝望着殿外她渐渐远去的袅娜背影，叹了口气，自语说：“十六岁，本宫也曾有如她这般鲜花般的年纪。十六岁那年，我第一次见到了窦如海；十九岁那年，我被孙太后派往东宫侍候小太子。小太子第一次见到的万贞儿，自然也如今日的纪苗青这般鲜艳明媚吧？今日的皇上见到这位纪氏女，不知会不会想起贞儿的当年？”

“娘娘，您不用为此烦心。在韵儿看来，这位纪氏纵使和娘娘长得有几分相像，但她没有经历过和皇上共同度过的二十年。咱们皇上又是念旧的人，无论如何，在皇上的眼里心里，没有谁会取代您的位置，哪怕纪氏和您长得有几分相似。”乔韵儿在旁边说。

“话虽如此，但本宫也得未雨绸缪，不得不防啊。何况她还有了身孕，太后不是发话说，她生下皇子就封她为妃吗？这宫里，孩子是女人最大的保障和依靠，男人的情爱都是指望不了一辈子的。皇上曾经那么宠爱本宫，现在还不是说不来就不来了？柏妃已经有一位皇子了，若这位纪氏还生下皇子的话，今后只怕就没有本宫的立足之地了。你和段公公都说得对，周太后对本宫的防备之心已经是根深蒂固，不可更改，若皇上今后也不再顾及本宫的死活，那在这宫里，本宫就只有任人宰割、默默等死了。那桂花毒酿就是例证，有人亡我之心不死！有第一次就会有第二次，本宫不能坐以待毙！”万贞儿说，“韵儿，铺纸研墨，我想亲自手写一封书信，给皇上的。”

“娘娘，您终于肯主动向皇上示好了？奴婢这就去！皇上一向是重情念旧之人，您若是以旧情打动他，奴婢保证皇上即刻就会来咱们宫里，依旧会如往日一般疼爱娘娘的。什么歌伎舞姬纪氏女，都去靠边站！”乔韵儿惊喜地说。

“看你这样子，比本宫还激动，倒比本宫还想见到皇上似的。”万贞儿打趣说。

“娘娘，韵儿对您的忠心天地可鉴！若韵儿心存了一丝不良的念头，定叫韵儿天打雷劈，不得好死！”乔韵儿急了，赌咒发誓说。

“我就是说说玩笑话，你还真往心里去了？若是本宫连你都不相信，这宫里还有什么人让我可以相信？自从皇儿殁后，梅林姑姑日夜自责，甘愿为皇长子守陵，也不肯见我，是有意躲着我了。本宫身边可信赖可依靠的人也就只有你、段公公和小萝了。”万贞儿说，“铺纸研墨吧，本宫要好好想想这封信该怎么写。”

万贞儿自小入宫为婢，跟着梅林姑姑略微认得了几个字，能读懂家信。后来出宫在沂王府里跟着教导小沂王文章的师傅旁听，也陆续识得了不少字，读了一些诗书，平日里也能写几封书信了。虽不是那么文绉绉、咬文嚼字、文采风流的，文笔也还算是通的。思索了片刻，她提笔在素笺上款款写下——

皇上如晤：

臣妾万氏贞儿数月来身体抱恙未曾出宫见人，闲来无事翻书，读到于谦大人写给其夫人的诗篇：世缘情爱总成空，二十余年一梦中。疏广未能辞汉主，孟光先已弃梁鸿。灯昏罗幔通宵雨，花谢雕阑蓦地风。欲觅音容在何处？九原无路辨西东。

不由让臣妾想起当年在东宫时，与太子殿下灯下共读于少保此诗的情景，不由五内感怀，夜不能寐。深儿，贞儿与你已相交二十有一年矣！往事历历，贞儿不能忘怀，不知深儿已忘怀否？前事都是贞儿之错，贞儿过于任性了！还请深儿念在二十余年的情分上，宽宥贞儿！

经此风波，贞儿当洗心革面，抛却以往的一切杂念，今后一切以皇上为重！古人云：侬既剪云鬟，郎亦分丝发。觅向无人处，绾作同心结。夜夜不成寐，拥被啼终夕。郎不信侬时，但看枕上迹。在天愿为比翼鸟，在地愿为连理枝。得成比目何辞死，只羡鸳鸯不羡仙！

皇上，臣妾洒扫寝宫，焚香沐浴更衣谨拜祷告上苍，殷殷期盼夫君早日归来，共剪红烛共当西窗夜话。

臣妾贞儿涕泣恭叩敬禀

万贞儿草完后又用心修改，用梅花香笺誊录好，折成展翅欲飞的飞燕形状，放在一个小巧的首饰盒里，首饰盒里还藏有一只翡翠雌鸯。她被册封为贵妃那日，朱见深赐予她一对翡翠鸳鸯，雄鸳由他自己保管，雌鸯由她持有。

万贞儿把那只雌鸯和梅花信笺都放在首饰盒里，对乔韵儿说："韵儿，你务必要求面见皇上，亲手把这个首饰盒交给皇上。皇上能不能回心转意，就全看这个首饰盒里的器物能不能打动皇上的心了。"

乔韵儿郑重地说："奴婢当不负娘娘所托！"

乔韵儿走后，万贞儿摘下手腕上那只窦如海赠送的墨玉手镯，在罗裙的显眼处绾上了她被册封为如嫔时，自己亲手织就的红丝彩线同心结。这同心结有两枚，另一枚就系在朱见深的腰带上。

万贞儿把那只墨玉手镯存在一个紫檀木小匣里，放在了一个隐秘的藏身之处。那只小匣里还存有窦如海离京时写给梅林姑姑和她的便笺。那是窦如海的绝笔，历经十年，已然字迹暗淡，纸张发黄脆弱。万贞儿用心裱衬好，一直珍藏着。这两件窦如海的遗物，她今后只能在无人时悄悄拿出来看看了。

乔韵儿去了大半日后回来了，脸色泛红，伏在万贞儿耳边说："娘娘，奴婢等皇上下朝等了半个时辰，皇上下朝后又被太后叫到清宁宫去了。奴婢只得在乾清宫里等。怀恩公公说，有什么东西可以托他转交给皇上。奴婢没有答应，怀恩也就没有坚持。夏露和秋水两个对我冷嘲热讽，我也不予理睬，只想着要把东西亲手交到皇上手里。终于等到午膳的时候，皇上回宫了，我这才把东西亲自交到了皇上手里。皇上见到我有些吃惊，但也没说什么，只是把东西留下让我回宫复命。"

乔韵儿说得有些急，喘了口气，继续说下去："我在回来的路上，心里也有些惴惴的，不晓得皇上是什么心思，能不能被打动来见娘娘。我走在半路上，小敏子就赶上了我，对我说，皇上已经看过贵妃娘娘送的信物了，又哭又笑的，然后吩咐他转告我，说皇上今夜来安喜宫看望娘娘，请娘娘预备着接驾。韵儿自是对小敏子表示感谢，还给了他一锭银子，说是贵妃娘娘赏赐给他报奏佳音的。娘娘，您今晚就预备着接驾吧！皇上可是有好几个月没来咱们宫里了，惹得那些小人看咱们的笑话！这次可得好好装扮一新，去去晦气！"

"好韵儿！真不愧是我的好姐妹！这几个月我自己糊涂慵懒，也连累你们受那帮小人的白眼了！从今日起，本宫当打起万般精神，谁与本宫过不去，本宫就与他过不去！"万贞儿拍拍乔韵儿的肩膀，斩钉截铁地说。

万贞儿虽然嘴里硬气，但心里不免惴惴，都说男儿薄幸是天性，毕竟自己和皇上已经有三个月未见面了，郎君是否已有新欢而忘了旧爱？

安喜宫已经有数月未曾亮起迎驾侍寝的红灯笼了。当夜，段英早早地就指挥小太监在宫门上把两盏红纱宫灯给挂上了。乔韵儿她们把寝宫布置得温馨舒适，万贞儿也精心地梳洗装扮了，等待朱见深的到来。

戌时三刻，乾清宫的小敏子公公奏报，皇上坐着辇轿过来了，请安喜宫接驾。宫内灯火通明，段英和乔韵儿他们早已候在宫门外。

万贞儿坐在寝宫内，盛装候迎。她心里忐忑，几次照着菱花镜，打量自己的妆容，竟有新妇初见郎君般的紧张和不安。

这几个月她自暴自弃，容颜大减，老态明显。虽然经过这二十来天的紧急补救，已经挽回了一些，但还没恢复到姿容最盛之时。万贞儿心里也明白，四十岁毕竟不能和二十岁时相比了，自己以后不能再那么自暴自弃了。虽然先帝并没因钱皇后容颜损毁而嫌弃她，但容颜毕竟是女人的立足之本，何况是在这美人如春花般层出不穷的皇宫内。

只听得门外脚步声响，有人一掀珠帘就进来了。万贞儿抬眼一看，是穿着霞红色长袍的皇上。这长袍用松江府所造大红细布裁制而成，是朱见深最喜欢穿着的一种布料。这种大红细布，用工浩繁，名虽为布，实际却用细绒织成，极为珍稀贵重。

三个月不见，朱见深明显地瘦削了，脸颊上竟然蓄起了连腮的胡须，两眼和腮帮也凹陷下去了。

“皇上，您瘦了，眼窝和腮帮都陷下去了，连胡须都留起来了？”万贞儿一言既出，眼泪哗哗地流了下来。

“贞儿，你也是一样，脸都变尖了。这是从前的礼服吧，现在穿在你身上，也显得宽松了，你也瘦了不少。”朱见深上下打量着万贞儿说。

“臣妾万贞儿给皇上请安！恭祝皇上福祚永年！”万贞儿深深地施礼。

“贞儿，平身！数月未见，你和朕何至于生分至此！”朱见深急忙扶起她。

“先前都是臣妾的不是，臣妾给皇上赔罪了！皇上不来安喜宫的这些日子，臣妾整日以泪洗面，忧心忡忡，夜来思念皇上，睡不能寐。”万贞儿哽咽失声，不能继语。

“贞儿，朕也非常想念你！朕早就想来看你，只是一想到在你心里，朕还不及一个已消失多年的军士重要，朕就犹如万箭穿心，百般的疼痛和无奈。”朱见深搂着她说。

万贞儿含泪轻声吟诵道：“满目山河空念远，落花风雨更伤春，不如怜取眼前人。皇上，从今以后，贞儿心里只有皇上您一个人，贞儿把被封如嫔那日亲手编织的同心结日夜戴在身边。”她举起罗裙上绾系的同心结，示意给朱见深看。

朱见深接过那枚同心结，握在手里，说：“贞儿，数月一别，今夕再见，你好像变了一个人，变得柔情似水了！朕很欣慰！咱们今后再也不吵嘴了，今后朕都听你的，只要你心里装的是深儿，不是什么别的男人。”

万贞儿急忙去掩他的嘴，说：“皇上，你吃醋，焉知贞儿就不会吃醋？你纳了好几个教坊司的歌舞伎为选侍为采女，还看上了看管内藏的女史，还让她怀上了皇嗣。这几个月，贞儿躲在自己的宫里以泪洗面，皇上却是整日宿在美人堆里，乐不思蜀，早把臣妾抛之脑后了。贞儿心里就好受吗？”她故意嘟起嘴娇嗔地说。

朱见深脸上浮起了羞赧的笑容，小声说：“朕去找教坊司的歌舞伎只是为了解闷而已。你若不喜欢，朕废去她们的位分，打发她们还回教坊司就是。至于内藏的那个女史，朕当时偶遇她，觉得她似曾相识，好像在哪里见过。

后来才明白过来，这个纪氏长得和你有几分相似。见到纪氏，朕好像见到了十几岁时的贞儿。朕那时虽然年纪小，但一直记得贞儿十几、二十几岁时的样子。说句心里话，朕一直为贞儿十六岁情窦初开那年碰到的是窦如海而不是朱见深而感到遗憾，朕为不能拥有贞儿的二八和双十年华而感到生气。看到纪氏，朕好像看到了当年朕初遇时的贞儿。朕之所以会临幸纪氏，在朕眼里，她就是贞儿的化身。现在既然真正的贞儿已经重入朕怀，那朕还要那个替身做什么？”

说到这里，朱见深提高了声音：“何况纪氏虽然面貌和你有几分相似，但性情并不相同，她温顺文弱，贞儿你却是热情爽朗。宫里温顺的嫔妃太多了，朕更喜欢贞儿这样英气干练的。在朕的眼里，贞儿你是无可替代的。纪氏，朕今后再也不去找她了，她既已有身孕，就让她别居静养吧。朕今后只来你宫里，其他地方都不会去了。这几个月让朕明白，在朕心里，最不能舍弃的还是贞儿你！你身体的气味，你发髻上散发出的香味，朕都已经习惯了。夜里若没有这些气味相陪，朕还睡不着。”

万贞儿的眼泪瞬间流了下来。

万贞儿和朱见深和好如初，表面平静如常的后宫又开始涌动新一轮明争暗斗的洪流。

第三十章

明争暗斗纪氏染症

十二月初三是王皇后的生日，太后命在坤宁宫摆了家宴为皇后祝寿，后宫有位分的嫔妃都得出席，不得请假。万贞儿这时已和朱见深和好如初，也不想再称病不出，于是穿戴好贵妃的朝服和凤冠盛装出席。

在席上，万贞儿给位分比自己尊贵的周太后和王皇后请了安，然后坐了下来。在万贵妃之下的柏贤妃、李丽嫔、张婕妤、黄才人、王美人、纪选侍、雷选侍以及其他册封的嫔妃都依次过来给贵妃娘娘请安。万贞儿微笑不动，只微微颔首。

周太后看着她说："很久没看你出来了，倒是比从前清减了一些。多吃点滋补的，你比哀家小不了几岁，也不年轻了，要好好保重自己的身体。"周太后这话让万贞儿面红耳热，但她也只得忍耻站起施礼说："臣妾多谢太后的垂爱。"

王皇后也笑着对她说："姐姐病了这许久，妹妹我心里挂念得很。姐姐如今是彻底好了，也让本宫和其他的妹妹们心里都松了口气。"

万贞儿依然是对皇后施礼回答："皇后娘娘的关爱，臣妾没齿难忘。"万贞儿遭皇上冷落、闭宫不出的这几个月，王皇后也和她疏远不少，听说是去炙手可热的柏贤妃宫中更勤。

王婉柔虽贵为皇后，但不得皇上喜爱，只得暗中拉帮结派寻求庇护伞以求自保。万贞儿倒也不点穿不苛责于她，知道王婉柔原也有无奈之处。王婉柔当皇后自然好过生有皇子的柏清吟当皇后，只要王皇后不对自己怀有异心，万贞儿自然会扶持她这个有名无实的皇后继续做下去。

众人按位分尊卑坐定。周太后又特意吩咐把几样温热滋补、酸甜可口的菜肴多给纪选侍的桌上放一些，说她怀着龙裔又害喜厉害，需要多吃开胃滋补的食物。纪苗青起身谢过太后。众人含笑不语默默吃着面前方桌上丰盛的膳食，皆各怀心事。

这时，坐在万贞儿旁边的柏清吟朗声说："皇天庇佑纪氏妹妹早日诞下皇嗣，这样嫔妾的皇儿也好有一个伴了。"周太后也颔首称是。

万贞儿不禁看了柏清吟一眼。柏氏之前在她印象里是单纯懵懂的，不料自从一举诞下皇次子后，对她恭维奉承的人很多，她变得意气风发，也变得豪气爱说话了不少。

柏贤妃坐在万贵妃下首，乳母抱着已经半岁的皇子也坐在身后。那孩子穿着大红福字的小棉袄，戴着白狐皮的瓜拉小帽，一双眼睛滴溜溜地转，倒也雪白可爱。

万贞儿逗弄着小皇子，这孩子倒也不怕生，小手把她的一根手指握得死死的。万贞儿随手取下中指上戴着的祖母绿戒指给皇子玩，说："奶娘给皇子收着，这是本宫赏给皇子的小玩意儿。"

奶娘看了柏贤妃一眼。柏贤妃笑眯眯地说："收下吧。嫔妾也谢过贵妃娘娘，难得贵妃娘娘您这样青睐皇子，这是皇儿的福气。"奶娘于是称谢收下了。

万贞儿笑了笑，悄声说："姐姐我倒是羡慕妹妹你这天大的福气呢。你和纪选侍都有皇嗣傍身，将来皇嗣长大成人，继承大统，妹妹你莫说是贵妃，只怕将来皇后、太后也是妹妹来做也未可定。纪选侍若是生的公主，或是就是生了皇子也如姐姐我的皇长子一般早夭，那这大明朝将来的一切都是妹妹你的了。"

柏清吟撇了撇嘴，对万贞儿说："纪氏算什么？她不过是一个战败被俘的南蛮女奴，本宫可是先帝钦定的太子妃之一，她怀的孩子能有本宫的皇子尊贵？她想和本宫争，做梦！"果然是母以子贵啊，有了皇子，一向单纯的柏清吟也可以如此盛气凌人，藐视其他嫔妃了。

万贞儿笑了笑，说：“小声点儿，可别被太后听到了。看今日情形，太后怕是很喜欢纪选侍呢，只怕将来要偏爱扶持她诞下的皇嗣也说不定。”

柏清吟鼻子里“哼”了一声，说了一句：“那可说不定。骑驴看唱本，走着瞧！”

万贞儿不再说话，心里有了一些私下的想法。

正旦那日，王皇后率领后宫嫔妃在奉先殿举行了一年一度的祭祀礼，祈求天降大雪，瑞雪兆丰年，来年五谷丰登，国泰民安。

正旦过后离春节就不远了，天空开始飘雪，整个京师都开始寒冷起来。万贞儿吩咐寝宫里烧了暖暖的炭，倒也不觉得有多冷。

二月里的一天，万贞儿正在用午膳，却见乔韵儿披着一身雪花末子进来了，说：“娘娘，奴婢刚才听到了一个惊人的消息，简直不敢相信，特地又命人去打听了，果然属实，不是假消息！”

万贞儿看了她一眼，说：“什么事让你连斗篷上的雪都来不及拍拭就进来了？”

乔韵儿伏在她耳边说：“娘娘，纪选侍身边的春芽说，选侍一连几天高热不退，身上、脸上都起了小痘痘，又疼又痒还流脓，太医院的几名太医都怀疑纪选侍得了痘疮。这是一种烈性传染病，太后怕传染后宫的嫔妃和皇子，已经下令将纪氏移居安乐堂了，那里临近西苑，离后宫比较远。太后嘱咐太医要尽力医治，因为选侍肚里怀着皇嗣呢。太后吩咐，大人小孩都要尽力保住，实在有难处的话，就先保住大人。只是奴婢听说，痘疮就是痊愈了，只怕脸上、身上都会有疤痕。纪氏到时只怕也是疤脸美人了，皇上还会宠幸她吗？”

万贞儿掐着手指说：“纪氏的身孕已经快有五个月了吧，算是胎象稳固了。只要不用什么虎狼之药，如果纪氏命大得以活下来的话，这孩子只怕也会存活。现在就看纪氏自己的造化了。只是痘疮已经有多年未在宫里发作了，纪氏怎么会感染上呢？”

“太医说，纪选侍在自己住的听雨轩里养了几只白鸽子逗趣解闷，经检视，这几只鸽子已经先期感染了鸽痘。所以太医推断，纪氏身上的痘疮只怕就是从鸽子身上传染来的。现在这些鸽子全被绞杀烧成灰埋了。太后下令，今后宫里任何人都不得再养鸽子。”乔韵儿说。

“生死有命，富贵在天。纪氏有孕，令后宫不少人侧目。她这一感染痘疮，只怕这宫里有不少人暗里会偷笑呢。”万贞儿说。

“娘娘，奴婢听到不少传言，夏露和秋水都这么说过，说纪氏感染痘疮，是有人故意指使暗害的。传言说，娘娘您的嫌疑最大，因为纪氏长得像您，又有了皇嗣，您怕被夺宠，所以下手暗害纪氏。也有传言说是柏妃下的手，因为纪氏若生下皇三子，对柏妃的皇次子就有威胁了。当然也有说是皇后娘娘下的手，太后极是护着纪氏，纪氏若是生下皇子，皇后娘娘的宝座只怕就坐不稳了。奴婢就亲耳听到废后吴氏身边的新橙和纪选侍身边的春芽嘀咕，说娘娘您的嫌疑最大。奴婢当场就把新橙训斥了一通。”乔韵儿愤愤地说。

万贞儿冷笑一声，说：“都说本宫专宠善妒，所以这等好事都会安在本宫头上。只是这次，还真不是本宫做的。只怕就是放出谣言的这些人自己做的也说不定。只是本宫被扣上了这屎盆子还不好申辩，那样岂不是坐实了这传言？只是这次，本宫还真不想就枉担了这虚名！”

她沉吟了一会儿，对乔韵儿说：“去把段英叫来，本宫要让他好好查查这事！”

几日以后，段英向万贞儿禀报：“娘娘，奴才派人仔细去查了，半月前，纪选侍喂养了半年的鸽子突然死了两只，选侍有些闷闷不乐。于是司苑局里负责采买花鸟鸣禽的尚太监给纪贵人献上了两只观赏鸽的珍贵品种‘巫山积雪’和‘紫点子’。据尚太监说，纪娘娘非常喜欢这两只鸽子，不仅重赏了他，还亲自给这对鸽子喂食。听说纪选侍得的痘疮来源于鸽痘，奴才就觉得这件事不会那么简单。于是奴才有意请尚太监喝酒，把他灌得大醉，然后从他嘴里探听出了实情。”

段英停顿了一下，看了一眼万贞儿的神色，继续说下去：“巫山积雪和紫点子是贤妃娘娘宫里的崔公公委托尚太监特意从西域波斯国买来的。西域那边一向流行痘疮，崔公公暗示尚太监这两只西域来的鸽子若是能身带西域那边的毒疮自然是最好不过了，并说这是效忠贤妃娘娘和皇子的最好机会。若是贤妃娘娘的皇子将来被立为太子，尚太监就是大大的功臣。尚太监本来一直就和崔公公交好，也一向不满足于只在司苑局里混一个管花草鸟兽的小太监，他一直想进司礼监呢。想必贤妃娘娘也已经应允了他，所以最后这两只做了手脚的名贵鸽子就被带进了纪选侍居住的听雨轩。因此，纪选侍身上的痘疮是有来历的。”

万贞儿击掌叹道：“柏清吟？果然是和她有关？我先前也只是猜测而已。柏清吟以前是安居于贤妃之位的，想不到一旦生下皇子，胃口竟然变得越来越大。她是担心纪苗青一旦诞下皇子会对自己生的皇子造成威胁，所以趁着纪氏羽翼未丰之时先下手为强。这个柏清吟不简单，当初小宛送来的那瓶桂花鸩酒只怕也是她捣的鬼。因为小宛是清宁宫的宫女，若是太后想除掉我，不会派自己宫里的人来毒死我，那样做也太明显了。只怕是这个贤妃想假手太后身边的人来除掉本宫。”

万贞儿沉吟片刻，对段英说：“段公公，今日尚太监之事你且不要声张，免得打草惊蛇。你日后见到尚太监，还和从前一样，不要让他察觉到有什么异样，免得他被贤妃的人灭口。留着他，日后自然有用处。还有，段公公，再想办法从小宛嘴里套出那桂花鸩酒的来历。要有策略，不要让她和其他人察觉是我们安喜宫在查她。”

“奴才知会娘娘的意思，奴才这就去办。”段英恭敬地说。

万贞儿委派乔韵儿时时打探安乐堂纪选侍那边的消息。乔韵儿回复说：“娘娘，太后下令张榜在全国各地遍寻能治疗痘疮的名医，听说广西巡抚举荐了曾游学四方、在西域也有行医经历的胡人郎中来给纪选侍治疗痘疮。太后已经答应让他进宫在太医院住着，说若能治好纪选侍的病又不伤及选侍腹中的皇嗣，定当重重有赏！”

万贞儿微微一笑，说：“太后倒是很看重纪选侍和她肚子里的孩子啊。当年本宫有孕，她暗中指使胡太医在安胎药里动了手脚，使本宫的孩子在娘胎里就先天不足，发育不全，生下来了也无法成活。更狠毒的是还让胡太医暗中用药使本宫再也无法受孕。对本宫如此歹毒刻薄，对纪氏却如此关爱有加，为何偏心至此？是因为本宫只是宫女出身吗？那纪氏也是宫女出身，还是南瑶战败被俘的女奴，比本宫的出身还要微贱。想来是因为本宫年纪比她儿子大许多，以半老徐娘之身却让她儿子依赖宠爱，远超过对她这个生母的依赖，而让她心里极其不舒服吧？就像她始终要和钱皇后争宠，始终不明白在先帝心目中，为何又瞎又跛又没有生育的钱皇后始终在她之上的缘故吧？”

万贞儿看着乔韵儿，继续说：“太后她始终没弄明白，英宗皇帝和钱皇后才是同甘共苦、患难相交、相濡以沫的夫妻之情，她纵然年轻貌美，在先帝眼里也只不过是生儿育女、传宗接代的工具而已，始终只是妾室，做不了正妻的。太后自然也不会明白，我和深儿这二十多年的感情早已超越了年龄、容貌和子嗣这些外在的条件，是一种彼此内心的不离不弃、生死相依。深儿一直在意我对窦如海的感情，其实我内心也是一样在意他对其他嫔妃的宠幸。韵儿，说句心里话，我做不到像钱皇后那么大度，只要我心里对深儿的爱还存在一分，我就会在意他对其他女人的态度。而且周太后待我如此狠毒刻薄，我自然也不会让她事事如愿的！”

“娘娘，您在宫里的对手和敌人自然是越少越好。太后他是皇上的生母，自然是轻易搬她不动，但眼下是除掉纪氏的最好时机。既然太后那么想帮她，除掉她也就是打击了太后的气焰！”乔韵儿说。

万贞儿握握乔韵儿的手，说：“韵儿，你跟着我，也不得不让你学着开始动心思要害人了！奈何我本良人，以往何曾有害人的心思？但我不害人，人却要来害我！我的皇儿还未满月就夭折，我也被人下药以致终生不育！还有那桂花鸩酒，若不是我命大，恐怕早就死了几回了！所以从今往后，为免遭人算计，本宫少不得也要先算计别人了！只是这个纪氏，有人比本宫还容不得她，已经先本宫一步下手了。咱们且观望着，到时见机行事就是！”

“娘娘，自从奴婢打定主意跟着娘娘那天起，奴婢就打算和娘娘同心同德了！一荣俱荣，一损俱损，娘娘宠冠后宫，奴才们也才扬眉吐气；娘娘若是被人打压，奴才们也是遭人白眼。娘娘的事，就是奴婢自己的事，冲锋陷阵、以命相搏，奴婢也在所不辞！”乔韵儿豪气地说。

“哪里会要你以命相搏？你是我的心腹，我拿你当姐妹一般地爱惜。你想搏命，我还舍不得呢！”万贞儿笑着刮刮她的鼻子说。

三个月以后，已是繁花似锦的五月了。乔韵儿告诉万贞儿，经过手中有治疗偏方的民间郎中和太医院太医们的合力医治，纪苗青的痘疮已经脱离了危险期，性命已经是无碍了。

“纪选侍的命算是保住了。只是听春芽说，纪氏脸上、身上都是痘疤，还在结痂，还没完全愈合，像个麻子脸一样，难看死了。安乐堂现在成了圈禁之地，除了太医和必要的服侍之人，谁也不敢走近半步，唯恐躲避不及，也给染上了痘疮。”乔韵儿说。

“她肚子里的皇嗣怎样？太医们的用药对胎儿有影响吗？现在她的龙胎已经有七个多月了吧？”万贞儿问。

“是的，据太医院的院使说，纪选侍的胎象已经稳固，太医们用药时已经商量、斟酌过，尽量避开对胎儿不利的药物。太医说，若是纪选侍母体得以康健的话，胎儿自是也无大碍。只是纪氏孕中受到了痘疮的侵扰，吃不好睡不好还高热皮肤溃乱，胎儿的体质只怕也受到了影响，在母体里难免先天不足和体质孱弱。”乔韵儿说。

万贞儿点头说：“这就是了。想当初本宫怀皇长子时，能吃能睡还整日山珍海味，食补药膳安胎药一样不少，我那皇儿生下时也白白胖胖很是逗人喜欢，最后却连满月也没熬过去。现在这个纪选侍得了如此重的痘疮，自己的命能保住就不错了，若是肚子里的胎儿保不住那也不是什么让人惊奇的事。”

万贞儿沉思了会儿，吩咐乔韵儿说：“韵儿，把段英喊来，让他找绝对信得过的人做一道本宫当年吃了很见效的药膳给纪选侍送过去，让她滋补调养身子。”乔韵儿答应着去了。

数日后，段英对万贞儿说：“启禀娘娘，咱们宫里的小厨房已经熬制好了娘娘当年用过的蘑菇鲍鱼汤。依照娘娘的吩咐，奴才找了一个信得过、懂行的人配了适量的山楂、三七、当归、木瓜研成粉末掺在鲜菇鲍鱼汤里制成药膳，这样的滋补品极是适合有孕之人服用的。娘娘，这就给纪选侍送去？”

“嗯。你和韵儿都是本宫的左膀右臂，你们去送的话，显得太招摇、太引人注目了，那就让小萝去送吧。吩咐小萝，务必要送到纪选侍手里，这是本宫的一番心意，可不能浪费了。小萝回来后，让她亲自来回复本宫。”段英答应着去了。

一个时辰后，小萝回来向万贞儿复命说：“娘娘，奴婢送了鲍鱼汤给纪选侍，但安乐堂有好几个侍卫把守，说奉太后懿旨，安乐堂是禁地，闲杂人等不得擅自进入，不准奴婢进去把药膳亲自交给纪选侍。奴婢在外面喊春芽的名字，春芽她们也不回应。奴婢正急得没有办法的时候，看到皇上身边的小敏子公公也提着食盒进来了。小敏子拿着腰牌对侍卫说，他是奉皇上之命来探视纪选侍的病情，并给纪选侍送尚膳监特意为贵人熬制的墨鱼乌鸡汤的。侍卫没说什么就放小敏子进去了。奴婢一看，急忙喊住小敏子，说这是贵妃娘娘吩咐送的鲜菇鲍鱼汤，侍卫不许小萝进去，烦请公公替小萝带给选侍娘娘。这是咱们娘娘的一番心意，让贵人温热了喝，奴婢也好回去复命。小敏子公公说，难得贵妃娘娘费心，就接过奴婢手里的食盒提了进去。”

“不错，你反应快，这事办得甚好。”万贞儿对小萝说。小萝笑着下去了。

第三十一章

纪氏小产淑女入宫

晚上就寝前，万贞儿问乔韵儿：“安乐堂那边有动静吗？小萝送去的鲍鱼汤，纪选侍不知喝下去没有？那汤若不趁着新鲜劲喝，久了只怕就有一股腥味了。”

“娘娘若不放心，明早奴婢就去打听。这次不凑巧，皇上也送了尚膳监熬制的墨鱼乌鸡汤，纪选侍一时喝不了那么多也是有的。这次不行，下次熬制鲍鱼汤再送就是。”乔韵儿给万贞儿铺着床被说。

“天这么晚了，皇上今儿是不会来了。你可知道今儿皇上宿在哪个宫里？”万贞儿问。

“娘娘，您忘了？不是您这几日来了月信，怕血秽冲着了皇上，您让皇上去皇后宫里了吗？这会儿，皇上若是不在皇后宫里，只怕也是在贤妃宫里或者丽嫔宫里，肯定不会在纪选侍那里的。”乔韵儿说。

“哦，我倒忘了，睡吧。又是初夏了，天气炎热，夜里也睡不安稳，点一点安息香助眠吧。”万贞儿说。

深夜，万贞儿忽然自梦中惊醒，“嗖”地坐起来，惊叫道：“韵儿，本宫听到了吵闹声，可是安乐堂那边有事？”

睡在外面床榻上的乔韵儿打了一个哈欠，说：“娘娘，奴婢没有听到什么声音啊，只有风声和树叶的沙沙声。况且安乐堂离后宫很远，纵使有什么动静，咱们安喜宫这边也是听不到的。娘娘，您安心睡吧，奴婢一早就去安乐堂那边打听。”

“哦，那是本宫听错了。”万贞儿复又睡下，闻着安息香淡淡的甜香，睁着眼睛胡思乱想了一番，在五更天既亮的时分，终于沉沉睡去。

应该是上午巳时了，万贞儿还在床上贪睡。昨夜没睡好，天亮了也不想起床。却听到乔韵儿在耳边说：“娘娘，安乐堂那边发生大事了！”

乔韵儿扶起万贞儿，说：“娘娘，奴婢今日一早就到安乐堂那边打探消息。果然有太医急匆匆进进出出，但不是治疗痘疮的那些太医，而是妇科、产科的太医。奴婢听得服侍纪选侍的小宫女带着哭腔说，昨儿半夜里选侍忽然肚疼得厉害，都来不及喊太医，下面就流血了，小产下了一个已成形的男胎，手脚都长齐全了，只是精瘦精瘦的。皇子生下来一声也不哭，后来太医和产婆都来了，一检查，皇子早就没气了，是个死胎。纪选侍一听孩子是个死胎，当时就晕了过去。后来醒来了就一直流泪不止，再也不肯说话。”

“皇上知道这件事了吗？”万贞儿问。

“皇上一早也知道了纪选侍产下死胎的事，当时就流下了眼泪，皇上长叹一声说：‘为什么朕的孩子一个个都保不住？皇长子如此，皇三子也是如此！’太后闻讯后也很悲痛，下令严查纪选侍小产之事，说这么多太医，居然连一个孩子也保不住！要治那些太医的罪。太医们纷纷下跪为自己分辩，说选侍娘娘身患痘疮如此重疾，身体的耐受力大大下降，能保住母体已然是万幸。那孩子自小在母体内就被迫喝了不少汤药，虽然下官们是尽量避开了虎狼之药，但这孩子已然先天不足，体质孱弱。就是侥幸生下，只怕日后也不得长寿。”乔韵儿说。

“太医们说得很有道理啊。”万贞儿在镜台前拢着发髻说。

“就是呢。太医院的乔太医还说，当年贵妃娘娘诞下的皇长子看上去那么白胖健壮，还不是没有熬过满月？如今这皇三子又是早产，在母腹里又经历了如此磨难，想来只怕也不是长远的康健有福之人。这乔太医是当年的院使胡太医的外甥，是胡太医溺毙之后被太后征召入宫的。他也擅长妇科，医术据说也不在他娘舅之下。听到乔太医如此说，太后也就不做声了，也不再下令严刑审讯那些太医和在贵人身边侍候的太监宫女了。太后下令晋封纪氏为婕妤，一切器物用度按照婕妤的份例供给，以抚慰纪氏的丧子之痛。太后懿旨，纪婕妤的痘疮已然好了大半，搬出安乐堂，迁居到西苑的明月斋继续静养。”乔韵儿一口气说完。

“明月斋？那儿不是临近废后吴氏所住的清风阁吗？以吴月如那么刁蛮的性子，她会心甘情愿地接受患有痘疮传染症的纪氏和她做邻居？”万贞儿惊异地说。

“也许吴氏被废幽居这几年，闭门思过，改了性子也说不好啊。奴婢听说，纪氏染痘的这些日子，吴氏所居之处离安乐堂不远，她倒也并不避讳，还时常差人过去给纪氏送点儿东西什么的。她笼络纪氏，一是同病相怜，二是也为自己找个伴吧，总好过自己一个人待在那冷宫似的西苑。”乔韵儿说。

万贞儿接着说：“吴氏心里只怕恨死本宫了，她一个月的皇后都没当到头，就被本宫硬生生地给撸下宝座了，但那也怪不得本宫，是她的所作所为把本宫逼急了。她这辈子是翻不了身了，皇上废去她的皇后之位还不解恨，还把她父亲吴俊流放，连累着她的舅舅怀宁侯孙镗也被革职赋闲在家。怀宁侯可是在平定曹吉祥叛乱中救过先帝一命的大功臣！皇上连功臣都不顾及了，可见心里对吴氏的行为是有多憎恨、多厌恶！算了，废弃之人也不值得本宫去费神了。”

万贞儿默然沉思了片刻，对乔韵儿说，“韵儿，在密室里本宫皇儿的灵位旁边，再为纪选侍那死去的孩子设一个小小的灵位。本宫斋戒沐浴焚香祷告三天，也算是祈祷让那孩子早日登上极乐世界吧。”乔韵儿答应了。

纪苗青小产生下死胎，让后宫诸嫔妃似乎都松了口气。但紫禁城从来都不缺少年轻貌美的女子，不久以后，又有一批明媚娇艳的女孩子要被选入后宫了。谁将在这批新人里脱颖而出，拔得头筹？

纪苗青小产后不久，就是皇次子的周岁生日了。周太后下令宫中大办皇次子的周岁宴，以冲淡纪选侍染痘和皇三子早产丧命的晦气。

成化帝朱见深为皇次子起名朱祐极，这不由又勾起了万贞儿的伤心：可怜自己生的皇长子，他的父皇还来不及为他取名，他就匆匆夭折了！皇长子生下来时是多么的肥白可爱啊，胖胖乎乎、虎头虎脑的，像一个已过满月的孩子！

每每午夜梦回思念皇儿泪湿枕衾时，万贞儿心里就涌上了绝望的恨，她深恨夺去皇儿性命、害自己不能再有孕的人！

每每看到皇次子朱祐极那张越来越像他父皇和母妃的小脸，还有柏贤妃那副越来越趾高气扬的派头以及周太后那镇定自若的样子，万贞儿心里的恨就如那荒原上的杂草，野火烧不尽，春风吹又生。

皇次子的周岁宴之后，周太后又开始张罗着在民间大选秀女之事了。先帝明英宗朱祁镇在位时曾为太子朱见深选过一次淑女，那次是从十二位淑女中选中三位为备选太子妃。这次甄选秀女，是朱见深继位之后第一次大规模地普选秀女入宫。

重阳节那日，王皇后带领穿戴着菊花补子宫装的后宫嫔妃给周太后请安贺节。周太后环顾众宫妃一眼，说："给哀家贺节的就是这么几位？稀稀拉拉的，真不成样子！后宫的嫔妃如今也是太过凋零，废的废，老的老，病的病，其他的又不成气候，不得皇帝喜欢，是该补充一些新鲜娇媚会生养的年轻貌美的女孩进宫了。皇帝都登基六年了，也有二十三岁了，膝下还只有一位皇子，子嗣实在不旺。想当年先帝这么大时，膝下都有好几位皇子和公主了。哀家十八岁时就为先帝生下了重庆公主，两年后又为先帝诞下了皇太子。你们呢，一个个怎么老是不见动静？"她目光扫过之处，众人皆害臊羞愧地低下了头。

太后方才说的"废的废"，自然是指废后吴氏了；"老的老"，自然是指万贵妃了；"病的病"是指小产下皇三子的纪婕妤；而"不得皇帝喜欢"，应该是指王皇后了；至于那个"不成气候"，或许是指柏贤妃。

众人心里都在咀嚼回味太后这番辛辣厉害之语。万贞儿心里自然也不是滋味。"老"是她最在意的痛处，众人包括皇上都不敢在她面前触及，但唯有周太后以位尊时不时敲打她几句。她却也无可奈何，只有先忍着。

周太后是皇上的生母，万贞儿不看僧面也得看佛面，暂且先忍着吧，等有合适的机会再回击她。回击的方式不一定是言语上的占尽上风，而是最终要让周太后心里不舒服，心痛，就如万贞儿自己内心时时痛楚一般。

"没有人说话？都当哀家的话是耳旁风吗？"周太后厉声说。

"臣妾谨听太后教诲！"众嫔妃齐声回答。

身为名义上的后宫之首，王皇后这时也只得忍耻，低眉顺首地回答：“皆是臣妾等福薄，不堪大用。秀女入宫之事但凭母后安排，臣妾等日夜焚香祷告，祈盼新入宫的妹妹们能早日怀上龙裔，绵延皇嗣！”

周太后说：“你们一个个心里知道就好！所以这次选秀入宫，你们这些老人都该做出榜样，不得拈酸吃醋，蛊惑皇上，独霸专宠，要把机会让给新人！”

这话万贞儿听着挺耳熟，不知有多少人在她面前在她背后旁敲侧击说过这话了。今日太后这话难道是专门说给自己听的？但周太后的目光并没注视万贞儿，而是越过她的头顶，望向前方。

万贞儿听到背后有“扑哧”的轻笑声，回头，是站在身后的柏清吟笑出的声音。

见万贞儿回头，柏清吟悄悄地说：“独霸专宠？这话，妹妹和其他姐妹可担不起啊！皇子祐极都满周岁了，我这个母妃也还只是一个贤妃呢！比不得姐姐一诞下皇子，就马上晋封为贵妃！难道太后说的是姐姐你？也只有姐姐才当得起‘独霸专宠’这四个字呢！不过妹妹我也想得通，只要皇儿祐极平安长大成人，他母妃的一切不如意都是值得的。”说罢，柏清吟还对万贞儿眨了眨眼睛，很得意的样子。

万贞儿觉得柏清吟依仗生下了皇上目前唯一存活的皇子越来越放肆了，除了当众炫耀自己育有皇子，还不加掩饰地羞辱她，简直是不把她这个宠冠后宫的万贵妃放在眼里！万贞儿忍了忍，没有回嘴，心里想着，且不学柏清吟逞一时的口舌之快，走着瞧，看谁笑到最后！

成化六年的金秋，十月十五日，在民间先期选拔的一百名淑女入宫举行殿选。选秀那天，万贞儿未出席，中选淑女是由太后、皇上和皇后共同择定的。

杭州镇守太监之养女，昌化邵林之女邵氏，年十六；诸城杨氏，年十五；青州姚氏，年十五；眉州潘氏，年十六；岭南冯氏，年十七；苏州府郭氏，年十六；还有海州梁氏、昌平唐氏等，此次共择选了十五名品貌出众的淑女册封为贵人、美人、才人、选侍、采女、更衣、淑女等充实后宫。

周太后还从天顺四年十二位淑女殿选太子妃时落选的九位贵人、美人里，择出品貌出众的张氏和王氏晋封为昭仪和婕妤。

张氏乃顺天府军右卫张敬之女，王氏乃南京留守前卫小旗王信之女。当年二人入宫时才十来岁，年龄尚小，身量、形容皆不足。十年过去，如今两人也长成了双十佳人，身量修长、容颜姝丽、言行端庄、举止娴雅，在宫里这十年来的品行表现和口碑很是出众，周太后特意择出和晋封她二人以作为后宫新进嫔妃的表率和教引。

后宫原有十几位嫔妃，加上新进的十五名，后宫一下拥有了三十来位佳丽，东西六宫一时花团锦簇、莺声燕语，好不热闹。周太后这下该不会抱怨后宫嫔妃凋零稀落了。

其余落选的八十多位淑女也没让出宫，充实东西六宫为宫女、女史和女官。成化初年，后宫曾放出一批年龄老大、体弱多病的宫女出宫返乡，如今后宫宫女也多有空缺，此番选秀却也充实了后宫宫人职缺。

成化帝即位那年，大学士李贤上言：天时未和，由阴气太盛，自宣德至天顺间，选取宫人太多，愁怨尤甚，宜皆放还。于是新皇帝放还了一批宫女。

万贞儿是宣德九年入掖庭的，若那时也得以放还返乡，也已经是三十五岁了。若是窦如海还在，万贞儿自是与他双宿双飞，归隐山林，这也是从前的她日思夜盼之事。只是窦如海已于天顺三年秋失踪，她自己也于天顺七年春成为新皇的枕边人。她和窦如海奈何情深缘浅而已！

这十五名入选淑女中，尤以杭州邵氏和诸城杨氏姿容出众，举止有度，被周太后下令册封为贵人和才人，仅次于张昭仪和王婕妤之下。十五名淑女被一一分配到了东西六宫的主殿、东西偏殿和后殿居住。

依照太后的懿旨，朱见深开始在新入宫、新册封的嫔妃处留宿。侍寝后的嫔妃，第二日都是要去皇太后和皇后的宫里请安的。这些新人里，唯有张昭仪和邵贵人在给太后和皇后请安后，还结伴来到万贞儿住的安喜宫请安。

张昭仪为天顺四年入宫的旧人，从前万贞儿对她无甚印象，但日前被太后擢升为这些新晋宫妃之首后就一下冒出头来，她在宫中历练数年，言行举止也的确大方稳重，堪做诸人表率。

那邵贵人，闺名妗慈，年纪比张昭仪小几岁，长相俏丽，人也显得聪敏机灵，在万贞儿面前表现得谦逊有礼，颇有王皇后当年的风范。但她比王婉柔长得漂亮出众，更让人印象深刻。

万贞儿给来安喜宫请安的张昭仪和邵贵人赏赐了丰厚的礼品，同时也赏赐了安喜宫里独有的茶水：媚色沁香茶。这茶除了用上好的雨前龙井新叶和梅蕊上的雪水熬制，还加入了周太后从前经胡太医之手给万贞儿用过的玫瑰、桃仁、三棱、当门子、大黄、牵牛子的药方成分。

这些女孩都是周太后看中后选入宫的，万贞儿觉得自己用太后用过的方子来招待她们，也算是以彼之道还施彼身了。

这些女孩不知这其中的诀窍，只觉得这茶芳香扑鼻，没什么犹豫，一饮而尽。其他侍寝过的女孩，万贞儿也要乔韵儿、小萝都给她们送去了自己赏赐的媚色沁香茶，而且要看着她们当面喝下去。

尽管安喜宫的人盯得很紧，但百密一疏，总会有漏网之鱼的。

第三十二章

周氏落胎太子册立

转眼间，新入选的淑女也进宫快一年了。朱见深大半时间还是宿在安喜宫里，万贞儿来月信的时候，他就去其他嫔妃宫里留宿，或者自己住在乾清宫。万贞儿笑着揶揄他说："臣妾老了，远不及那些新人明媚娇艳，皇上，你且去她们宫里，不用来找臣妾了。"

"贞儿，若这是你的真心话，那就说明你心里没有朕了，不在乎朕了。那些新人拘谨紧张，面孔虽是长得不同，但滋味却都差不多，朕也觉得没什么意思。朕是一个恋旧的人，还是觉得贞儿你这里让朕觉得更轻松更自在更舒适，朕这么多年，已经适应了，习惯了，离不开了，也不想离开了。除非你像上次那样伤朕的心，执意把朕赶走。"朱见深说。

"皇上，贞儿肯定是不想她们来和我分享你的。现在前廷后宫都议论贞儿是一个专宠善妒之人，这个，我也认了。情到深处人嫉妒。我专宠善妒，是因为我心里在乎你。若是不在乎你，我何必去管束你，搏一个不贤良的骂名？"万贞儿搂着朱见深的腰说。

"朕不是一个勤政清明的好皇帝，朕也做不了一个好皇帝。那朕就做一个好夫君吧，做一个专宠妻子的夫君。这个，朱见深还是可以做到的。"朱见深笑着把万贞儿搂在怀里。

后宫虽然增添了不少新人，但是并没有出现太后和群臣们盼望的皇嗣不断的场面，倒也安宁。万贞儿心里想着，周太后断了自己的子嗣之路，亲手杀死了她的皇长孙，太后自己也必得付出代价，她后半生若还想收获其他皇孙，怕也不是那么容易的。

万贞儿承认自己并不是一个可以用笑容去回报仇恨的人。“投之以桃，报之以李；投之以木瓜，报之以琼瑶”是万贞儿的信念，曾经刻薄狠毒对待过自己的人，她是不会忘记的。

成化七年初夏的一天，乔韵儿伏在万贞儿耳边说：“娘娘，太医院的邓太医密报，如意馆的周才人已经有五个月的身孕了。”

万贞儿一惊，说：“皇上每次临幸嫔妃后，你们不都是赏她们喝茶了吗？这个周才人是怎么回事？是你们漏掉了还是这个周才人使诈？”

“奴婢已经查过记档了，数月前，皇上是去过如意馆两次。事后是我和小萝送的茶水，周才人也当着我们的面喝下去了。至于这身孕，是不是茶水失效了，或者皇上临时起兴临幸了她，而我们不得知，让她侥幸怀上了？”乔韵儿猜测说。

“怎么五个月了才被发现？四个月就出怀了啊，怎么那个时候你们都没发现？”万贞儿有些恼怒。

“娘娘，此前天冷穿的衣多，这个周才人也一直偏胖，所以我们也就没有留意。一个月前，奴婢也觉得她肚子大了一点儿，让太医院去给她瞧瞧，太医院回禀说，周才人肚子里有痞块，所以显得腹胀。奴婢也就没留意了。今儿太医院的邓太医却来密报，说周才人肚子里不是痞块，以前是误诊，而是身孕，都已经有五个月了。”乔韵儿回答。

“查查先前那个报是痞块的太医是谁，查出了杖责二十大板，扣罚一年俸禄！连身孕和痞块都分不清！幸亏邓太医是咱们的人，不然岂不是等孩子呱呱落地了我们还被蒙在鼓里？厚赏邓太医，让他配一服落胎药给周才人送去，就说是治肚子里的痞块的。马上就去办，迟了让太后知道了就不好办了。”万贞儿果断地说。

傍晚时分，乔韵儿回报说：“娘娘，周才人肚子里的胎已经落下来了，是一个已成形的男胎。周才人大出血，已经晕过去好几次了。”

“让邓太医好好医治。本宫生皇子那年也曾大出血来着，好好医治的话，是不会有性命之忧的。韵儿，去密室再设置一个灵位，和皇儿、纪婕好孩子的灵位放在一起。本宫自会去祭奠他们，替他们的亡灵超度的。”万贞儿说。

乔韵儿答应着欲去，万贞儿又叫住她，说：“韵儿，你是不是觉得我过于心狠手辣了？连肚子里未产下的孩子也不放过？”

“娘娘，我能理解您的心情。皇长子早夭那年，您的悲恸，韵儿能感同身受，梅林姑姑至今都还在自责。如今您这么做也是求自保；我们这么做，也都是求自保。皇上冷落您的那几个月，我们安喜宫可是看够了那些势利小人的脸色。”乔韵儿说。

“韵儿，感谢你的理解。现在只一个柏贤妃就够我头疼的了，她想取我而代之，凌驾于我之上的那种架势，哪个看不出来？想当年这个柏清吟也是单纯天真来着，只因有了皇子，奉承的人多，她的胃口自然也就膨胀了，不把我放在眼里，想取我而代之了。所以这些新进来的，我也得防患于未然，扼杀于萌芽之中。不然等她们羽翼丰满，成了气候，到时再剪除，就得费更大的劲了。”万贞儿解释说。

“娘娘，这些，韵儿都理解。要想在这个宫里好好地活下去，就得剪除自己的潜在对手，不然就会被对手剪除。周才人这个孩子，韵儿也会好好敬一炷香的，毕竟也是经我之手除掉的。”乔韵儿说。

“你去安排吧。”万贞儿说。

慑于宠冠后宫的万贵妃和一手遮天的安喜宫的威势，周才人及其宫人对于她被迫堕胎一事也不敢声张，怕一旦闹将起来反有性命之虞，只得忍气吞声地暂且偷生。

周才人怀上龙种一事算是有惊无险、悄无声息地遮掩了过去。接下来一件和皇嗣有关的大事就会昭告天下了。

成化七年十一月，在群臣和周太后“早固国本”的一致要求下，成化帝册立柏贤妃生的皇次子——一岁半的朱祐极为皇太子，为大明朝储君。

立储前，朱见深和万贞儿推心置腹地长谈了一次：“贞儿，朕没有办法，大臣们要求早立储君的呼声一日高过一日，母后也日日在朕耳边催促，朕再也顶不住了。朕本来一直是想着立咱们的孩子为太子的，无奈皇长子早逝，朕这心里也很悲伤。大臣们整日上奏，说国不可无储君，易早固国本。朕想着，先暂且册立祐极为皇太子以应付群臣。待咱们的皇儿以后出世了，朕一定会想法立咱们的皇儿为皇太子。”

万贞儿心里一阵哀伤，真想对皇上说：“深儿，贞儿以后再也生不了孩儿了，生不了你的孩儿了！”但她忍住悲伤，并没有对朱见深说出实话——让她的深儿心怀一个美丽的期盼总比接受残酷的事实要好。而且万贞儿心里也一直存着一丝侥幸和幻想，她才四十一岁，也不算太老，现在一直还吃着坐胎药，兴许哪天自己能再怀上皇嗣也说不定。

所以万贞儿没对皇上说出实话，而是说：“臣妾能够体谅皇上的苦心。只是那柏贤妃恃子而骄，在臣妾面前数次态度倨傲，言语不敬，说她生的皇子若是做了太子，她今后母以子贵，贵妃又算个什么？皇后的位置以后只怕也是她的！”

“朕从前一直觉得柏清吟单纯可人，想不到如今也学得刁钻傲慢无礼了？”朱见深说。

万贞儿听出朱见深语气里流露出对柏清吟的一丝喜爱之意，心里不由有微微的酸意。她说：“皇上，人是会变的。柏氏以前是单纯，但自从诞下皇子后，听到的奉承话太多了，自然也就起了贪欲之心，难免胃口膨胀，想母以子贵，凌驾于臣妾和王皇后之上，甚至想取而代之了。”

“贞儿你放心，朕向你保证，太子是太子，贤妃是贤妃，柏清吟今后就安安静静做她的贤妃便是。她若不安分，总有痴心妄想，朕就让她连贤妃也做不成！”朱见深坚决地说。

“皇上，您也用不着动怒。若贤妃安分守己，臣妾自也不会与她计较。若贤妃想滋生事端，臣妾也会反击以求自保的。”万贞儿说。

“爱妃你放心，朕怎么也不会让你受委屈的！”朱见深搂着万贞儿的肩说。

皇太子的册封典礼在奉天殿举行，庄严而隆重。前廷后宫参加典礼的人都按品大妆，穿着朝贺的礼服赴会。典礼上，太后、大臣们还有贤妃的笑容是发自内心、心满意足的，朱见深也是面带微笑的。

那个不到两岁的朱祐极由乳母抱着坐在王皇后身边，全身上下穿得黄灿灿的，睁着小眼睛东张西望。当礼乐大奏之时，这孩子忽然被惊吓得大哭不止。

王皇后伸出手试图抚慰他，那孩子却把皱巴巴的小脸扭向一边，哭嚷着冲着礼台下的柏贤妃伸出双手：“母妃，抱抱。母妃，抱抱。”王皇后伸出的手不由尴尬地停顿在半空中。

“太子还小，还离不开生母。贤妃，你也上来吧，就坐在太子旁边，哄着他不哭了，礼成吧。”端坐在奉天殿礼台上的周太后发话了。

格外盛装的柏贤妃盈盈起身上到礼台上，从乳母手里接过太子说：“皇儿不哭，母妃来了。”说着，得意地瞟了旁边的王皇后一眼。已经有太监抬过一把紫檀木太师椅放在皇后的凤座旁边，柏贤妃也当仁不让地坐在了王皇后旁边。王皇后强自镇静地对柏贤妃微笑点头，以示并不介意。

站在身后的乔韵儿悄悄对万贞儿耳语：“娘娘，柏贤妃今日的风头可远远盖过王皇后了，所有的大臣都看到，全天下的人也都知道，太子的生母是她柏贤妃了。日后她若母以子贵当上太后，就如现在的周太后一样，只怕就是当上皇后也有可能。因为当今的王皇后不招皇上喜欢，可比不得当年的钱皇后和先帝是伉俪情深，周贵妃想当皇后被先帝坚决阻止一样。”

万贞儿笑着说：“所以呢，这皇次子被立为太子，有人心里肯定比咱们还惴惴不安呢。自己的儿子当上了太子，柏贤妃心里最想得到的是什么？贵妃？皇贵妃？皇后？所以，王皇后心里是不会比咱们好过的。咱们且静静等着看戏吧。”

太子册封大典礼毕数日之后，已是秋风起、寒意生的深秋之时了。

这日，万贞儿正在书房“掬香轩”里读《资治通鉴》，乔韵儿通报说：“皇后娘娘来了。”万贞儿说：“请她到书房来吧。”

说话间，王婉柔就进来了，说：“姐姐好兴致，还有闲情看书呢。姐姐没听说吗？前廷那帮大臣可都吵翻天了。”

“太子不是依那帮老臣的意思都已经册立了吗？那帮老臣又为何事争吵？”万贞儿问。

“姐姐没听说吗？以礼部左侍郎郭进泽为首的一帮大臣这一向纷纷上书皇上，为柏贤妃鸣不平。说柏氏为当年先帝择定的太子三妃之一，素来敏慧仁孝，侍奉皇上和太后勤谨，又诞下了皇次子。他们还说柏氏在贤妃的位分上已经盘踞多年，如今又是太子生母，母以子贵，子也须以母贵，应该是时候晋封贤妃的位分了。这郭进泽是贤妃的同乡，可见是贤妃一党的。这帮人声势浩大，虽说被皇上驳斥了，也并不甘心，还想一谏再谏，就像当年群臣为钱太后合葬一事在文华门大哭一样呢。”王婉柔微笑着说。

“朝堂上难道都是帮柏贤妃说话的，就没有反对之声了吗？”万贞儿又问。

“那肯定不是。以内阁大学士万安为首的一帮大臣就死命反对郭进泽他们的提议，说这是皇上的家事，作为臣子不宜干预太多呢。妹妹听说，这万阁老可是姐姐您的同宗呢。”王婉柔看着万贞儿说。

万贞儿微微一笑，说：“这万安，倒也没辜负本宫当年提携他进内阁的一番心血。只是这贤妃以太子作为进退的资本和依托，明里有大臣为她鼓吹，暗里有太后为她撑腰，你和我都未有皇嗣，只怕都不是她的对手。我呢，皇上好歹还顾念着和我多年的旧情，妹妹你呢，有什么可依仗的？”

王婉柔一时语塞，连忙施礼，说：“妹妹愚钝，还请姐姐示教。妹妹心里早就明白，我这个皇后也是姐姐相帮才得以当上的。在这宫里，妹妹和姐姐是一党的，当真是一荣俱荣，一损俱损。还请姐姐明示，妹妹今后该怎么做才能得以摆脱今日之困境？”

万贞儿微微一笑，拿起那本《资治通鉴》，说：“贞儿闲来无事，翻阅古书，读到唐时的武昭仪为了和当时的皇后争宠，不惜杀死自己的亲生公主以扳倒皇后的古事，不由想到了咱们大明景泰一朝的废后杭氏一事。杭氏当年因为生下了怀献太子硬是迫使着景泰帝把汪皇后给废了，自己当上了皇后。可惜好景不长，怀献太子被册立为太子后不到两年就因为花粉绿豆糕急病夭折，杭氏也大受打击，后来郁郁而终了。倒是当年因她被废的汪皇后后来却复位得以颐养天年。妹妹你进宫迟，姐姐我可是亲眼见识过杭废后当年的盛气和跋扈的。”

“姐姐，你的意思是……”王婉柔惊疑地看着她。

万贞儿微微一笑，说：“置之死地而后生。在这宫里，你没有可以依仗的，就唯有釜底抽薪，拿掉对方的依仗之物。妹妹你放心，和柏贤妃相比，和后宫其他嫔妃相比，你只要永远和姐姐一条心，姐姐就永远支持你，这后宫里，就没人能扳倒妹妹你的皇后之位。”

王婉柔的眼睛亮了，说：“姐姐此话当真？可不是戏弄妹妹的？妹妹是怕日后若是做下了大事，会有把柄被人掌控。”

万贞儿摇摇头，说：“姐姐我绝不打诳语。想必妹妹也知道，后宫里有不少人怨恨贞儿不给她们怀上皇嗣的机会。姐姐我既然都做到这一步了，妹妹你还有什么可怕的？姐姐把路都给你开辟出来了，你只需要跟着走就是了。何况这是与你休戚相关的事，你不行动，难道看着柏贤妃她们步步紧逼，你就坐以待毙？皇上现在对你如何，你心里也清楚。你若被柏氏占了上风，可就不见得有钱皇后、汪皇后她们当年的运气了，只怕会比胡皇后当年更惨！妹妹你放心，你做下的事，姐姐我会心照不宣，一心为你力保承担的。只要你把事情做得干净利落，做得聪明而不露痕迹，姐姐我会力保你这个皇后位置坐得比从前还要安稳。”

王婉柔思索了一下，终于用力地点了点头，说：“既然如此，妹妹我也就破釜沉舟，豁出去了！事成之后，只希望姐姐不要忘记今日之言。”

“你放心，咱们姐妹是一根绳子上的蚂蚱，谁也撇不下对方独跑的。你且好生去做，姐姐我在此静候佳音。”

王婉柔用力握了握万贞儿的手，一言不发地走了出去。

乔韵儿看着王皇后离去的背影，说：“娘娘，你不担心王皇后会靠不住吗？”

“以我多年的观察和了解，王婉柔此人不可小觑，聪明慧黠狡诈并不在你我之下。有时候借刀杀人比自己亲自动手更棋高一着。何况咱们已有两条人命在手了，实在不宜再沾染鲜血。王氏位居中宫多年，她也该出手做做事了，不能老是本宫做恶人扫清障碍，她却坐享其成。咱们且坐山观虎斗吧。”万贞儿笃定地说。

第三十三章

心照不宣太子殒命

成化八年正月二十七日下午，万贞儿正在安喜宫的书房“掬香轩”里欣赏小萝、汪直从御花园摘来插在景泰蓝大花瓶里的红梅、白梅。

乔韵儿进来说：“娘娘，刚才太医院的邓太医来报，宫外这一向百日咳和白喉肆虐，民间已经有不少小儿死于此疾患。太子这几日一直高热咳嗽，哭闹不止，太医们有的说是百日咳，有的说是肺炎，用尽了办法都束手无策，今日申时太子一阵猛咳闭过气去，太医们忙着灌药，忙着揉胸，忙着捶背，好一阵折腾，太子都没有再醒过来。太后和皇上都已经赶到万安宫去了，太后大怒，扬言要杀了为太子治病的太医们为太子陪葬。皇上也哭了，说唯一的皇子也这样殁了。贤妃都哭昏过去好几次了。”

万贞儿好像并不感到很意外，而是慢悠悠地说：“这就叫乐极生悲了。想想太子册封大典那日，柏贤妃是何等的风光，她又何曾会想到也有今日？所以做人啊，有时候就不要太得意过头了，要为自己留点儿余地和后路。只是这王皇后动作还真是蛮快的，还没出正月呢，这事情就搞定了？不知露出什么破绽没有？太后他们能追查出吗？”

“娘娘，你确定是王皇后干的？”乔韵儿问。

“如果不是王皇后干的，那是天意？如果是天意，那就更是让人无话可说了。”万贞儿说，“天意如此，柏贤妃如何又能扭转乾坤？如今大局已定，且看事情如何收尾吧。你这几天就盯着太后和皇上他们如何追查这件事。”乔韵儿答应了。

皇太子的丧礼如期举行。皇次子朱祐极生于成化五年四月，夭折于成化八年正月，享年不足三岁，追谥为悼恭太子。

自从太子离世，柏贤妃就卧病在床，一病不起。

母子连心，万贞儿也曾经历过丧子之痛，自然明白此等打击有多重。身在后宫的女人，子女是其终身的依靠和指望，特别是生下皇子的女人。柏贤妃先前是多么的春风得意，风头直逼皇后，一切只因她生下了皇太子。如今皇太子已殁，她所有的指望和打算都失去了根基。

乔韵儿告诉万贞儿，柏贤妃醒来后，一遍遍向皇上和太后哭诉：“太子一定是被奸人蓄意谋害致死的，恳请母后和皇上为臣妾做主，一定要查出这幕后的主使之人，严惩凶手！为可怜的祐极皇儿报仇！”

乔韵儿说：“娘娘，据贤妃身边的人说，贤妃言语之中，似是指向咱们安喜宫呢，说后宫有人专宠善妒，所以就把她的太子给害死了。皇上当时就驳斥她，说贵妃的皇长子未满月就夭折了，那也是有人嫉妒暗害的？说不定就是贤妃你！吓得贤妃连忙跪下喊冤。皇上就说，将心比心，所以不要随便冤枉贵妃嘛，要有证据。太后也接着说，一定会彻查此事，必不使凶手逃脱，也不使一人蒙冤。”

万贞儿说：“太后纵使疑心是本宫所为，她也要有证据才行，不能仅凭胡乱猜测之辞就治本宫的罪。如果真是本宫所为，本宫也不怕别人来追查。何况今日之事，还真不是本宫所为。本宫身正不怕影子斜，理直气壮，还真不怕任何人来查。他们放马过来就是，本宫静候。本宫的皇长子早夭，本宫还想好好追查呢！谅太后心里也有鬼，愧对本宫的孩儿吧！”

为彻查太子病夭之事，后宫闹得鸡犬不宁。宗人府、宫正司、锦衣卫、东厂、大理寺的侦探、巡捕、衙役来了一拨又一拨，来稽查太子是否中毒而死，是否人为而死，就像当年让怀献太子身亡的花粉绿豆糕一样。周太后当年是这件事的始作俑者之一，她心里自然不会不往这方面想。

但是查了一个月，也没查出什么线索和名堂。甚至连侍候太子的宫女、太监、乳母、姑姑和太医都动用了刑罚，也没问出什么纰漏之处。

最后还是周太后自己最信任的乔太医，就是胡太医的外甥，出面向太后呈情，说："太后，据微臣仔细查访，太子殿下既非中毒，也非有人故意使坏。而是今年冬季和春季天气异常，忽冷忽热，宫外这一向又有百日咳和白喉肆虐，民间已经有不少小儿死于此疾患。百日咳和白喉是传染性疾病，难免被带入了宫内。大人无妨，但太子年幼，抵抗力弱，就难免感染，不慎着了风寒感染了心肺，引起小儿易患的百日咳疾。虽然用药后有好转，但终因太子年幼，抵抗力低弱，后来又转成了白喉，疾患加重，汤药也是无力回天了。所以太子的病因还是在于宫外的时疫，微臣认为主要还是天灾，而非人祸。现在就是把所有侍候太子的宫人和太医都处死，也换不回太子的性命了。不如以宽宥为德，宽恕宫人，也算是为太子积福，愿亡灵早日超度，升往西方极乐世界。也是为宫中其他嫔妃祈福积德，还望早日再诞皇嗣为根本。"

乔太医说得入情入理，加之他也是深受周太后信任和倚重的太医，周太后前后思量，最后还是听从了他的劝谏，停止了满宫的搜查和刑讯。最后的处罚是把贴身侍候太子的宫女、太监、乳母、保姆和姑姑各杖责二十大板，罚俸半年；近身治疗太子的四位太医各杖责十大板，罚俸一年。

总算没有再闹出人命，比怀献太子早夭那年满门抄斩、杀人满地的惨状总算好了不少。万贞儿心里明白，说起来周太后自己手里也有着两条皇嗣的人命，杭皇后的太子和她的皇长子，俱是和太后本人脱不了干系。所谓冤冤相报，周太后自己心里也有愧疚，夜里也总有睡不着的时候吧？

悼恭太子之事完全平息之后，万贞儿特意去坤宁宫给王皇后请安。

按后宫礼数和律例，后宫嫔妃每日都要去太后和皇后宫中请安叩拜的。但周太后好静又常年礼佛，所以下令，除了大节日，嫔妃们并不用每日都去清宁宫请安，只是皇后定期去她宫中汇报后宫事宜便可。

太后如此，王皇后便也谦和，也不要求其他嫔妃每日都去她宫中请安，逢一、逢五、逢十和大节日再去坤宁宫请安拜见。

万贞儿是贵妃，位分在王皇后之下，王皇后却亲自对她说："姐姐您年长，就不用费事来坤宁宫了。妹妹我得空了就去安喜宫看望姐姐吧，咱姐妹俩没事时也聊聊家常。"王皇后既如此说，万贞儿也乐得不用出去应酬，倒也落得闲散自在。

自从太子出事后，万贞儿也只在给周太后请安时见到过王皇后几次，私下并没有接触。王皇后也很久没来安喜宫找万贞儿拉家常了。万贞儿心里一直有疑问，终于按捺不住亲自去坤宁宫给王皇后请安以探听虚实了。

万贞儿带着乔韵儿来到坤宁宫时，正是晌午午后，殿外侍立的宫女欲待通报，万贞儿摇摇手，示意噤声。

让乔韵儿留在外间，万贞儿独自一人进入王皇后日常起居的西暖阁。只见王婉柔倚靠在棉墩上打盹，暖炕上散放着一本《资治通鉴》，屋内燃着熏笼，倒也暖和，难免让人有昏昏欲睡之意。

万贞儿虽然是轻手轻脚，但还是惊动了王婉柔。她睁开眼睛见万贞儿进来，有些惊异地说："万姐姐今日怎么得闲来了？"

万贞儿笑笑屈身施礼说："安喜宫万氏给皇后娘娘请安。娘娘久不去安喜宫坐坐了，姐姐我倒想念皇后妹妹得紧。娘娘现今也不去安喜宫了，是在避嫌，怕沾惹闲话上身吧？"

王婉柔忙也起身回礼，有些惊异地说："姐姐可是说笑了，妹妹哪里会避姐姐的嫌呢？只是这阵子婉柔感染了风寒，一直在吃药，怕传染给了姐姐，才没去姐姐宫中走动，又何来的闲话上身呢？"

万贞儿顺手抄起《资治通鉴》，说："婉柔妹妹也在看这书？可看到哪些精彩章节了？"

"婉柔也不过是随便翻看而已，也是学着姐姐看的。婉柔看到历朝历代宫廷里的那些明争暗斗，也是触目惊心，让人掩卷深思。"王婉柔说，"万姐姐今日来，是顺道而来还是专程有事询问妹妹？"

万贞儿微笑着说："婉柔妹妹是水晶玻璃心，一点就透，也无需姐姐我多费口舌。自从太子出事，这后宫里就议论纷纷，说太子是被人图谋暗害的。不少人暗地里都指向贞儿，说贞儿专宠善妒，嫉妒柏贤妃生的皇子当上了太子，所以暗中把太子给戕害了。连柏贤妃和太后也有此意，好在皇上相信贞儿是冤枉的。这事，贞儿也的确没做过，但却并不申辩。婉柔妹妹你相信姐姐我做过这事吗？"

"妹妹自然是不会相信贞儿姐姐会做这事的。"王婉柔倒也说得笃定。

“皇上相信臣妾是冤枉的，皇后妹妹你也相信此事和贞儿无关。纵使贤妃和太后疑心臣妾，臣妾却也并没有四处诉说和分辩。反正臣妾这几年来也承担了专宠善妒的恶名，也不怕多这一次了。臣妾这么做，也是为真正有心做了这件事的人遮掩抵挡和庇护一下。这件事虽然不是臣妾做的，但臣妾却也有这样的心思，帮这人也就是帮自己。”万贞儿直视着王婉柔的眼睛，不紧不慢地说，“皇后妹妹可明白臣妾的苦心？”

“妹妹自然明白姐姐的苦心。妹妹感谢姐姐的庇护，正如姐姐所说，姐姐这么做既是为姐姐自己也是为妹妹我。咱们姐妹联手，自然就在这宫里所向无敌了。贤妃有太后的庇护那又怎样？总之皇上一直是向着姐姐的，妹妹我一向也仰慕姐姐得紧。姐姐若是肯关照妹妹一下，妹妹自然也是没有二心，愿意一心一意跟着姐姐的。”王婉柔依然笃定地说。

“事到如今，妹妹还想和姐姐我打哑谜么？妹妹不想说，也可以，防范自保之心人人都有，原也怪不得妹妹始终不肯吐露真言。姐姐我只是好奇，难道太子夭折真的是天意如此？”万贞儿看着王婉柔说。

“姐姐，太子之殇既是天意却也有人为。”王婉柔悠悠地说，“姐姐冰雪聪明，原也不需妹妹说透的。今年春天宫外百日咳和白喉肆虐，民间不少小儿都死于此症。要把宫外患儿用过的器具带进宫里原也不是什么难事，要怪也只怪太子年幼体弱，抵抗力不强，因而不幸感染了时疫。所以太子染疾既是天意也在人为。这是上天带来的时疫，太子罹患不得善终，无迹可寻。那滴水观音、花粉绿豆糕之类，终究留下了痕迹，不免让人诟病。只有这宫外带来的时疫，才能让人束手无策，也抓不住把柄。”

“皇后妹妹入宫虽迟，却也连皇上幼年在宫外沂王府经历的滴水观音投毒之事都详知啊？这么说，太子的咳疾，是妹妹一手安排的了？”万贞儿更明确地问。

“姐姐，妹妹我已经说得很明白了。妹妹想和姐姐之间该是心有灵犀一点通的。”王婉柔依然是不紧不慢地说。

“很好，杀人于无形，又没有留下一丝痕迹。妹妹这种本事让姐姐也佩服不已。姐姐我甘拜下风。”万贞儿对王婉柔拱拱手。

“姐姐谦虚了。妹妹一直是仰慕姐姐的，一直是向姐姐虚心求教的。妹妹若有什么得罪之处，还望姐姐多多包涵。妹妹家世低微，又没有生育，又不及姐姐这般得皇上宠爱。婉柔以后若想在这宫里平安过下去，还得仰仗贞儿姐姐的提携和庇护。”王婉柔也对万贞儿拱拱手。

“好说。就像你方才说过的，只要咱们姐妹一条心，这宫里咱们就所向无敌。”万贞儿拍拍王婉柔的肩膀说。

王婉柔回握万贞儿的手，冲她笑笑。王婉柔脸上的笑容温柔甜美，手掌却是冰凉沁人的。

在回宫的路上，万贞儿对乔韵儿说：“果然不能小觑了这个王皇后。我是借刀杀人，她却是杀人于无形，连刀也没有，连一滴血也没看到，比我更厉害。幸亏皇上一直不怎么喜欢她，她也未有生育，不然一定是我们另一个强劲的对手。”

“娘娘，正因为王皇后不受皇上待见，也未有皇嗣，为了自保，在这个宫里，她才会和我们联手，也才会那么阴狠吧。”乔韵儿说。

“说得也是。我再也怀不上皇嗣，是拜周太后所赐。她一直怀不上皇嗣，是为什么呢？”万贞儿问乔韵儿。

“娘娘，您不用担心。这怀上皇嗣是需要天时地利人和的，皇上一年也难得去王皇后宫里一次，她只不过是一个有名无实的皇后，对娘娘您构不成任何威胁的。”乔韵儿说。

“那倒也是，她这个皇后本就是本宫扶持她当上的。她日后若是也得罪了本宫，本宫自然也会把她拉下来，就像当年的吴月如一样。”万贞儿说着，摘了一朵腊梅在手心里揉碎了。

第三十四章

晴天霹雳皇子复生

成化九年九月二十日深夜，周太后居住的清宁宫忽然失了火，虽然火势不大，只是烧毁了几间偏殿，但太后还是受到了惊吓。皇上下令把钱太后从前住过的仁寿宫重新修葺一新，周太后自此迁居仁寿宫。

成化十一年五月的一天，安喜宫后花园里新移植的几株石榴树上的石榴花开得鲜艳似火，映照得书房“掬香轩”的窗扉灿红一片。

万贞儿坐在书房里发呆，《资治通鉴》看了几页就再也翻不下去；绣架上绣了一半的云海蟠龙的花样也绣不下去，这是她给朱见深亲手缝制的中衣，预备他贴身穿的。

万贞儿这一向人懒懒的，提不起精神来，也不想做事，时常发呆。太医把过脉，非病非孕，说是节气所致。春夏之交，人原本容易犯困发懒的，太医开了提神补气活血的方子让人给她煎服。

这两年来，成化帝朱见深来安喜宫时，也时常唉声叹气的。万贞儿追问其故，他愁眉苦脸地说：“大臣们又在朕耳边聒噪要溥恩泽了，说朕也是年近三十的人了，皇长子和皇次子接连夭折，如今朕膝下不说皇子，就连一个公主也没有。太子之位空悬，总是于社稷无益。母后也总是和朕说，皇考如朕这般年纪时，后宫嫔妃生的皇子加上公主总也有十来个了。母后说，朕可不能像朕的皇叔，当初的景泰帝那样，唯一的太子死后就再也没有子嗣。贞儿，朕也很努力了啊，新入宫的嫔妃朕都常去临幸，怎么就不见她们怀上皇嗣呢？大臣们老是说朕宠幸已过生育佳期的你，于皇嗣无益。那些新入宫的嫔妃，一个个都不到二十岁，正是在生育佳期吧，怎么一个个都不见有孕呢？难道是朕的问题？朕的身体出了毛病？难怪大学士万安在给朕的奏折中还谈到了房中术，他是在暗示朕什么吗？”

听到朱见深胡乱猜疑，万贞儿不由安慰他说：“皇上，你正当盛年，皇嗣迟早会有的，说不定哪一天后宫哪位嫔妃就会传出喜讯呢？且放宽心，皇上迟早会有皇嗣的，贞儿敢担保。”

朱见深看着她说：“贞儿，你这么说，朕这心里也就宽慰了一些。朕一向听从你的意见，也一向依赖你。朕虽然也常寝宿在其他嫔妃宫里，但朕的心却一直是在你这里的。”

万贞儿起身走过去，搂住坐在软榻上的朱见深，把他的头揽靠在自己的怀里，就像小时候她常这样抱住他一样。在她的眼里和心里，眼前的皇上虽然年近三十了，但还是小时候那个常偎在她怀里的深儿。她想，在他心里她也是如此，虽然已经年纪老大，但还是当年那个每天都陪伴着他的万姑姑吧？

她想：就让我和深儿这样相濡以沫、相互依赖地过下去，直到我离世的那一天吧。我比深儿大了十七岁，将来很有可能是走在他前面的。我离世以后，他也还是盛年，他要宠幸哪位嫔妃，我也管不着了，他的东西六宫生下再多的皇子和公主，也于我无碍了。

这几年来，万贞儿对窦如海还活在这个世上已经不抱希望了。她有时进到密室，给因她而死的那两个婴孩的亡灵上香祷告时，也翻出那个紫檀木小匣子，那里面藏着那只墨玉手镯和窦如海留给她的那张诀别的绝笔便笺。回首往事，不由觉得造化弄人。

“如海，今生已然别过，只能待到奈何桥时再相会了。”她在心里对着那张已经发黄的便笺说。

朱见深见万贞儿手腕上不再佩戴那只墨玉手镯，而是罗裙上时常绾着那枚同心结，他自然是很高兴，也时常把他那枚同心结系在朝服上。

见到皇上如此为子嗣之事为难，万贞儿对乔韵儿说：“韵儿，皇上一直没有子嗣，那帮大臣给他的压力很大，我在想，现在还需不需要给后宫那些嫔妃赏赐媚色沁香茶？如果只是周太后给皇上压力，我倒不会理睬。这毒妇当年是如何整治我和我的皇儿的，本宫绝不会忘记！只是为难了皇上，我心里倒于心不忍。毕竟皇上待我有情，我心里也待他有情。越是待他有情，我心里一想着他和别的女人亲热还有了孩子，很有可能弃我于不顾，我这心里就酸甜苦辣咸五味俱全，就没有安全感。前廷后宫那些人只怕都在心里唾骂本宫是专宠善妒、心狠手辣的恶妇，但他们又如何知晓我心里的苦处？今生若得自由身，何必嫁与帝王家？我情愿嫁与一平头百姓，过着民间恩爱夫妻的生活，强似在这宫里时刻争宠和算计，生怕自己哪一步走错，不仅生不如死，死无葬身之地，只怕还会连累自己身边跟着的人和家人亲戚。"

"娘娘，您既然怕失宠，那这媚色沁香茶的事也得一步一步来。奴婢思量着，这后宫新晋封的人里，那邵贵人和张昭仪倒是对娘娘蛮恭敬的，看着也不像是张狂轻浮的人。娘娘若是加以笼络的话，让她俩成为咱们这边的人，纵使她俩有了皇嗣，料也不至于和娘娘您刻意去争宠。"乔韵儿说。

"你这法子倒是可以考虑。韵儿，这些年，你倒比当年在锦绣坊时要精进多了。不仅嘴巴比当年要紧，脑子也比当年要管事多了。现在就放你出去，你也是可以独当一面，不需要我再教导你什么了。"万贞儿夸赞说。

"娘娘，锦绣坊一别，已经二十五年过去了。奴婢在锦绣坊时，只有十五岁，如今也有四十岁了，在这宫里也见识了不少的风云和杀戮。特别是跟了娘娘这十几年，什么样的阴谋和计策没有见过？奴婢若是还不长进的话，也不配一直跟着娘娘您了。"乔韵儿说。

"韵儿，叫我贞儿姐姐吧，不要再叫我娘娘，显得生分了。你我名义上虽为主仆，但我心里一直是把你当做妹妹看待的，就像亲妹妹那样。自从我和皇上在一起后，梅林姑姑待我就不像从前那样无话不谈了。我知道她心里是为窦如海的事介意，我不怪她。这几年，都是你一直在我身边为我分忧，我心里好多对皇上都说不了的话只有对你讲，让你来承担。姐姐我感谢你，受姐姐一拜！"万贞儿起身对乔韵儿福了一福。

乔韵儿忙扶住她说："娘娘，使不得！我还是叫娘娘吧，一是说顺口了，二是让外人听见也不失了礼数。这些年，韵儿心里是一直把娘娘当做亲姐姐来看待的。韵儿自小没了爹娘和兄弟姐妹，在这宫里，自小就和贞儿姐姐你交好，你也把韵儿当做心腹对待，韵儿心里是清楚的。韵儿就说一句心里话，在韵儿心里，贞儿姐姐你既是我的主子，也是韵儿的姐姐，唯一的亲人。”

万贞儿搂住乔韵儿的肩，说：“好妹妹，在这宫里，如今我最信任和依赖的人就是你和皇上了。希望我们不离不弃，生死相依。”乔韵儿伸出手和万贞儿的手紧紧握在一起。

万贞儿和乔韵儿正说话间，却见小萝进来了，惊惶地说：“娘娘，奴婢方才听乾清宫的公公和宫女们说，纪选侍当年小产生下的皇子没有死，还活着，一直偷偷地养在西苑，如今都已经六岁了！皇上和太后现在都已经知道这件事了，皇上还见到了皇子，很高兴，说三皇子‘很像朕，是朕的儿子’。三皇子现在已经从西苑迁居太后的仁寿宫。前廷的大臣们也都知道这件事了，都很高兴，都上奏说，立刻册封三皇子为皇太子，以固社稷和国本。皇上也已经答应了，让钦天监选个黄道吉日，立刻行太子的册封礼。”

万贞儿松开乔韵儿的手，一屁股跌坐在太师椅里，半天说不出话。

乔韵儿的脸色也变了，说：“小萝，你没听错吧？纪选侍当年不是小产了吗？太医们不是都确认这件事了吗？哪来的什么三皇子？还在咱们眼皮子底下活到六岁？怎么事先一点儿风声也没有透露？这不是千古奇谈么？”

“娘娘，这件事千真万确。”小萝“扑通”一声跪倒在地，眼泪也流了下来，“这件事段公公也听说了，他让奴婢先回宫禀告娘娘，他自己往乾清宫找怀恩公公他们打探详情去了。”

“韵儿，不必惊慌。你且出宫和段英一同去打探实情，知晓后立即回宫告诉我，我在这里等你们的回话。”万贞儿终于镇定下来，装得若无其事地说。

“奴婢这就去！”乔韵儿答应着去了。

“小萝，此事，你就当做不知。不要乱说什么话，不要让旁人疑心到我们宫里。你做事一向谨慎有分寸，本宫信得过你。你起来吧。”万贞儿叮嘱小萝。

平地顿起波澜，这个惊天噩耗让这些年养尊处优的万贵妃还真是措手不及。那个南瑶女奴纪苗青和她肚子里的孽种还真是阴魂不散哪！那瓮她精心熬制、下令赏赐的鲍鱼药膳竟然没有生效，让那个小孽障死里逃生？这中间是哪个环节出了差错？万贞儿苦苦思索着，谋划着接下来的善后之策。

不到两个时辰，段英和乔韵儿就回来复命了。

段英说："娘娘，奴才已经从一直跟在皇上身边的怀恩和小敏子那里打听到三皇子复生这件事的来龙去脉。容奴才喝口水，从头细细道来。"

"段公公，你先坐下歇息喝水。本宫不急，你且慢慢道来，务必详细，不可遗漏。"万贞儿说。

在段英的述说里，万贞儿终于知道了今天发生的这件大事的前因后果。

皇上今日早朝下朝后由小敏子服侍梳头。朱见深看到铜镜里自己鬓角已经有了几丝白发，不由感叹说："朕老了，都有白头发了，却连一个皇子也没有，真是愧对列祖列宗啊！"

看到还不到三十岁的年轻皇上如此伤感，小敏子终于忍不住了，"扑通"跪下说："启禀皇上，奴才该死！奴才一直瞒着您！皇上您已经有皇子了，一直偷偷地养在西苑！这件事只有几个人知道，其他人都不知道。奴才今日斗胆说出来了，还请皇上为小皇子做主！"小敏子说着就伏在地上叩头不起。

朱见深说："起来说话。皇子是哪儿来的？你且说清楚！"

小敏子一一如实陈述：

"皇上，成化六年五月，得了痘疮的纪选侍不是小产了吗？小产那日，奴才奉皇上之命给纪选侍送过尚膳监做的墨鱼乌鸡汤。入夜之后，纪选侍身边侍候的春芽就来乾清宫禀报，说选侍娘娘晚膳之后隐隐腹痛，觉得不舒服，问要不要传太医。那日正好是奴才当值，皇上当时在贵妃娘娘宫里用晚膳，奴才来不及回禀皇上，就跟着春芽先去看个究竟。

"奴才刚到安乐堂，就听得在选侍身边侍候的康姑姑说，选侍怕是小产了，产下的是一个肉团，血糊糊的，没有哭声，鼻息也没有。这时，住在西苑的吴废后也赶过来了，吴废后说，既然产下的是死胎，那就让人好生掩埋了吧。康姑姑和吴废后身边的新橙就抱着那死胎往净乐堂去了。

"太后这时已经知道了选侍腹痛之事，就派了太医前来医治。太医来后，一诊视，确认选侍娘娘是小产了，只得开了产后恢复的方子。这时，后宫诸人包括皇上和太后都知晓了纪选侍小产的消息。

"过了十来天，纪选侍身边的康姑姑却偷偷找到奴才说，选侍小产那夜，她原本抱了死胎是去净乐堂掩埋的，却不料临下葬之前，似乎听到一声婴儿的啼哭。她打开襁褓一看，婴儿嘴里吐出了一团血糊糊的东西，竟然也有鼻息了。原来婴儿并没有死，只不过是被嘴里的东西堵塞得暂时闭过气去。

“康姑姑吓坏了，已经是对外报过纪娘娘小产生下死胎的，如今死胎又活了过来，这不是犯了欺君罔上之罪吗？康姑姑不知道该怎么办，跟着康姑姑同去的吴废后身边的新橙把这事禀告了吴废后，吴废后说，先把孩子抱到西苑来养几天，看能不能养活。养不活的话，就依然当做死胎埋了；养得活的话，再从长计议。

“也是这孩子命大，康姑姑和新橙每日用米粥喂养，十几天过去了，这孩子竟然活了下来。康姑姑找到奴才说，纪选侍现在心里是又喜又怕，喜的是皇子活了下来，怕的是欺君之罪和有人要图谋毒害她和皇子的性命。吴废后说，太医查出纪选侍体内有服用过堕胎药的痕迹，选侍只怕是误吃了什么不干净的东西才小产的。选侍现在时时担心有性命之忧，让康姑姑来找奴才，让奴才去把那孩子扔在马桶里给溺毙。

“奴才一听，就急了，奴才说皇上一直子嗣不旺，皇长子未满月就夭折，皇次子目前还不到一岁，好不容易有了皇三子，干吗要溺毙？既然怕被人毒害，那就先偷偷地养着，养大了再禀报皇上也不迟。

“吴废后也很赞同奴才的想法，就把皇三子抱到西苑的清风阁秘密地养了起来，纪选侍也以养病为由迁居到西苑的明月斋居住。这两个地方紧挨着，又清静又少有人打扰，所以皇子就在西苑秘密地养到了六岁，从来没有见过生人，连胎发都未曾剃过。

“知晓这件事的只有纪选侍和吴废后身边亲信的人，再就是奴才了。奴才心里也怕怠慢了皇嗣，后来就把这件事告诉了大总管怀恩公公。怀恩公公有时也吩咐奴才拿一些好吃的食物给皇子和选侍暗里送过去。”

听到这里，万贞儿忍不住打断段英，说：“韵儿你听听，连怀恩都知道这件事了！偏咱们这里被瞒得死死的，打量咱们安喜宫都是住的死人呢！”

乔韵儿说：“娘娘，听那小敏子话里的意思，吴废后和纪选侍已经疑心有人要谋害皇子，所以有意防着咱们也说不好呢。”

万贞儿说：“那吴氏和本宫是死对头，她心里自然是恨本宫不死。这件事有她插手，只怕她是主谋也说不定！既然她们有心欺瞒了这些年，自然是把咱们防得死死的。段公公你且继续说下去，听完后本宫再做打算。”

段英继续往下说——

皇上急着说：“皇子如今在哪里？快带来见朕！”

怀恩这时早已派人通知了纪选侍母子。哦，应该是纪婕妤母子，当年纪选侍小产后，周太后为了安抚她，曾从选侍晋封为婕妤，赐居明月斋的。

纪苗青闻讯惊喜交加，给皇子换上了干净的小红袍，洗净了手脸，披垂至地的胎发也梳理整齐。她哭着对皇子说：“吾儿，你此去见到一个身穿黄袍、脸上有胡子的人，他就是你的父亲，你要叫他‘爹爹’！你此去必要讨得你爹爹的欢心，不然，为母和你将来只怕连性命都不保！”

那孩子因是私养，常年难见阳光，虽然显得瘦弱苍白怯生，倒也知书识礼，文质彬彬。他乘坐肩舆，被怀恩派去的太监簇拥至乾清宫正门，他下了肩舆，胎发披地，看见正殿里一个穿黄袍、面上有胡须的高大男人坐在龙椅上，他想着母亲所说的话，就急忙下跪叩拜行礼，嘴里恭敬地说：“孩儿拜见爹爹！”

皇上不住地打量他，然后对他招手，示意他近前。也许是父子天性使然，这孩子也不怕生，就扑进了皇上怀里。

皇上把他抱置膝盖上，仔细地打量，抚摸着他那稚嫩苍白的小脸和披垂及地的胎发，良久，悲喜涕泣，激动地说：“长得很像朕！这真的是朕的儿子啊！”

接下来皇上就命令怀恩赴内阁向各位大臣宣告此事。大臣们纷纷恭贺，上表奏请早立太子，并颁诏天下。

皇上已经给皇三子起名朱祐樘。周太后高兴得不得了，立刻降旨，把皇三子迁居仁寿宫亲自抚养。纪婕妤也因生育皇三子有功被册封为淑妃，从西苑移居长乐宫。

“皇上已经去长乐宫亲见纪淑妃了。皇上今儿的晚膳也是在长乐宫和淑妃、皇三子一起用的。看这情形，皇上今儿只怕宿在淑妃宫里也说不定。”段英最后这样说。

万贞儿皱了皱眉头，说：“那纪苗青不是得过痘疮吗？虽说是痊愈了，但脸上、身上总是会留下疤痕的吧？本宫听说，得过痘疮的人脸上都会留下麻子的，就像满天星，坑坑洼洼的，难看得很，可说是毁容了。这纪淑妃这么丑，皇上也有心情和她同桌用膳，同床共枕？”

段英看了她一眼，小心翼翼地说：“娘娘，奴才今儿已经见过纪淑妃现在的真容了。这淑妃还真是算幸运的，身上奴才不知道，但脸上只留下了浅浅的白麻子，倒也不算毁容。和别的嫔妃相比，她倒也别具风韵。她眉眼和娘娘又有相似之处，只怕皇上就喜欢她这种也说不好。”

“呸！呸！段公公，你这么说，是存心气娘娘吗？”乔韵儿打断段英的话说。

“不妨。本宫就是想听到真话和实情，这样本宫才好做打算。”万贞儿尽量心平气和地说，但心里实在平静不下来。

第三十五章

万娘娘汤里有毒否

一连三晚，朱见深都宿在纪淑妃的长乐宫，皇三子朱祐樘已被册立为皇太子，这三日随母一直住在长乐宫，他们一家三口倒是日日团聚了。

长乐宫相距安喜宫不近，但万贞儿也似乎听到了他们一家三口开心的笑声。淑妃和皇太子该是幸福、满足的笑声。至于皇上，如今皇太子已立，大臣和太后都很满意，他多年的心结已解，已无后顾之忧了，该是轻松、满足、自豪的笑声吧？

在漫漫长夜里，万贞儿辗转难眠，听着窗外的风声和雨声，只觉得有孤单寂寥之感。

她对陪寝的乔韵儿说："韵儿，皇上自从得知皇三子之事后，就再也没有在安喜宫露面。这几天都是围着这母子俩打转，不是封妃就是册立太子，一连几日都逗留在长乐宫，只怕是把咱们都给忘了吧？"

"娘娘，皇上多年未有子嗣，心里不免焦虑，如今骤然得知皇子已长成，自是惊喜异常，父子天性也是不好抹杀的。至于淑妃，她未患病前也没有拴住过皇上的心，难不成现在破相变成麻子婆了，还能拴住皇上的心了？皇上现在也是图个新鲜，新鲜劲过了，自然还是会恋着娘娘您的旧情，会回到娘娘身边的。皇上说过的那句话，奴婢都记得，难不成娘娘还忘了？皇上说过，纵使朕夜夜宿在其他嫔妃宫里，但朕的心始终是在贞儿你这里的。”乔韵儿模仿着朱见深的语气和腔调说。

万贞儿不由也被她逗得展颜一笑，说：“韵儿，幸亏本宫身边还有你，不然这寂寂长夜实在是难熬了。我心里担忧的是，皇上正值盛年，而我已经不可阻挡地走向老迈，毕竟年岁不饶人呢。那雪颜丸和玉露散都越来越不见效了，我身上的皮肤也越来越松弛，无法恢复到从前的紧绷了。这腰上的赘肉也越来越厚，眼角的皱纹连最好的脂粉也遮盖不住，连我自己也不想对那镜子里的人多看几眼。说句私心的话，我自己都喜欢看年轻漂亮的男子和女子，何况皇上还是男人呢，男人好美色不是很正常的吗？和你说实话，我这心里是担心色衰而爱弛，担心皇上会弃我而去，会喜欢更年轻的纪淑妃，何况她还有皇太子在手呢。到头来，我只不过是一个孤零零的老太婆罢了。”

“娘娘，咱们皇上不是那样只贪恋美色而不恋旧情的人。这些年，不是已经都见证了吗？任凭后宫新人不断，但始终没有谁能越过娘娘您的位分去。”乔韵儿打着哈欠说。

“那可说不好。这个纪苗青，我虽然只见过她一面，却觉得此女不是等闲之辈，她能躲在西苑把皇三子悄无声息地养大，就不是一般人能够忍受和做到的。还有那个被废为庶人的吴月如，这么多年，皇上简直都忘记有她这么个人了，她却暗地里帮着纪氏把孩子给隐匿下来了。如今纪氏已经被册封为妃，太子也养在仁寿宫，众人瞩目，这事还真是不好办。连被废的吴氏，我都投鼠忌器，不敢拿她怎么样。这后宫，现在已非我一己之力所能掌控的了，还真是悲从心来啊。”万贞儿忧心忡忡地说。

“娘娘，您若实在不甘心，那就静观其变，到时再见机行事。不管怎么说，奴婢和段公公、小萝都会一心帮衬着娘娘的。”乔韵儿打着哈欠说，她已经是睡眼蒙眬了。

万贞儿说：“韵儿，你睡吧。本宫决定，明日亲自去会会这个纪淑妃，她现在是皇上的新宠呢。”

乔韵儿应了一声，很快就睡着了，响起了轻微的鼾声。万贞儿却是了无睡意，眼睁睁地挨到五更才迷迷糊糊睡去。

翌日，万贞儿估摸着皇上去上朝了，就精心梳洗装扮了，叫段英摆上贵妃出行的仪仗，亲自去长乐宫面见纪淑妃。

其实万贞儿是贵妃，纪苗青只是淑妃，次一等，万贵妃完全可以派人去长乐宫把纪淑妃叫来自己宫里训话。

但万贞儿想亲自去看看纪苗青的长乐宫装饰得是何模样，也好揣摩皇上对她喜爱的程度到底如何。她也想看看纪苗青患病后的样子到底是怎样，都说她眉眼和年轻时的自己有几分相似之处，万贞儿心里实在是恐慌，她怕皇上把纪苗青当做年轻时的万贞儿来看待。若皇上真的找到了能够替代自己的女人，那她也就真的成了废物了。这正是万贞儿内心焦灼担忧之处。

当万贵妃的仪仗队伍浩浩荡荡、一路逶迤地来到长乐宫正殿前时，纪淑妃已经带着宫人慌慌张张地出来迎接了。

万贞儿端坐在肩舆上，纪苗青给她施礼说："嫔妾迎驾来迟，请贵妃娘娘恕罪！"

纪苗青穿戴着妃位的朝服朝冠，倒也是锦衣艳服，云鬓高耸，满头珠翠，甚是华丽。纪苗青低着头，不敢与万贞儿对视。万贞儿也看不清她的面容。

五月底的日头已经有些闷热了，万贞儿体丰怯热，又穿戴着厚重的朝服朝冠，身上已经开始出汗了。于是她说："不要站在这日头里，都进去吧。"

万贞儿下了肩舆，乔韵儿扶着她进了正殿。万贞儿端坐在正殿的太师椅上，纪苗青重新跪在锦垫上行跪拜之礼，嘴里说着："嫔妾心里早想着要亲自去安喜宫觐见贵妃娘娘，给贵妃娘娘您请安问好。只是嫔妾这几日才从西内迁出，许多事情还没理出头绪。况且嫔妾已是病残之躯，蒲柳陋容怕玷污了娘娘的法眼，因此心下惴惴，只怕就失了礼数，还请娘娘宽宥！"她依然是低着头，不与万贞儿正面直视。

万贞儿悠悠地说："抬起头来，让本宫瞧瞧。"

纪苗青依言抬起头来，一张薄施脂粉的瓜子脸展现在万贞儿面前。果然如段英所说，纪苗青两颊和额头上都留下了白麻子的痕迹，但颜色很淡，不算毁容。眉目依旧清新如画，宫廷里上好的水粉和胭脂也适时遮盖住了她脸上的白麻皮，倒有一种迥异于常人的风致。

万贞儿微微一笑，说："数年未见，苗青妹妹倒出落得比以前更见风致了。病了一场，也未损容颜，倒是有几分西施的病态之美呢。更让姐姐我、皇上、太后、诸位大臣以及后宫众姐妹和天下百姓都想不到的是，苗青妹妹竟然瞒天过海地在安乐堂和西苑让已经报知太医小产了的皇子死而复生，在众人的眼皮底下一直养到六岁，并且一举就当上了太子，不仅比本宫的皇长子有福，比柏贤妃的皇次子也有福啊！妹妹此等隐忍不发、只待时机成熟就冲天而起的见识和气度，别说是皇后之位，就是将来的太后之位也是妹妹你的囊中之物呢！姐姐我实在是佩服得紧，要赶着向妹妹你拜师取经学艺呢！”

豆大的汗珠从纪苗青的额头上滚了下来，她惨然变了色，只得一味地叩拜，嘴里说：“娘娘您折杀嫔妾了！嫔妾当年隐瞒三皇子还活着的事实，那原也是无奈之举！嫔妾和三皇子从来都没有争宠的念头，能够和皇儿好好地活着就是嫔妾最大的心愿了！此事若不是小敏子公公向皇上透露，嫔妾会一直带着皇儿安安静静地在西内过下去的！嫔妾并不想踏入这红尘繁闹之地，奈何人算不如天算，这事态的发展原也并非嫔妾的本意，嫔妾母子绝没有不知天高地厚的痴心妄想！还望贵妃娘娘能够体察嫔妾母子的心意，能够好好地活着就是嫔妾母子最大的心愿，还望娘娘您成全！”

万贞儿不由笑出了声，说：“纪妹妹说得这么可怜，让外人听了还以为是做姐姐的要置你们母子于死地呢！起来说话吧，你和本宫都是皇上的妃子，姐姐我虽然是忝居贵妃之位，但已年老色衰，又没有一子半女。妹妹位居淑妃之位，年轻貌美，且深得皇上喜爱，又是太子的生母，将来母以子贵是指日可待之事。到时姐姐我只怕还要恳求妹妹怜悯，赏一口饭吃呢。”

“贵妃姐姐，您折杀嫔妾了！嫔妾萤虫之火怎敢与贵妃姐姐的日月之辉争光！这后宫谁人不知，皇上心中最宠爱的是贵妃姐姐，任凭后宫新人辈出，姐姐您在皇上心目中的地位是无人能够替代的！妹妹还请姐姐您能赏妹妹母子一条活路、一口饭吃呢！”纪苗青也学着万贞儿的口气说。

万贞儿再次笑了，说：“那我们就都不用客气了。你起来说话吧，我们今后就以姐妹相称，也不用那些虚礼了。姐姐我新得了几匹南京府新贡的云锦，夏天里做了纱衣极是凉爽生津。妹妹若不嫌弃，就请收下吧。”说着，小萝就奉上了质地柔软滑腻的贡品绸缎云锦两匹。

纪苗青命身旁的宫女春芽收下，连声称谢。

万贞儿望了望四周，宫殿布置得不算奢华，但清雅舒适，符合纪苗青淑妃的身份。

万贞儿随意地问："怎不见三皇子？让姐姐也见见这个外甥吧。三皇子如今是皇上的独苗，很得他父皇和皇祖母的喜爱呢。姐姐我虽然没有子嗣，但妹妹的子嗣也就如姐姐的子嗣一般，姐姐心里也欢喜得很呢。"

纪苗青又施礼说："三皇子若是能被贵妃姐姐视若已出，那自然是皇子的福气，也是嫔妾的福气。只是皇子被他皇祖母接到仁寿宫去了，午膳也会在仁寿宫那边用，只怕要午后才能回来了。"

"不急，待日后皇子有空闲了，本宫再来探望也不迟。"万贞儿说。

"不劳姐姐挂念，等皇子从仁寿宫回来后，嫔妾就让他亲自去安喜宫给贵妃娘娘请安。"纪苗青说。

"那就说好了。届时本宫会亲自下厨做几样精致吃食让皇子品尝的。"万贞儿微笑着说。

刚回到安喜宫的寝殿，万贞儿还未脱下朝服，就听到小萝来报："张昭仪和邵贵人来给娘娘请安。"

万贞儿说："让她们在东暖阁候着。"

万贞儿坐下来喝了两杯已经凉下来的薄荷酸梅茶，这茶有醒脑提神、止汗生津的作用。她小憩了一会儿，然后不疾不徐地走到东暖阁。

看到万贞儿，张昭仪和邵贵人都连忙站起来施礼说："嫔妾给贵妃娘娘请安。"

万贞儿挥挥手说："今儿天也闷热，你们两个怎么想着来给本宫请安来了？本宫不是给你们都说过，本宫喜静，不喜欢这些虚礼，你们不用来给本宫请安的吗？"

张、邵二人对望一眼，张昭仪欲言又止，微微对邵贵人点了点头。邵贵人于是起身恭敬地说："回禀娘娘，今儿是二十五，是后宫嫔妃给皇后娘娘请安的日子。从坤宁宫出来后，嫔妾就和昭仪姐姐相约着来给贵妃娘娘请安。娘娘您虽然好静不拘礼数，但嫔妾心里想着该有的礼数还是要尽到。况且这一向久不见娘娘露面，嫔妾和昭仪姐姐心里也挂念着娘娘，想向娘娘您请个安问个好。"

"嫔妾心里和贵人妹妹是一样的想法，也想来探望贵妃娘娘。"张昭仪这时也站起来附和着说。

万贞儿笑了笑，说："都坐下吧。这阖宫的新人，就你们两姐妹还记得本宫，上本宫这里来坐坐，串串门，也算是你们有心了，难得。小萝，把皇上赏赐给本宫的玉簟秋如意凉席给两位妹妹各一床。这凉席是暹罗国进贡的，夏日里睡着凉爽怡人，不起汗不生痱子。皇上知道本宫怕热，就把暹罗国进贡的几床都赏给了本宫。两位妹妹大热的天不辞辛苦来探望本宫，本宫也回敬一点儿薄礼以表谢意。"

张、邵二人又起身致谢说："娘娘的厚爱，嫔妾感激不尽！"

万贞儿笑笑，温和地说："你们二人恭顺敏慧，对本宫的心意，本宫心里都清楚。好人会有好报的，日后若有好处，本宫自会首先想着你们二人。你们且回吧，本宫今日也乏了。"

张、邵二人笑盈盈地答应着，各自的侍女接过贵妃娘娘赏赐的玉簟秋如意凉席，一行人回去了。

万贞儿对乔韵儿说："午膳后，去长乐宫告诉淑妃，本宫今日在安喜宫特意宴请淑妃母子，为淑妃和太子洗尘压惊。让淑妃晚膳时把太子也带过来。"乔韵儿答应了。

万贞儿草草用过午膳后，焚香沐浴，再好好地睡了一觉。

午睡起来后，万贞儿亲自去小厨房做了几样拿手的菜肴和点心，以备晚宴之需。往日，也只有皇上、太后和皇后吃过她亲手烹饪的菜肴，如今淑妃母子能享受这般待遇，自然也是她很重视他们母子之故。

晚宴预备妥当之后，晚膳时分，纪淑妃母子盛装准时来到安喜宫赴宴。万贞儿这是首次见到皇三子朱祐樘，也就是现在的皇太子。皇上已经正式昭告天下，立皇三子朱祐樘为皇太子。

朱祐樘穿戴着明黄色的太子服饰，传说中披垂至地的胎发已经修剪至齐肩，面色白净，身材和同龄孩童相比显得瘦弱些。他好奇地打量着四周，倒也不怯生。

"嫔妾见过贵妃姐姐。"纪苗青给万贞儿盈盈施礼。

"儿臣给贵妃娘娘请安，恭祝万母妃凤体安康，吉祥如意。"皇太子也学着他母亲的样子给万贵妃施礼。小小的人儿，倒也有模有样，定是他母亲教过他的。

万贞儿仔细打量朱祐樘的面容，试图在他脸上找出他父皇朱见深的痕迹。皇上不是喜极而泣地说“这孩子像朕，真的是朕的儿子”吗？这孩子的脸型、口鼻和神态都能看得到他父皇的影子，而眉眼就似他母亲纪淑妃。

都说纪苗青的眉眼和万贞儿有几分相似之处，这么说，这孩子的相貌也有几分似万贞儿？万贞儿心里这么想着，眼前不由一阵恍惚。若是自己的皇长子还在世，现在该有十来岁了，该比眼前的皇太子更高大、更健壮、更英武，更得他父皇的喜爱吧？万贞儿心里不由一阵哀戚，心里诅咒暗中害死皇儿的周太后不得善终。

只一瞬间，万贞儿就回过神，满面堆笑地说：“都起来吧，都是一家人，就不要拘礼了。”

段英、乔韵儿和小萝安排他们入席。万贞儿亲自给纪淑妃母子布菜，说：“这红枣炖鹌鹑，滋补养颜，纪妹妹多吃点儿。这富贵如意饼，松软酥脆，最适合趁热吃了，小孩子最爱吃这个，太子殿下多吃点儿。这都是本宫的拿手菜肴，是本宫自己下厨做的。连皇上和太后吃过后都赞不绝口呢。”

纪淑妃谢过，开始斯文地细嚼慢咽。太子朱祐樘案前的瓷盘里堆满了食物，但万贞儿发现他却只顾东张西望，并未动箸。

万贞儿说：“太子殿下为何不吃？是菜肴不合你的口味？”

“回禀万娘娘，儿臣来之前已经在皇祖母宫里吃过糕点了，现在儿臣的肚子胀得很，吃不下。”朱祐樘彬彬有礼地回答。

“那就喝碗百合酸梅汤吧。这汤酸甜消食，开胃生津，正是适合饱食肚胀之人喝的。”万贞儿说着，就让乔韵儿给太子盛了一碗，放在他面前。

那孩子用汤匙搅动着成窑五彩瓷碗里的梅子，却是不送入嘴里。万贞儿打量着他，说：“这个汤也不合你口味？”

朱祐樘抬起头，看了她一眼，说：“皇祖母曾给儿臣讲过当年的怀献太子被花粉绿豆糕呛死的故事。万娘娘，这碗梅子汤里下了药没有？儿臣喝了会不会中毒？”

万贞儿的心一沉，脸色大变，死盯着皇太子那张还满是稚气的苍白小脸。

“贵妃娘娘饶命！”纪苗青慌忙拉着儿子离席，“扑通”一声跪在万贞儿面前。纪苗青不住地磕头讨饶："小儿不懂事，是胡闹之语，无意冒犯了贵妃娘娘！还请贵妃姐姐饶过小儿这一次！都是嫔妾失职，疏于管教！嫔妾今后定当好生教导小儿，绝不会让此事再度发生！"

母亲不住地磕头，那孩子却直挺挺地跪着，一双眼睛亮亮地盯着万贞儿，似乎不解他自己说的一句话为何却引得他母亲如此惶恐不已。纪苗青急忙按下孩子的头，说："快给万娘娘磕头赔罪，说今后再也不敢了！"

那孩子似乎并不认为自己错了，但也并没有违拗他的母亲，而是顺从地伏地给万贞儿磕头，嘴里说："万娘娘，儿臣知错了，以后再也不敢了。"

万贞儿勉强笑了笑，挥挥手说："都起来吧，本宫并没有责怪你们的意思。童言无忌嘛，小孩子的话，本宫不会较真的。何况他刚才也说了，是他皇祖母告诉他怀献太子被花粉绿豆糕呛死的故事，又不是你教的，淑妃你用不着自责。不过，本宫要告诉你们的是，怀献太子被花粉绿豆糕呛死与本宫无关，这件事和当年的太后有关，和现在的太后也脱不了干系。本宫自己的皇儿还在妊娠时就被人算计暗害下了药，所以生下来还没满月就夭折了，本宫自此再也不能生育！本宫这笔账和这种恨又能找谁去报！"说到激愤之处，万贞儿拍案而起，席上的碗盏也跟着颤抖了一下。

纪苗青和朱祐樘也吓得再次低下头，不敢看万贞儿。

"娘娘，仔细手疼。"乔韵儿过来用丝帕擦拭万贞儿那只拍案的手。

"不碍事。手疼算什么？本宫心里的疼才是说也说不出的疼！这么多年了，谁人能理解我？"万贞儿疲惫地叹了口气，挥挥手，"淑妃，你带着太子回宫吧。既然有人疑心这些菜里下了药，视为鸿门宴，那你们继续在这里待着岂不是胆战心惊？回去吧，以后也不用再来了，本宫也不想再看见你们，省得有人说本宫要来谋害你们！"

纪苗青欲待还要再说什么，段英对她使了一个眼色，她便欲言又止，带着朱祐樘默默鞠躬后退了出去。

万贞儿呆坐在花梨木太师椅上，良久，对乔韵儿说："这孩子，才六岁，就已经晓得如此防备我。若是日后他真的继承了大统，岂不是我连容身之地也没有了？我必得早做打算，趁着本宫现在还有反扑的力气，必得为自己设计和预留一条后路。我瞧那邵贵人，虽然年纪不大，倒是个聪明识趣有大智慧的。张昭仪也入宫多年了，从前从未和咱们宫里走动结交。如今她们两姐妹结伴而来，着意结纳本宫，只怕都是那邵贵人的主意。”说到这里，她不再说下去。

乔韵儿狐疑地看着她，说：“娘娘您的意思是……”

万贞儿继续说：“这个邵妁慈，本就是这批新人里各方面都拔尖的，难免会遭到其他人的侧目和嫉妒。她能有意和宫里老资格的张昭仪交好，又相约着来亲近结交本宫，自也是以求自保的意图。那么，本宫自也不会辜负她们。韵儿，从今儿起，邵贵人侍寝后的媚色沁香茶可以不必去赏赐了。张昭仪那儿，可以先缓一步，待邵贵人的肚子有了动静后再做打算。这两个人，有意投靠本宫，本宫自然也不会亏待她们。其他侍寝嫔妃的媚色沁香茶，暂时还赏着，以后再一步一步地看。”

“娘娘，您可是都想好了？”乔韵儿小心翼翼地问。

“本宫已经想好了。本宫先前见皇上为子嗣之事烦忧，本宫心里就有此想法了。如今这淑妃母子的突然出现，更是坚定了本宫的打算。这淑妃母子如此被器重，只有一个原因，物以稀为贵。整个后宫只有他这么一个皇嗣，他们母子自然是被众星捧月，寄予厚望了。如果今后宫里的皇子皇女多了起来，那将来继承大统的就不见得是她纪苗青的儿子朱祐樘了。既然严防死堵不见效，那就索性放开吧，本宫在一片混乱之中也能寻到屹立不倒之道。”万贞儿悠悠地说。

“还是娘娘您深谋远虑，奴婢只有佩服的份儿。奴婢这就吩咐小萝她们按娘娘的意思去做。”乔韵儿说。

“告诉小萝，让邵贵人明日来本宫这里，本宫亲自和她相谈，只要她一人前来。”万贞儿说。乔韵儿答应着去了。

第三十六章

假手他人淑妃自缢

翌日一早，邵妁慈打扮齐整地来到了安喜宫。

见过礼后，万贞儿审视着她说："你每次来本宫宫里请安，虽说都是和张昭仪一起来的，但本宫对你的印象更深。在一同入宫的十五位淑女里，论相貌论举止，你和杨美人是最拔尖的两个。要是论聪明智慧，你却是排头一个的。"她止住不说，观察邵妁慈的神色。

邵妁慈果然有些激动，起身盈盈施礼说："娘娘谬赞了。妁慈资质愚钝，日后还盼望贵妃姐姐多多赐教。"

万贞儿微微一笑，继续说下去："在这后宫里，姐姐我虽然贵为贵妃，但年纪大了，又没有皇嗣，说不定哪天就会失宠。本宫也想结交一两个知心的姐妹，好互相帮衬。本宫冷眼瞧了这几年，论相貌论才智论对本宫的忠心，你邵妁慈都是排头一个的。"邵妁慈闻言抬起头，凝神静待万贞儿说出下文。

万贞儿说："张昭仪虽说是入宫多年，也比你年长几岁，但论各方面天赋和资质，也得排在你后面。从今儿起，姐姐我就会有意地栽培你，让皇上多去你宫里留宿，妁慈妹妹你若是有福气的，不出两月，定会怀上龙裔。届时淑妃母子又算得了什么？妁慈妹妹若诞下了皇子，姐姐我担保妹妹母子日后的位分和尊贵必不会比如今淑妃母子的荣耀失色一分！"

邵妁慈虽然一向举止沉稳，但闻听此言，她光洁明媚的年轻面庞也涨红了，两颊泛起了激动的红霞，她盈盈给万贞儿深揖下去，说：“贵妃姐姐如此看重妁慈，妁慈无以回报，愿为娘娘效犬马之劳，听凭娘娘差遣！”

万贞儿笑笑，说：“如今那长乐宫的淑妃炙手可热，她自己觉得为皇上养育了皇子于社稷有功，她又长得和本宫年轻时有几分相似，皇上也对她另眼相待，她自是不把后宫咱们这些人都放在眼里。假以时日，这前廷后宫都将是他们母子的天下。如若趁现在他们母子羽翼还未丰满之时，折损其一翼，他们将来必势单力薄，不能与邵贵人和你将来诞下的皇子相抗衡了。”

邵妁慈的脸再次涨红了，她略显得有些羞涩地说：“娘娘，您怎么就能断定嫔妾将来就一定能诞下皇子呢？嫔妾入宫也有好几年了，也承恩不少，但这身子始终未见动静。嫔妾只怕没有能诞下皇子的福气。”

万贞儿微微一笑，说：“你是聪明人，想必心里也清楚，这几年来的后宫，都是本宫在把持着。愿不愿意让后宫诞下皇子，愿意让哪位嫔妃诞下皇子，都是本宫这里调摆着。所以你和张昭仪都是聪明人，知道和本宫走动是没有坏处的。本宫也不会要你做出什么高深艰难的事情，只不过是要你替本宫费心留神一下长乐宫那边的动向。你今后不妨多和长乐宫走动，和纪淑妃交好，要让她完全信任你，不防备着你。长乐宫那边现在是死防着本宫的，本宫想做什么也不方便。你替本宫去结交淑妃娘娘，本宫放心，以你的聪明和机智，必当不辱使命。”

邵妁慈明显地松了口气，说：“只需要嫔妾去结交淑妃娘娘吗？这个不难。”

“目前只需要你去与她交好。一段时日后，本宫会赋予你新任务的。这个不急，你且耐心等候。今日之事，你不要再对第二个人说，只有你知我知天知地知。”万贞儿微笑着说。

邵妁慈会意地点了点头说：“但凭娘娘吩咐，嫔妾万死不辞！”

邵妁慈走后，万贞儿对乔韵儿说：“皇上如今有十来天没到安喜宫来了吧？他整日浸泡在纪淑妃的温柔乡里，只怕是忘记世上还有万贞儿这么个人了。本宫得适时提醒他了，不然到了淑妃固宠专宠之时，本宫只怕就会被弃之如敝屣了。韵儿，拿着我这枚同心结亲手交给皇上，说贞儿日夜盼望皇上来安喜宫，长夜寂寂，孤枕难挨。”

乔韵儿抿嘴一笑，接过万贞儿从罗裙上解下的同心结，也不多说什么，就出宫而去。

一个时辰后，乔韵儿回来复命："娘娘，奴婢去乾清宫时，皇上正在书房里练字。当值的小敏子公公不让奴婢面见皇上，说皇上正在教导皇太子练字，说过任何人不得打扰。奴婢好说歹说，小敏子也不让进。夏露和秋水也在旁边说风凉话泼冷水，说现在可不比从前了，现在皇上心坎上放着的是皇太子和长乐宫，安喜宫什么的，都要靠后了。奴婢生气了，和她俩争吵起来，也希望皇上能听到奴婢的声音。结果后来是怀恩公公出来了，怀恩说皇上此刻正在兴头上，旁人实在不宜进去打扰。但是物件和话可以捎进去。奴婢也实在没有办法了，就只得把娘娘的同心结和话都托怀恩公公捎了进去。怀恩进去后又出来说，皇上这会儿实在没工夫听话和见人，让奴婢先回来。奴婢只得郁闷地走回来。不料走到半路，怀恩就赶来了，说皇上看到那枚同心结说眼熟，怀恩公公就把娘娘的话都说给皇上听了。皇上就说，朕也许久没见到贵妃了，去转告贵妃，今日晚膳后朕去看望她，让安喜宫预备着接驾。娘娘，皇上今晚来，您就好好准备吧。看来皇上还是没有忘记咱们这里，说来就会来的。只是可恨小敏子和夏露、秋水，也忒势利眼了，咱们安喜宫还没失宠呢，他们就恨不得踏上一脚了！"

万贞儿沉思着说："夏露、秋水也还罢了，喜欢逞口舌之快，实则头脑简单，不足为惧。只是这小敏子，年龄不大却老谋深算，这次竟帮着纪氏和吴氏瞒天过海，欺骗前廷后宫上下好几年！本宫也被他们当猴耍了！他现在自然是帮着纪淑妃的，皇上心里也感谢他，自然会重用他。他整日和皇上朝夕相处，对皇上的影响举足轻重，他要压制本宫帮纪淑妃说话也是很容易办到的事情。不行，他这个位置得安置一个和咱们是一条心的人。这事倒也不急，慢慢来。现在当务之急是，本宫要把皇上的心从长乐宫牵过来，只要抓住了皇上的心，本宫就无往而不胜，不会惧怕任何宵小！"

为了迎接晚上朱见深的到来，万贞儿精心装扮，务必不要让他产生今不如昔的感觉。

皇三子复生后，万贞儿与朱见深也只有十数日未见，但她却觉得恍若隔世，觉得与朱见深的心是隔得那么远。这么大的喜事，朱见深竟未亲自来告诉她，难道他已疑心到皇子产下后被隐匿之事与她有关？

不管怎样，今晚她得使出浑身解数打消深儿对自己的疑虑，并且重回到两人从前的恩爱状态。此事都因皇嗣引起，既然皇嗣对皇上如此重要，万贞儿此后得见机行事了。

晚膳后，傍晚时分，朱见深来了，并没有前呼后拥，只有小敏子和几个小太监抬着肩舆静静而来。小敏子见到万贞儿，倒是不卑不亢的样子。万贞儿此刻却觉得他格外刺眼。能把那个惊天秘密天衣无缝地掩饰这么好几年，她想象不出这个小敏子今后还能做出多少让她吃惊之事。

"皇上，您终于来了！贞儿盼星星盼月亮终于是把皇上给盼来了！"万贞儿连奔带跑地迎到朱见深跟前，故作夸张和娇嗔地说，"皇上新得太子，终于夙愿已偿，且又得佳人在怀。这些都是天大的喜事！皇上也不告诉臣妾，臣妾还是从他人嘴里听来的。臣妾也为皇上高兴！只是皇上不告诉臣妾，也数日不来臣妾宫里，是有了新人就忘了旧人么？"

"贞儿，朕实在是没有忘记你！只是这几日册封太子、册封淑妃之事让朕忙乱了好一阵，朕是太高兴了！贞儿，先前朕就告诉过你，朕的压力有多大，登基十来年了连一个皇嗣也未存活，太子之位一直空悬，朕愧对列祖列宗啊！如今淑妃为朕保存了祐樘这一脉骨血，实在是让朕舒心啊！贞儿，朕想起你从前说过，皇嗣一定会有的！没想到不久以后就美梦成真啊！"朱见深喜笑颜开地说。

万贞儿从未见到朱见深兴奋成这个样子，心里不由有些酸溜溜的，但她压制住自己的情绪，配合朱见深的高兴劲儿说："皇上，臣妾敢向您担保，后宫的皇子皇女今后会多起来的，祐樘将会有更多的皇弟皇妹。皇上，您高兴的日子还在后头呢！"

"真的吗？那朕就借贞儿的吉言先高兴一把！贞儿总是能让朕高兴，忘掉忧愁。从前在东宫时是这样，后来出宫去沂王府也是这样，现在朕成了皇上，贞儿还是朕的主心骨。朕今后就是忘了自己，也不会把贞儿忘记的。朕今夜就宿在安喜宫了！"朱见深大包大揽地说。小敏子等跟着的太监闻讯自做安排。

朱见深又凑到万贞儿耳边小声说："贞儿身上的乳香，朕好久都没闻到了，这心里实在是想得很。而且朕的痂疾时时发作，唯有贞儿的抚摩才能解朕之烦忧，其他人无人能及。”

万贞儿的脸不由有些发烧，朱见深拥着她向寝榻走去，边走边说：“贞儿，数日未见，如隔三秋，朕都觉得你消瘦些了？”

“那还不是思念皇上所致？”万贞儿趁机热烈地拥着朱见深说。

这一夜，万贞儿和朱见深颠鸾倒凤，倒像是小别胜新婚了。她对以后计划的筹谋和实施，心里又增加了几成把握。只要朱见深不厌弃她，她就会继续掌控这个后宫。

万贞儿果然没有看错人，只不过一个月工夫，邵妁慈就和纪苗青交好如亲姐妹了。

万贞儿看到时机已经成熟，就在六月的某日，让人把邵妁慈叫到自己宫里，如此这般地和她耳语密谋了一番。临了，邵妁慈虽说有一点儿畏难，但在万贞儿不断地打气和鼓励之下，她还是答应去做了。

成化十一年六月末的一天，天气闷热，万贞儿正坐在寝殿里纳凉，一边看着乔韵儿绣花，一边和她闲聊。正说话间，段英匆匆地走了进来，对万贞儿说：“娘娘，刚才长乐宫那边传来消息，淑妃娘娘薨了！”

万贞儿虽然不感到很吃惊，但还是心里一凛，问：“这话是如何说起？淑妃不是正在风头上，正受皇上和太后的宠爱么？怎么会薨了呢？是怎么薨的？”

段英说：“据长乐宫的宫人向皇上汇报，午后他们发现淑妃娘娘在自己的寝殿里自缢身亡。淑妃还留了一封遗书，说她自裁是自己的选择，与他人无关，只求后宫诸人善待皇子祐樘，说‘幼子无辜’。”

万贞儿沉默了一下，说：“皇上是怎样的反应？”

段英说：“皇上自然是很悲伤，太后知道了也很伤心，要求皇上彻查此事，但皇上说，淑妃留有遗言，自然是不想祸及旁人。今后唯有尽力善待太子，才能抚慰淑妃在天之灵。”

乔韵儿说：“看不出，这个淑妃倒有自尽的勇气。在西苑隐匿六年都过来了，她现在顺风顺水的，为何要自尽呢？”

万贞儿笑了笑，说：“她这是以退为进，以自己的一死以保全儿子的性命和太子之位。只是不知她是如何下了这个决断的？还真是邵贵人对她施加了影响？看来这个邵妁慈不简单，我还真是没有小瞧她。”

过了几日，万贞儿让小萝把邵妁慈叫到自己的寝殿，说：“淑妃殁了，是自尽的，她自己写了遗书，没有连累旁人。你是如何说动纪苗青，对她施加影响的？”

邵妁慈盈盈一拜，说：“回禀娘娘，嫔妾也没对淑妃说什么，只和她聊些前朝的逸闻旧事。嫔妾对淑妃说，嫔妾有时也听到宫中的老人说起景泰朝当年的杭皇后和怀献太子之事，还有柏贤妃所生的悼恭太子之事。淑妃娘娘似有触动，就说，做母亲的，总想护得儿女的周全。淑妃还说，皇三子祐樘从有孕怀上到生下地再长到六岁，已经吃了旁人难以想象的苦，虽然如今是被封了太子，但也招人嫉恨，保不定前路凶险。若是能换得皇三子今后一生的平安康健和幸福，她这个做娘亲的宁愿舍弃自己的性命。”邵妁慈说到这里，看了一眼万贞儿。

万贞儿不动声色，示意邵妁慈继续说下去。

邵妁慈继续往下说：“后来听说淑妃是自缢身亡，还留了遗书，嫔妾觉得这是可信的。皇上不再追查也是遵从逝者的心愿，让逝者入土为安吧。不管怎么说，淑妃娘娘宁愿舍弃自己性命也要保护所生皇子的勇气和魄力都是让人感动和佩服的。嫔妾也感念淑妃的决断，在隆禧殿内为她烧香祈福呢。”

万贞儿默然片刻，说：“本宫当年也生育过皇子，虽然皇子无福早夭，但本宫也能体会身为母亲为孩儿操劳的辛苦。淑妃虽然盛年早逝，但她总算还为皇家留下了血脉，皇子长大以后会感念她的。逝者已矣，生者可追。邵贵人你还年轻，正是生育的佳期，来日为皇上诞下皇子，让太子多个皇弟或是皇妹也是指日可待之事。你素日勤谨恭敬，在这些新人里，本宫看好你，你也没让本宫失望。”说着，万贞儿拍了拍邵妁慈的手臂。

邵妁慈的脸上不由涌上了红晕，她微微屈蹲行礼说：“嫔妾感谢贵妃娘娘的关爱和提携！嫔妾今后唯贵妃娘娘马首是瞻！”

万贞儿笑笑说：“本宫与你投缘，你将来得到的好处还在后头呢。”

纪淑妃薨逝后的第三日，段英来报：“乾清宫的门监张敏吞金自尽了。”张敏就是帮助纪淑妃西苑藏子的太监小敏子。

万贞儿冷冷地说：“也算是咎由自取，在净乐堂焚化了扬灰吧。”

纪苗青自缢后不久，后宫就传出了接连有嫔妃怀上龙种的喜讯。

第三十七章

终放手皇嗣连降生

纪淑妃薨逝四个月后，深秋十月的一天，乔韵儿来禀报：“刚才太医院邓太医来奏报，邵贵人已经有一个月的身孕了。邓太医来讨请娘娘的示下，贵人这胎是留还是不留？”

万贞儿说：“没给邵贵人赏赐那媚色沁香茶也有好几个月了吧？她如今有孕，自然也是意料之中的事。此女是咱们这边的人，且又在纪淑妃自缢一事中出了大力，让她有孕就是对她最大的奖赏。这胎就留着吧，还要让她平安生下来。今后宫里的皇子皇女多了起来，那时这皇三子就不再是独疙瘩宝贝了。既然邵贵人已经怀了皇嗣，那这段时间，其他被临幸的嫔妃也不再赏赐那媚色沁香茶了。若只是邵氏有孕，那她未免会一枝独大，若让其他嫔妃有孕，也可以让她们彼此牵制，咱们只需从旁调停就是了。”

“娘娘所虑极是深远。奴婢这就去办。”乔韵儿说。

邵贵人的身孕是自成化六年五月纪选侍生产后，这几年来后宫嫔妃的首孕。皇上和太后都是大喜，邵妗慈因孕被皇上晋封为庄嫔。

邵庄嫔的册封典礼过后，邵妗慈特意到安喜宫来致谢说：“贵妃娘娘的提携和关照之恩，嫔妾没齿不忘！”邵庄嫔郑重地三叩九拜。

万贞儿说：“这是你自己有福气，别人想有你这个福气也不得呢。你为人聪明机警，知情识趣，有怀上皇子的福泽和运气，又能知恩图报，这次若是能一举诞下皇子，那日后你们母子的前程远大着呢。”

“嫔妾此后的一切都仰仗贵妃娘娘了！”邵庄嫔深深施礼。万贞儿笑笑，不再说什么。

邵庄嫔有孕六个月后，太医院又来奏报：居住在听雨轩的王婕妤也有了一个月的身孕。

听雨轩是纪淑妃当年还是选侍时住过的偏殿，后来纪氏因病迁去西内，这宫殿就空了一段时间。纪氏痊愈后定居西苑明月斋，这听雨轩就重新打扫修缮了给后来和张昭仪一同提拔上来的王婕妤居住。

这王婕妤于天顺四年五月十二日入宫，和张昭仪一样，是十二位淑女殿选太子妃那日，落选的九位淑女之一。九位淑女落选后依旧留在太子东宫行女史之职。太子登基后，九位淑女也随之入宫被封为美人、才人、选侍、更衣之位，以充实新皇的后宫嫔妃数量。

成化六年皇帝再次选妃，这个王氏和张氏一同被周太后从当年的九位淑女中择优选中，被册封为婕妤，赐居听雨轩，以当做新进宫妃的教引榜样。这王婕妤和张昭仪差不多，现在也是二十五六岁的年纪，正是女人的外表容颜和身体内脏都已发育成熟、盛开怒放的时光，能一举有孕原也不是什么难事。王婕妤有孕后，也被晋封为顺嫔。

乔韵儿说：“听说皇上只去过听雨轩一次，这王婕妤就怀上龙裔了。皇上去得最多的是邵贵人和张昭仪的寝殿，邵贵人也是好几个月才怀上，这张昭仪至今还没动静呢。”

万贞儿说：“那纪苗青当年在内藏当女史时还不是被皇上遇上只临幸一次就有了身孕？这王婕妤也许就如听雨轩当年的旧主人一样，再怀上一个皇子还真就说不好。今后的后宫可就热闹了，咱们且等着看戏吧。”

乔韵儿说：“如今这后宫，娘娘都没赏赐她们媚色沁香茶了，但是怀上龙裔的，也还是屈指可数啊。”

万贞儿说：“不急，皇上正在盛年呢，我们且等着看吧。”

成化十二年六月，邵庄嫔诞下皇四子朱祐杬，皇上和太后大喜。皇四子满月后，邵庄嫔就被晋封为宸妃，和生过皇次子的柏贤妃同居妃位。

册妃典礼之后，邵宸妃抱着满月的皇四子亲自来安喜宫给万贵妃致谢。逗弄着襁褓里粉妆玉琢的孩子，万贞儿心情也不由愉快，说："这孩子养得好，模样倒和本宫生的皇长子当年差不多。"

"贵妃娘娘若是喜欢，就把皇四子养在安喜宫吧，嫔妾每日过来给娘娘请安和看看皇子。"邵妁慈笑着说。

万贞儿笑着说："你倒大方。只是本宫知道，做母亲的，谁又舍得下自己的孩子？除非不是自己亲生的。本宫老了，也是快知天命的人了，若是福气好的话，都是做祖母添孙的人了。宸妃的孩子，本宫瞧着喜欢，就当是给本宫当孙子养着玩了。"

邵妁慈连忙施礼说："贵妃娘娘春秋鼎盛，年华正浓，迟早还会为皇上诞下皇子的。这个孩子若是娘娘还瞧得入眼，就给娘娘当义子如何？"

万贞儿笑着瞟了她一眼，说："你倒乖巧，知道本宫膝下寂寞，也需要一个孩子吵吵闹闹地打发时光。只是义子可不是随便收的，要是收了义子，本宫身上的担子可就不轻了。要是这孩子将来有什么闪失，本宫这个义母只怕也脱不了干系。也罢，这孩子和本宫有缘，本宫看着也喜欢，不似太子朱祐樘老是怯生生地躲着本宫，本宫也不待见他。宸妃你若有闲，隔三五日就抱着皇四子过来，让本宫逗弄逗弄，也好打发这漫漫长日啊。"

"嫔妾遵命。"邵妁慈说。

以往后宫嫔妃有孕或是生下皇子，总是让万贞儿不快。如今这邵妁慈和她的孩子却让万贞儿产生喜悦之感。不知是这邵氏聪明乖巧会讨人喜欢，还是万贞儿年纪一步步老大，争强好胜的嫉妒之心不似以往那么强烈，倒生出一些慈悲、慈爱心肠来了。

安喜宫密室里皇三子的灵位早已撤掉，换上的是纪淑妃的灵位。纪苗青虽不是万贞儿亲手除掉的，是自缢，但总是她借了邵妁慈的口舌去对纪苗青施加了影响。还有柏贤妃生的皇次子，虽然是王皇后下手除掉的，但王皇后也是受了她的怂恿之意。还有后宫那些被皇上临幸过的嫔妃，她们有可能诞下的皇子皇女因为她赏赐的媚色沁香茶而不得来到这个世上。

万贞儿在密室里点燃宣德炉里供奉的高香祭奠，对香案上供奉的亡灵牌位心怀歉疚，心里默念祷告："我虽不杀伯仁，伯仁却是因我而死。"

宫内的隆禧殿是佛殿，专供太后、太妃、皇后和后宫嫔妃礼佛祭拜祭奠之用。万贞儿在隆禧殿内供奉了一盏特大海灯，每月定期去烧香祈福还愿，也算是为那些因自己而死的亡灵超生普度吧。

万贞儿不再拘束朱见深在后宫的走动，也不再赐予被临幸嫔妃媚色沁香茶，后宫就接二连三地将有皇子皇女出生了。

成化十二年十二月，听雨轩的王顺嫔诞下一名公主。这是成化帝朱见深的皇长女，皇长女虽然只是公主，但朱见深对她的喜爱不亚于两位皇子。

公主满月后就被册封为“仁和长公主”，皇上又册封公主生母王顺嫔为顺妃，和生下皇子的柏贤妃、邵宸妃比肩了。这王顺妃虽然生下的只是公主，却也母以女贵，从婕妤一路晋升为妃位，也算是有福气有运气之人了。

成化十三年正月以后，京城内出现了“妖狐夜出”的传言，弄得人心惶惶。一个叫李子龙的道士在宫外妖言惑众、蛊惑人心，连不少太监宫女都成了他的信徒。在内廷太监的帮助下，李子龙有机会深入紫禁城，潜入万岁山等地观察，后来被巡查的锦衣卫校尉发现，被视为欲图谋不轨的刺客，乱刀砍死。

成化帝得知此事后大怒，觉得现有的东厂和锦衣卫都不足以保护皇宫大内的安全，意欲悄派机灵能干之人出宫打探消息，收集民意和舆情。朱见深的意思是，被派往宫外打探消息之人既机灵又要不引人注目，一时在宫内还寻不出合适的人选。

万贞儿一听，不由想到了成化二年就来到自己宫中的广西南瑶小太监汪直。十多年过去了，汪直已经出落成十八九岁的英俊小伙儿，为人也是十分的机灵活络，时常逗得她很开心。

前几年万贞儿推荐他到梁芳任掌印太监的御马监当差。汪直为人机敏能干讨喜，加之又是万贵妃推荐过去的人，梁芳也甚是重用他，历任提督太监、监督太监等职。梁芳升任内库总管太监后，就推荐汪直接任他升任御马监掌印太监了。

十余年过去，当年的伶俐孩童长成了能干青年，而万贞儿也觉得自己一年年的年长色衰，皇上来自己宫里不似往年那么勤密。后宫里还有两位皇子一位公主和他们的母妃，为了稳固自己宠冠后宫的贵妃之位，万贞儿不得不在皇上身边安插自己的人，也好随时了解掌控皇上的心意。于是万贵妃向皇上郑重推荐了汪直。

汪直也没辜负万贵妃和皇上的嘱托，青衣小帽乔装出宫，四处搜罗了不少“秘密消息”报告给了皇上。皇上认为这些消息很有价值，对汪直的表现也十分满意，要他继续做下去。

成化十三年十月，成化帝成立了一个新的内廷特务侦缉机构“西厂”，西厂提督便是汪直。西厂厂址设在灵济宫前，以旧灰厂为厂署总部。西厂的军官主要从守卫皇城的禁卫军中选拔，这些人再自行选置部下，短短几个月内，西厂人员极度扩充，其势力甚至超过了老前辈东厂。

眼看汪直顺利成为皇上信任的心腹，万贞儿也很高兴。汪直时不时地把皇上的想法和活动都密告于她，也让万贞儿对皇上和朝廷的动向了然于心。

成化十三年九月，才人郭氏诞下永康二公主，被晋封为惠嫔。

成化十四年十月，邵宸妃诞下皇五子朱祐棆。邵妗慈两子在手，于是大臣中有人上表奏请应册立邵氏为贵妃。

皇上还未置可否，邵妗慈闻讯慌忙抱着皇五子亲自来安喜宫辩白：“贵妃娘娘，嫔妾听闻前廷有人奏请册立嫔妾为贵妃，这绝不是嫔妾指使的，嫔妾也绝无此意！嫔妾已经当面向皇上表达嫔妾此意，此生此世，嫔妾都绝无僭越贵妃娘娘之意！还望娘娘体察！”

万贞儿笑笑，说：“你也忒小心了。你的心意本宫明了，本宫不会为难你的。你即使晋为贵妃，也是和本宫平起平坐，并没有僭越啊。你且安心抚育皇四子和皇五子。本宫还是皇四子的义母呢，皇四子将来若是福泽深厚的，本宫还指望享享皇四子的福气呢。”

“娘娘您言重了。皇四子和皇五子包括嫔妾今后都得依仗娘娘的庇佑呢。”邵妗慈说。

“你且安心去吧。本宫喜欢你和你生的皇子，自会好好庇护你们母子的。”万贞儿说。

邵妗慈抱着裹在锦被里的皇五子安心地去了。

万贞儿虽如此安慰邵妗慈，但内心还是有点儿嫉妒邵氏能生养的好福气，三年两皇子，真是前生修来的好福气。虽然邵氏在她面前一再谦逊恭敬，但保不定日后会母以子贵坐上贵妃、皇贵妃甚至皇后之位，她还是不得不防。

于是在邵妁慈怀上第二个皇嗣后，万贞儿就有意在朱见深面前大赞昭仪张氏容貌品行皆不在邵宸妃之下，日后可以多宠幸。

朱见深见她如此说，也很感慨："朕的贞儿倒比从前要有容人之量了，朕心里很安慰。在朕的心里，谁人也越不过贞儿的位置。哪怕宸妃再生下五个皇子，朕也不会封她为贵妃。在朕的心里，贵妃唯朕的贞儿一人。"

朱见深许久没在万贞儿面前说过如此温情的话了，她不由依偎在他怀里，有些歉疚地说："当年臣妾年轻气盛，可能做出了一些吃醋拈酸、不能容人之事。那也是因为贞儿心里看重皇上的缘故，还请皇上原谅贞儿。如今皇上膝下有三位皇子两位公主，来日还会有更多的皇子和公主诞生，困扰皇上多年的皇嗣问题早已不复存在。贞儿总算没有酿成大错。纵使贞儿从前犯下什么错误，也都是因为太看重皇上宠爱的原因，还请皇上宽宥贞儿。"

朱见深用浓密的胡须扎了扎她的脸，说："从前前廷后宫诸人都在朕面前说贞儿专宠善妒，朕总不会往心里去。在朕的心里，朕明白，论对朕的关心爱护和爱恋，这后宫所有的嫔妃，没有一人及得上贞儿对朕的情意。朕对贞儿也是如此。朕两岁那年初识贞儿，朕今年三十二岁，三十年过去了，在朕的眼里，贞儿还是当年的贞儿，朕会爱你如昔，也希望贞儿依然是爱朕如昔，爱深儿如昔。"

万贞儿的眼泪涌了出来，亲亲朱见深满是浓密胡须的脸腮和干燥灼热的双唇，说："深儿，贞儿也是爱你如昔。"

成化十四年冬，僖嫔梅氏诞下德清三公主后产后大出血薨逝。一直未有生育的王皇后收养了丧母的三公主以膝下承欢，在寂寞长夜里，也算是多了一个伴。

成化十五年的正月和十二月，张昭仪一年内连生皇六子朱祐槟和皇七子朱祐樟，被册封为德嫔。如今她也是两位皇子在手，和邵宸妃一样，但位分不及邵氏，甚至也不及生下皇长女的王顺妃。

万贞儿冷眼观察张德嫔，见此女并不焦躁和患得患失，倒也有忠厚笃定淡然之色。

万贞儿对乔韵儿说："能沉得住气，才是有福之人。当年的柏贤妃没有皇子前，倒是单纯可爱，有了皇子后，心思就变了，导致后来之祸。本宫是有意不让皇上晋升张氏为妃位的，就是想要观察观察她，考验考验她，免得她短期之内喜事太多，导致私欲膨胀了。现在看来，此女虽不似邵氏聪明机灵，倒也忠厚笃定，也难怪邵妁慈当初只是拉着她来给本宫请安示好了。看来，聪明和忠厚的人都是有好运气和好福气的。”

乔韵儿说：“娘娘，她们的福气和运气都是娘娘您赐予的。您要是还是赏赐她们媚色沁香茶，她们也就没有这等福气和运气了。”

万贞儿说：“本宫今后不会再赏赐她们媚色沁香茶了。本宫年轻时难免浮躁气盛，如今年纪大了，也是做祖母的年龄了，日后本宫要多做善事，也积积德，将来去了阴间，阎王爷和小鬼也不会来找我算账。”

乔韵儿笑了说：“娘娘您说什么呢？娘娘将来是上天庭当神仙的命，遇不着阎王爷和小鬼的。”

万贞儿说：“本宫年轻时并不笃信佛祖，如今年纪一步步老大了，倒是生出了信佛礼佛的慈悲之心。我不再染指昔日那些拈酸吃醋、争宠夺爱之事，也算是在佛前修福积德吧。”

成化十五年秋，成化帝让九岁的皇太子朱祐樘出阁讲学，开始接受正规教育。

朱见深延请学养深邃之人如彭华、刘健、程敏政等担当太子的讲读官。彭华是景泰五年的状元，还和内阁首辅万安交好。刘健曾与大明初年的理学大师薛碹的弟子阎禹锡、白良辅一起学习，据说是“得河东薛碹之传”的。程敏政十岁就被人称作神童，荐任翰林院里读书。

皇上为皇太子请来学问如此渊博的师傅，看来还是很重视皇太子的学问和教育的。这点也让万贞儿心里有隐隐的不安，她一直不能忘记太子朱祐樘六岁那年反问她的话：“万娘娘，这碗梅子汤里下了药没有？儿臣喝了会不会中毒？”

第三十八章

大庆寿辰贞儿感伤

成化十五年七月十四日，是万贞儿五十岁的寿辰。以往她的生日，宫里总是要热闹一番的。但今年的生辰，万贞儿却懒懒地不想动，只想耳根清净。

早在生日前一个月，朱见深就特意来安喜宫问她："今年是爱妃的大寿，宫中该如何地热闹一番？"

万贞儿端详着朱见深那张神情殷殷的脸。朱见深比她小十七岁，今年才三十三岁，虽然两腮边长出了络腮胡须，鬓边也有了丝丝华发，身材也日益肥胖臃肿起来，不似二十来岁时那般清瘦，已经是中年男人的相貌和身材了，但他还是比她要年轻许多的。

万贞儿再怎么地保养和装饰，毕竟是五十岁的人了，额头眼角的皱纹和腰腹上的赘肉是难以掩饰住的。一般的妇人在这个年纪，都是添孙当祖母的年纪了。

万贞儿忽然悲从中来，恹恹地说："贞儿老了，只想清净。如今天气也热，臣妾也懒得动弹，又不想太过嘈杂。皇上若是执意热闹一下，贞儿生辰前后两日就在桃花苑演出戏文热闹一番吧。贞儿也不想大办，意思一下就行。不然人家一问起来，都五十岁了，这是老太婆的年龄了，这寿辰贞儿心里也过得慌。"

“爱妃勿要烦恼，在朕的眼里，你永远都是朕刚见你那年那么年少美丽。你若是老了，那朕也老了，咱俩一起做一对家翁家媪。”朱见深乐呵呵地说。

万贞儿嗔他一眼，说：“皇上这话就是给贞儿最好的贺寿之礼。贞儿就是不过这生日，心里也舒坦了。”

朱见深走过来搂住她，爱怜地说：“朕和贞儿也相交三十一年了，贞儿心里所想，朕不会不知道。朕心里所想，贞儿也应该知道的。”

万贞儿轻轻搂住朱见深宽厚的背说：“但愿岁月静好，永爱如昔。”

万贞儿的五十岁寿辰，她自己虽然不主张大办，但还是收到了不少贵重的贺礼。

皇上、太后自不必说，朝廷内阁大臣万安、西厂提督汪直、内库总管梁芳、副总管韦兴等这些经万贵妃之手提拔起来的人自是借此大送贵重礼物以表忠心。各宫嫔妃也都挖空心思送了不少奇巧的寿礼。贺礼堆满了一整屋子，光是清点和登记，乔韵儿和段英就忙了半天。

乔韵儿高兴地说：“娘娘，毕竟是整生日，今年收到的贺礼比往年多了许多呢。万阁老、汪提督、梁总管他们怕是搜齐了天下好东西来献给娘娘。别人的不说，单是皇上送的鸳鸯玉枕材质极好，寓意也好。皇上平时擅书画，这次还亲自绘制一幅工笔人物《岁朝佳兆图》给娘娘您做寿礼，更是珍贵无比。连太后送的珊瑚如意也是少见贵重的呢。后宫诸人里，倒是邵宸妃送的贺礼与众不同，是亲手缝制的织锦披风呢。这整幅凤凰于飞和富贵牡丹的缎面刺绣，都是宸妃亲手绣上的，倒难为她了。”

万贞儿淡淡一笑，说：“万安、汪直、梁芳他们自是为自己的前程来讨好本宫。太后只是怕面子上过不去，哪里是真心想送我东西呢？皇上的鸳鸯玉枕和那幅亲手绘制的《岁朝佳兆图》倒是真心实意。而邵宸妃，以她的聪明，所送之礼必要与众不同，又要显出费尽了心力。本宫岂能不明白？自然也不会亏待她的。只是这贺礼如山，本宫却并不喜欢。财富如山也换不来本宫的青春、美貌和健康，也换不来本宫孩儿的性命。”

乔韵儿忙说：“奴婢该死，不该多嘴，倒惹得娘娘伤心了。”

万贞儿说：“不关你的事。是我老了，开始怀念从前了。”她望向窗外，窗外的星空，夜色如黛。

成化十七年五月，邵宸妃诞下皇八子朱祐枟。同年十一月，姚安嫔诞下皇九子朱祐榰。

成化十八年二月，才人梁氏诞下四公主，公主早夭。六月，采女章氏诞下皇五女，血崩而亡，皇五女被册封为长泰公主，被丧子后一直闭门独居的柏贤妃收养。

柏清吟自悼恭太子离奇夭折后，深受打击，一蹶不振，一直闭门独居，甚至拒绝朱见深的探视和留宿，心如枯井，再也不起一丝波澜。

柏清吟心里早就怀疑皇儿祐极之死和万贵妃甚至是和王皇后有关，但前廷和后宫都无人替她做主，肯为她出头。她先前仗着朱见深喜欢自己的明艳活泼和皇太子的生母身份，的确也曾做过自己将来"一统后宫"的美梦。

为铲除对自己有威胁的对手，她听信身边亲信太监崔公公的谋划，曾假借清宁宫宫女小宛之手谋害过失宠的万贵妃，也曾设计让有孕的纪选侍感染痘疮。这两人后来都大难不死，焉知不会就此埋下自己的皇儿后来被谋害的祸根？

柏清吟并非天性恶毒，她受身边近侍怂恿，设计陷害万贞儿和纪苗青的目的，都是为了让自己生的皇次子能最终登上太子和皇帝之位。后来皇子意外夭折，她所奋斗的这一切都失去了依托，她当时想死的心都有了。皇子夭折后的这些年，她都是浑浑噩噩地过着日子的。

柏清吟后来见到和她一样失宠的王婉柔收养丧母的德清三公主后日子过得很充实，她心里也很羡慕，心想，若是自己能收养这么一个养女用以膝下承欢，也足以填补空虚寂寥的深宫岁月了。失母的长泰五公主的出现，也终于给了她这样一个机会，在今后的漫漫长日里，母女俩也可以相伴度过余生了。

成化十八年三月，西厂提督兼大同镇守太监汪直被言官纷纷上疏弹劾，奏其办事苛察纷扰。内阁首辅万安历来和汪直面和心不和，见状趁机上疏请罢西厂。朱见深对西厂苛政扰民之事也素有耳闻，遂同意撤销西厂。

西厂被撤，朝廷内外、举国上下皆奔走相告、欢欣鼓舞。当段英把此事告知万贞儿时，她心里也明白，汪直虽然聪明能干，颇得圣心，但西厂平日所作所为已是触犯众怒，连她也不能再为汪直在皇上面前说好话了。

成化十九年七月，王敬嫔诞下皇十子，皇子早夭。

成化十九年六月，山西巡抚郭镗上奏，大同镇守监军汪直与大同总兵许宁共事以来，互生嫌隙，不相和谐，并列举了近乎胡闹的五件事为证，表明两人基本上是水火不容。蒙古鞑靼部落大军即将攻打大同府，二人不和恐会败事，于是朱见深调任汪直到南京御马监。

八月，朱见深再次听信言官谏言，下旨降南京御马监太监汪直为六品奉御。

万贞儿欲为汪直在皇上面前进言，段英阻止说："娘娘，汪大人连年在外征战监军，日益与皇上疏远，皇上对他已远不如从前那样喜爱和宠信。加之西厂多年横行作恶，民怨沸腾，汪直在大臣和百姓中的口碑很差，娘娘犯不着为此事见罪于皇上，也见罪于天下臣民。汪直虽遭贬斥，但娘娘身边还有万阁老、梁总管、韦大人可供差遣驱驰呢。"万贞儿一听也觉得有理，只得作罢。

成化二十年九月，张德嫔诞下皇十一子朱祐楮，这样她和邵宸妃一样，也是三子在手了。

成化二十一年二月，杨恭嫔诞下皇十二子朱祐橓。

成化二十一年的春天来得迟，都已经是春分了，只在冬日里开放的腊梅还黄澄澄地绽开在枝头，御花园里的柳树还只是刚刚吐出了绿芽。

万贞儿早起后，坐在书房"掬香轩"里看书、品茶，和小萝一起做女红。早春的天气乍暖还寒，好在屋子里拢着炭火，也就不觉得寒意袭人了。一会儿乔韵儿回来了，她是奉万贞儿之命去杨恭嫔住的甘露殿给皇十二子送满月贺礼的。

"娘娘，皇十二子养得肥肥胖胖的，才满月的孩子看上去倒像是养了三个月大的孩子。不像敬嫔娘娘生的皇十子，生下来就皮包骨，像只老鼠，所以养不大，还不满百日就夭折了。可见这先天不足的孩子确实不好养。"乔韵儿说。

"有些孩子就是好养，先天就命大。"小萝接着说，"听东宫侍候的太监和宫女们说，皇太子的头顶至今有一寸左右的地方头发稀少，太医说是当年在娘胎里时被汤药所伤。汤药只是伤了头发却没有伤及性命，可见也是一个命大的了。命大福气也大，皇上生了这么多皇子，还是以他为太子……"

小萝的话还未说完，就看见乔韵儿又咳嗽又对她使眼色。小萝似乎醒悟过来，朝万贞儿看了一眼，畏惧地嗫嚅着："奴婢失言了。"

万贞儿装作未察觉地说：“太子今年也有十五岁了吧，出阁讲学也有六年了。听文华殿的师傅们说，太子虽然先天体弱，但天资聪颖，悟性高，他生母纪淑妃又通文墨，发蒙前就教了他不少学问。听师傅们的语气，竟然是夸赞他有英主的胸襟和气度呢。年前本宫陪皇上去郊外行宫狩猎，太子也同行，本宫是第一次见到他身着戎装，个头竟然和本宫一样高了，嘴上有了胡须，喉结也突出了。本宫一时恍惚，竟然从他身上看到了皇上当年的影子。皇上当年十几岁位居东宫时，本宫也是经常身着戎装陪同皇上出行的。”

万贞儿停住不说，沉浸在往事的回忆里，良久才叹了口气，继续说下去：“时间过得可真快啊，一转眼本宫就已经五十六岁了。太子也入东宫九年了，虽然他如今见到本宫甚是恭敬，称呼一声‘万娘娘’，但本宫一直记得他六岁那年，本宫宴请他们母子时，他说过的那句话，‘万娘娘，这碗梅子汤里下了药没有？儿臣喝了会不会中毒？’才六岁的孩子啊，就晓得如此防备本宫，本宫实在想象不出，他将来若是继承了皇位，还能有本宫的容身之地吗？”

乔韵儿和小萝见她提高了声调，大有愠怒之意，二人也不好开口插言。

万贞儿兀自说下去：“本宫四岁就入宫，如今在这宫中也熬了五十来年了，前半生基本过得平顺。虽然在宫外沂王府那几年过得有些提心吊胆，但那也是我心里最自由最快活的几年。后来皇上继位封我为贵妃，虽然地位尊贵，皇上也很是宠着我，但本宫心里是实打实地不快乐。要防备被人暗算，也忙着去算计别人，心里又担心哪天就失去了皇上的宠爱，沦为冷宫弃妇，过得实在是辛苦。”

万贞儿端起那盏还冒着热气的盖碗芥片茶，抿了一口，说：“本宫这几十年，也结下了不少仇家。废后吴氏自是恨我入骨；周太后也打心眼里不待见我这个比他儿子年长许多的儿媳妇。柏贤妃只怕也视我为杀子的仇人，虽然本宫是假手于王皇后。王皇后表面对我恭敬，心里只怕也怨恨我专宠，让她沦为一个有名无实的皇后。周才人已成形的男胎，是本宫下令堕的胎。还有纪淑妃，她虽是自缢，却是本宫假手于邵宸妃的。若是将来太子继位，追究起他生母之死，本宫只怕是脱不了干系。还有太子本人，本宫当年那瓮鲍鱼汤本想是让其母落胎的，却让他命大侥幸躲过了。本宫赏赐给后宫嫔妃的媚色沁香茶也不知杀掉了多少本该出生的皇嗣。”

乔韵儿和小萝见她把自己所做恶事一一数落出来，不由也惊呆了，愈发不敢接口了。

万贞儿自语般地说：“如今细细想来，本宫手里一件件、一桩桩竟然欠下了不少人命。本宫若是有福的，佛祖就保佑本宫死在皇上的前头，皇上自然不会追究我的过错。将来新皇登基，若要追究本宫的过错，要挖坟，褫夺封号，削夺本宫母家父兄的爵位等，本宫那时只怕烂成了一堆白骨，也管不了那么多了。”说完这些话，她不再言语，闭眼沉思。

见万贞儿大有消沉忏悔之意，不似往常意气风发之态，乔韵儿惊恐地说：“娘娘，今日何故作如此消沉悲戚之语？娘娘有皇上的宠爱和庇佑，自然是天下第一等的享福享乐之人。皇上其实也未尝不明白后宫有些杀戮确实和娘娘脱不了干系，但皇上硬是装作没看见不知道不追究，自是对娘娘情深意长，不忍责罚。娘娘又何必如此耿耿于怀？”

“娘娘，都怪奴婢失言多嘴提起太子之事，惹得娘娘不快了！”小萝急忙下跪致歉。

“小萝，你起来吧，本宫没有怪你。你们都是本宫身边的老人了，本宫是信赖你们，才会说出掏心窝子的肺腑之言。本宫这几年来一日老似一日，常常夜半醒来，就再也睡不着。本宫常在夜里审视自己这一生，也常生懊悔之意。人之将死，其言也善。本宫这两年来，常常觉得心口闷，喘不上气，太医诊视，却又查不出病因。本宫私下觉得，只怕离大限之期不远了。”万贞儿悲凉地说。

“娘娘，今日何出如此不吉之言？”乔韵儿也跪下说。

万贞儿欲待说什么，却见段英进来了，他俯首行礼说：“娘娘，内库总管梁芳大人和韦兴大人求了奴才好几次了，说想亲自来向娘娘请安，说有要事要亲自向娘娘禀奏。”

万贞儿眉头一皱，说：“这两人很少这么猴急的，难道真有什么大事？那就宣他二人在东暖阁觐见吧，本宫反正也是闲着无事。”

“是。”段英退了出去。

梁芳和韦兴要禀奏的的确是一件大事，前廷后宫又将掀起一场惊天动地的波澜。

第三十九章

听信佞言密谋易储

乔韵儿扶着万贞儿到东暖阁时，梁芳和韦兴已经在那里候着了。

经万贞儿之手提携的心腹大臣中，万安虽是内阁首辅，但是外臣，不容易入宫觐见，都是通过他侍妾陈氏入宫来与万贞儿通密折套近乎。汪直以前常随侍在她身边，但自从升任西厂提督后，经常被皇上派往外地督军，倒难得与贵妃娘娘会面了。

只有这梁芳和韦兴，他俩担任皇宫内库的正、副总管，身居要职，专门掌管国家社稷和皇上的库银财宝。皇上信赖他俩，他俩又是万贞儿的心腹，经常以各种名义去全国各地采办物件，又不忘孝敬万贵妃一份。两人还是太监内侍的身份，出入皇宫方便自由，因此就时常有和贵妃娘娘见面的机会。这二人和万贞儿混得很熟，说话也比较随意，不似内阁首辅万安给贵妃娘娘写密折时那般拘谨小心。

“奴才给贵妃娘娘请安！恭祝娘娘凤体安康，福寿绵延！”见到万贞儿进殿，梁芳和韦兴争着给她行叩拜之礼。

“段英说，你们俩有要事急着要向本宫禀报，所为何事？本宫还很少见到你们两个心急火燎似被猴爪挠的样子。”万贞儿坐下，悠悠地说。

“贵妃娘娘，请救奴才一命！”梁芳忽然放声大哭，膝行至万贞儿脚边，磕头不已。韦兴也效仿他，哭天抹泪地匍匐在她脚下。

万贞儿皱起眉说："这就奇了。你们两个是宫中权势极大的人物，看管皇上的库房，等于是国库的大管家，不知有多少人要求着你们俩，连皇上也要对你们另眼相看。又何来救命一说？"

"娘娘，还真是皇上说的，今后有人要取咱俩的性命呢！"梁芳眼泪巴巴地说。

万贞儿说："说清楚点儿，无缘无故的，皇上怎么会说要取你二人性命？皇上历来就是好性子，本宫会不知道？定是你俩做了什么不可饶恕之事，皇上才会说出这种恨得牙痒的狠话来。"

"启禀娘娘，皇上前几日去巡查库房，对照名册，发现内库里的库银少了许多，前几朝积攒下来的七窖金子也所剩不多。皇上就很生气，说那么多的金银都用在哪儿了？怎么都不见了？"梁芳看着万贞儿，模仿皇上的表情和语气说，"奴才就说，主要都是花在宫廷采买和为贵妃娘娘礼佛还愿修建庙宇上了。皇上就怪罪奴才和韦兴身为内库总管，却大肆奢侈和浪费。皇上还说：'朕就是不追究你们的罪过，将来还是会有人追究责罚你二人的！'"

梁芳接下来哭着说："娘娘明鉴，内库的不少金银，奴才并没有中饱私囊，而是都奉娘娘您的命令，在全国各地兴建'香火院'礼佛烧香还愿，这自然是一笔大开支。还有历年去各地采买，孝敬给娘娘、皇上、太后还有各宫嫔妃的珍宝和奇货，这都是要花钱的。皇上的意思，纵使他不治奴才的罪，日后太子继承大统后只怕也要治奴才的罪。奴才恳请贵妃娘娘救救奴才！"说着，他就伏地叩拜不已。

韦兴也跟在他身后叩拜，嘴里也说："求贵妃娘娘救救奴才和梁总管！"

万贞儿不由皱眉说："太子日后要治你们的罪，本宫又如何能救得了你们？只怕到那时，本宫能不能保住自己都还是一个疑问。"

"娘娘，问题就是出在这里。"梁芳闻言抬起头，还挂着眼泪的胖脸上面露喜色，"与其到那时，娘娘您和奴才都要想着自保而不能保，还不如现在就把太子换掉！奴才也闻知贵妃娘娘您一直对现在的太子不怎么满意，因此，娘娘可以对皇上施加影响，扶持邵宸妃的皇四子当太子。奴才也知道邵宸妃是娘娘这边的人，对娘娘您是极为恭敬和顺从的。皇四子又是您的义子，皇四子将来登基，自然是不会为难娘娘和奴才的。”

万贞儿一惊，思忖着说：“撤换太子？你倒想得出哦！不过的确是可以考虑。本宫也一直觉得朱祐樘这个孩子对本宫有防备之意，不及邵妃的儿子是本宫看着逗着长大的，自然有亲切之感。邵妃生的皇四子也有十来岁了吧，那小嘴甜得，一口一个母妃娘娘，叫得本宫像是他生身母妃似的。邵妃的确是教子有方。好了，你们且下去吧，本宫心里有数了。今日之事，你们也不要四处去说，本宫自有筹划。事若成，倒不打紧。事若不成，日后被太子知晓，你们和本宫在太子心里又多了一道罪状了。”

“娘娘，奴才告退。奴才想说的是，以娘娘您一直在皇上心目中的影响力，此事原也是不难办到的。”梁芳献媚地说。

“皇上那里好说话，但太后肯定是护着太子的。还有朝廷里一帮教导太子的老臣，自然是会拼死护着太子的。”万贞儿沉吟着说，“你们私下先悄悄联络万安一帮人，先在前廷造造舆论，本宫自会在皇上耳边吹风。除了咱们这边的人，其他人先不要走漏消息，以免打草惊蛇。若拥护太子的大臣们知道了我们的计划，到时在朝堂上闹将起来，倒不好办了。”

“奴才谨遵娘娘教诲！奴才这就去联络万阁老他们，把娘娘的意思告知他们。预祝娘娘事事顺遂，马到成功！”梁芳和韦兴满脸堆笑地退了出去。

万贞儿站在炭火前沉思，红箩炭烧得噼啪作响。乔韵儿看了她一眼，小心翼翼地说：“娘娘，您真的打算让皇上易储？这可是件大事，反对的人肯定很多。梁总管和韦总管是出于私心来游说娘娘，娘娘您犯不着被他俩当枪使。”

万贞儿说：“不然，易储也一直是我的想法。本宫让朱祐樘和他母亲纪苗青一直都过得不顺利，保不定这孩子将来继位后就要对我进行秋后算账。邵妃的孩子是在本宫的关照下长大的，他在名义上也是我的义子。本宫今生无法扶持自己的亲生皇子当太子，那就扶持自己的义子当上太子也不错。本宫知道这件事难办，但本宫愿意尽力一试，总比坐以待毙要好。”

乔韵儿也不再出声了。

万贞儿精心备了一桌精致膳食，让段英请皇上过来用晚膳。

朱见深兴致勃勃地过来了，说：“贞儿，母后本来留我在仁寿宫用晚膳的，听说贞儿这里亲自准备了膳食，朕马上就赶过来了。朕有一段日子没吃到爱妃亲手烹制的佳肴了，这不，嘴里都要生津流口水了。”朱见深笑呵呵地说，显得兴致不错。

万贞儿一边亲自给皇上布菜，一边说：“皇上，这松江米、兰溪猪、太仓笋都是各地新贡给尚膳监的，都还新鲜清爽。这道‘白玉豆腐’，取自百鸟的脑髓，是臣妾亲自用小火熬制的，极是滑嫩可口。皇上尝尝？”

朱见深依言用青花瓷勺舀了一小勺白玉豆腐送进嘴里细细品尝，频频点头称赞。

万贞儿见朱见深很满意的样子，话锋一转，说：“皇上从仁寿宫出来的？可是太后有事？”

“母后安好，没事。母后是让朕过去坐坐，陪她老人家和太子说说话。母后说太子的功课精进很多，还让朕看太子长高了不少。朕自然是感谢母后精心哺育和教导太子之恩。太子生母过早离世，母后一直把太子养在仁寿宫，不仅尽了皇祖母的教导之责，也尽了太子生母的哺育之恩。朕心里也很是感谢母后的一番苦心。”朱见深尝了一口蒜茸扇贝，感叹地说。

万贞儿坐在朱见深旁边，款款地说：“太后虽然是尽心，但没有生母教导的孩子难免有不尽如人意之处，祐樘这孩子一直就对臣妾冷冷的，淡淡的。后宫有小人捏造纪淑妃的自缢和臣妾有关，只怕太子听信谣言，心里痛恨臣妾也说不定。臣妾只是心里哀伤没能把咱们的皇长子养大，若是皇长子还健在，今年也有二十岁了，可以为他父皇和母妃分忧了。”万贞儿说着，触动心里隐痛，落下几滴清泪。

朱见深也动容，用锦帕拭去她脸颊上的泪水，说：“皇儿的早逝，朕心里和爱妃是一样的痛。朕心里是一直想册立咱们的皇儿为太子的，只是天不遂人愿。唉……”朱见深长长地叹了一口气，面色忧戚，布上愁容。

万贞儿观察着朱见深的神色，趁机说：“臣妾痛失爱子，身体也被汤药所伤，不能再为皇上诞下皇嗣。但是不幸中的万幸，臣妾收养的义子，也就是邵宸妃生的皇四子倒是聪明可爱、仁孝恭敬，今年也有十来岁了吧，比皇上也只矮一个头了。皇四子功课也好，又擅长骑射，对臣妾也亲密孝顺得很。宸妃也算是教子有方，对臣妾也历来恭顺，对皇上和太后也历来恭谨孝顺。皇上，皇四子年龄适宜，人品德行也很优秀出众，生母是位分仅次于臣妾的宸妃，又是臣妾的义子，皇上，你若怜惜臣妾思子之心，不如就册立皇四子为太子如何？好不好？”她轻摇着朱见深的手臂，做撒娇状。

朱见深显然吃了一惊，手中的象牙筷也应声跌落在地下，说：“易储？只是太子没有过失，让朕如何忍心废去？只怕母后和大臣们也不会答应的！”

万贞儿和婉地说：“皇三子退去太子之位后，皇上您就封他为亲王，赐居王府，尽享荣华富贵，做一个平安富贵王爷，这样也不至于为难了他。册封皇四子为太子，也算是了却了臣妾的心愿。他是臣妾的义子，他若继承大统，臣妾也可当上名正言顺的母后皇太后。”

朱见深不做声，脸上颇有为难之色。

万贞儿继续说：“臣妾这一生因为出身微贱，仅是自小侍候皇上的宫女，年纪又比皇上大，因而不受太后和大臣的待见，当不了皇后。咱们的皇子又早夭，臣妾也没有指望能当上太后。但皇上您大行后，臣妾若能因为义子登基而贵为皇太后，也免却了臣妾晚年的孤单和悲苦了。臣妾宁愿走在皇上前面，就省却这些烦恼了。臣妾若是不幸走在皇上后面，只怕要受尽因无子受人白眼和欺凌的苦楚，晚景凄凉！”她说着，不由哀哀哭了起来。

朱见深见状不由心软了，怜惜地把她揽在怀里，说：“朕最受不得的就是贞儿的眼泪！朕深知爱妃一向是个刚烈要强的人，是很少以眼泪示弱的，包括在朕面前。贞儿你也知道，朕一直是想让你当皇后的，只是阻力太大。若是因为易储能让你当上太后，保你日后的尊贵和荣华，让朕大行之后，也没人可以欺负你，那朕答应你就是了。至于祐樘，朕也不会亏待他，封他为亲王，今后好好享受富贵就是。好了，别哭了，哭得朕的心都要碎了！”

万贞儿的眼泪攻势和示弱姿态又收到了奇效。朱祐樘会像他的父皇朱见深当年那样被废去太子之位吗？

在万贞儿的暗示和授意下，内阁首辅万安门下的一名官员上书，奏请皇上废去皇三子朱祐樘的太子之位，改立邵宸妃生的皇四子朱祐杬为太子。

此奏折上呈皇上后，皇上提议交由大臣廷议。朝廷大臣很快分成了两派，万安、梁芳、韦兴、钱能等人自然是支持易储的；而吏部尚书王恕、东厂提督陈准、皇上身边的太监总管怀恩、太子的贴身内侍覃吉、太子的师傅刘健和程敏政等则坚决反对废黜储君。

和万安交好的太子师傅彭华、内阁大臣刘珝和刘吉、户部尚书刘昭、礼部尚书周洪谟、兵部尚书张鹏、刑部尚书张蓥等则处于观望态度，待哪方占上风就倒向哪方。

刘珝和刘吉被民间百姓讥讽为“纸糊阁老”；刘昭、周洪谟、张鹏、张蓥则被称为“泥塑尚书”，意思就是指他们人云亦云没有自己的主见，是风吹两边倒的墙头草。

两派在廷议时发生了激烈的争执，朱见深一时难以裁决。

朱见深下朝后，周太后身边的亲信太监夏时把皇上喊去了仁寿宫。周太后对朱见深说：“深儿，大明自立国以来，历代储君都是‘立长不立幼’，况且太子也没有什么过失，不宜说废就废。”

朱见深显得很有把握地对周太后说：“启禀母后，太子自幼体弱多病，身体不甚健康，只怕今后也不是多福长寿之人。况且太子自幼丧母，心智也不甚健全。而皇四子年已长成，体健聪颖，自小得其母妃邵宸妃的精心哺养，又得义母万贵妃的教导和照拂，是心智健全、大富大贵之人，更适合被立为储君以继承大统。皇三子、皇四子都是朕的皇子，母后的皇孙，无论谁被立为储君，都是大明皇帝朱氏的子孙。祐樘退位后会被封为至尊至贵的亲王，包享一辈子的荣华富贵。况且后宫母以子贵，子也以母贵，皇三子的生母早逝，皇四子的生母是宸妃，义母是贵妃，身份的贵重也是在诸皇子之上。从各方面来衡量，都是皇四子更适宜被立为储君。”

周太后见说服不了皇帝，不由叹气说：“太子虽然是生母早逝，但一直由哀家抚养在仁寿宫中，哀家对他的悉心抚育和教诲难道抵不上一个生母？”

朱见深说：“正因为母后多年来亲自抚育三皇孙，就难免有私心偏向祐樘，这样对其他的皇孙就难免不公平。”

被皇帝儿子说自己偏心，周太后也一时气结，不由赌气地说：“皇帝说哀家偏心，你此番无缘无故地要废长立幼，难道不是听信了一家之言，心里也有私心偏袒之人？罢了，皇子都是你的，哀家也懒得操这份闲心！你日后处事也不用告知哀家了，你都自己决断吧！青鸾，扶哀家去休息，哀家头疼！”

这等于是下逐客令了。朱见深见母后生气了，欲待分辩什么，一时又无从说起。他今日若是顺了母后之意，势必要违逆了爱妃贞儿之意。两相比较，他只能选择在心里更重视的那一方了。

万贞儿这个女人，他已经顺从、依赖了近四十年，和她在一起的日子远远超过和母后在一起的日子。今后的日子，他也必得和她相依相偎地过下去，他又怎能忍心拂逆她的心意?

回到乾清宫，司礼监掌印太监怀恩又跪倒在皇上面前，历陈不能废太子的种种情状。

朱见深立时把在仁寿宫忍着没有发泄出来的气恼一股脑地发泄在他身上说："朕知道，你怀恩公公是皇三子当年隐匿养在西苑的有功之臣，你如此处心积虑地护着他，莫不是日后皇三子继位后，你是第一功臣，就像皇考当年的曹吉祥一样?"

怀恩不由瞠目结舌，冷汗直冒，叩头不已说："皇上，曹吉祥是有忤逆之心，可奴才没有丝毫异心哪！皇上明鉴哪！"

朱见深根本不听，一气之下，就把怀恩贬谪到凤阳守皇陵去了。大太监牛玉当年曾因吴废后之事被登基伊始的成化帝朱见深贬去孝陵种菜，如今资历颇深的怀恩又被皇上贬去守陵，可见朱见深这次是真的动气了。

怀恩被贬也遂了万贞儿的心愿。当年张敏把纪苗青产子隐匿之事告知怀恩，怀恩也予以默许，并不来向万贞儿告发，万贞儿觉得这就是怀恩摆明了和自己作对。

纪苗青自缢后，她身边服侍的宫女太监被万贞儿找了理由罚做苦役，张敏畏罪吞金自尽，吴庶人也是身居冷宫残喘度日，只有这个怀恩一直在皇上身边混得得意。如今不用万贞儿出言，怀恩自己得罪皇上被远谪，算是咎由自取了，也让万贞儿觉得出了一口恶气。

皇上和太后、怀恩发生冲突之事都是万贞儿后来得知的。有些是皇上亲口告诉她的，有些是她安插在太后和皇上身边的宫女太监亲口向她描述的。

那些反对易储的大臣见怀恩被贬，也都不敢那么大肆反对嚷嚷了。

就在朱见深正着手进行易储之事时，山东巡抚快马加鞭五百里急报，东岳泰山接连发生地震，一次比一次强，已经有不少房屋倒塌，百姓牲畜庄稼都遭了殃。

朱见深一听就急了。泰山是五岳之首，是历代皇帝的封禅之地，历朝历代皇帝都会在此山设坛祭祀，举行封禅大典以祈求国泰民安。如此重要之地连降凶兆，皇上急命钦天监务必细细观察天象，早日来报。

翌日，钦天监的监正来报，泰山此番连降凶兆是应在东宫太子身上。东宫若易主，天象示警泰山发生地震。反对易储的大臣立即抓住机会上奏：上天也警示东宫此次不易轻举妄动。

朱见深也犹疑了，对万贞儿说："贞儿，此番东岳泰山接连地震凶兆示警，钦天监说是应在东宫太子之身。天命不可违，这易储之事是否暂缓？朕也是怕贸然行事会激怒上苍。梁芳他们说你如今常建寺庙礼佛做法事，你若怀慈悲之心，佛祖必然也会保佑你日后平安康顺的。不管将来是哪位皇子继承大统，朕都会写一道遗诏命新皇好好礼遇优待于你，就像皇考当年遗诏与钱母后合葬一样。爱妃可安心否？"

万贞儿沉吟了一下，说："若真是天意，臣妾自然也是不敢违抗。臣妾如今只想着，就让佛祖保佑臣妾走在皇上的前面，就像先帝当年的爱妃刘敬妃早于先帝薨逝一样。刘敬妃也比先皇年长数岁，虽然没有生育皇嗣，但很得先帝宠爱。敬妃薨逝后，先帝自己当时也病着，却为她辍朝五日，并下令皇太子以下的百官皆在灵柩前为她行礼。先帝还不顾病体亲自为她制订葬礼的细节，恩礼独厚。敬妃的一切祭葬之礼，比成祖皇帝最信赖的宠妃'昭献王贵妃'的规格还稍高，其他妃嫔的葬礼则根本无法与之相比。刘氏追尊为惠妃，册谥四字'贞顺懿恭'。先帝还遗命钱皇后将来千秋后与他合葬，同时刘敬妃亦须迁来合葬。可是，敬妃娘娘最终却没有得以和先帝合葬。所以生前才是最要紧的，死后两眼一闭，什么也管不着，什么也不知道了。身后的事，臣妾也不敢奢望，只求和皇上恩恩爱爱地过好眼前吧。"

朱见深也沉思着说："贞儿提起刘母妃，朕倒想起了一些往事。朕还记得刘母妃是薨逝于天顺七年七月，正是炎热季节。皇考自己穿着颜色浅淡的黄色龙袍在奉天门主持丧礼，前去祭祀的文武百官都穿戴着颜色浅淡的素服、乌纱帽、黑角带朝见参拜。祭祀的册文放在灵柩前，皇太子以下行三献礼。灵柩前仪仗有内使女乐二十四人，花幡、雪柳女队子二十人，女将军十一人。自初丧至期年辞灵，各于常祭外增祭一坛。"

朱见深沉浸在往事的回忆里，思索着说："刘母妃薨逝后半年，皇考也在次年一月病重。朕那时作为皇太子和大太监牛玉还有大学士李贤等被召至御榻前，皇考口谕：‘太子百日后即成婚，钱皇后他日寿终宜合葬，惠妃亦须迁来与朕合葬。’皇考嘱咐的话语，朕至今还记得很清楚。”刘敬妃薨后被谥为“惠妃”，时人也称为刘惠妃。

“但皇上并未遵从先帝的遗诏，让惠妃与先帝合葬。”万贞儿说。

朱见深叹了口气，说：“此事原也不能全怪朕。贞儿你也知道，成化四年，钱母后驾崩时，朕的母后极力阻止钱母后与皇考合葬，朕和大臣们费了好大的劲才让此事得以周全。钱母后是太后，尚且如此艰难，何况刘惠妃只是妃位了。况且我大明历朝皇帝只有嫡皇后才能和先帝合葬，其余妃子只能葬在金山的。不过爱妃请放心，将来爱妃千秋后，朕若还在世，必定以最尊贵的礼数厚葬，一定会超过先帝对刘敬妃的礼数。朕会追封爱妃为皇贵妃，就像朕的皇叔景泰帝册封唐贵妃为皇贵妃一样。一般的嫔妃是册谥四字，朕会册谥六字，朕还会把爱妃安葬在帝后合葬的陵寝天寿山，而不是妃子的陵寝金山。这样，朕即使将来不能和爱妃合葬，也能和爱妃的陵寝相距不远，可以日夜遥望了。”

万贞儿说：“既然皇上有如此安排，那臣妾唯愿能走在皇上前面了。况且贞儿比深儿年长近二十岁，走在前面也是很正常的。臣妾若是先于皇上而去，那以后皇上就要自己照顾自己了。皇上比较喜爱邵宸妃和张德嫔，她俩也是三个皇子的母亲，臣妾会嘱咐她俩好生照拂皇上的。如今皇上也有十位皇子、四位公主了，可谓是皇嗣兴旺绵延。这些诞育皇子公主的嫔妃也辛苦了，皇上也该考虑晋一晋她们的位分了。譬如张德嫔，她是三位皇子的生母，还只位居嫔位，是有些委屈她了。”

朱见深说：“要晋位分的话，邵宸妃若晋升贵妃，就和你平起平坐了。朕不想她们的位分和你一样，甚至是超过你，除非先晋升贞儿你为皇贵妃。”

万贞儿说：“罢了，罢了，臣妾年老色衰，又没有诞下存活的皇子或者公主，如何能忝居皇贵妃之位？没得叫那些大臣们非议。臣妾老了，再多的权势和富贵臣妾也享受不了了，也就过几天安安静静的日子吧。至于身后，两眼一闭，有人憎恨或是唾弃我，我也管不了那么多了。”

“贞儿若是先朕而去，朕只怕也坚持不了多久，会随贞儿而去。贞儿若不在朕身边，朕心里总是觉得孤单。朕虽然有不少嫔妃、皇子、公主、大臣、太监和宫女簇拥着，但朕心里只想着和贞儿两个人静对到老。贞儿虽然比朕大了十几岁，但朕心里从来没有在意过。皇考的樊顺妃比皇考年长十三岁，刘敬妃也比皇考年长数岁，皇考还不是对她们一样爱敬有加？朕是皇考的长子，朕的情深也一脉相承于先帝。”朱见深充满感情地说。

万贞儿拉过朱见深的手，捂在自己的脸上，感受到了那修长宽大手掌里的温暖和灼热。泪水充盈了她的眼眶，她哽咽着说：“万贞儿此生有幸遇见朱见深，唯愿岁月静好，永爱如昔。”

朱见深用被万贞儿的眼泪濡湿的手掌揽过她的头，两个人紧紧依偎在一起，无言，却胜过千言万语。

万贞儿和朱见深的这一番对话无意中成了谶语，后来一一应验了。

第四十章

人逝梦醒落红春深

成化二十一年三月的易储风波以泰山连续地震示警而暂时告一段落。万贞儿也不想再穷追猛打，若是真的见罪于上天，她怕自己将来到了阴曹地府也不得安生。

这几年，年轻时并不信佛礼佛的万贞儿已经开始信佛，开始相信因果报应和轮回之说。宠冠后宫的万贵妃纵然性子要强，但也是怕得罪神灵的。

这几年，万贞儿常去宫内的佛殿隆禧殿去烧香祈福，也委托梁芳、韦兴他们在宫外修建了一些寺庙，用来作为自己的礼佛还愿之用。

至于梁芳、韦兴两人打着她万贵妃的名号在外面奢侈浪费、中饱私囊，万贞儿也是略有耳闻的。现如今，皇上警戒了他们两人，让两人有畏惧之感，万贞儿也觉得是好事。

成化二十二年正月，潘端嫔诞下皇十三子朱祐枢。

成化二十三年二月，杨恭嫔诞下皇十四子朱祐楷，皇十二子也是其所生，这样她也生育了两位皇子。

后宫除太子以外的十位存活皇子中，邵宸妃、张德嫔和杨恭嫔三人所生皇子就占去了八位。这三人，固然是得皇上宠幸比别人多，但也是她们自己都有能生皇子的福气。

不用说，万贞儿心里是羡慕她们三个的，也嫉妒。她心想：咱们的皇上可真是子嗣兴旺啊。若没有本宫的媚色沁香茶，皇上的子嗣只怕还要多得多，只怕皇子会超过二十个，公主超过十个也说不好。

在大明历代的皇帝里，能拥有如此雄风的也只有明太祖朱元璋了。太祖皇帝有二十六位皇子，十六位公主。

英明神武的明成祖朱棣和明宣宗朱瞻基都只有三个或两个皇子，先帝明英宗也只存活了八位皇子、七位公主。咱们的成化帝朱见深生了十四个皇子，存活十一位；五位公主，存活四位。如今听说岳美人也怀有六个月身孕了，这一胎不知是皇子还是公主。

“皇上虽说是一直宠爱我，但也不耽误他和别的嫔妃生孩子啊。我现在啊，算是看开了，不然心里会怄死。试想哪个深爱夫君的女人会愿意看着他和别的女人不断地生孩子呢？”万贞儿和乔韵儿叨叨地述说着这些自己的心里话。

“娘娘，既然嫁与了天子，就得忍受他的三宫六院、七十二嫔妃。想当年皇上也是专宠娘娘的，只是娘娘一直没有子嗣，所以让那些大臣非议，皇上也承受了不少压力。娘娘也是为皇嗣着想，才默许皇上去临幸其他嫔妃的。”乔韵儿劝慰说。

“本宫是老了，已接近花甲之年，而皇上还正处在精力旺盛的不惑盛年，本宫满足不了他旺盛的欲望，也只能睁只眼闭只眼由他去了。皇上已经有日子没在安喜宫留宿了吧，只是和本宫用过几次午膳。”万贞儿叹口气说。

“娘娘，不只是咱们这里，连邵宸妃、张德嫔宫里，皇上如今也很少去了。皇上如今临幸多的杨恭嫔、潘端嫔、岳美人都是才入宫不久的新人，都只有十几、二十来岁，正是青春貌美正值生育佳期的时候，皇上自然喜欢。只不过她们出身卑微、资历尚浅，就是生了皇子也影响不了娘娘的地位的。”乔韵儿说。

“这个是自然，本宫心里也是有把握的。听说那岳美人原是侍奉皇上就寝的司帐宫女，皇上一时兴起就临幸了她，倒很快就有身孕了，一有身孕就被册封为美人了。”万贞儿说。

“是的，这个岳美人是成化三年生人，成化十一年入宫为宫女。原先是司苑局花房里负责种植的小宫女，后来年纪渐长有了几分姿色，人又乖巧，就被派到皇上身边做司帐宫女。也合该她是有福气的，一下就被皇上看上，现在又有了身孕，就从宫女晋封为美人了。若以后诞下皇子的话，日后有封妃的福气也说不好呢。”乔韵儿说。

万贞儿回忆起往事，说：“这司帐宫女原就是一个讨巧的差事，原是容易被皇上注意的。我记得皇上当年的第一个女人就是他在东宫时的司帐宫女黄蕊，后来被封了更衣，再进选侍的。只是后来被吴废后所嫉妒给打残了。周太后和吴废后那时都认为皇上的第一个女人是本宫，是本宫不顾羞耻有意勾引皇上的，其实不是。吴月如当年那么狠毒地杖责本宫，也是有这层嫉恨的原因在。”

“好在吴氏当皇后还不到一个月就被贬为庶人，再也不能为难娘娘了。”乔韵儿说。

万贞儿说：“是啊，这些事还恍如发生在昨天，但其实已经二十三年过去了。这些天，我夜里睡不着，时常惊醒，常回忆起年轻时的往事，又时时觉得胸闷心悸多梦，自觉离大限之期不远矣！我竟然还梦到了窦如海，我已经多年不曾梦到过他了。在梦里，他满脸血污地向我述说着什么，我却是听不清。我正想找隆禧殿的法师说说去。”

“娘娘，事关窦如海，您可不能让皇上知道。娘娘当年为窦如海之死和皇上大动干戈，皇上心里忌讳着呢。娘娘您介意皇上临幸别的嫔妃，皇上心里也一直是嫉妒您心里始终有窦如海的。”乔韵儿提醒说。

万贞儿说：“我知道。这件事我会有分寸的。我总觉得是窦如海在向我托梦。”

乔韵儿说：“娘娘，好端端的又怎么会突然想起窦如海了？”

万贞儿说：“其实这些年来，我一直没有停止对他的寻找，我总觉得，活要见人，死要见尸骨。我也数次派人去垂问被罚在孝陵种菜的大太监牛玉，他是窦如海事件的亲历者，我总觉得他会知晓什么，但他一直不肯露口风。直到数日前他病重垂危，特命身边服侍的小太监飞马报与我一封书信，信中只写了一个地址。我问送信的小太监，这是何意。小太监说，他也不知，牛玉公公只叫他送信，并未说明信中是何内容。我急忙派人和小太监一起赶回孝陵，牛玉却已经过世了，我想问什么却再也问不到了。”

乔韵儿也有些奇怪地说："牛玉临死前给娘娘送信？所为何事呢？"

万贞儿说："我也想知道牛玉的意图呢。没办法，我只得让段英找几个信得过的人去寻找书信里的那个地址，那是山西吕梁山一带的一个村子。因此我预感到这个地址只怕是和窦如海有关。因为窦如海当年就是在前往山西大同兵营的途中失踪的。段英派去的人已经走了几天了，这几日，我心神不安，日里恍惚，夜里也是睡不着。皇上也有数日没来我这里了，我夜里时而清醒时而迷糊。清醒时似乎能听到皇上和杨恭嫔、岳美人在一起时的狎笑嬉闹声；迷糊时似乎就看到窦如海满身鲜血淋漓地向我走来，还向我述说着什么。我却只是听不清。"

"娘娘，您只怕是被癔症魇着了，让太医给您开副安心宁神的方子来吃着。"乔韵儿说。

万贞儿说："安神汤也喝了不少了，但效果不明显。这心病终须心药来医，我现在就盼着山西那边的讯息早点儿传来，也好让我早日心安。"

半月后，正是春雨霏霏、落红遍地的暮春时节。

晌午后，万贞儿正在隆禧殿内的如来佛祖前烧香叩拜祈福，并在佛前焚烧自己亲手抄录的《地藏经》、《阿弥陀经》、《金刚经》、《心经》、《往生咒》等超度亡灵的佛经，乔韵儿在旁协助。

一会儿只见小萝急匆匆地进来了，伏在万贞儿耳边说："娘娘，段英公公说，派往山西的人已经回来了，段公公已经接见了他们。段公公让奴婢来告诉娘娘一声，问娘娘预备什么时候见他们？"

"现在就见！本宫已经等他们好久了！"万贞儿一听，急忙从跪着的蒲团上起身，突然觉得一阵昏眩，不由眼冒金星，身子摇晃了几下。乔韵儿忙扶住了她。

万贞儿三步并作两步地赶回安喜宫，段英和派往山西的差役已经候在东暖阁了。

"下官锦衣卫百户周浩天拜见贵妃娘娘！"一名锦衣卫军官装扮的中年男子给万贞儿行叩拜大礼，他身材魁梧，脸相忠厚，面有经历长途跋涉后的疲惫和风霜之色。

段英介绍道："娘娘，这是山西之行的锦衣卫首领周统领，他从前是西厂提督汪直手下的得力干将，西厂被撤后他被分配到京师锦衣卫当差。汪公公被贬往南京时，临走前把他留在京师托付给奴才，说贵妃娘娘若是需要用人，此人就是可堪大用的人才。因此此番去往山西，奴才就是安排周统领负责路上所有行程和事宜。”

万贞儿说：“辛苦了！段公公要好好赏赐周统领和所有上路的锦衣卫兄弟！”

段英说：“差役们一回京，奴才就按娘娘的意思重赏了各位。这位周统领是特意入宫亲自向娘娘禀报此次山西之行的具体行程的。”

万贞儿说：“周统领辛苦了！此番去山西，可有什么收获？”

周统领拱手作揖说：“启禀娘娘，卑职照着段公公给的地址日夜兼程赶往山西，那是山西吕梁山里的一座小村子，地址上是说明要寻找一个叫毛希钧的老族长。卑职一路找过去，只找到了毛希钧老人的儿子。他说他父亲已经于五年前去世，临终前交代他，若是哪一日京城朝廷有官家人来找，就让他带着去找一处地方。我们跟随毛族长的儿子来到山里的一处坟茔，坟茔上已经遍布青草，坟前立着一个石雕的墓碑，墓碑上写着‘大明神机营窦如海、尚铭青之墓’。墓碑是天顺四年秋立的。段公公事先说明，卑职此行也许是和一个叫窦如海的人有关。所以卑职就给那坟茔、墓碑和碑文都详细画了像，还挖掘了一些坟茔上的泥土和青草带了回来。”

周统领说着，就呈上一卷画像和一个白布口袋。

段英把画卷展开在万贞儿面前。画卷上用工笔细细描绘了荒山野岭中的一座坟茔，这坟茔比一般百姓的坟墓要阔大些，墓前矗立一尊石刻墓碑，墓碑上凿刻的文字很清晰：

大明神机营窦如海、尚铭青之墓　天顺四年秋　立。

万贞儿死死盯住“窦如海”这三个字，唯恐自己看不真切。

段英倒出白布口袋里的东西用莲花朱漆托盘盛着，果然是一些还沾染着青草和苔藓的泥土，有一股山野泥土所特有的湿重、鲜腥的味道。

一股深重的疲惫感向万贞儿袭来，她无力地挥了挥手，虚弱地说：“段英先带周统领出宫吧，好好赏赐。本宫今日乏了，你们且下去吧。”

沉思良久，万贞儿对乔韵儿说：“其实牛玉早就知道窦如海和那个一起失踪的军士都已死去多年，牛玉甚至也早就找到了他俩尸骨的埋葬之处，还给他俩立了墓碑。只是这么多年，他一直都不告诉本宫，把本宫瞒得死死的，让本宫存着窦如海可能还活在这个世上的幻想。不过他早就安排好了，得知自己大限将至，就安排人把这个结果还是告诉了本宫。本宫想要怪罪他，想找他算账，也不能了，除非也跟着他追到阎王爷的阴间去。”

“娘娘，人死不能复生。况且人纵使活一百岁，最终也总是要见阎王爷的。娘娘，您就节哀吧，这么多年都过去了，您心里始终还是放不下吗？斯人已逝，不知所终，咱们活着的人要好好保重才是对死者最好的祭奠和告慰啊。”乔韵儿轻轻地说。

“韵儿，去密室里把那个紫檀木小匣拿出来。”万贞儿说。

乔韵儿依言把那个紫檀木小匣抱了出来，打开，放在炕桌上，里面存放着那只墨玉手镯和窦如海的绝笔便笺。

万贞儿示意乔韵儿把那装着青草泥土的托盘也端到炕桌上。万贞儿拿起墨玉手镯和已经发黄的便笺反复看着，还拈起一撮散发着潮湿鲜腥味的泥土在鼻下嗅着，她仿佛嗅到了山里的青草清香和窦如海身上男人那浓重的汗味和体味，她的眼泪不禁流了下来。

突然“喵呜”一声，一只个头硕大健壮的黑猫从虚掩的门扉里蹿了进来，一下蹿上炕桌，炕桌上的东西应声而落。托盘跌在地上，泥土散落在金砖上，小匣也跌落在地上，那只墨玉手镯瞬间断成三截。万贞儿不由大怒，怒喝道：“是谁放这个畜生进来的？”

乔韵儿连忙问：“今日是哪个在大门外当差？”

一个看上去只不过十来岁的小宫女畏畏缩缩地走了进来，说：“启禀娘娘，方才是奴婢在门外当值。奴婢眼错不见，这只猫就蹿了进来，奴婢认得，这猫是小萝姑姑平日里养着玩的，名唤‘乌金’。”

万贞儿顺手抄起暖炕上的一柄拂尘劈头盖脸地朝那小宫女一顿乱打，那宫女举起衣袖遮挡。万贞儿心里更气，一手用拂尘挡住那小宫女用于遮挡的手臂，另一只手抡圆，一个大耳光就扇在那宫女无法躲避的脸颊上，嘴里恨恨地骂道："明明是你自己失误没看好大门，还怪别人养的猫！你是新来的？不知道这宫里的规矩？"她说完这些话，就有些气喘吁吁。

那宫女的脸上登时涨紫起来，她"扑通"一声跪下，哭泣着说："都是奴婢失职！奴婢任凭娘娘责罚！"

乔韵儿忙扶着万贞儿说："娘娘，您息怒，仔细伤着您的玉手，也别气着您自个的身子。这丫头是半年前入宫的，是梅林姑姑推荐到奴婢这儿的。奴婢见她还机灵，又是梅林姑姑的亲戚，就留了下来。今日不想这般疏忽大意，铸成大错。奴婢这就回了梅林姑姑，打发她到浣衣局干粗活去。"

小萝这时也闻讯进来了，她见到那只墨玉手镯已碎，脸也不由苍白了，急忙跪下说："奴婢素知这手镯是娘娘的心爱之物，奴婢甘受责罚！乌金这畜生平日是老实乖巧的，只是现在是春天，这畜生发情了躁动不安也是有的。奴婢这就让段公公派人把这畜生捉了处死！"

万贞儿虚弱地摇了摇手，说："罢了，罢了。人早就死了，留着物件又有何用？况且玉本就是易碎之物，这原也是天意，非人力所能料到的。这丫头既是梅林姑姑推荐来的，也就不用责罚了，打发去针工局吧，也好学一门手艺。小萝你也不用自责，那乌金既然发春躁动，就把它送出去吧，别再惹事就行了。你们都出去吧，韵儿留下，把这里收拾……"她还未说完，就觉得心浮气躁，胸闷不适，一口痰似是卡在了嗓子眼儿里，想说话却说不出。

乔韵儿见她神色不对，连忙说："小萝，娘娘气喘有痰，快去传太医！"

小萝也变了脸色，立刻答应着去了。

万贞儿声音嘶嘶的，断断续续地说："快……快去叫……皇、皇上，我、我有话……说。"

乔韵儿看了一眼那个还跪在地上的宫女，焦急地说："还不快起来！你赶快去告诉段公公，说娘娘身体不适，马上要见皇上，让皇上马上到安喜宫来，迟了只怕会出问题！"

那宫女惊惶地起身去了。

乔韵儿扶着万贞儿坐在靠背太师椅上，说："娘娘，你且忍耐，太医马上就来了！"

万贞儿指着地上的东西，费力地说："快、快把这些……东西……收、收好，别让皇上……看、看到。我死……以后，这些……东西……随、随我陪葬！务必要记住！……答应我！”

“娘娘！韵儿答应你就是！”乔韵儿的眼泪流了下来，急忙把地上那些东西收拾好。

万贞儿两手用尽全力抓住太师椅的扶手，嘴里喘着粗气，等待着朱见深的到来。

值守的赵太医先赶了过来，一搭脉，对乔韵儿说：“娘娘痰热上涌，似有中风之兆，得赶快服用小承气汤。”赵太医说着命人熬制汤药。

万贞儿对乔韵儿说：“皇上……快……快叫皇上……”

“段公公去叫皇上了，皇上马上就来了！”乔韵儿流着眼泪说。

“娘娘气喘不上来，汤药还未熬好，下官先给娘娘针灸一下，暂时缓解一下症状。”赵太医说着让乔韵儿她们扶万贞儿躺在床榻上，从药箱里拈出银针扎在她头部、面部、手足的相关穴位。

正忙着，只听见外面段英的声音：“皇上驾到！”说话间，朱见深就惊慌失措地破门而入，叫道：“贞儿，朕来了！”

“皇上……”万贞儿试图伸出手，却很是费力，她的眼泪不禁流了下来。

“贞儿，朕来了！”朱见深握着万贞儿的手，眼泪也不禁流了下来。

“皇上，贞儿……贞儿……以前有做得不对之处，药杀……杀了皇嗣，请……请皇上……原谅……原谅贞儿。”万贞儿竭尽全身的力气终于说出了这句话。

“贞儿，朕没有怪罪过你，从来没有。”朱见深握住万贞儿的手，泪流满面，“贞儿你做过的一些事，朕其实都知道，但朕装着不知道，是因为不想见怪于你。朕这个皇帝，不是一个好皇帝，做了不少让臣民怨恨的糊涂事。但朕对贞儿，却是一片真心，因为朕一直记得小时候和贞儿不离不弃、相依为命的日子。”

万贞儿泪涛奔涌，只觉得身上的力气一点一点地离自己而去，她拼尽全身的力气说：“皇上，深儿，贞儿也一直记得那些年和你生死相依的日子……贞儿做的那些错事，也是想独得夫君您……您的宠爱……所幸……贞儿错得不远，如今皇上拥有数位皇子公主……贞儿欣慰的是，贞儿能……能走在皇上前面。贞儿去了，请皇上自己保重龙体……深儿，这个，让它和我合葬吧。”

她费力地举起腰间绾系的同心结。

朱见深流着泪拼命点头说："好的。朕身边的这枚同心结也会陪朕合葬的。贞儿你放心，朕以前答应过你的话，朕都会实现。朕会把你葬在天寿山而不是金山，朕以后也会与你遥遥相望，不会让你孤单的。"

乔韵儿流着眼泪给万贞儿喂汤药，但她已经喝不下去了，都从嘴角流了出来。

万贞儿全身已经没有一丝力气了，身体在逐渐发冷、变硬，望着眼前的朱见深胡子拉碴、双泪直流的脸，她的视线开始变得模糊，听着窗外淅淅沥沥的春雨之声，她仿佛闻到了杏花盛放的芳香，此时正是杏花三月天的春深时分。她的脑子开始慢慢混沌，一时间，许多往事都涌入脑海。

娘亲哭着和她告别，小弟哭着要"阿姐抱抱"，那一年她只有四岁，是她一生记忆的开始，她被谪居的父亲送入掖庭当做粗活的小宫女。

在那个桃李芳菲杏花媚的春日里，那一年她十六岁，还是锦绣坊里的一名绣女。那一年春日，她第一次见到了梅林姑姑的侄儿，十九岁的窦如海。他是一个长身玉立的英俊少年，对着她微微笑着，还有一点儿腼腆和羞涩。

十九岁那年的深秋，她第一次见到了只有两岁的太子朱见濬，他那怯生生的样子竟然一下让她联想到了四岁那年和两岁的小弟告别时的情景。第一次见面，濬儿就让她心生怜爱。

在宫外沂王府那孤寂的漫漫长夜，二十二岁的她和五岁的废太子朱见濬相拥取暖，相依为命。

沂王府外的小河边，二十五岁的她带着八岁的沂王爷朱见濬和二十八岁的神机营军士窦如海见面，她和窦如海都是一脸的甜蜜和羞涩。

景泰八年，十岁的朱见濬被重新册立为太子，并改名朱见深，她跟随太子朱见深重入端本宫，那一年，她二十七岁。

天顺三年秋天，她三十岁，得知了窦如海失踪的讯息，痛不欲生。

天顺八年的某个春夜，三十五岁的她成为大明第八代皇帝朱见深肌肤相亲的女人。她比他大十七岁，她的男人比她小十七岁。

天顺八年七月，十七岁的少年皇帝朱见深大婚，她伫立在乾清宫的庭院里，望着灯火通明的坤宁宫，几乎一夜未眠。

天顺八年八月，她被皇后吴月如脱衣臀杖，那是她一生中受到的最重的责罚和羞辱，身心皆痛楚。

成化二年正月，已是三十七岁高龄的她诞下自己和朱见深的皇长子，可惜皇子还未满月就夭折。她品尝到了此生最深的痛苦，失子之痛让她几乎发疯。

成化五年夏，四十岁的她得知窦如海是被朱见深有意陷害后，几乎和朱见深反目成仇。

成化五年十一月，来自清宁宫的一杯桂花鸩酒警醒她不得自暴自弃，否则只能任人宰割。

成化十一年五月，四十六岁的她得知曾被自己暗赐落胎药的纪选侍生的皇三子还活在人世，她改变了因嫉恨而不允许皇嗣降生的策略。

成化十二年到成化二十一年，后宫不断有皇子和公主降生，也缓解了她早年暗自赐予临幸嫔妃落胎药的愧疚。

成化二十一年三月，因对皇太子朱祐樘的不满和恐惧，已经五十六岁的她听信内监梁芳、韦兴的建言，建议皇上欲废太子，后因泰山连续地震而放弃。

成化二十三年暮春，就是今日，已经五十八岁的她得知窦如海的确切死讯，痰气上涌，中风发作，已经命悬一线。四十一岁的成化帝，她不离不弃守护了近四十年的夫君朱见深搂着她泪流满面，倾听她的临终遗言。

窗外春雨潇潇，风声飒飒，院子里的落花该是姹紫嫣红地铺满了一地。在最后的迷糊和朦胧中，她听到乔韵儿的哭声："皇上，贞儿姐姐的牙关已经紧了，汤药喂不进去了，都流了出来。怎么办？"

她听到了皇上——她的夫君朱见深那顷刻间苍老了不少的声音叹息着说："贞儿去了，朕也将不久于人世了！"

朱见深这句话让她已经越来越冰冷的身体不由一颤，她眼底涌出了感动的泪水，她想说："深儿，我先走了，无论是在天堂还是地狱，贞儿都会一直等着你，不离不弃，就像我们这四十年一起度过的那样。"但她已经说不出，只有嘴唇徒然地微微嚅动着。

成化二十三年春深，在淅淅沥沥的风声雨声的间歇之中，万贞儿恍然听到了窗外的落花一片片寂然坠地的声音，那是她在这个世上最后听到的声音。

尾声

成化二十三年春，大明成化皇帝朱见深最深爱的贵妃万贞儿病逝于安喜宫，享年五十八岁。

成化帝大哀，亲自主持万贵妃的葬礼，一如皇后之例，辍朝七日，追尊“皇贵妃”，谥万氏为“恭肃端慎荣靖皇贵妃”，谥号比其他嫔妃的四字谥号多出二字。

大明祖律，只有皇帝和皇后薨逝后才能葬在天寿山的皇家陵寝，其他嫔妃只能葬在金山。成化帝破例把他最宠爱的万贵妃葬在天寿山皇陵的苏山脚下，陵园占地约数万顷，墓碑雕云凤纹，中间一个“卍”字，既表墓主“万”姓，也寄寓吉祥之意。

成化二十三年四月，在周太后的操持下，皇太子朱祐樘成婚，国子监生张峦之女被册立为太子妃。

成化二十三年五月，年仅四岁的皇五女长泰公主夭亡，她的养母柏贤妃很是悲伤，一度卧床不起。

成化二十三年六月，怀孕十月的岳美人诞下皇六女仙游公主。

成化二十三年七月，因日夜思念万贵妃郁郁成疾的成化帝预感自己大限将至，遂着手安排后事。

成化帝定下辅佐太子朱祐樘的内阁首辅大臣为王恕、刘大夏；册封诞下三位皇子的邵宸妃为贵妃，张德嫔为德妃；册封诞下皇子的杨恭嫔为恭妃，姚安嫔为安妃，王敬嫔为敬妃，潘端嫔为端妃。

诞下皇次女的郭惠嫔被册封为惠妃，诞下皇六女的岳美人也连升数级被册封为静妃。皇四女虽然生下来就夭折，其生母梁氏被封和妃；皇五女长泰公主虽夭亡，其生母章氏也被追封为丽妃；另外唐氏被封荣妃，韩氏被封为恭顺夫人。后宫一时人人都有晋封，也算是皆大欢喜。

成化二十三年八月，自贵妃薨后一直哀恸悲伤的成化帝在万贵妃薨逝半年后也在乾清宫驾崩，庙号宪宗，葬于茂陵，享年四十一岁。

明宪宗朱见深追随贵妃万贞儿而去，践行了他生前的许诺："贞儿去了，朕也将不久于人世了！"遗留给太子朱祐樘的是一个风雨飘摇、有待重整的社稷江山。

广西瑶族土司之女纪苗青所生的皇三子朱祐樘十七岁继位为大明第九代皇帝，年号弘治，太子妃张氏被立为皇后。

幼年经历奇特坎坷、险遭万贵妃荼毒的朱祐樘承继了其母纪淑妃的聪慧文雅，秉承了父皇朱见深的仁慈宽厚，在太子时期得严师和饱学大儒程敏政、刘健等人的教导熏陶，熟读经史，养成了"仁孝恭俭"的品格，立志做一个勤勉清廉治理天下的明君。

弘治帝即位后，勤于理政，不仅早朝每天必到，而且重开了午朝、经筵侍讲和文华殿议政，向群臣咨询治国之道。

弘治帝继位后努力扭转其父成化时期的朝政腐败状况，拨乱反正，罢免了以外戚万安为首的"纸糊三阁老"；逮捕侍郎李孜省、太监梁芳，罢免外戚及党羽。裁汰传奉官，罢免右通政任杰、侍郎蒯钢等千余人，论罪戍斥。

弘治帝为于谦建旌功祠，还重用徐溥、刘健、谢迁、李东阳等贤臣；大量起用正直贤能之士，如王恕、怀恩、马文升等在成化朝由于直言被贬的官吏。

弘治帝还废除苛法，轻徭薄赋，兴修水利，发展农桑；禁止宗室勋戚霸占土地、侵夺民利。弘治帝还修缮长城，抵御蒙古；击败吐鲁番，收复嘉峪关以西的土地，经营哈密。

弘治帝的文治武功使得无论是朝中还是宫中都为之一新，时称朝序清宁。明朝此时再度中兴并发展为盛世，史称"弘治中兴"。

弘治帝对当初迫害其生母的万贵妃，也表现出了极大的宽容。尽管宫内传言母亲纪氏是被万贵妃害死的，但是在他即位之后，大臣上书要求惩办已死的万贵妃及其族人的时候，弘治帝认为这样的做法是违背了先帝皇考的意愿，没有采纳。

对万贵妃本人，弘治帝也没有听从臣下的建议对她削谥议罪。弘治帝所做的这一切都是出于一个“孝”字，孝敬父皇，维持传统，以宽仁忠孝为主。弘治帝死后被定庙号为孝宗，也正因为此。

明孝宗朱祐樘与元配张皇后像民间夫妻那样恩爱一生，终生不纳一妃一妾。中国古往今来的几百位皇帝中，朱祐樘是唯一一位只有一个妻子的皇帝。

朱祐樘的庶母万贵妃恐怕不会想到，她生前曾盼望的“相怜相念倍相亲，一生一代一双人，唯愿与夫君白首终老”的美好愿望，最终却在她曾经设计阻挠降生的庶子朱祐樘身上得以实现。朱祐樘也没有秋后算账，没有对她削谥议罪追责族人。万贞儿若九泉之下有知，只怕也会感慨万千，庆幸自己当年并没有对他赶尽杀绝吧。

弘治帝朱祐樘驾崩后由独子朱厚照继位，朱厚照就是历史上以“风流好玩爱折腾”著称的正德皇帝。

正德皇帝驾崩后，既无子也没有兄弟，张太后和朝廷大臣最终选中正德皇帝的堂弟朱厚熜继位成为大明第十一代皇帝，即嘉靖皇帝。朱厚熜是正德皇帝的叔父兴献王朱祐杬的独子，朱祐杬即是贵妃邵妁慈所生的皇四子。

在成化二十一年的废储风波中，万贵妃曾提议册立邵宸妃所生的皇四子朱祐杬为太子，后因泰山地震示警而未成行。但几十年后，朱祐杬的儿子朱厚熜却登基成为明朝第十一位皇帝。朱祐杬被儿子嘉靖帝追尊为明睿宗，邵妁慈被亲孙子尊为寿安太后。邵太后薨逝后，葬入明宪宗朱见深的茂陵，称皇后，别祀奉慈殿，与身为皇帝生母的孝肃周皇后、孝穆纪皇后一样。

这些后来发生的事情大概也是万贵妃生前所没有想到的吧。所以冥冥中自有天意，万贞儿并没有看走眼，这个邵妁慈本就是可为太后、也可为皇后的大富大贵之命。只是这些故事都是万贵妃溘逝三十多年以后才发生的事情了。

图书在版编目（CIP）数据

落红春深：明宪宗宠妃万贞儿传奇 / 渐行渐远著. —北京：中国国际广播出版社，2014.9
ISBN 978-7-5078-3735-3

Ⅰ.①落… Ⅱ.①渐… Ⅲ.①长篇历史小说—中国—当代 Ⅳ.①I247.5

中国版本图书馆CIP数据核字（2014）第143120号

落红春深——明宪宗宠妃万贞儿传奇

著　　者	渐行渐远
责任编辑	杜春梅　孙兴冉
版式设计	国广设计室
责任校对	徐秀英
出版发行	中国国际广播出版社（83139469　83139489[传真]）
社　　址	北京复兴门外大街2号（国家广电总局内）
	邮编：100866
网　　址	www.chirp.com.cn
经　　销	新华书店
印　　刷	北京艺堂印刷有限公司
开　　本	710×1000　1/16
字　　数	300千字
印　　张	21.5
版　　次	2014年9月 北京第一版
印　　次	2014年9月 第一次印刷
书　　号	ISBN 978-7-5078-3735-3 / I·497
定　　价	39.80元

CRI 中国国际广播出版社　欢迎关注本社新浪官方微博　官方网站 www.chirp.cn